한국 거인설화의 지속과 변용

한국 거인설화의 지속과 변용

권 태 효

역락

책 머 리 에

이 책은 2002년 발간된 『한국의 거인설화』 개정판의 성격을 갖는다. 『한국의 거인설화』가 발간된 지 벌써 10여 년이 더 지났고, 그 사이 여러 편의 거인설화에 대한 글이 추가로 집필되기도 했다. 또한 『한국의 거인설화』가 박사학위논문을 고쳐서 책으로 발간한 것이다 보니 논문을 준비하면서 개별 단편 논문으로 발표되었던 것들을 논문 체제에 맞도록 재구성해 정리할 수밖에 없었고, 때문에 개개 논문으로 발표되었던 글들의 성격과 내용이 어그러지고 논지의 흐름도 부분적으로 달라져 그 본래의 주장을 충실히 담지 못했던 측면이 있었다.

그래서 이참에 그런 아쉬움을 덜고자 새로 집필한 글들을 추가하여 『한국의 거인설화』 2탄에 해당하는 책을 새롭게 출간하기로 마음먹었다. 기존 『한국의 거인설화』의 틀을 전체적으로 바꾸고, 추가로 집필된 글들을 포함시켰으며, 책을 엮으면서 섞여 들어갔던 부분들을 환원시켜 원래 논문 형태로 정리하면서 재구성하여 이번에 『한국 거인설화의 지속과 변용』이라는 책을 발간하게 된 것이다.

거인설화라고 하는 대상은 시간이 지나도 여전히 관심거리이고, 설화 연구의 중요한 지점에 위치하고 있는 주제이기도 하다. 거인이라는 존재 자체만으로도 이미 충분히 흥밋거리로 인식되고 있으며, 그것이 지닌 성격 또한 창조신화적 면모를 보여주고 있어 적지 않은 의미를 간직하기 때문이다. 아울러 거인설화는 오누이힘내기설화, 산이동설화 등과 같은 구전설화는 물론 '선류몽'담을 비롯한 여러 문헌기록에도 그 설화의 흔적을 남기는 등 다른 설화를 파생시키는 양상을 보여주기도 하기에, 우리 설화의 통시성을 가늠하는 데 있어서 중요한 잣대가 되는 자료임을 알 수 있다. 이런 가치를 지닌 자료이기에 거인설화에 대해서는 여러 분야에서 다양한 관심들이 표명되고는 있으나 정작 연구성과는 그다지 풍부한 편이 아니다. 이 작은 책이 우리 거인설화에 대한 관심과 연구를 고양시키는 계기가 되었으면 하는 바람을 가져본다.

이 책을 내는 데 있어 교정작업을 도와준 정제호, 신호림 선생에게 먼저 고마움을 전하며, 표지디자인 작업을 해준 김정은 선생님께도 감사의 뜻을 전한다. 아울러 부족한 글을 기꺼이 책으로 출간할 수 있도록 맡아준 역락 출판사와 편집부에도 감사의 말씀을 전한다.

2015년 경복궁에서

권 태 효

차례 CONTENTS

제2부 | 여성거인설화 살펴보기

●03 여성거인설화의 자료 존재양상과 성격 … 81

●04 마고할미설화의 변이와 현대적 변용 … 115

제4부 | 문헌에 수용된 거인설화

제1부

거인설화 본래 모습 찾기

세상 창조 거인신격의 본래적 성격과 면모

1. 광대한 우리 신화의 세계

우리는 어릴 적 그리스로마신화를 읽으면서 왜 우리에게는 이런 다양하고 광대한 신화의 세계가 없을까 하고 안타까운 생각을 가진 바 있을 것이다. 수많은 신들이 영웅적 행적을 보이기도 하고 안타까운 사랑을 하거나 갈등 속에서 투쟁을 하는 신들의 세계가 펼쳐져 있어 우리의 풍부한 상상력을 자극하기에 충분했다. 하지만 이런 스케일이 크고 짜임새 있는 신화의 세계에 비해 우리나라에는 어떤 신화들이 있는가를 되짚어 볼 때 한없이 초라함을 느꼈던 것이 사실이다. 단군신화를 비롯한 몇몇의 건국신화가 우리 신화의 전부인 양 알고 있었고, 실상 그렇게 배워왔다.

그러나 숨어있는 우리 신화의 참 모습을 찾아보면, 그 세계는 실로 엄청나다. 거인에 의한 우주창조와 지형창조, 홍수로 인한 종말 뒤의 새로운 인류의 탄생을 비롯하여 인간에게 집 짓는 법을 알려주는 문화영웅 이야기, 죽음의 세계로 영혼을 인도하는 신의 이야기, 신들의 애절한 사랑이야기 등 풍부하고 다양한 신화들의 세계가 자리 잡고 있었다. 하지만 그것은 기록이 아닌 무속제의의 사제자인 무당이나 일반사람들의 입을 통해 전승되는 구전신화였기에, 우리에게는 이런 다양한 신화의 세계가 있다는 것을 모른 채 지나쳤었다. 오랜 기간 동안 입을 통해 전승되면서 신성성을 대부분 잃어버렸고, 전승의 마멸을 견디면서 신화들이 파편화되어 온전히 전승되지 못하고 변모되거나 소멸되는 양상을 보이기는 했지만 그 신화적 성격마저 아예 사라진 것은 아니었다.

우리의 구전신화는 전승시키는 주체에 따라 두 가지 형태로 구분하여 볼 수 있다.

구전신화의 가장 대표적인 형태는 무속신화이다. 굿판에서 제의라는 규범적인 틀을 기반으로 무(巫)라는 사제자(司祭者)를 통해 전승되어 왔기에 신화 자체의 마멸을 비교적 덜 겪었고, 고형의 신화적 면모가 잔존하고 있는 자료이다. 이들 무속신화에는 풍부한 신들의 세계가 여러 신들의 직능에 따라 다양하게 펼쳐진다. 특히 제주도와 함경도 지역에서 전승되는 신화는 그 양도 방대할 뿐 아니라 일정한 주인공과 짜임새 있는 사건으로 구성된 서사무가들이 다수 전승되고 있어 우리 신화의 보고(寶庫)임을 알 수 있다.

이외에는 일반사람들이 입에서 입으로 전승시켜 내려오고 있는 구전신화가 있다. 분명 신화적인 성격과 내용을 담고 있지만 오랜 시간 동안 전승되면서 어느 시기 그 신화적 면모를 잃어버려 전설이나 민담의 모습을 띠면서 오늘날까지 전승된 것들이다. 이들 신화는 제의적 기반을 갖춘 채 전승되는 것도 아니고 신화적 신성성을 유지한 채 전승되는 것도 아니어서, 그 본래의 성격과 모습을 잃어버리고 아주 단편적인 양상을 보이며 전승되기도 하고, 신화의 성격 자체가 변질되면서 희화화되기도 하며, 별개의 설화인 듯 변모되면서 새로운 설화 파생형을 창출해내기도 한다.

우리나라에는 아주 다양한 거인설화가 전승되고 있다. 이런 거인설화 또한 구전신화 형태로 나타나고 있다. 무속신화로 일부 전승되고는 있지만 대다수는 일반사람들의 입을 통해 전승되는 양상을 보여준다. 그런 까닭에 거인설화에는 거인의 외모나 행위를 희화화시켜 우스갯소리로 변모시켜 전승되는 모습을 보여주는 자료들도 많다. 때문에 언뜻 보기에는 이것이 과연 신화였을까 하는 의구심이 들기도 한다. 그런데 거인설화의 자료를 모으고 차근차근 따져보면 실상은 그렇지 않고, 이런 양상을 보이는 것은 많은 전승의 마멸을 겪었기 때문임을 알 수 있다.

무속신화로 전승되는 거인신의 성격은 천지분리와 일월조정 등의 행위를 하는 것과 같은 창조신적 면모를 뚜렷이 보여준다. 또한 일반인들에게 구전되는 자료들을 살펴보더라도 태초에 이세상이 자리를 잡아갈 무렵 산과 강 등 지형이 창성되는 모습이 잘 담겨져 나타난다. 하지만 후대에 들어 이들 거인신화는 전승의 마모와 함께 점차 파편화되었다. 그리고 사람들의 인지가 발달하면서 사람들이 점차 현실적이고 과학적인 사고를 하게 되었으며, 그에 따라 거인 존재에 대한 의구심이 생겨나면서는 소멸의 길로 접어들게 되었다. 거인신화는 그 자체로 우스갯소리 형태로 변모되어 가거나 나름의 새로운 설화 형태를 파생시키는 방식으로 변모되면서 그 명맥을 유지하는 방향으로 전개되어 나가고 있다.

2. 우리나라에 전승되는 다양한 거인 이야기들

거인설화는 오랜 기간 동안 구전으로 전승되어 온 까닭에 창조거인신의 면모가 뚜렷이 드러나는 자료에서부터 거근이나 배설 부분에만 초점을 두어 우스갯소리로 변모되어 버린 자료, 거인의 흔적만을 찾아볼 수 있는 자료 등 다양한 모습으로 존재하는 양상을 찾아볼 수 있다.

그러면 거인설화를 그 성격에 따라 몇 가지 형태로 정리해보기로 한다.

1) 우주를 창생시키는 거인

한을과 따이 생길 적에
彌勒님이 誕生한 즉,
한을과 따이 서로 부터
써러지지 안이하소아,
한을은 북개꼭지차럼 도드라지고
따는 四귀에 구리기동을 세우고
그때는 해도 둘이요, 달도 둘이요.
달 하나 띄여서 북두칠성 남두칠성을 마련하고,
해 하나 띄여서 큰별을 마련하고,
큰별은 님금과 대신별노 마련하고
미럭님이 옷이 업서 짓겟는대, 가음이 업서,

이山 저山 넘어가는, 버덜어 가는
칙을 파내여, 백혀내여, 삼아내여, 익여내여,
한올 알에 배틀 노코,

구름 속에 영애 걸고,
들고쌍쌍, 노코쌍쌍 짜내여서,
칙長衫을 마련하니,
朱匹이 지개요, 牛匹이 소맬너라.
다섯자이 섭힐너라, 세자이 짓일너라.
마리 곡갈 지어되는
자 세치를 띄치내여 지은즉은,
눈무지도 안이 내려와,
두자 세치 띄치내여, 마리 곡갈 지어내니,
귀무지도 안이 내려와,
석자 세치 띄치내여, 마리 곡갈 지어내니,
턱무지를 내려왔다.

미럭님이 탄생하야
彌勒님 歲月에는, 生火食을 잡사시와,
불 안이 넛코, 생나달을 잡수시와
미럭님은 섬두리로 잡사,
말두리로 잡숫고, 이레서는 못할너라.
내 이리 탄생하야, 물의 근본 불의 근본,
내 밧게는 업다. 내여다 쓰겠다.
(…중략…)[1]

    창조신화적 성격을 지닌 거인설화는 주로 무속신화에서 찾아볼 수 있다.
굿의 첫머리에서 이 세상의 시작을 밝히는 성격의 무가로 불려졌을 것이나
이제는 대부분 지방의 굿에서 사라지거나 그 흔적만 남은 형태이다.

---

1) 손진태, <창세가>, 『조선신가유편』, 향토연구사, 1930, 9~21쪽.

위에 제시한 자료는 손진태의 『조선신가유편』에 수록된 함경도 무녀 김쌍돌이가 구연한 <창세가>라는 무가이다. 미륵이라는 거인에 의한 천지분리와 일월의 조정, 거인의 외모를 표현하고자 하는 대의(大衣)와 대식(大食)의 화소가 잘 드러나 있다. 특히 혼돈의 상태에서 천지를 분리 시키고 다시금 합쳐지지 않도록 세상의 네 모퉁이에 구리기둥을 세우 는가 하면 두 개씩 출현한 해와 달을 거인의 능력으로 하나씩 떼어내 별을 만드는 등 이 세상을 창조하는 창조거인 신격으로서의 성격과 기 능을 충실히 보여주고 있다.

이처럼 거인신의 창조신적 면모가 드러나는 자료로는 함경도 외에도 오산의 <시루말>, 제주도의 <천지왕본풀이>와 같은 무가가 있어 그 양상을 여러 곳에서 확인할 수 있다. 하지만 거인신의 모습이 드러나는 창세신화는 경북 일부지역에서는 '꽃 피우기 내기'가 <제석본풀이>에 남아있는 형태로 그 잔존 양상을 보이는 자료가 있음을 제외한다면 대 부분의 지역에서는 찾기 어려워 거인신에 의한 창세과정을 밝히는 무 가가 많이 사라진 상태라고 할 수 있다.[2]

2) 산과 강 등 지형을 형성시키는 거인

Ⓐ 옛날 이 세상이 처음 생겨났을 때는 땅덩어리가 온통 진흙으로 덮 여 있었다. 이 무렵 하늘나라의 공주가 가락지를 가지고 장난을 하다가 잘못해서 지상에 떨어뜨리고 말았다. 그 가락지는 워낙 귀한 것이어서 공주는 자기 시녀 중 하나를 지상에 내려보내 가락지를 찾게 하였다. 그 러나 온통 진흙투성이인 곳에서 가락지를 찾기는 쉽지 않았다. 공주는

---

2) 김헌선, 『한국의 창세신화』, 길벗, 1994.

내려보낸 시녀가 돌아오지 않자 울음을 터뜨렸고, 천신이 그 자초지종을 듣고는 장수를 내려보내 그 가락지를 찾아오도록 했다. 그 장수도 진흙을 이리저리 파헤치며 가락지를 찾아 다녔지만 찾을 수가 없었다. 그러다가 다른 쪽에서 가락지를 찾고 있던 공주의 시녀를 만나 함께 찾다가 결국은 찾지 못했고, 이들은 지상에 머물면서 결혼하여 살게 되었다. 그런데 이들이 가락지를 찾기 위해 진흙을 아주 깊이 파낸 곳은 바다가 되었고, 반대로 진흙을 쌓아둔 곳은 산이 되었으며, 이들이 손으로 어루만진 곳은 들이 되었고, 손가락으로 긁은 곳은 강이 되었다고 한다.[3]

ⓑ 임의산 저것도 옛날 천태산 마고 할매가 창봉을 떠나 났다 카는데, 임의산 여기서 뵐끼다. 임의산 절이 저기 있거든. 고 옛날 천태산 마고 할매가 고 산을 갖다 떠다 났다 카든데. 그래 마상(馬上)에 댕기다가 아 내려와 보이꺼네, 절 지을, 저거 그 임의산 절 거기 오래된 절이라 말이다, 그 쪼갠(작은) 암자라도. 할 데가 없다 싶어서, 저 도봉산을 갖다, 산을 한 앞구랑 쩌다가(옆구리에 끼고서) 고다 갖다 안차 놓고 그래 그 절로 지었다 카데. 그 임의산 절 지었다.[4]

거인설화 중 다수를 차지하는 것이 이처럼 거인에 의해 지형이 형성되었다고 하는 이야기이다. 거인의 거대함을 지형 창조의 행위를 통해 보여주고자 하는 것으로, 이런 지형의 형성 작업이 거인신격의 중요한 기능이었음을 파악하게 한다.

우리나라에서는 지형을 형성하는 거인이야기는 대체로 세 가지로 구분될 수 있다. 첫째는 태초에 이 세상 지형이 온전히 자리를 잡지 못했을 때 거인이 출현하여 산과 강을 만드는 이야기이다. ⓐ는 우리에게

---

3) 손진태, <山·川·海·平原의 由來>, 『朝鮮의 民話』, 岩崎美術社(동경), 1959, 15쪽.
4) <임의산이 생긴 이야기>, 『한국구비문학대계』 8-9(경남 김해), 한국정신문화연구원, 1983, 1130쪽.

이미 친숙하게 알려진 잃어버린 가락지를 찾는 천상장수의 이야기로, 혼돈 상태인 이 세상을 천상계 인물이 이리저리 땅을 파헤치고 엎어서 산과 강, 호수 등을 생겨나게 했다는 것이다. 비록 창조주의 창세행위로서의 성격이 크게 약화되어 민담화된 양상이 뚜렷하지만, 이 세상의 산천 유래를 설명하는 기원담으로 창조신화적 면모가 잔존하고 있는 양상이다.

우리나라에는 지형창조에 있어 여성거인이 많이 등장한다. 제주도 설문대할망을 비롯해 내륙지방의 마고할미나 노고할미 등이 지형을 형성하는 대표적인 여성거인이다. 이들 여성거인들은 제주도와 같은 특정 섬이나 산을 형성하기도 하지만, 이 세상의 모든 산천을 만들었다고 이야기되기도 한다. 강원도 명주군에서 전해지는 <노고 할미바우 이야기>에 따르면 노고할미는 손이 크고 힘이 세서 평평한 곳에 줄을 그으면 산이 되고 골이 되어, 이 여성거인에 의해 산과 강이 만들어지게 되었다고 한다.[5]

두 번째는 거인의 배설물로 이 세상의 지형이 형성되었다고 하는 이야기이다. 이런 배설에 의한 지형 창조도 다양한 형태로 전승되고 있지만 이미 지형을 창조하는 주체로서의 거인이라는 신화적 본질은 많이 퇴색되어 버렸고, 거인의 배설물을 통한 희화화가 부각되면서 우스갯소리로 변해버린 듯한 인상을 주고 있다.

세 번째 부류는 거인에 의해 지역적으로 국한된 특정 지형이 형성되는 양상을 보여주는 이야기로 거인 이야기 중 전국적으로 가장 많이 전

---

5) <노고 할미바우 이야기>, 『한국구비문학대계』 2-1(강원도 명주군편), 한국정신문화연구원, 1980, 568~569쪽.

승되고 있는 형태이다. 대체로 여성거인이 치마에 흙을 싸서 가다가 치마가 찢어져 흙이 쏟아진 것이 어떤 산이 되었다고 한다거나 Ⓑ처럼 거인이 산을 들어서 옮겨놓았다고 한다. 이런 자료는 거인의 지형 형성이 태초에 이루어지는 혼돈 상태에서의 창조 작업이라는 관념이 크게 약화되고, 특정 장소에서 그 지형이 왜 생겨나게 되었는가를 밝히는 성격의 설화 모습을 보이는 것이다.

이런 지형 창조형 거인 이야기는 우주를 창조하는 거인설화 자료와 달리 일반 사람들의 입을 통해서만 전승되었기에 신성함이 거의 사라진 상태이다. 이들 거인 이야기는 아주 단편적인 자료로 전승되며, 현실적 사고에 따라 삶의 공간이 되는 특정 지형의 형성에 초점이 맞춰지면서 자료의 마모와 변이가 심하게 진행되었음을 파악할 수 있다. 곧 지형 형성이 창조거인신격의 창조 작업의 일환으로 진행되었다 하는 의식은 이미 많이 약해져서 나타난 면모라고 할 수 있다.

3) 많은 양의 배설물이 강조되는 거인

아주 옛날 장길산이라고 하는 엄청나게 거대한 몸집을 지닌 거인이 살고 있었다. 그는 몸집이 큰 만큼 항상 먹을 것이 모자라 굶주린 채로 떠돌아 다녔다. 어느 날 장길산이 배가 고파 먹을 것을 찾아 여기저기 헤매던 중 남쪽의 호남평야에 이르렀다. 다행히 그곳은 사람들이 추수를 끝낸 지 얼마 되지 않았던 때여서 사람들은 곡식을 모아 장길산을 배불리 먹게 해주었다. 처음으로 음식을 배불리 먹은 장길산은 너무 좋아서 일어나 덩실덩실 춤을 추었다. 그런데 춤을 추는 장길산의 거대한 그림자 때문에 햇빛이 모두 가려져 아직 수확하지 못한 다른 곡식들이 하나도 익지 않게 되었다. 농군들은 화가 나서 그를 멀리 내쫓았고, 장길산은 눈물을 흘리면서 북쪽으로 쫓겨났다. 장길산은 만주에 이르러 다시 배가 고파지자 그곳에 있는 흙이며, 돌, 나무 등을 닥치는 대로 먹어치웠다. 그런데 그것이 배탈이 나서 먹은 것을 다 토해내었는데, 그 토한 것이 백두산이 되었고, 양쪽 눈에서 흘러내린 눈물로는 압록강과 두만강을 만들어졌으며, 설사가 나서 대변을 본 것이 흘러내려서는 태백산맥을 이루었다고 한다. 그리고 대변의 한 덩어리가 튀어 멀리 떨어진 것이 제주도가 되었고, 토한 뒤 휴― 하고 긴 숨을 내쉰 것이 큰 바람을 일으켜 앞에 있던 모든 것을 날려버려 그곳이 만주벌판이 되었다.

그리고 나서 다소 진정이 되자 자신에게 잘 대해주었던 남쪽 사람들이 생각나서 그들에게 거름이라도 주겠다고 생각하고는 높은 곳에 올라가 남쪽을 향해 오줌을 누었다. 하지만 그것이 큰 홍수가 되어 남쪽 사람들은 떠내려가 살아남은 사람들이 지금의 일본인 시조가 되었고, 북쪽에서 떠내려온 사람 가운데 살아남은 사람들은 오늘날 한반도에 사는 우리나라 사람의 시조가 되었다고 한다.[6]

이 설화는 전남 강진에서 채록된 거인이야기로, 이런 거인의 배설물이 산과 강을 형성시킨다는 이야기는 우리나라 각지에서 많이 전승되고 있다. 제주도에는 설문대할망이라는 여성거인에 대한 이야기가 적지 않게 전해지는데, 이 할망이 수수범벅을 먹고 똥을 싼 것이 굿망상오름이라고 하는 산이 되었다고 한다든가,[7] 할망이 한라산에서 다리를 벌리고 오줌을 누려고 하는데 포수에게 쫓기던 사슴들이 그것을 굴인 줄 알고 숨어 들어가 간지러워서 오줌을 눈 것이 내[川]가 되었다고 하는 내용의 이야기가 있다.[8] 이외에도 제주도에는 손당장수라는 거인이 있

6) 『한국민속종합자료보고서(전남편)』, 문화재관리국, 1980, 744~745쪽.
7) 장주근, 『한국의 신화』, 성문각, 1961, 7쪽.
8) <설문대할망>, 『한국구비문학대계』 9-1(제주 북제주), 한국정신문화연구원, 1990,

어 한 끼에 닷섬 닷말을 먹고는 똥도 산처럼 많이 누었는데, 사람들이 그것이 산인 줄 알고 올라갔다가 자꾸 빠지니까 그 장수에게 똥을 여러 군데 나누어 싸달라고 부탁해서, 여기저기에 나누어 싼 똥이 제주도의 동산도 되고 산악도 되었다는 이야기도 있다.[9]

내륙지방에서도 거인의 배설물이 산이나 강을 만들었다고 하는 이야기를 흔히 접할 수 있다. 마고할미라는 여성거인이 똥을 눈 것이 오리섬이라는 섬이 되었으며, 그 부근에 있는 가랭이섬은 대변을 볼 때 그곳에 한 쪽 발을 올려놓았던 섬이라는 데서 이름이 붙여지게 되었다고 한다.[10] 그리고 백두산의 천지와 압록강, 두만강도 천신(天神)이 오줌을 누어 생겨나게 했다는 이야기가 있어서[11] 장길산의 배설에 의한 지형 창조 이야기와 상통하는 형태의 설화들이 육지에서도 상당수 전승되고 있음을 확인할 수 있다.

이렇듯 우리나라에는 거인이 배설을 해서 산이나 섬, 강 등의 지형을 형성시켰다는 이야기가 적지 않은데, 이 점이 우리나라 거인이야기의 뚜렷한 특징이라 할 수 있다. 곧 외국의 거인이야기에서는 이 세상을 창조하던 거인신이 죽어 그 사체(死體)로부터 산이나 강, 바다가 생겨났다고 하는 경우가 많아 이런 창조신화와는 분명 차이가 있는 것이다.

무당노래인 <창세가>에서 이 세상을 창조하는 거인신 미륵은 죽지 않고 사라진다. 때문에 창조거인신의 죽은 몸으로부터 지형이나 자연물이 생겨나지 않는다. 따라서 땅덩어리나 산, 강, 섬의 형성은 창조거인

200~202쪽.

9) 진성기, <손당장수>, 『남국의 민담』, 형설출판사, 1982, 94~95쪽.

10) <형도의 탑과 오리섬>, 『화성군사』, 1990, 915쪽.

11) 임석재전집 4, <천지·압록강·두만강>, 『한국구전설화』(함남, 함북, 강원), 평민사, 1989, 17쪽.

신과는 무관하게 또 다른 거인이 설정되어 그의 행위에 의해 이루어진 것으로 이야기된다. 그리고 이런 지형물의 생성은 대체로 거인의 배설물에서 생겨났다고 설명하는 자료들이 특히 많아, 이것이 단순히 흥미를 위해 우스갯소리로 전해진 이야기가 아니라 거인의 배설이 곧 지형창조의 신화적 성격을 지닌 화소(話素)였음을 알게 한다. 이 점은 필리핀 부낏논 창조신화와 북극 해안의 처키 창조신화 등의 사례에서도 확인되는 바로, 우주창조신이 침이나 똥, 오줌 등의 배설물로 지형을 창조시키는 모습을 보여주고 있다.12) 곧 세상 창조의 과정에서 창조주가 배설물로 지형창조를 이루는 형태의 신화도 세계 여러 곳에 전승되고 있어 우리의 배설형 지형창조 거인설화가 단순히 우스갯소리만이 아니라 창조신화와 연결될 수 있는 개연성이 있다는 것이다.

4) 거근(巨根)을 지닌 거인

거인설화는 거인의 행위를 중심으로 전승되는 이야기들이 많지만, 다른 한편 거인의 거대한 체구를 보여주는 이야기들도 다수 전승되고 있다. 거인의 체구가 얼마나 거대했는지에 대한 묘사는 흔히 자연물에 빗대어 거인의 크기를 짐작하도록 하는 방식이 일반적이다. 한 발은 성인봉에 디디고 다른 한 발은 본토 어느 산에 디뎠다고 하는 울릉도의 장수13)는 본토와 울릉도 사이의 거리로 그 거인의 크기를 짐작케 한다. 이런 모습은 한 발을 가파도에 두고 또 한 발은 성산 일출봉에 두고서

---

12) 권태효, 「지형창조 거인설화의 성격과 본질」, 『탐라문화』 46호, 제주대 탐라문화연구소, 2014. 6.
13) 여영택, <장수발자국>, 『울릉도의 전설·민요』, 정음사, 1979, 108쪽.

바다에 빨래를 했다는 설문대할망이나 온 바다를 다 돌아다녀도 발등물 밖에 차지 않았다고 하는 마고할미 이야기 등에서 찾아볼 수 있는 것이다.

한편 거인설화에 나타난 거인의 면모 중 유독 신체의 한 부분만을 들어 거인성을 표현하는 것이 있는데, 그것이 바로 거근(巨根)이다. 그렇다면 유독 성기의 거대함을 들어 거인성을 보이고자 하는 까닭은 무엇일까? 이것은 물론 거근이 지닌 생식력 및 풍요 상징성과도 무관하지 않을 것이다. 실제로 거인 이야기 중에는 거대한 성기로 사냥을 하여 많은 물고기나 짐승을 잡는 이야기가 있다. 제주도에 전승되는 <설문대할망과 설문대하르방>과 같은 설화가 대표적인 것으로, 설문대할망과 하르방이 배가 고파서 바다의 물고기를 할망의 성기 있는 곳으로 몰아서 잡고는 그것으로 요기를 했다고 한다.[14] 성기로 사냥을 했다는 것 자체가 이미 우스갯소리가 되어 버린 것이지만 거대한 성기는 풍요다산의 상징이며, 이런 거근을 지녔기에 바다의 물고기들을 한꺼번에 많이 잡을 수 있다고 생각하는 것은 분명 원초적인 풍요신앙적 성격을 유지하고 있는 것으로 볼 수 있다. 이런 모습은 짐승이나 물고기를 그려두고 이와 함께 돌출된 성기를 강조한 인간이 그려져 있는 울주 반구대 암각화와도 상통되는 관념이라고 할 수 있다.

한편 구전되는 거인 이야기에서 건국시조가 거근을 지닌 존재로 나타난다는 점도 중요한 특징이다. 곧 고조선을 건국한 단군과 가락국을 세운 김수로왕은 엄청난 거근을 지닌 것으로 구전설화에서 이야기되고 있다.

---

14) 김영돈 외, <설문대할망과 설문대하르방>, 『제주설화집성』(1), 제주대 탐라문화연구소, 1985, 705쪽.

옛날 밥나무서 밥 따서 먹고 옷나무서 옷 따서 입을 시절 하늘에서 사람이 하나 떨어졌는데, 그의 신(腎)이 예순 댓발이 될 정도로 길었다. 그래서 모든 동물이 마다하는데, 곰이 굴속에 있다가 그 신을 맞아 단군을 낳았고 다시 여우가 받아서 기자(箕子)를 낳았다.[15]

이것은 단군의 출생 부분에 초점이 맞춰져 있는 거인 이야기로, 『삼국유사』 등 문헌에 기록되어 있는 내용과는 아주 판이하다. 특히 단군의 출생이 희화화되어 한낱 우스갯소리에 불과하게 나타난다. 그럼에도 이 설화는 단군신화에 나타나는 단군의 출생 부분과 일정하게 대응하는 양상을 보여준다. 천제(天帝)의 서자인 환웅에 대응하는 인물로 하늘에서 하강한 신(腎)이 큰 인물이 설정되고 있으며, 곰이었다가 인간으로 화한 웅녀(熊女)에 대해서도 그 신(腎)을 받아 단군을 낳는 동물이 곰이라고 하여 일치되게 나타나는 것이다. 이런 <단군>은 거근에 따른 생식력은 그대로 보여지면서도 모든 동물이 마다한다고 했다. 곧 거근에 따른 생산력이 일정하게 유지되면서도 한편으로 그 거근이 비정상적인 것으로 인식되고 있음을 볼 수 있다. 즉 이런 거근을 생식력이나 풍요의 차원에서 온전히 생각하는 것이 아니라 비정상적인 것으로 여기고 있는 것이다.

이와 같이 생식력과 무관하게 거근을 인식하여 비정상적인 존재에 불과하다고 파악하는 사고는 한층 더 진행되어 거근을 희화화의 대상으로 삼아 오직 흥미만을 추구하는 형태의 설화로 나아가게 한다.

<김수로왕(金首露王)의 근(根)>이라는 설화는 이런 성격을 강하게 지니

---

15) 임석재전집 3(평남, 평북, 황해편), <단군>, 『한국구전설화』(평남, 평북, 황해), 평민사, 1988, 230쪽.

고 있다. 김수로왕은 대단한 거근(巨根)을 지니고 있어 선암(仙岩)나루에 성기로 다리를 놓아 사람들이 낙동강을 건너게 했는데, 한 사람이 다리에서 쉬다가 담뱃불을 비벼 꺼서 김해김씨의 후손들은 남근에 그 자국이 남아있다고 한다. 수로왕의 비(妃)도 또한 거음(巨陰)으로 연회 때 그 음석(陰席)을 깔아 사람들을 앉게 했는데, 한 사람이 뜨거운 국을 쏟아 김해 김씨 후예의 음문(陰門)에는 그 자국이 남아 있다고 한다.16) 이 설화는 거근이 생식력과는 전혀 무관하며, 거근의 기능이 비록 인간을 위해 유용하게 사용된다는 점은 있으나 담뱃불이나 뜨거운 국에 데인다는 식으로 희화화를 위한 거근의 설정이라는 측면이 강하다.

이처럼 거인 이야기에서 거근이 희화화되는 양상이 나타나는데, 이것이 본래의 성격이라고 보기는 어렵다. 강에 다리를 놓았다는 김수로왕의 행위가 비록 거근으로 다리를 놓는 형태로 희화화되어 나타나기는 하지만 지형 형성의 하나로 다리를 놓는 행위가 설문대할망이나 마고할미 등 여성거인들이 인간을 위해 행하는 중요한 일이었음을 염두에 둔다면, 창조형 거인설화의 흔적도 지닌다고 볼 수 있기에 본래부터 희화화를 보이기 위한 거근의 설정만은 아니었을 것으로 추측된다. 그럼에도 거근의 생산성이나 창조성에 대해서는 무관심한 채 거근이라는 신체적 특징 자체에만 관심을 두어 흥미 위주로 희화화시키고 있음은 뚜렷한 경향이라고 볼 수 있다.

거근을 지닌 거인에 대한 이야기는 본래 창조신이 지닌 생산신적 성격이 그 본래의 성격을 잃고 흥미 위주로 희화화되어 나간 형태인 것으로 추정된다. 이런 희화화는 거인을 부정적으로 인식하는 의식이 바탕

---

16) 손진태, 『조선의 민화』, 岩琦美術社(동경), 1959, 50~51쪽.

에 깔려 있는 것이지만, 신성성이 사라진 마당에 흥미성을 부여함으로써 거인설화를 존속시키는 한 방향으로의 전개라는 측면은 분명 간과할 수 없을 것이다.

3. 우리의 거인설화 어떻게 보아야 하나?

우리나라의 거인설화는 다양하게 전승되지만 창조신화적 본질을 유지하고 있는 자료는 많지 않다. 대부분의 자료들이 희화화되거나 비현실적인 면을 극복하고자 하는 의식이 반영되어 신화적 성격을 상당 부분 잃어버린 양상을 보인다. 특히 구전되는 거인 이야기 중에는 거인 이야기에서 거인이야기가 아닌 형태로 이행되는 양상이 뚜렷한 자료들도 쉽사리 찾아볼 수 있어, 이런 자료들을 공시적으로 같이 놓고 본다면 거인 이야기는 그저 허황한 우스갯소리에 지나지 않는다고 생각할 수밖에 없다. 따라서 이런 거인 이야기를 모두 동일하다는 입장에서 파악하기보다는 그 성격에 따라서 변화의 과정을 추정하면서 통시적인 관점에서 접근하는 것이 마땅할 것이다.

이런 관점에서 거인설화의 자료를 그 성격에 따라 다음 네 가지 층위로 구분하여 접근할 필요가 있다.[17]

> ㉮ 천지창조의 신화적 성격을 비교적 온전히 보여주는 자료
> ㉯ 거근이나 배설 등 거인의 특징적인 면을 중심으로 희화화된 자료
> ㉰ 거인설화가 쇠퇴하면서 나타나는 변이형 구전자료

---

17) 권태효, 『한국의 거인설화』, 역락, 2002.

㉣ 문헌에 기록되면서 꿈이나 현실화된 모습을 보이는 거인성으로 변모된 자료

거인 이야기를 그 성격에 따라 변화의 측면에서 이처럼 층위를 구분하여 살핀다면, 다음 몇 가지 점에서 거인 이야기를 이해하는 데 도움이 될 것이다.

첫째, 거인 이야기가 지닌 창조신화적 성격을 밝히는 데 도움이 될 것이다. 특히 희화화된 거인 이야기를 신화적 성격을 지닌 자료와 구분하지 않고 함께 다룸으로써 자연히 창조신화적 가치가 폄하되고 신화적 성격에 대해 의문을 갖게 되었었는데, 이처럼 거인 이야기를 단계별로 구분함으로써 거인설화가 지닌 신화적 성격이 보다 분명해질 것이다.

둘째, 거인 이야기의 역사적 전개 및 변모 양상을 따져 볼 수 있다. 거인설화는 원래 형태가 창조신화적 성격이었으나 전승과정상 거인신격에 대한 제의가 사라지고 신성성이 탈락되면서 희화화되거나 새로운 형태의 설화로 변모되었을 것으로 추정되는데, 이런 거인 이야기의 역사적 전개 과정을 더듬어 볼 수 있게 된다.

셋째, 거인 이야기와 직접적인 관련을 맺는 변이형 자료까지로 그 범위를 확장시켜 거인 이야기를 바라볼 수 있다는 점이다. ㉢와 ㉣처럼 거인설화와 거인설화가 아닌 자료가 혼재하는 양상의 변이형을 구전자료나 문헌기록에서 다수 찾아볼 수 있는데, 이들 자료를 거인설화 자료군(群)이라는 관점에서 일관되게 살필 수 있게 된다.

먼저 ㉠는 천지를 분리시키거나 산천을 형성하는 것과 같은 태초의 창조행위를 하는 거인신격의 모습이 잘 드러난 설화를 이르는 것이다.

㉮에 해당하는 가장 적절한 예로 <창세가>와 <노고 할미바우 이야기> 등을 들 수 있다. <창세가>에서 미륵은 붙어있는 천지를 분리시키고 동서남북 네 모퉁이에다 구리기둥을 세워 오늘날 우리가 사는 것과 같은 세상을 만드는 행위를 한다. 또한 <노고 할미바우 이야기>에서 노고할미는 손이 크고 힘이 좋아서 평평한 데 가서 줄을 쭉쭉 그어 산과 골을 만들었다고 한다. 이처럼 천지를 분리시키고 이 세상의 산천을 형성하여 비로소 인간이 살 수 있는 세상을 만드는 것이 거인신격 본연의 역할이고 의미였을 것이다. 그리고 이런 거인신의 성격이 창세신으로서 섬겨지게 된 까닭이었다고 생각된다.

㉮는 거인의 행위와 역할이 창세신적 성격을 지녔기에 그 신성성이나 진실성에 대해 크게 의심받지 않고 거인신격을 섬기는 제차와 같은 데서 신화로 불려지거나 이야기되었던 것으로 보인다. 하지만 이런 창세신적 기능과 의미는 시간이 흐르면서 사람들의 인지가 발달하고 현실생활과 직접적인 관련이 없는 창세신의 창조 행위에 무관심해지면서, 또는 이런 거인의 행위를 불합리하게 생각하면서 여러모로 변모되어 나타날 수밖에 없었던 것으로 보인다. 또한 지배와 피지배라는 관계가 형성되고 지배집단의 이념에 맞는 새로운 신화들이 형성되면서 이들 거인설화는 점차 그 자리를 잃어갔던 것으로 보인다. 따라서 신성한 신의 이야기로서의 거인설화가 아니라 세속화되고 현실화되는 형태의 거인설화 변이형이 나타나게 되었던 것이라고 할 수 있다. 이런 것이 ㉯, ㉰, ㉱ 형태의 자료라 할 수 있다.

㉯는 거인의 외모나 행위가 희화화되면서 한낱 우스갯소리에 불과한 이야기로 전락해버린 구전설화를 말한다. 거인설화의 신성성이 상실되

면서 새로운 존재방식의 모색이 있었을 것이고, 자연히 거인성을 나타
내는 특징 중 특히 인간에게 흥미를 끄는 요소인 거근(巨根)이나 배설을
강조하는 형태로 희화화시켜 변모되는 방향으로 진행되었을 것으로 생
각된다.

거근은 거인의 외모를 묘사하는 방식으로 두루 사용되는 모티프이다.
이것은 원초적인 풍요신앙을 내재한 것으로 암각화나 신라 토우 등에
서 유난히 성기를 강조하는 것과도 관련이 있다. 그런데 거근의 형태로
희화화된 거인설화는 이런 풍요의식마저 거의 사라져버려 흥미 위주로
전개된다. 이처럼 거인 이야기에서 거근 부분을 강조하는 형태는 거인
설화가 쇠퇴하면서 흥미 위주의 희화화가 진행됨과 동시에 거인신격의
창조신적 성격이 풍요나 생산신적 성격으로 옮아간 것이 아닌가 추정
해 볼 수 있다.

한편 거인의 행위를 희화화하는 방식으로 또 한 가지 두드러지는 것
은 배설이라 할 수 있다. 배설은 거인설화에서 배설물에 의한 지형 형
성이라는 생산적 의미로 아주 중요한 기능을 한다. 그러나 이것에 대한
진실성이 의심되면서 <장길산>과 같은 자료처럼 남쪽 사람에게 거름
을 주고자 소변을 본 것이 홍수가 나서 북쪽 사람이 남쪽 사람으로, 남
쪽 사람이 일본에 가서 살게 되었다는 형태로 흥미 위주의 이야기로 변
모된 양상을 보이게 된 것이다. <굿질의 지명유래>에서 보면 마귀할
마씨의 배설로 인해 산이 무너지고 동네가 생겼으며, 똥이 떨어져 내려
간 곳을 굿다고 하여 굿질이라 부른다고 했는데,[18] 이것은 배설물의 지

---

18) <굿질의 지명유래>, 『한국구비문학대계』 7-1(경남 밀양군편), 한국정신문화연구원,
1981, 125~126쪽.

형 형성이라는 특징은 유지하면서도 배설물이 궂다고 여기는 후대 사람들의 의식이 강하게 가미되어 결국은 거인의 지형 창조행위를 희화화시키는 형태로 진행되어 버렸음을 알 수 있다.

물론 ㉯와 같은 거인에 대한 희화화 자료는 거인 존재에 대한 부정적 인식과도 맥이 닿아 있다. 거인의 행위는 천지 분리나 산천 형성과 같은 창조행위가 기본적임에도, 이들 거인에 대한 행위가 긍정적으로 묘사되는 것만은 아니다. 산을 옮기거나 다리를 놓던 거인의 행위가 제대로 완수되지 못하면서 부정적으로 인식된다거나 인간을 위하고자 한 거인의 행위가 오히려 인간에게 해를 끼치는 것으로 나타난다. 이러한 인식의 방향은 분명 거인설화를 긍정적으로 계승하는 것은 아니며, 거인의 행위를 희화화시키고자 하는 의도와도 큰 틀에서 맞닿아 있다.

㉰는 거인설화가 더 이상 신화적 성격을 유지하지 못하고 쇠퇴하게 되면서 몇 가지 형태로의 변이형 설화를 생성시키며 잔존하는 양상을 보이는 자료라 할 수 있다. 여기에 해당되는 설화로는 산이동설화와 오누이힘내기설화, 장수흔적설화 등을 들 수 있다. 산이동설화는 산이 다른 곳으로 옮겨가 자리를 잡게 되는 과정을 이야기하는 설화로, 산이 걸어가거나 떠내려와 이동하는 모습을 보여주는 자료들과 거인이 직접 산을 옮기는 자료가 혼재하는 양상을 보여 원래 모습은 거인에 의한 창조행위의 이야기였으나 후대에 그 진실성이 의심되면서 산이동의 주체인 거인이 사라지는 형태로 변모된 자료라고 할 수 있다. 또한 오누이힘내기설화는 여성거인의 중요한 창조행위 중 하나인 돌을 옮겨 성을 쌓는 행위가 오누이의 대결이라는 형식에 특정 부분으로 이입되면서 거인설화를 계승한 새로운 형태의 설화적 면모를 모색한 자료로 판단

된다. 그리고 장수흔적설화는 거인설화에 보이는 거인의 행적이나 흔적, 소도구 등이 축소되면서 인간의 형용이면서 뛰어난 능력을 보이는 장수의 것으로 변모되어 나타난 것임을 알게 한다. 이들 설화는 거인성이 현저히 약화된 형태를 보이기는 하지만 거인설화를 그대로 계승하고 있는 변이형 구전 자료들이다. 따라서 거인설화가 역사적으로 전개되고 어떤 경로를 밟으며 소멸하게 되었는지, 그리고 이런 과정에서 어떤 형태의 설화를 형성시키거나 또는 이입되었는지를 보여주는 자료라는 점에서 소중하다.

㉣ 또한 거인설화가 약화 또는 소멸되면서 형성된 변이유형으로, 문헌에 기록되어 전승된 자료이다. 이런 문헌에 기록된 변이유형은 왕의 신성함이나 왕계의 시작을 왕의 거인적 면모를 통해 보여주고자 하는 성격을 지닌다. 여기에는 꿈의 형식을 빌려 거인성을 드러내고자 했던 선류몽담(旋流夢談)과 현실과 크게 동떨어지지 않게 거인성을 국가 또는 왕과 관련지어 형상화시킨 <지철로왕>을 비롯한 몇몇 문헌설화 자료들로 구분할 수 있다. 이들 자료는 민중들이 믿던 거인신적 면모를 왕의 신성함을 나타내기 위해 상층에서 의도적으로 결부시킨 형태라고 할 수 있다.

이런 문헌에 수용된 거인설화 변이형은 모두 왕의 신성한 능력과 결부되거나 왕조의 시작 및 멸망과 관련된 성격을 지니기에, ㉣는 거인설화의 창조신화적 성격을 변모시켜 왕권신화적 성격으로 수용된 양상을 보이는 것이라고 할 수 있다. 곧 신화적 성격의 새로운 모색이며, 나름 긍정적 계승의 한 면모라고 하겠다.

4. 거인설화는 어떤 경로를 밟으며 사라지게 되었을까?

거인 이야기의 자료가 다양한 존재양상을 보여주는 만큼 그 형태나 인식 체계에 있어서 여러 단계의 변이 단계가 있었을 것으로 생각된다. 창조신화적 본질을 잘 간직하는 설화에서부터 거인적 면모가 사라져가는 설화까지의 다단한 자료 양상이 나타남을 염두에 둔다면, 거인 이야기는 그 전승에 있어 다음 몇 단계의 인식체계에 대한 변이를 겪었던 것으로 보인다.

> ㉮ 신화로서의 신성성이 절대적으로 유지되던 단계
> ㉯ 주술적 신성성이 의심받던 단계
> ㉰ 신성성이 사라지면서 희화화되던 단계
> ㉱ 새로운 변이형으로 변모되거나 변이형을 형성시키는 단계[19]

거인설화에 대한 인식체계는 이처럼 몇 단계 과정을 거치면서 점차 변이되어 나가는 양상을 보였을 것으로 추정된다. 이처럼 거인설화가 신성성을 잃어버리며 변모된 까닭은 첫째, 신이면서 인간이라는 일원론적 사고의 최초 신 관념이 붕괴되면서, 신이기보다는 인간의 관점에서 거인신격을 이해함으로써 그 존재나 행위를 인정하지 못하게 되었을 것이라는 점. 둘째, 거인신격을 섬기던 의례가 상실되었다는 점. 셋째, 우주창조라든가 산천형성과 같은 인류의 본원적인 관심사에는 무관심해지고 그들의 생활터전이 되는 공간의 형성이나 조형물 생성에 관심을 갖게 되었다는 점을 들 수 있을 것이다.

---

19) 권태효, 같은 책, 206쪽.

이러한 거인신격에 대한 인식의 변화 체계를 구체적으로 보여주는 자료로는 산이동설화의 예가 적절하다. 산이 옮겨가 다른 곳에 자리를 잡게 되는 과정을 이야기하는 산이동설화는 거인에 의한 지형창조 이야기와 이와는 전혀 별개인 듯한 설화의 형태가 병존하는 양상을 보여준다는 점에서 거인설화의 소멸을 밝히는 단서를 제공해주는 자료라고 할 수 있다. 산이동설화는 특히 거인설화와 복합 양상을 보이는 자료의 수효가 아주 많고 다양하며, 거인설화의 흔적을 담은 양상도 뚜렷하여 거인설화의 변이 및 소멸과정의 면면을 온전히 살필 수 있는 중요한 자료라고 할 수 있다.

먼저 산이동설화를 통시적 관점에서 살피기 위해서는 시간의 흐름에 따라 어떻게 변모가 진행되었는지를 추정할 수 있는 기준이 필요하다. 그 기준은 다음 세 가지 정도를 들 수 있다.

첫째, 거인의 창조적 행위보다는 인간의 일상사에 초점이 맞춰지는 형태로 전개된다는 점
둘째, 거인신의 능력보다는 인간의 능력에 관심을 갖는다는 점
셋째, 비현실적인 면이 사라지고 현실적인 면이 강조되는 양상을 보인다는 점

이들 세 가지 기준이 산이 창조되거나 이동하여 새로운 지형을 형성시키는 자료들에 대한 선후 및 변모양상을 어느 정도 가늠하는 잣대가 될 수 있을 것이다.[20] 그러면 구체적인 자료를 통해 그 변모양상을 살펴보도록 하겠다.

---

20) 권태효, 같은 책, 210~215쪽.

㉮ <설문대할망>

㉯ <노고 할미바우 이야기>

㉰ <마을 인근산의 유래>

㉱ <백이산>

㉲ <걸어오던 산>

㉳ <광주바위섬>

㉮는 천지개벽시에 하늘과 땅이 서로 붙어있었는데, 설문대할망이 천지를 분리시켜 하늘을 위로 가도록 하고 땅은 아래로 가도록 한 뒤, 사람들이 살 수 있도록 물속에서 흙을 파 올려 제주도를 만들어 놓았다고 한다.[21] ㉮에서 여성거인인 설문대할망은 단순히 제주도를 형성시킨 여성거인으로서의 역할만을 수행하는 것이 아니라 천지분리와 같은 보다 원초적인 창조 작업의 주인공으로서 기능과 역할을 맡고 있다. 그리고 지형형성은 반드시 제주도만을 형성시키는 것은 아닐 것이나 제주도에서 채록된 까닭에 지역적 한계를 지으면서 한정적으로 표현한 것으로 보인다.

㉯는 옛날에 노고할미가 있었는데, 손이 크고 힘이 좋아 평평한 곳에 줄을 그어 산천을 만들었다고 하는 내용이다. 아울러 할미가 넓은 바위를 들어 올려놓았는데 그 바위에 할미의 손과 담뱃대 자국이 남아있다고 하여 증거물에 대한 이야기도 덧붙어 있다.[22] 이런 ㉯는 세상의 지형을 창조하는 여성거인의 이야기이며, 그 범위를 특정 지역으로 국한하고 있지 않아 창조신화적 면모를 잘 보여주나, 곳곳에 산이 처음 생겨나는 과정을 이야기한다는 점에서 산이동설화와 관련지어 살필 여지가 있다.

---

21) <설문대할망>, 『한국구비문학대계』 9-2(제주시), 한국정신문화연구원, 1981, 712쪽.

22) <노고 할미바우 이야기>, 『한국구비문학대계』 2-1(강원도 명주군편), 한국정신문화연구원, 1980, 568~569쪽.

❹는 이 세상의 산천이 어떻게 생겨나게 되었는가 하는 인류의 보편적인 관심사를 이야기하고 있지만, 한편으로 할미의 손자국과 담뱃대 자국이 남았다는 형태로 증거물을 두어 거인에 의한 세상 창조라는 비현실적인 측면을 다소나마 해소하고자 한다. 비록 증거물을 제시하는 요소가 덧붙어 있기는 하지만 세상의 지형 형성이라는 인간의 원초적인 관심사가 설화의 중심에 놓여있는 형태이며, 따라서 거인의 능력과 행위만이 주된 관심거리일 뿐 인간의 능력이나 행위는 전혀 개입되어 있지 않다.

❺는 마고할미 내외가 있었는데, 할미가 산을 치마에 싸서 가다가 치마의 한 쪽 끝이 풀려 산을 버린 것이 땅뫼산이고, 영감이 산을 짊어지고 가다가 부러져서 버린 것이 건지산이 되었다는 내용의 자료이다.[23] ❺도 산을 옮길 수 있는 거인의 능력과 그 행위가 중심이 되고 있다는 점에서는 ❹와 다르지 않지만 여기에는 중요한 변이가 나타난다. 거인에 의한 산천 형성이 태초에 이 세상의 지형 형성과 같은 원초적인 공간 생성에서 전승자들의 생활공간 주변인 땅뫼산과 건지산을 형성시키는 데로 옮겨갔다. 곧 그들의 생활터전에 있는 특정 산이라고 하는 구체적인 공간으로 그 관심이 전이된 것이다. 아울러 자료 ❺에서는 의도했던 바대로 지형을 형성시키지 못하고 치마끈이 풀려서 또는 지고 가던 산이 부러져서 형성된 지형이라고 해서 거인의 창조행위를 흥미 위주로 변모시키고 있음을 알 수 있다.

❻는 어떤 장수가 마을에 있는 백이산을 들고 가려하는데, 서답하는 여인이 손가락질을 하며 산이 가고 있다고 말하여 산을 두고 갔다는 내

---

23) <마을 인근산의 유래>, 『한국구비문학대계』 8-8(경남 밀양), 한국정신문화연구원, 1983, 565~566쪽.

용이다. 그 산이 없어 그곳이 넓어졌으면 서울이 되었을 것이라는 탄식을 덧붙여두고 있다.[24] 자료 ㉣ 또한 거인에 의한 산이동 자료로서 두가지 점이 주목된다. 첫째, 산을 형성하는 거인의 창조행위가 서답하는 여인에 의해 방해를 받는 형태로 나타나 인간이 개입하면서 산이동이 거인의 행위 중심에서 인간의 행위 중심으로 전환되는 양상을 보여준다는 점이다. 여성에 대한 부정함 때문에 거인의 행위가 멈췄다는 인식은 거인신 위주의 사고에서는 탈피하는 모습이다. 둘째, 전승자들의 관심이 거인에 의해 산이 이동했다는 사실보다는 그 산이 제대로 자리를 잡지 못해 생기는 결과에 모아지고 있다는 점이다. 거인의 창조행위보다 그들의 삶과 밀접한 공간이 왜 이렇게 되었는가 하는 것이 주된 관심사로 바뀐 것이다. 이런 관심의 전이는 거인의 존재와 그 행위의 진실성에 대한 의문으로 이어지고, 결국 거인에 의한 산이동이 비현실적으로 인식되는 계기가 된 것으로 보인다.

㉤는 옛날 앞산이 뒷산 있는 곳으로 걸어가는데 서답하던 여인이 산이 걸어간다고 소리쳐 산이 그 자리에 멈췄으며, 그 산이 뒷산 있는 곳까지 갔으면 그곳이 서울이 되었을 것이라고 하는 내용의 자료이다.[25] 자료 ㉤에서 가장 특징적인 점은 거인의 존재가 산이동설화에서 완전히 사라져서 나타나고 있다는 것이다. 거인에 의한 창조행위의 하나인 산이동이 그 본래적 성격을 잃어버리고 산이 스스로 걸어가거나 홍수에 의해 떠내려오는 형태를 취한다. 따라서 산이동 부분은 약화될 수밖에 없고, 어떻게 산이 멈추게 되었는지와 산이 이동하다 멈춘 결과 부

---

24) <백이산>, 임석재전집 10, 『한국구전설화』(경남편Ⅰ), 평민사, 1993, 22쪽.
25) <걸어오던 산>, 임석재전집 12, 『한국구전설화』(경북편), 평민사, 1993, 21쪽.

분이 어떠한지가 확장되는 양상을 보여준다.

㉯는 공암(孔岩)나루에 있는 바위섬이 광주(廣州)에서 떠내려왔다고 해서 광주 원에서 항상 땅세를 받아갔는데, 새로 양천(陽川)에 원님이 부임해서 땅세를 받는 것을 부당하게 여겨 섬을 가져가라고 해서 땅세를 내지 않게 되었다는 내용이다.[26] ㉯에서는 섬이 이동해왔다는 사실만 간략히 언급될 뿐 땅세다툼이 설화의 중심에 놓여 있다. 섬이동은 단지 땅세다툼이 어떻게 해서 생겨나게 되었는가 하는 것을 설명하는 부수적인 요소에 지나지 않으며, 땅세를 더 이상 물지 않게 된 내력이 이야기되고, 그 과정에서 이것을 해결하는 원님이나 소년의 뛰어난 기지와 수완에 초점이 맞춰지게 된다. 곧 인간의 능력이 강조되는 형태이다. 산이동설화에서 이제 더 이상 거인의 행위나 능력은 문제가 되지 않으며, 그 결과물과 관련해 그들의 생활공간에서 어떤 일이 일어나는지, 또 그 문제를 어떻게 해결하고 있는지가 중요시되는 인간 중심의 설화로 완전히 변모되어 나타나고 있는 것이다.

이상 지형창조 거인설화가 점차 산이동설화로 변모되면서 소멸되어가는 과정을 살펴보았다. 거인의 창조행위로서의 지형 형성이었던 것이 거인의 존재가 사라지면서 산이 스스로 이동하는 모습을 취하고, 산을 멈추게 하는 여인이 설정되며, 산세다툼을 첨가하는 형태로 변모되어 새로운 모습의 설화를 창출해내는 양상을 볼 수 있었다. 인간 위주의 사고와 사실성을 강조하는 형태로 산이동을 설명하게 되면서 거인에 의한 지형 형성으로서의 산이동은 그 본질을 잃어버리고, 산이 이동했다는 사실만 간략히 언급되거나 의인화되어 스스로 이동하는 모습을

---

26) <광주바위섬>, 임석재전집 5, 『한국구전설화』(경기편), 평민사, 1989, 28쪽.

취한다. 아울러 원래 설화에서 가장 핵심적이었던 산이동 부분은 크게 약화되고 오히려 산멈춤이나 산세다툼 등에 중심점을 두어 진실성을 확인하는 모습으로 변모되면서 거인의 행위가 탈락된 형태의 산이동설화라는 변이형 거인설화 자료를 생성시켰던 것이다.

이렇듯 거인설화는 거인의 창조행위에 대한 의문과 거인 존재가 비현실적이라는 인식, 그리고 인간 중심적 사고 등으로 인해 점차 소멸기로에 접어들었고, 이에 새로운 형태의 설화를 모색하면서 산이동설화를 비롯한 거인설화의 변이형을 파생시키거나 파편화되어 단편적인 자료 형태로 그 잔존 양상만을 남기는 형태로 소멸과정을 겪게 된 것이라고 할 수 있다.

5. 마무리

우리가 살고 있는 이 세상이 어떻게 만들어졌는가 하는 문제는 인간의 가장 본원적인 관심사이다. 옛사람들은 이것을 과학적인 방법으로 증명할 수는 없었기에 신화적 상상력에 의존해 해결하려고 했다. 태초에 이 세상만큼이나 거대한 거인이 있어 납작하게 서로 맞붙어있던 하늘과 땅을 분리시키고 이 세상의 산천을 형성했다고 설명하는 것이다.

신화적 상상력은 항상 과학적 사고에 앞서 간다. "인간이 하늘을 날 수 없을까" 하는 생각, "달에는 무엇이 살고 있을까" 하는 의문은 오늘날 과학으로 해결됐지만 설화에서 흔히 이야기되는 것들이다. 이런 상상력을 토대로 오늘날 우리의 과학이 발전되고 있는 것임을 염두에 둘 일이다. 따라서 상상력의 보고(寶庫)로서 설화가 지니는 의미는 무궁무

진하다고 할 수 있다.

거인설화는 신화적 상상력의 발단이라 할 수 있다. 모든 삼라만상의 형성은 우주가 창조되고 산천이 생겨나면서 비로소 시작되기 때문이다. 따라서 거인에 의해 이 세상이 창조되었다고 하는 신화적 상상력은 옛 사람들의 초창기 기본이 되는 문학적 사고라 할 수 있다. 이렇게 인류 초기의 문학적 사고를 검토하고 그런 사고가 점차 어떻게 변모되어 나타나는지를 살피는 것은 분명 의미있는 작업이라고 할 수 있다.

실상 지금까지의 신화연구에서 일반사람들의 입을 통해 구비전승되는 구전신화에 대해서는 크게 관심을 갖지 못했다. 그것이 지닌 신화적 본질이 어떻든 신화적 성격을 상실한 자료로 여겼기 때문이다. 하지만 우리 신화의 경우 많은 부분이 구전신화를 통해야만 비로소 온전한 모습을 찾을 수 있다. 이 글에서 다루었던 우주가 처음 창조되고 이 세상 땅덩어리가 형성되는 창조신화를 비롯해서 홍수로 인해 멸해진 세상에서 새로이 인류가 시작되는 인류기원신화 등은 많은 부분 구전신화를 통해 확인할 수밖에 없는 것들이다. 구전신화 자료가 전승의 특성상 신화적 성격을 잃은 채 편린화 되었거나 변이된 형태로 나타나는 경향이 강하지만, 이런 자료들을 정리하고 체계적으로 검토할 때 비로소 우리 신화의 온전한 실상을 파악할 수 있을 것이다.

지형창조 거인설화의 성격과 본질

1. 머리말

우리나라에는 다양한 거인설화들이 전승되고 있다.[1] 그 형태나 성격

---

[1] 우리의 거인설화는 장주근이 제주도 설문대할망설화를 살피면서 선편을 잡은 이래 여성거인설화를 중심으로 많은 성과가 집적되어 왔다. 주요 성과를 제시하면 다음과 같다.

장주근, 『한국의 신화』, 성문각, 1961.

임동권, 「선문대할망설화고」, 『한국민속논고』, 집문당, 1984.

김영경, 「거인형 설화의 연구」, 이화여대 석사논문, 1990.

강진옥, 「<마고할미>설화에 나타난 여성신 관념」, 「한국민속학」 25, 한국민속학회, 1993.

김인희, 「거녀설화의 구조와 기능」, 중앙대 석사논문, 1994.

권태효, 『한국의 거인설화』, 역락, 2002.

송화섭, 「한국의 마고할미 고찰」, 『역사민속학』 17호, 한국역사민속학회, 2008. 7.

권태효, 「여성거인설화의 자료 존재양상과 성격」, 『탐라문화』 37호, 제주대 탐라문화연구소, 2010. 8.

박종성, 「비교신화의 관점에서 본 설문대할망」, 『구비문학연구』 31집, 한국구비문학회, 2010.

허남춘, 「설문대할망과 여성신화」, 『탐라문화』 42호, 제주대 탐라문화연구소, 2013. 2.

이 다양하여 천지분리나 일월조정 등 우주창조신화 성격을 보이는 거인 자료를 비롯해서 지형 형성을 수행하는 거인, 거근이나 배설을 강조하는 형태로 희화화된 거인, 악신화(惡神化)된 모습을 보이는 거인에 이르기까지 폭넓은 자료 존재양상을 보여준다.[2] 이런 거인설화 자료 양상에서 신화적 성격으로 가장 중요한 면은 곧 우주를 창조하는 것과 지형을 형성시키는 것일텐데, 이런 두 가지 작업에 대한 창조의 주체가 연속선상에 있기보다는 별개의 신격으로 구분되는 양상을 보인다. 곧 창세신화에서 천지분리나 일월조정을 하는 미륵 또는 대·소별왕과 같은 우주창조적 행위의 신격과 지형을 형성시키는 마고할미나 설문대할망은 전승 형태도 차이가 있고 내용도 연계선상에 있기보다는 단절된 양상을 보여준다. 때문에 우리 거인설화는 우주창조와 지형 형성이 다른 신격에 의해 별개로 작업이 진행되는 양상을 보이는 것이 특징임이 선행연구에서 지적된 바 있었다.[3] 실상 우리의 거인설화 자료를 살펴볼 때 이 점은 뚜렷하게 구분할 수 있는 특징이라고 할 수 있다.

그렇다면 외국의 사례는 어떤가? 세계 곳곳에 전승되는 창조신화를 볼 때 거인신적 면모를 보이는 창세신에 의해 세상이 창조되는 과정이 보여지며, 그 과정에서 우주창조와 지형 형성이 서로 밀접하게 연결되어 나타나는 양상을 찾아볼 수 있다. 그 양상은 대체로 두 가지 형태로 정리된다. 첫째는 창조거인신의 사체로부터 우주창조 및 지형 형성이 함께 이루어지는 자료 형태이며, 둘째는 창조신격의 우주창조 연장선상

조현설, 『마고할미 신화연구』, 민속원, 2013.
김혜정, 「한국 마고의 전승 양상과 신적 성격」, 고려대 국어국문학과 박사논문, 2013. 12.
2) 권태효, 『한국의 거인설화』, 역락, 2002.
3) 권태효, 같은 책, 231쪽.

에서 지형 형성 작업이 수행되는 자료 형태이다.

그간 우주 창생과 연결되어 지형창조가 이루어지는 다양한 외국의 사례가 있음에도 불구하고 이것을 전반적으로 정리하면서 다른 양상을 보이는 우리 거인설화를 이해하는 기반으로 삼지 못했던 점은 분명 반성이 필요한 부분이다.[4] 아울러 최근 중국소수민족 신화를 비롯해 여러 창세신화 사례가 소개되면서 지형 형성이 우주창조 작업의 연계선상에서 이루어지는 다양한 자료들을 확인할 수 있어 이들 자료를 참고하면서 우리의 우주창조 및 지형 형성 관련 거인설화를 이해하는 기반으로 삼을 필요가 있다.

이런 기본적인 시각에서 이 글에서는 먼저 세계 곳곳에 전승되고 있는 창조신화 자료에서 우주창조와 지형 형성이 어떻게 연계되어 나타나고 있는지 그 양상을 살필 것이다. 특히 중국 소수민족의 창세신화 자료들, 그중에서도 묘족(苗族)과 이족(彝族) 등의 자료 같은 것을 보면 창세과정의 중요한 한 부분으로 지형이 창조되는 양상이 나타나고 있어 이런 자료들을 새로 찾아 제시하면서 그 양상을 정리하고, 그것을 바탕으로 우리 자료를 이해하는 데 기초로 삼을 것이다.

다음으로는 세계 곳곳에서 전승되는 이러한 창조신화의 존재 양상을 참고삼으면서 우주창조와 지형 형성이 분리된 형태를 보이는 우리 자료를 어떻게 이해할 것인지를 구체적인 자료를 들어 검토해보도록 하겠다. 이를 통해 우주창조 행위의 신격과 지형 형성의 신격이 서로 연결되어 있는지, 그리고 그 관계 설정을 어떻게 파악하는 것이 적절할지

---

4) 최근에 허남춘에 의해 설문대할망의 지형창조를 천지창조신화와 관련지어 이해하고자 하는 시도가 이루어진 바 있었다(허남춘, 같은 글).

도 살펴보도록 하겠다.

2. 지형 형성의 신화적 구현 양상

창조신화에는 우주 창조와 신의 창조, 인간의 창조 등이 핵심이 되는
데,[5] 그중에서도 가장 기본이 되는 것은 우주창생이라고 할 수 있다.
태초의 혼돈으로부터 하늘과 땅을 분리시키고 일월을 만드는 등 창조
신화에는 우주가 제자리를 잡도록 하는 과정이 나타나기 마련인데, 이
런 작업과 더불어 나타나는 것이 이 세상의 지형을 형성시키는 부분이
다. 우주창조의 과정에서 지형 형성이 드러나는 자료는 크게 두 가지
형태로 구분해 볼 수 있다. 하나는 우주창조의 과정에서 창조거인신이
스스로 죽거나 신들에 의해 죽임을 당하고 그 사체(死體)로부터 지형 형
성이 이루어지는 형태이다. 우리에게 익히 알려진 중국신화의 반고를
비롯해 인도신화의 푸루샤, 북유럽신화의 이미르, 남미 아즈텍신화 등
폭넓은 지역에서 이런 신화적 면모를 확인할 수 있다. 그리고 다른 하
나는 창조거인신이 천지분리를 비롯한 우주창조의 작업을 수행하는 과
정에서 창조작업의 일환으로 지형을 창조하는 형태이다. 이런 형태의
자료 또한 묘족(苗族), 이족(彝族) 등 중국소수민족의 창세서사시를 비롯
해 필리핀 부낏논(Bukidnon) 창조신화, 나이지리아 베냉 오루바족의 창조
신화 등 곳곳에서 그 양상을 찾아볼 수 있다.
그러면 우주창생과 더불어 지형 형성이 연계되어 나타나는 자료들의

---

5) 김헌선, 「창조신화 연구서설」, 『세계의 창조신화』, 동방미디어, 2001, 18~22쪽.

양상을 제시하면서 그 성격과 특징부터 파악해보도록 하겠다.

1) 사체화생형(死體化生型)[6] 지형창조

사체화생형 지형창조란 우주창생 과정에서 창조신 스스로 또는 창조신에 의해 죽임을 당한 거인신격의 사체로부터 해와 달, 별 등과 같은 천체와 산과 강, 들 등 이 세상의 지형이 생겨나게 되었다고 하는 내용을 지닌 창조신화이다. 이런 양상을 보이는 자료는 중국, 인도, 북유럽, 남미 등 지역적으로 폭넓게 분포하고 있다. 그러면 이런 사체화생형 우주기원신화를 간략하게 요약 제시하면서 그 속에 지형이 형성되는 양상을 살펴보도록 하겠다.

> ㉮ 중국의 우주창조신화 : 반고는 혼돈 속의 알 속에서 일만팔천 년을 잠잔 후, 큰 도끼로 혼돈을 향해 휘둘러, 가벼운 기운은 위로 올라가 하늘이 되게 하고 무거운 기운은 가라앉아 땅이 되도록 했다. 반고는 하늘과 땅이 다시 붙을까 걱정이 되어 머리로 하늘을 받치고 다리로 땅을 눌렀다. 키가 하루 한 길씩 자라 일만팔천 년이 지나자 구만 길이나 되어 하늘과 땅이 다시 합쳐지지 못했다. 그 후 반고는 쓰러져 죽었는데, 그의 입에서 나온 숨결은 바람과 구름이 되었고, 목소리는 천둥, 왼쪽 눈은 태양, 오른쪽 눈은 달로 변하였다. 손과 발, 몸은 산이 되었고, 피는 강물, 핏줄은 길, 살은 밭, 머리카락과 수염은 별, 피부와 털은 화초와 나무로 변했다. 이[齒], 뼈, 골수 등은 금속과 돌, 진주, 옥 등으로 변하였고, 땀은 이슬과 빗물이 되었다.[7]

---

6) 사체화생이란 용어는 오바야시 다료[大林太良]가 『신화학입문』에서 사용한 것으로, 크게 무리가 없어 그대로 활용한다(大林太良, 권태효 역, 『신화학입문』, 새문사, 2003, 98쪽).

ㄴ 인도의 우주창조신화 : 태초에 푸루샤라는 거인이 있었는데 신들이 희생으로 삼아 죽였다. 푸루샤의 머리는 천공이 되고, 양쪽 다리는 대지, 눈은 태양, 마음은 달, 숨결은 바람이 되었다. 그리고 푸르샤를 분할했을 때 이[齒]에서는 바라문, 양쪽 팔에서는 크샤트리아, 넓적다리에서는 바이샤, 양 발에서는 수드라가 생겨났다.[8]

ㄷ 북유럽의 우주창조신화 : 서리와 얼음의 나라 니블하임(Niflhheim)의 얼음이 응고되어 만들어진 서리 거인 이미르가 아우둠라(Audhumla) 암소의 젖을 먹고 잠을 자며 거인들을 생겨나게 했다. 오딘과 그 형제들이 이미르를 죽이자 피는 빠져나가 바다가 되었고 몸은 굳어 대지가 되었으며, 뼈는 산과 낭떠러지, 작은 뼈와 이빨은 돌덩이, 머리카락과 털은 나무와 숲, 두개골은 천공, 뇌수는 공중에 던져 구름을 만들었다.[9]

ㄹ 인도 앗삼 아파타니족 우주기원신화 : 최초의 신 크줌·찬도는 인간을 닮아서 머리와 팔, 다리를 가지고 있었고, 거대한 올챙이배를 하고 있었다. 태초에는 인류가 그녀의 배 표면에서 살고 있었다. 어느 날 크줌·찬도는 만약 내가 서서 걷게 된다면 모두 다 떨어져 죽을 것이라고 생각해서 자살을 하였다. 그러자 그녀의 머리는 눈 덮인 산이 되었고, 등뼈는 자그마한 언덕이 되었다. 가슴은 계곡이 되어 아파타니족이 살게 되었으며, 목은 타긴족이 사는 북쪽의 나라가 되었고, 엉덩이는 앗삼평원이 되었다. 그래서 앗삼은 엉덩이가 지방질로 가득 차 있듯이 비옥한 토양을 갖게 되었다. 크줌·찬도의 눈은 태양과 달이 되었으며, 그녀의 입에서 크줌·포피신이 태어나 태양과 달을 하늘로 올려보내 세상을 밝게 비추도록 하였다.[10]

ㅁ 메소포타미아의 아카드지역 우주기원신화 : 태초에는 대양인 아프

7) 袁珂, 전인초 외 역, 『중국신화전설』 I, 민음사, 1992, 154~155쪽.
8) 김형준, 『인도신화』, 청아출판사, 1994, 18~19쪽.
9) 안인희, 『북유럽신화 1』, 웅진지식하우스, 2007, 18~21쪽.
10) 大林太良, 권태효 外 譯, 『신화학입문』, 새문사, 2003, 85쪽.

스와 파도를 일으키는 바다 티아마트만이 존재하고 있었다. 그들 물이 서로 섞여졌을 때 거기에서 처음으로 뭄무(바다의 출렁거림)가 생겨났고, 그 다음으로 거대한 뱀의 부부인 라홈과 라함이 생겼다. 그들은 안사르(天空의 세계)와 키샤르(지상의 세계)를 탄생시켰고, 이들로부터 강한 기질을 지닌 아누와 엄청난 지식을 가진 벨·마르토크, 에아 등의 신들이 태어났다. 현자(賢者)인 마르도크는 원래의 바다인 티아마트를 죽였고, 그 사체를 물고기를 가르듯 둘로 잘라 반쪽으로는 활처럼 휘게 하여 하늘을 만들고, 다른 반쪽으로는 대지의 지주(支柱)를 만들었다. 그일을 마치자 마르도크는 하늘에 위대한 신들의 거처를 만들고 별을 장식하였으며, 세월을 정하여 별의 운행을 규정하였다. 하늘의 질서를 확립하자 마르도크는 그 때까지 완전히 잠겨있던 대지를 해저로부터 떠오르게 하였다.[11]

㉰ 멕시코 아즈텍의 우주기원신화 : 창조신의 아들인 데스카틀리포카와 케찰코아틀이 창조행위를 완성하고자 거대한 뱀으로 변하여 지상에 살고 있던 거대한 괴물인 틀랄테쿠틀리(Tlaltecuhtli)를 죽인다. 뱀으로 변한 두 신은 각기 괴물을 두 조각으로 찢어 반으로는 대지가 되게 하고 나머지 반으로는 하늘을 만든다. 이에 다른 신들이 잔인하게 살해된 틀랄테쿠틀리를 안타까워하며, 그 털은 나무와 꽃, 향료식물이 되게 하고, 가죽으로는 풀과 작은 꽃이 되게 했고, 눈은 우물과 샘, 작은 동굴이 되게 했으며, 입은 큰 강과 큰 동굴이, 그리고 코는 산등성이와 계곡이 되게 했다.[12]

최초로 세상이 형성됨에 있어 창조거인신의 사체로부터 우주가 기원하고 그 과정 속에서 지형이 생겨난다고 하는 자료는 이렇듯 세계 곳곳

---

11) 大林太良, 권태효 외 역, 같은 책, 85쪽.
12) Karl A. toube, 이웅균 외 역, 『아즈텍과 마야신화』, 범우사, 1998, 80~82쪽.

에서 다양하게 찾아볼 수 있다. 그러면 이들 자료에서 볼 수 있는 사체화생형 지형창조의 양상과 특징을 정리해보도록 한다.

첫째, 지형창조가 우주창조와 결합되어 나타나는 양상이 뚜렷하다는 점이다. 창조신이 거인적 존재를 죽여 그것으로부터 창조작업이 이루어지든지, 그렇지 않고 스스로의 선택에 의해 죽어 창조작업이 이루어지게 되든 우주창조와 지형 형성은 별개로 이루어지지 않는다. 자료 **㉮**와 **㉣**는 거인신 스스로가 죽어 우주창조작업이 완성되는 형태이고, **㉯**, **㉰**, **㉱**, **㉲**는 창조신에 의해 거인적 존재가 죽임을 당해 그것으로부터 우주가 생성되는 형태인데, 양자 모두 지형창조 작업이 우주창조 과정의 한 부분일 뿐 서로 분리되어 인식되고 있지 않음을 알 수 있다.

둘째, 전체적인 내용 구성은 원초적인 혼돈 또는 원수(原水)로부터 세상을 만드는 것에서 시작해, 주된 구성 요소는 하늘과 땅의 조성 또는 분리, 해와 달, 별 등 천체의 형성, 바람, 구름, 천둥 등 자연현상의 생성, 산과 강, 바다, 계곡, 평원과 같은 지형의 창조 등이다. 곧 지형 형성을 포함해 오늘날 우리가 살고 있는 세상의 모습과 현상들이 사체로부터 생겨나 차례로 자리잡아가는 과정을 잘 제시하고 있다.

셋째, 창조거인신의 사체로부터 우주가 창조됨에 있어 그 신체의 형상을 그대로 반영하여 창조 작업이 이루어지고 있다는 점이다. 거대한 동물의 신체를 반으로 나눠 하늘과 땅을 만든다거나, 두 눈이 해와 달, 피가 바다 또는 강물, 뼈가 산, 몸이나 엉덩이가 평원이 된다는 형태로 신체의 생김새를 형상화시켜 우주 및 지형의 생성과 연관짓고 있는 것이다. 소박한 신화적 상상력의 발현이라고도 볼 수 있는 부분이다.

이렇듯 우주창조 작업과정의 하나로 지형창조가 이루어지고 있으며,

우주창조와 지형창조가 서로 밀접하게 연관되어 있다고 하는 인식이 뚜렷하다. 우리 자료의 경우 창세신화에서는 천지분리와 일월조정 등 우주창생의 과정만으로 구성되고, 지형창조는 별개의 거인신격에 의해서 별도의 작업인 듯 나타나는 양상과는 큰 차이라고 할 수 있다.

그런데 설사 이런 차이를 확인하지 않더라도 사체화생형 지형창조는 우리의 창세신화나 지형창조신화에서는 전혀 찾아볼 수 없어 이런 연결성 자체가 우리 신화에는 유효하지 않다고 하겠다. 그렇다고 우주창생 작업과 연결되어 지형창조 작업이 이루어지게 되는 가능성을 닫아둘 필요는 없다. 다음에 살펴볼 우주정돈형 지형창조도 우주창조 작업의 일환으로 지형 형성이 이루어지는 형태로, 이것을 우리의 지형이 생겨나는 자료와 관련지어 논의할 가능성이 있기 때문이다.

2) 우주정돈형 지형창조

오바야시[大林太良]는 위의 사체화생형 지형 형성을 우주창조 작업의 하나로 파악했다. 실제 우주창조 작업과 연계되어 지형 형성이 이루어지기에 타당한 논급이다.[13] 그런데 중국 소수민족 창세서사시의 사례를 비롯해 세계의 여러 신화에서 우주창조 작업의 일환으로 지형 형성이 창조신에 의해 이루어지는 양상을 찾아볼 수 있다. 곧 창조신들이 하늘과 땅을 분리시킨 뒤 하늘과 땅이 온전히 자리 잡을 수 있도록 작업하는 과정에서 지형을 형성시키는 모습을 보이기 때문이다. 특히 천지분리 후 하늘과 땅의 길이를 맞추고 땅을 평평하게 펼치거나 늘이는

---

13) 大林太良, 같은 책, 83~85쪽.

등 땅의 크기와 모양을 완성하는 모습을 보이는데,[14] 이런 과정에서 산과 강, 들과 같은 지형이 형성되고 있는 것이다. 곧 우주정돈 과정의 일환으로 지형 형성이 이루어지는 양상이다. 이런 자료 모습은 중국 소수민족인 중부 묘족의 창세서사시, 이족의 창세서사시인 <러어터이[勒俄特衣]>, 필리핀 부낏논(Bukidnon) 창조신화, 나이지리아 베냉 오루바족의 창조신화, 북아메리카 이뤄쿼이족 창조신화 등 다양한 자료에서 이런 형상을 보이는데, 이 장에서는 지금껏 알려진 바 없고 우주정돈형 지형창조를 온전하게 파악하기에 적절한 중부 묘족 창세서사시의 지형창조 부분과 <러이터이>의 지형창조 부분을 중심으로 정리하고, 그 외의 자료는 다음 장의 우리 지형창조 관련 자료를 살피는 데에서 제시하면서 연계 짓도록 하겠다.

㉮ 묘족의 창세서사시
㉯ 이족 창세서사시 <러어터이>[15]

㉮는 『묘족고가』 중 <중부묘족고가>편의 '개천벽지(開天辟地)'에 수록된 자료이다. <중부묘족고가>의 자료를 보면 세상의 시작에 거인신들이 등장한다. 창세신 푸방[府方]은 다리 관절이 아홉 개나 있고, 팔이

---

14) 혼돈으로부터 하늘과 땅이 만들어졌는데 하늘과 땅의 크기가 맞지 않아 그 크기를 맞추거나 그런 과정에서 산이나 골짜기와 같은 지형이 생겨났다고 하는 형태의 우주창조신화는 야오족이나 이족 등 중국소수민족의 창세서사시에 흔히 등장하는 모습이다(김선자, 『중국소수민족 신화기행』, 안티구스, 2009, 432~433쪽).

15) 우주 정돈과 지형 형성이 연결되는 중국소수민족의 신화 사례는 장족이나 야오족 등 여러 민족에게서 다양하게 발견되나 묘족 창세서사시와 이족의 <러어터이>가 특히 우주정돈 과정의 일환으로 지형 형성이 이루어지는 모습을 뚜렷하게 보여주고 있어 이 두 편을 중심으로 정리하도록 한다.

여덟 쌍이나 있는 거인이다. 그는 물고기 아홉 광주리, 찹쌀떡 아홉 통을 먹는 대식을 하는 존재로 힘이 아주 세서 하나로 붙어있는 하늘과 땅을 갈라놓는다. 하늘을 받치는 기둥이 없어서 하늘과 땅이 흔들릴 때마다 네 명의 거인신인 바오궁[寶公]과 슝궁[雄公], 체궁[且公]과 당궁[黨公]이 모여 의논하여 금기둥으로 하늘을 받치고 은기둥으로 땅을 받쳐 인간들이 마음 놓고 살 수 있게 하였다. 그리고 금과 은으로 태양과 달을 만들기도 한다. 그리고 이런 우주창조작업의 일환으로 거인신 양요우[養優]는 산을 만들고 있으며, 머리에 뿔이 있는 거인 슈뉴[修狃]는 강을 만들고 있다.[16] 그 지형창조 해당 부분을 제시하면 다음과 같다.

> 현재에야 비로소 산이 있고,
> 이전에는 산이 없었으니,
> 누구 능력이 큰가?
> 누가 산을 만들었는가?
> 양요우[養优]는 능력이 크니,
> 양요우가 산을 만드네 :
> 높은 것은 눌러서 낮게 하고,
> 구부러진 것은 당겨서 곧게 하고,
> 산꼭대기는 모자와 같고,
> 산간의 평지는 말안장과 같고,
> 산허리는 의자와 같고,
> 산등성이는 손가락과 같고,
> 산골짜기는 서로 통하여,
> 굽은 곳도 있고 또 곧은 곳도 있네.

---

16) 김선자, 위의 책, 37쪽.

현재에야 비로소 강(江)이 있고,
현재에야 비로소 물[河]이 있어,
이전에는 강이 없고,
이전에는 물이 없어,
누가 강을 만들고?
누가 물을 만들었는가?

슈뉴[修狃]는 힘이 세며,
머리에 뿔 한 쌍이 있는데,
한 번 들이받으면 산이 무너지고,
두 번 들이받으면 땅이 꺼지고,
큰물이 세차게 흐르고,
도처에 강이 생겨,
사람들은 상앗대로 배를 저어,
왕래함이 베틀의 북과 같고,
입을 것을 찾고 또 먹을 것을 찾아,
생활이 비로소 풍족하게 되었네.

할아버지들과
할머니들이,
토지를 정리하고,
물길을 다듬고,
평지는 더 채우고,
경사지는 섬돌을 쌓아서,
비로소 땅이 있어 논밭을 만들고,
비로소 토지가 있어서 일을 하고,
비로소 산이 있어 나무를 심고,

푸른 작물이 온 들에 가득하네.

파꿍[耙公]은 산을 정비하고,
치오포[秋婆]는 강을 보수하고,
샤오꿍[紹公]은 평지를 메우고,
샤오포[紹婆]는 경사지에 섬돌을 쌓아,
비로소 땅이 있어 밭을 만들고,
비로소 토지가 있어서 일을 하고,
비로소 산이 있어 나무를 심고,
푸른 작물 온 들에 가득하네.[17]

곧 양요우[養優]와 슈뉴[修狃], 파꿍[耙公] 등은[18] 우주창조신들로, 여러 창조 작업을 수행해나가던 중 그 하나로 여러 거인신들이 함께 산과 강 등 지형을 형성시키고 있는 것이다. 이런 중부 묘족 창세서사시는 지형 형성과 관련해 다음 특징들이 잘 드러난다.

첫째, 중부 묘족 창세서사시 또한 우주창조 작업의 일환으로 지형을 형성시키는 성격이 분명하다. 지형창조는 우주창조 작업과 별개가 아니라 그 과정의 하나이다. 양요우나 슈뉴 등 거인신의 별도 행위로 지형이 형성된 것이 아니라 이 세상을 완성시켜가는 여러 단계별 과정 중의 하나이며, 창조신의 계획에 따른 거인신의 창조 작업으로 나타난다. 특히 이런 지형 형성은 하늘과 땅을 분리한 뒤 하늘과 땅의 창조를 완성시키는 정리 작업의 하나로 진행되고 있음을 볼 수 있다.

둘째, 여러 거인신들이 각기 역할을 분담해 지형을 창조하는 것으로

---

17) 潘定智 편, <中部苗族古歌>, 『苗族古歌』, 貴州人民出版社, 1997.
18) 이들 신들에 대해서는 전설 속의 거인신이라는 주석이 붙어있다.

나타난다는 점이다. 산을 만드는 신은 양요우이고, 강을 만드는 신은 슈뉴이며, 산이나 강, 평지를 메우고 보수하는 등의 작업은 파꽁 등이 각기 맡아 세상 지형이 온전히 자리 잡도록 하는 모습을 보여주고 있으며, 지형 형성이 복수의 거인신에 의해 이루어진다고 하는 점도 하나의 특징이라고 할 수 있다. 곧 창조거인신의 뜻에 따라 여타 거인신들이 도와 지형을 형성시키는 양상이다.

셋째, 거인신격이 태초에 막연히 또는 우연히 산과 강을 형성시켰다는 형태로 지형창조신화를 설정하기보다는 산, 강, 토지, 밭 등 생활을 염두에 두고 구체적인 지형을 형성시키는 양상을 보여준다. 곧 지형 형성이 우연보다는 필요에 따른 구체적인 형상을 지닌 형태로 창조되는 면모를 보여주며, 이 점은 원초적인 지형창조에서 나타나는 신화적 모습을 탈피해 보다 다듬어지고 정리된 신화적 구상을 바탕으로 전개된 양상이라고 할 수 있다. 아울러 이것은 지형 형성이 우주창조 작업 전체 속에서 부분적으로 독립적인 면모를 보이며 확장될 수 있는 여지를 보이는 것이기도 하다.

넷째, 그렇기에 지형 형성이 문화 창조와 연계성 속에서 파악되고 있음을 알 수 있다. 곧 산과 강, 평지를 정비하고 보수하여 농사를 지을 수 있고, 작물을 거둘 수 있으며, 땔감을 마련할 수 있게 되는 등 우주 창조의 과정이면서 인간들이 오늘날과 같은 삶을 영위할 수 있는 공간을 조성한다는 인식을 바탕에 둔 지형 형성인 것이다. 오랜 기간 전승되면서 신화를 다듬은 까닭으로 인해 나타난 양상으로 보이나 어떻든 지형의 형성이 문화와 밀접하게 맞닿아 있다고 하는 신화적 인식도 찾아볼 수 있는 것이다. 실제로 이 뒷부분에는 불의 발견이라는 창세신화소가 이어지고 있어 우주창조를 문화창조로까지 연결시키려고 하는 의식도 찾아볼 수 있다.

한편 이러한 성격과 특징들은 ❹의 <러어터이[勒俄特衣]> 자료와도 연결된다. 자료 ❹는 스촨성[四川省] 량산[凉山]지역에 거주하는 이족의 창세서사시로 이 자료의 지형창조의 양상 또한 ❼의 묘족 창세서사시와 궤를 같이 한다.

> 하늘과 땅을 개벽시키는 일은
> 씨이디니[司惹低尼]가 맡아서 하였다.
> 땅을 평평하게 정돈하는 일은
> 씨이위에쥬[司惹約祖]가 맡아서 하였다.
> 언티구쯔[恩体谷自]가
> 특별히 사신을 파견하였는데
> 아얼[阿爾] 선생을 청하여
> 동철도끼 아홉 자루를 주조하여
> 아홉 명의 젊은 신선에게 건네
> 위에쥬[約祖]를 따라 땅을 만들었다.
> 씨이위에쥬[司惹約祖]는
> 땅을 평평하게 만드는 일로
> 오전에는 너 먼저 나 먼저 서로 다투어 말하였고
> 오후에는 '네가 해라' '내가 한다' 하며 다투었다.
> 높은 산을 만나면 쪼개고
> 깊은 계곡을 만나면 쳐냈다.
> 한 곳에 산을 만들어
> 양 기를 땅을 만든다.
> 한 곳에 둑을 만들어

소 기를 곳을 만든다.
한 곳에 평원을 만들어
모 심을 곳을 만든다.
한 곳에 언덕을 만들어
메밀 심을 곳을 만든다.
한 곳에 좁은 골짜기를 만들어
싸우는 곳으로 만든다.
한 곳에 물 흐르는 계곡을 만들어
물이 흘러갈 수 있는 곳으로 만든다.
한 곳에 산비탈을 만들어
집 지을 곳을 만든다.[19)]

<러어터이>의 이런 지형창조 또한 우주창조 작업의 일환으로 진행
되는 것임을 분명히 밝히고 있다. 하늘과 땅을 개벽시키는 일은 씨이디
니[司惹低尼]가 맡아서 하였다고 하며, 땅을 평평하게 정돈하는 일은 씨
이위에주[司惹約祖]가 맡아서 했다고 한다. 곧 지형 창조는 우주창생의
한 과정으로 특히 분리된 땅이 자리 잡도록 정돈하는 작업으로 진행되
고 있음을 파악할 수 있다. 세상이 처음 창조되는 과정에서 땅을 바로
잡는 과정이 필요하며, 그런 작업을 수행하는데 있어 필연적으로 지형
형성이 수반된다고 하는 것이다.

이런 자료 ❹ 또한 거인신격이 태초에 막연히 산과 강을 어떻게 형
성시켰다고 하는 식의 지형 형성을 보여주기보다는 산, 비탈, 언덕, 평
지, 도랑, 논이나 밭이 될 곳 등 그 지형의 쓰임새에 따라 보다 구체적

---

19) 馮元蔚 외, 『凉山彝文資料選譯(1)－「勒俄特衣」』, 西南民族學院, 1978, 13~15쪽.

인 지형을 형성시키는 양상을 보여준다. 곧 지형 형성이 우연에 의한 것이기보다는 필요에 따라 구체적인 형태의 지형이 만들어지는 모습을 보여주고 있어 자료 ㉮와 상통하는 양상이며, 생활공간을 염두에 둔 채 지형 형성에 변형이 이루어진 것으로 보인다.

아울러 그렇기에 자료 ㉯도 지형 형성이 문화 창조와 연계성 속에서 전개되고 있음을 파악할 수 있다. 곧 논과 밭을 일구는 지형을 별도로 만들고, 목축을 위한 지형을 별도로 만들며, 관개시설을 위한 지형을 별도로 만드는 등 문화적인 기반을 토대로 지형 형성이 이루어지는 면모이다. 후대로 전승되면서 지형창조신화가 다듬어지고 정리된 데 따른 신화적 형상을 보여주는 것이 아닌가 생각된다.

이상 <중부묘족고가>와 <러어터이> 등 두 중국소수민족의 창세서사시 자료에 나타난 지형창조 부분을 살펴보았다. 이들 두 자료에서는 무엇보다도 우주창조 작업의 일환으로 지형 형성이 이루어지고 있음이 뚜렷하게 나타난다. 앞서 살핀 사체화생형 지형창조뿐만 아니라 창조신들에 의해 천지가 분리되고, 그 하늘과 땅이 고정되며, 그것과 연계해 또는 그 후속작업으로 지형을 형성시키는 우주정돈형 지형창조에서도 역시 지형창조는 우주창생작업의 한 과정으로 포함되어 있는 것이다.

이족과 묘족의 중국소수민족 창세서사시에서는 우주창조 작업과 관련해 여러 신들이 지형을 창조하는데, 이와 같은 우주정돈형 지형창조의 자료 양상은 우리의 지형창조신화를 이해하는 데 중요한 지침이 된다. 곧 사체화생형 지형창조의 자료는 우리 신화에서 찾아볼 수 없지만 우주정돈형 지형창조 자료 양상은 천지분리, 일월조정 등 여러 부분 우리의 창세신화에서 그 면모를 찾아볼 수 있기 때문이다. 다만 우리의 창세신화에서는 지형창조가 없는 채로 우주창조의 신화적 면모만 나타나고, 지형 형성은 별도의 거인에 의한 작업으로 이루어지는 모습을 보이기는 하지만, 이들 자료가 결합된다면 곧 우주정돈형 지형창조의 자료 양상이라고 볼 수 있기 때문이다.

그러면 사체화생형 지형창조와 우주정돈형 지형창조 등의 신화적 면모를 참고로 삼아서 우주창조 작업과 별개로 지형창조가 진행되는 우리 신화 자료 또한 그 연계선상에서 파악할 가능성이 없는지를 확인해 보도록 하겠다.

3. 우리 지형창조신화의 성격과 본질

우리나라 우주창조신화에 해당하는 창세신화에서는 지형 형성 부분이 포함되어 나타나지 않는 것이 분명하다. 함경도의 <창세가>나 제주도의 <천지왕본풀이> 등과 같은 자료에서 창세신이 이 세상의 산, 강, 들, 바다와 같은 지형을 형성시켰다고 하는 대목은 찾아볼 수 없기 때문이다. 그렇다고 해서 우리 자료에서 보이는 지형창조 양상을 단순히 창조신의 우주창조 행위와는 무관한 별개의 거인신 행위로만 파악하고 말 것인가에 대해서는 생각해볼 여지가 적지 않다. 이 점에 대해서는 다음 두 가지 문제를 정리하면서 접근해야 할 부분이라고 생각한다.

㉮ 우주창조의 거인신에게 지형창조의 흔적을 찾을 수 있는가?
㉯ 지형 형성의 거인신들에게 우주창조의 면모는 있는가?

㉮의 문제는 앞서 살폈듯이 세계 여러 신화 사례를 볼 때 우주창조가 이루어지는 동시에 또는 우주창조 작업의 일환으로 지형 형성이 이루어지는 것으로 나타나기에 제기되는 의문이다. 우주창조 과정에서 지형 형성이 이루어지는 자료가 사체화생형과 우주정돈형의 두 가지 형태라고 했는데, 이 중 전자의 모습은 우리 자료에서는 찾아보기 어렵기에 주로 관련지어 살필 것은 우주정돈형 지형 형성의 모습을 보이는 자료이다.

우주정돈형 지형 형성의 자료에서 창조주와 그를 돕는 여러 신들이 주로 수행하는 작업은 하늘과 땅의 분리, 하늘과 땅이 다시 합쳐지지 않도록 떠받치는 과정, 해와 달, 별 등 천체 형성, 하늘과 땅의 크기를 조정하거나 평평하게 펴는 작업, 산과 강, 바다, 들 등 이 세상의 지형을 형성시키는 작업 등이다. 그렇다면 우리의 자료 중 이런 작업과 밀접한 연관이 있는 것이 있는가? <창세가>와 <천지왕본풀이> 등 우리의 창세신화에서 이런 모습들이 내포되어 있다. <창세가>에서는 하늘과 땅의 분리, 네 모퉁이에 구리기둥을 세워 하늘과 땅이 다시 합쳐지지 않도록 고정하는 작업, 일월조정 및 별의 생성 등의 화소가 잘 나타나고 있으며, 진성기 채록의 <천지왕본풀이>와 같은 자료를 보면 도수문장이 천지를 분리시키고 일월이 생겨나는 과정을 밝히고 있기 때문이다. 다만 이런 창조행위를 하는 데서 창조 거인신격에 의한 지형창조 부분만이 빠져있다. 곧 우주정돈형 지형 형성의 자료들에서 우주창조 작업의 일환으로 산과 들, 강 등을 만드는 지형 창조행위가 나타나는데 이 부분이 우리 창세신화에는 잘 드러나 있지 않은 것이다. 이런 까닭에 여타 세계 신화 사례를 대비하여 생각해 볼 때 우리의 창세신화에서 지형 형성 부분이 약화 또는 탈락되었을 개연성은 충분히 있다. 그 가능성을 제시해주는 자료가 고창학 구연본의 <초감제>이다.

옥황이 도수문장 굽어보니
하늘광 땅이
늬귀 줌쑥 떡징롵이 눌어,
늬귀가 합수ᄒ니
혼합으로 제이르자,
천지개백 도업으로
제이르자,
도수문장이 혼 손으로
하늘을 치받고
또 혼 손으로 지하를 짓 눌러,
하늘 머린
건술 건방 ᄌ방으로 도업ᄒ고
땅의 머린
축방으로 열립네다.
동의 머린 서의 촐리
서의 머린 동의 촐리,
천팔복이 건술 건방
제동방이 수성개문 열립네다.
이 하늘광 땅 ᄉ이에는
산도 곪이 납네다.
물도 곪이 납네다.
산 밑디는 물이 나고
물 밑디는 물이 나고,

산광 물이 긶우다.
산중에는 천하맹산
골용산이우다.
물중에는 황화수가
위주우다.
이 하늘은
잉우이도 삼하늘
밭 우이도 삼하늘
지하 우이 삼하늘
삼십삼천 설은 시 하늘이우다.
이 하늘은
청청 묽은 하늘이우다.
땅은 백사지 땅이우다.
밤도 왁왁 일목궁이
시절이우다.
제토성이 엇던 하늘이우다.
해광 둘이 엇던 하늘이우다.
제토성이 솟아나대 동이 가난
동산 새벨 부픔네다.
서이 가난
백토성이 부픔네다.
남방이 노인성이 부픔네다.
북이 가난
북두칠성 부픔네다.[20]

---

20) 진성기, <초감제>, 『제주도무가본풀이사전』, 민속원, 1991, 655쪽.
　　최근 현승환이 「설문대할망 설화 재고」(영주어문 24, 영주어문학회, 2012)에서 진성
　　기 채록 설문대할망 자료가 출간판본을 달리하면서 내용이 바뀌어 자료의 신빙성에

이 자료에서 보면 우주창조신화의 일부로 지형이 창조되는 양상이 나타나고 있다. 위의 <초감제>는 도수문장에 의해 하늘과 땅이 분리되고 하늘이 열리며, 그 사이에 산과 물 등이 생겨나 자리잡는 과정이 들어있다. 그 뒤를 이어 삼하늘 삼십삼천 하늘이 마련되고, 해와 달, 별들이 차례로 생겨나는 과정으로 전개되고 있다. 여기서 보듯 천지분리, 지형 형성, 천체의 생성 등 우주창조신화로서의 신화소를 잘 갖추고 있다. 다만 창조행위의 주체는 불분명하다. 도수문장이 한 손으로 하늘을 치받고 지하를 짓눌러 천지를 분리시키고 뒷부분에서는 복수의 해와 달을 제치하는 모습으로 창조거인신적 면모를 확실하게 보여주지만 이런 지형 형성이 곧 도수문장에 의한 것인지는 알기 어렵다. 그럼에도 이 <초감제> 자료는 우리의 우주창조신화에 다소나마 지형창조가 포함되어 있음을 확인하게 해주는 자료로서 의미와 가치가 있다.

다음으로 ㉯의 문제는 우리의 지형 형성 자료가 우주창조 작업과는 별개로 주로 여성거인에 의해 이루어지는 양상을 보이는 데서 제기되는 의문이다.21) 지형 형성을 담당하는 여성거인 즉 설문대할망이나 마고할미 등과 같은 창조거인신의 행위에서 우주창조의 형상을 찾아보기란 쉽지 않다. 그렇다고 전혀 없는 것은 아니며, 제주도 설문대할망의 자료 경우는 할망이 천지개벽시 하늘과 땅을 분리시키는 존재이면서

의문이 있음을 제기한 실정이다. 하지만 이 글에서 인용한 <초감제> 자료는 제보자와 채록시기도 온전히 밝힌 무가 자료이고,『남국의 무가』(1968)는 이후 판형이 바뀌어 재출간되었지만 바뀐 부분이 없어 일단 이 자료까지 신빙성을 의심할 단계는 아니다.

21) 이 문제에 대해서는 허남춘도 "일본『세계신화사전』을 보면 '천지창조신화' 항목에 천지분리, 복수의 해와 달 정리, 국토 생성 등 세 가지 신화소를 들고 있다"면서, 특히 '국토 생성'에 중점을 두면서 설문대할망설화가 천지창조신화의 파편화된 설화 형태로 보고 있다.(허남춘, 같은 글, 106~111쪽)

동시에 제주도라는 섬을 만드는 지형 형성 작업을 수행하는 신으로 나타나기도 한다. <설문대할망>이라고 하는 제주도에서 채록된 다음 자료는 설문대할망의 우주창조신으로서의 면모를 잘 보여주고 있다.

　하늘광 땅이 부떳는디 천지개벽홀 때 아미영ᄒ여도(아무리 하여도) 열린 사름이 이실 거라 말이우다. 그 열린 사름이 누구게 열렷느냐 하민 아주 키 크고 센 사름이 딱 떼어서 하늘은 우테로(위로) 가게 ᄒ고 땅을 밋트로(밑으로) ᄒ여서 ᄒ고 보니 여기 물바다로 살수가 읎으니 ᄀᆞ드로(가로) 돌아가멍 흑 파 올려서 제주도를 맨들엇다…22)

천지개벽시에 하늘과 땅이 서로 붙어있었는데, 설문대할망이 천지를 분리시켜 하늘을 위로 가도록 하고 땅은 아래로 가도록 한 뒤, 사람들이 살 수 있도록 물속에서 흙을 파올려 제주도를 만들어 놓았다고 한다. 여기서 보면 설문대할망은 단순히 제주도를 형성시킨 여성거인으로서의 역할만을 수행하는 것이 아니다. 보다 원초적인 우주창조 작업의 주인공으로서 기능과 역할을 맡고 있다.23)

　위의 <설문대할망>에서 창조거인신으로서 설문대할망의 중요 행위는 두 가지로 정리할 수 있다. 첫째는 태초에 붙어있던 천지를 분리시키는 존재로서 우주창조신적 성격을 지닌다는 점이다. 이런 모습은 하

---

22) <설문대할망>, 『한국구비문학대계』 9-2(제주시), 한국정신문화연구원, 1981, 712쪽. 위의 <설문대할망> 자료는 여타 자료와 달리 내용상 다소 특이한 양상을 보이기는 하지만 전국적 조사사업의 일환으로 진행된 『구비문학대계』 9-2에 실려있는 자료이며, 김영돈 선생이 직접 조사하면서 조사과정도 구체적으로 포함시켜 제시하고 있기에 자료의 신빙성에는 문제가 없다고 할 수 있다.

23) 권태효, 「여성거인설화의 자료 존재양상과 성격」, 『탐라문화』 37호, 제주대 탐라문화연구소, 2012.

늘과 땅을 벌리고 네 모퉁이에 구리기둥을 박아 다시 합쳐지지 못하도록 한 창세거인신 미륵의 행위나 한 손으로 하늘을 받치고 또 한 손으로는 지하를 눌러 하늘과 땅을 분리시키는 도수문장의 행위와도 크게 다르지 않은 모습임을 알 수 있다. 곧 위의 <설문대할망> 자료는 여타 여성거인설화에서 보여주는 특정 지형을 형성시키는 신으로서의 한정된 기능이 아닌 그 이상의 우주창조신적 면모를 잘 확인할 수 있게 해주는 것이다. 둘째는 여타 여성거인설화처럼 설문대할망은 지형을 형성시키는 거인으로서의 면모를 잘 보여준다. 이 자료에서는 사람들이 살 수 있도록 제주도라는 섬을 만들었다고 하였지만 이는 단지 제주도 지형을 형성시킨 것에 국한된 것은 아닐 것이며, 이 세상의 지형을 형성시키던 모습을 제주도라는 지역에 초점을 맞춰 한정하여 설명하는 것이라고 할 수 있다. 곧 제주도 지역에서 전승되기에 제주섬이라고 한정을 지은 것일 뿐 태초에 이 세상의 땅덩어리를 만들었던 창조신으로서의 면모에 다름 아니다. 이렇듯 설문대할망은 천지를 분리시키고 제주도를 비롯한 이 세상의 지형을 새로 창조하는 창조여신으로서의 면모를 보이는데, 이것은 앞 장에서 살폈던 우주정돈형 지형 형성의 자료에서 볼 수 있었던 신화적 성격을 그대로 간직하고 있는 것이라고 볼 수 있다.

하지만 남는 문제가 있다. <설문대할망>처럼 우주창조신적 면모를 보이는 거인설화 자료들이 아주 드물다는 사실이다. 실상 지형을 창조하는 여성거인신격의 행위는 이 세상의 산과 들, 강과 같은 지형을 형성시키거나 특정 지역의 산이나 섬을 만드는 것처럼 지형을 형성시키는 행위에 국한되어 나타나는 것이 일반적이기 때문이다. 그렇기에 위의 <설문대할망>과 같은 자료는 아주 중요한 신화적 성격을 지녔음에도 불구하고 지형을 형성시키는 거인신격이 우주창조 작업까지 수행하는 존재로서 일반화할 수 있을 지는 의문인 것이다.

한편 이런 양상과 관련해 주목되는 여성거인설화 자료들이 있다. 특히 육지의 마고할미설화에서 잘 나타나는 양상으로, 곧 지형을 창조하는 마고할미의 설화들에서 보면 마고할미는 창조신을 명을 받거나 창조신을 도와서 특정 지형을 형성시키는 존재로서의 성격과 역할이 두드러진다는 점이다. 마고할미가 지형을 창조함에 있어 스스로의 의지에 의해 지형창조 작업이 이루어지는 자료가 있는가 하면 조물주의 명을 받아 지형창조 행위를 수행하는 모습의 자료들도 다수 찾아볼 수 있다는 것이다.

예컨대 <옥계천의 진주석>[24]과 같은 설화에서 보면 조물주의 명에 의해 선경(仙境)을 만들기 위해 돌을 옮기다가 결국 실패하고 창조행위를 온전히 완수하지 못하는 것으로 나타난다. 이런 성격의 자료에서 주목할 부분은 마고할미 스스로가 지형창조의 주체이기보다는 창조신은 별도로 존재하는 상태에서 그를 도와 지형을 창조하는 작업만을 수행하는 조력자로서의 기능을 맡고 있는 것이다. 이런 모습은 앞에서 살핀 <중부묘족고가>나 <러어터이>와 같은 우주정돈형 지형창조 자료에 비춰본다면 창조신과 그를 돕는 여러 조력자 역할의 신들에 의해 우주창조 작업이 이루어지며, 그런 작업의 일환으로 지형을 형성시키는 역할을 수행하는 모습과 일정한 연관성을 지을 수 있다. 곧 이들 중국소수민족 창세서사시에서는 창조신과 함께 또는 창조신을 도와 우주창조

---

24) 임석재전집 12, <옥계천의 진주석>, 『한국구전설화』(경북편), 평민사, 1993, 24쪽.

작업의 한 과정으로서 특정 신격이 지형창조 임무를 수행하고 있어 우리의 여성거인이 조물주의 명을 받아 지형을 새로 형성시키는 모습에 대응하고 있다는 것이다. 물론 여러 자료에서 창조주의 명을 받아 지형을 형성시키고자 했으나 금기를 어기거나 실수로 원했던 지형을 온전히 완성하지는 못하는 것으로 나타나기도 하여 창조신화적 면모를 잃어버린 형태 곧 희화화된 양상을 보여주기도 하지만, 지형 형성이라는 목적을 수행하는 창조신적 행위와 면모는 그대로 간직하고 있다는 것을 알 수 있다.

이렇게 볼 때 위에서 든 자료들을 통해 다음과 같은 정리가 가능할 것이다.

> ㉮ <천지왕본풀이>
> ㉯ <설문대할망>
> ㉰ <옥계천의 진주석>

자료 ㉮는 창세신화의 하나로 우주창조의 신화적 면모를 잘 보여준다. 창조거인신에 의해 천지가 분리되고, 그 분리 후 산과 물들이 만들어지고 자리 잡는 과정, 해와 달, 별 등의 천체 생성 및 복수 일월의 조정 등이 잘 드러나 있어 우주창조신화로서의 면모를 잘 보여주지만, 그 과정의 하나로 진행되는 지형 형성 부분이 창조거인신에 의한 행위인지는 불분명하여 그 성격이 약화된 모습을 보여주는 자료이다. 육지의 <창세가>에는 아예 지형창조 부분은 나타나지 않고 있음을 볼 수 있다.

자료 ㉯는 세상이 처음 생겨날 때 여성거인이 하늘과 땅을 분리시키고 제주섬을 형성시키는 것과 같은 지형창조 작업을 잘 보여주는 자료이다. 우주창조 작업 속에 지형 형성이 포함되어 함께 진행되는 모습을 보여주고 있어 우주창조 신화적 면모를 온전히 보여주는 자료라고 할 수 있다. 곧 우주창조신화의 구성 요소를 비교적 온전히 갖춘 자료로서, 지형창조신화로서의 온전한 기능과 성격을 잘 반영하고 있는 자료 형태인 것이다. 오키나와의 지형창조신인 아만츄 같은 경우도 하늘과 땅을 분리하는 존재로도 나타나 ⓐ와 같은 형태라고 할 수 있다.25)

자료 ⓓ는 천지분리나 일월의 생성과 같은 우주창조 작업과 무관하게 지형을 형성시키는 작업을 수행하는 모습만을 보여주는 자료이다. 이것은 지형창조 거인신과는 별개로 우주창조를 총괄하는 창조주가 있고, 그 명령에 따라 지형을 형성시키는 작업을 수행한다는 점에서 창조주를 돕는 부신(副神)으로서 기능을 수행하는 것이며, 복수의 창조신이 존재한다는 것을 의미한다고 해석할 수도 있다. 이런 ⓓ는 전승과정상의 창조거인신으로서의 기능이 약화되면서 생겨난 변이 또는 파편화된 형태로서 우주창조신화에서 지형창조의 임무를 수행하는 부분만이 독립되어 나타났을 가능성도 생각해볼 수 있다.

이런 자료 층위들을 염두에 두고 전체적으로 조망해볼 때 우주창조 신화와의 연계성 속에서 거인신격에 의한 지형창조가 나타났을 가능성은 다각도에서 확인된다. 물론 확실하게 어떻다는 것을 논증하기는 쉽지 않다. 다만 이 상황에서는 이들 자료들을 조합하고 정리하여 다음 세 가지 각도로 추정 가능성을 생각해 볼 수 있다.

---

25) 우리나라 자료는 아니지만 이런 성격과 동일한 자료적 양상을 보이는 것을 오키나와의 창조신화에서 찾아볼 수 있다. 곧 여러 지형을 형성시키는 창조거인신 아만츄는 태초에 하늘과 땅이 붙어있던 것을 분리시키는 우주창조신의 역할도 수행하고 있다 (정진희, 『오키나와의 옛이야기』, 보고사, 2013, 76쪽).

㉮ 창세신 스스로 우주창조 작업의 일환으로 지형창조 행위까지 수행했으나 그 부분이 약화 또는 탈락되었을 가능성
㉯ 설문대할망과 같은 거인 신격 스스로가 우주창조신의 역할까지를 수행했으나 후대로 전승되면서 변모되어 <설문대할망> 자료와 같이 지역적으로 한정되어 지형 형성에 초점을 맞추는 형태로 변형되었을 가능성
㉰ 본래 우주창조작업을 총괄하던 창조신 부분은 탈락된 채 창세신을 돕는 부신적 성격의 존재에 의한 지형창조만 남았을 가능성

이런 세 가지 가능성을 제시했는데, 여기에는 근본적으로 따져보아야 할 문제가 두 가지가 있다. 첫째는 ㉮와 ㉯, ㉰의 간격을 어떻게 연결시킬 것인가 하는 문제이다. ㉮는 무속신화로 무속의례를 통해 전승될 뿐 아니라 창세신화로서 지형창조 이외의 우주창조신화적 성격이 강한 반면, ㉯와 ㉰는 일반인의 입을 통해 전승되며 내용도 일부 자료에 국한되어 천지분리가 있거나 막연한 별도의 창조신이 있다는 설정을 하는 형태로, 전승환경은 물론 담고 있는 지형창조신화적 성격에 있어서도 어느 정도 간격을 보이기 때문이다. 물론 위의 세 가지 자료 형태와 가능성을 갖고 본다면 전승과정상 탈락 또는 파편화된 형태로 파악할 수 있지만 둘의 교섭관계나 넘나드는 양상까지를 구체적으로 입증하는 데에는 한계가 있다. 둘째는 지형창조의 면모가 남아있는 위의 <천지왕본풀이>나 <설문대할망> 자료는 제주도에만 한정해 나타나는 양상을 보여 우리 자료 전반으로 일반화시킬 수 있는가 하는 문제이다. 이 점은 육지보다는 제주도가 무속신화나 설화 편수가 다양하게 전승될 뿐 아니라 고형의 신화 형태도 많이 잔존하고 있는 까닭에 나타난

현상으로 보이나 이 부분 또한 향후 구체적인 논증이 필요할 것으로 보인다.

한편 몇몇 외국 우주정돈형의 자료는 이러한 우리 지형창조신화가 우주창조신화적 성격으로 연결될 수 있는 여지를 두고 있다. 필리핀 부낏논 창조신화와 북극해안의 처키창조신화 등의 자료가 이 점을 이해하는 데 도움이 된다.

태초에 반땡(Banting)이라고 불리는 강한 빛의 작은 구체(求體)에 선신(善神)인 디와따 나 막바바야(Diwata na Magbabaya : 뭐든 마음대로 할 수 있는 착한 신)와 침을 흘리는 머리 10개를 가진 악신(惡神)인 다단하얀 나 수가이(Dadanhayan na Sugay : 허락을 구해야 하는 신), 그리고 이 두 신을 지탱하고 있는 독수리 모양의 머리에 힘 있는 날개를 지니고 인간 몸을 한 신악따야분(Agtayabun : 중재자)이 있었다. 어느 날 선신이 반땡을 넓히고 하늘의 반땡을 고정하기 위해 땅을 창조해야겠다고 마음을 먹고 악따야분에게 악신이 있는 자리 아래에서 흙을 떠오게 하고, 이것으로 땅을 만들고자 설득하여 이 세상에 땅이 생겨났다. 하지만 땅이 곧 건조해지자 악신에게 침을 떨어뜨리도록 하자 그것이 큰 비가 되어 내려 땅에 물이 넘치게 되었고, 비가 그치자 산과 언덕, 계곡, 평야, 협곡이 생겨났다. 그리고 물이 충분히 남아 시내와 강을 이루었고, 바다라는 큰 구멍으로 흘러들었으며, 풍성한 목초와 나무, 꽃들이 땅 위에 피어나게 되었다.[26]

필리핀 부낏논 창조신화는 태초에 세상이 창조되는 과정에서 지형

---

26) 김민정, 「필리핀 창조신화의 주요 모티프」, 『세계신화의 이해』, 소화, 2009, 161~162쪽 요약.

형성이 이루어지는 신화임을 볼 수 있다. 그런데 이 자료는 우리의 지형창조신화와 관련하여 시사하는 바가 적지 않다.

첫째, 세상이 처음 생겨나는 우주창생신화가 분명함에도 그 초점이 지형 형성에 맞춰지고 있다는 점이다. 곧 우주창조의 한 과정으로 지형 창조가 이루어지는 양상인데, 그 무게 중심이 지형 형성으로 이동해 있음을 볼 수 있다. 이것은 우주창조 작업이 축소되고 특정 지형의 형성을 중심으로 이야기가 짜여진 형태인 ⓐ의 <설문대할망> 자료와도 성격을 같이하는 양상이다.

둘째는 지형 형성에 있어 신(神)이 10개의 머리에서 뱉은 침으로부터 각기 형상을 갖춘 세상에 펼쳐지게 되었고, 그것이 산과 강, 평야, 바다 등으로 변모되었다고 하는 점이다. 곧 배설물에 의해 지형이 형성되고 있는 모습이다. 우리의 지형창조 거인설화에서 가장 흔한 모습 중 하나가 거인신격의 배설에 의한 지형창조라고 할 수 있는데,[27] 이 자료를 통해 본다면 우주창생의 일환으로 지형 형성이 이루어지는 창조신화임에도 배설에 의한 지형창조가 이루어지는 것으로 나타남을 확인할 수 있는 것이다.

셋째는 창조의 중심신인 디와따 나 막바비야의 말을 따라 그 부신격(副神格)의 신인 다단하얀 나 수가이가 지형창조 작업을 수행하고 있다는 점이다. 물론 이런 구상은 창조의 주체자에 의해 이루어졌으며, 부신격(副神格)의 신인 다단하얀 나 수가이는 그 자신이 의도했던 것은 아니긴 하지만 태초에 지형을 형성시키는 역할을 한다. 이런 모습 또한 우리의 지형 형성 거인설화와 상관되는 양상이라 할 수 있다. 곧 조물

---

27) 권태효, 『한국의 거인설화』, 역락, 2002, 85~91쪽.

주의 명을 받아 마고할미 등이 지형을 형성시키는 경우가 많고, 이 경우 특히 의도한 바가 아닌 우연한 행위에 의해서 지형이 창조되는 형태로 나타나기 때문이다.[28]

이와 같은 필리핀 부끼논 창조신화를 참고삼아 볼 때 우리의 지형창조 거인설화에서 그 창조행위가 배설물에 의한 창조 형태로 희화화되어 나타난다든가 의도되지 않은 창조작업이기에 신화적 성격이 약화된 형태임이 지적되었던 점은 반드시 그런 시각만으로 접근할 것이 아니라고 할 수 있겠다.

한편 세상을 창조하는 과정에서 이처럼 배설물로부터 지형을 형성시키는 자료는 시베리아와 알래스카의 북극 해안에 사는 원주민인 처키 창조신화에서도 찾아볼 수 있는 모습이다. 태초에 창조신인 라벤의 부인이 세상을 창조하고 있었는데, 그 과정에 무관심하던 라벤이 갑자기 땅이 필요하다는 요청을 듣고 날아다니면서 똥을 누고 오줌을 싸서 산과 계곡, 강, 바다, 호수 등을 만들었다고 한다.[29]

이렇듯 필리핀 부끼논 창조신화와 처키 창조신화 자료는 우주창조

---

28) 지형 형성이 이 세상이 처음 생겨나는 우주창조신화의 일환으로 이루어지는 데 있어, 창조신의 창조작업을 돕는 부신이 지형을 창조하는 주체가 되는 모습을 보이기도 하는데, 나이지리아 베냉 요루바족의 창조신화가 그런 사례에 해당한다고 할 수 있다. 따라서 이 자료 또한 지형창조가 우주기원으로 연결되는 양상을 이해하는 데 도움이 된다. 곧 이 신화에서는 세상이 처음 창조될 때에 하늘과 바다만이 있어 너무 단조로워 하늘의 신 올로룬의 허락을 받은 오바탈라신이 가장 현명한 신 오룬밀라의 도움으로 모래가 든 달팽이와 흰 암탉 등을 얻어 그 닭이 달팽이껍질에 담긴 모래를 사방으로 흩었고, 흰암탉이 부릿짓을 하여 산들이 솟아올랐고 계곡이 펼쳐지게 되었다는 것이다. 곧 지형을 창조하는 거인신격이 인간이 아닌 동물로 설정된 양상이다. 어떻든 창조과정에서 최고신의 명을 받은 거신적 존재가 처음으로 지형을 형성시키는 양상을 확인할 수 있다(브누아 레스, 남윤지 역, 『세상은 어떻게 만들어졌을까?』, 문학동네, 2008, 160~162쪽).
29) 데이비드 리밍, 박수현 역, 『신화』, 이소출판사, 2004, 43~45쪽.

작업과 더불어 지형창조 작업이 이루어지는 모습을 잘 보여주는 자료로서, 특히 지형 형성에 초점이 맞춰진다는 점, 배설물에 의한 지형창조인 점, 창조신과 별도로 부신적 역할을 하는 존재에 의해 지형창조가 이루어진다는 점 등의 특징이 있어 특히 ㉯와 ㉰를 통해 제시한 가능성에 참고가 될 만하다. 우주창조신화에서 지형창조 위주로 전이 또는 중심 이동이 나타나는 양상이 우리의 지형창조신화 자료에서만 발견되는 것은 아니라는 것이다. <창세가>나 <천지왕본풀이> 등 우주창조신화적 성격의 자료가 굿이라는 무속의례를 통해 전승되면서 우주기원신화로서의 면모를 간직한 가운데 지형창조가 탈락되었는지, 혹은 원래 없었는지는 뚜렷하게 확인할 길이 없다. 그렇지만 <설문대할망>과 같은 구체적인 자료를 통해 일반인의 입을 통해 전승되는 지형창조신화에서도 우주창조신화적 면모를 찾을 수 있을 뿐 아니라, 전승과정상 지형창조 중심으로의 변이 또는 우주창조 부분이 탈락되면서 지형창조 작업 위주로 현재에 전해지고 있을 수 있다고 하는 점 등 여러 모로 이해가 가능한 측면이다.

이렇게 볼 때 지금까지 우리 신화에서 우주창조와 지형창조가 서로 별도의 신화에서 별개의 형태로 전승된다고 하는 것은 새로운 접근이 필요하며, 이런 이해를 위해 우리 자료를 찾고 면밀하게 살피는 것과 더불어 같은 성격의 외국 자료를 참고삼아 이해의 발판을 마련하는 것도 중요하다고 하겠다.

4. 마무리

이 글은 우리의 지형창조 거인설화에 대한 연구가 부족했던 점들을 보완하고자 마련한 글이다. 특히 외국의 지형창조신화의 사례를 볼 때 지형창조 거인설화 일부가 우주기원신화와 연결되는 양상을 보임에도 우리 자료는 그저 별개의 성격으로만 이해하고 말았었는데, 그 점에 대해 근본적으로 다시 생각해보면서 우주창조신화와 연계되어 지형창조가 이루어졌을 여러 가능성을 모색하고자 하였다.

그러면 이 글에서 밝힐 수 있었던 바를 정리하면서 향후 연구 방향성을 찾아보도록 하겠다.

우선 이 글에서는 세계 곳곳에서 전승되는 우주창조 작업과 연계 모습을 보이는 지형창조신화 자료들을 모아 그 양상을 정리하였다. 지형창조의 자료 양상을 크게 사체화생형과 우주정돈형으로 구분하였다. 사체화생형으로는 메소포타미아의 아카드지역의 우주기원신화 등 6편을 제시하면서 그 특징으로 1) 지형창조가 우주창조와 결합, 2) 원초적인 혼돈으로부터 천지 분리, 천체의 생성, 자연현상의 생성, 지형의 창조 등의 요소로 구성, 3) 창조신의 신체 생김새를 우주 및 자연, 지형 모양과 연관 지어 형상화시킨다는 점 등의 특징을 지적하였으며, 이런 사체화생형의 자료 양상은 우리의 지형창조신화에는 나타나지 않는다고 했다. 그리고 우주정돈형에서는 지금까지 알려지지 않았던 중국소수민족의 창세서사시인 <중부묘족고가>와 <러어터이> 등의 자료를 소개하면서 1) 지형창조가 우주창조 작업의 일환으로 진행되는 점, 2) 여러 신들이 참여해 산과 강, 들 등 각기 역할을 분담해 지형을 함께 창조한다는 점, 3) 지형창조가 거인신격의 막연한 창조행위이기보다는 산, 강, 토지, 밭 등 생활환경을 염두에 둔 구체적인 지형 형성이라는 점, 4) 지형 형성이 문화 창조와 연계성 속에서 전개된다는 점 등이 특징이며, 그 전승과정상 다듬어진 자료적 측면이 있음과 이런 우주정돈형 지형창조신화적 면모가 우리의 지형창조신화를 이해하는 데에도 도움이 될 것임을 지적하였다.

다음으로는 우리 자료를 중심으로 우주창조와 연계된 지형창조 작업이 있는가를 살피고자 했다. 곧 1) 우주창조의 거인신에게 지형창조의 흔적을 찾을 수 있는가? 2) 지형 형성의 거인신들에게 우주창조의 면모는 있는가? 하는 두 가지 의문을 중심으로 그 관계성을 설명할 수 있는 고창학 구송의 <천지왕본풀이>와 <설문대할망>, <옥계천의 진주석> 등 세 가지 자료를 검토하였다. 이를 토대로 첫째, 창세신 스스로 우주창조 작업의 일환으로 지형창조 행위까지 수행했으나 그 부분이 약화 또는 탈락되었을 가능성, 둘째, 설문대할망과 같은 거인 신격 스스로가 우주창조신의 역할까지를 수행했으나 후대로 전승되면서 변모되어 <설문대할망> 자료와 같이 지역적으로 한정시키고 지형 형성에 초점을 맞추는 형태로 변형되었을 가능성, 셋째, 본래 우주창조 작업을 총괄하던 창조신 부분은 탈락된 채 창세신을 돕는 부신적 성격의 존재에 의한 지형창조만 남았을 가능성 등 세 가지 가능성이 있음을 제시하였다. 특히 <천지왕본풀이>와 <설문대할망>과 같은 지형창조가 연관되는 구체적인 자료가 있으며, 필리핀의 부낏논 창조신화와 같은 자료를 참고하더라도 우리의 지형창조신화가 본래 우주창조 작업의 한 과정으로 이루어졌던 데에서 전승과정상 지형창조 중심으로의 변이 또는 지형창조 작업이 탈락되었을 수 있다고 파악하였다.

실상 지형창조신화는 세계 도처에서 발견되고 있음에도 그동안 수집 및 소개가 온전히 이루어지지 않았고, 그렇기에 우주창조의 과정으로서 지형 형성이 이루어지는 특징을 간과한 측면이 있다. 우리의 자료에서 지형창조는 지금껏 우주창조와 별개로 이루어지는 것으로 파악되어 왔는데, 중국 서남부 소수민족 창조신화나 필리핀, 아프리카 등지의 창조 신화 등 세계의 많은 신화에서 우주창조 작업의 한 과정으로 지형창조 가 이루어지는 형태로 그 연계성이 뚜렷이 나타나고 있어 그 관계를 새롭게 이해할 수 있는 근거가 마련되었다. 그렇기에 여기서 다루고 있는 지형창조의 신화적 양상뿐만 아니라 다양한 신화소에 대한 모티프에 대해 세계 곳곳에 전승되는 신화적 사례를 수집하고 그것이 지닌 의미 와 대비하면서 좀 더 폭넓은 이해와 접근을 시도할 필요가 있다. 이를 통해 드러난 현상 이면에 감춰진 신화적 실상이나 모호했던 점에 다가 갈 수 있는 길이 마련될 것이다.

한편 이 글에서는 무가로 전승되는 창세신화와 일반인의 입을 통해 구비전승되는 지형창조신화가 그 내용이나 형태상 간격이 있어 그 자료 관계를 어떻게 연결시켜 이해할지와 우주창조신화 속에 지형 형성이 이루어지는 양상이 제주도 지역으로 한정되어 나타나는 까닭에 대해서도 명확하게 해명이 이루어지지는 못했다. 따라서 이런 점들이 향후과제가 될 것이다.

제2부

여성거인설화 살펴보기

03

여성거인설화의 자료 존재양상과 성격

1. 들어가는 말

여성거인설화는 짜임새 있는 신화적 서사로 남아있는 경우가 드물다. 단편적이고 파편화되어 전승되는 경향이 강하며, 그 담고 있는 내용 또한 창조신화적 성격에서부터 희화화된 성격의 자료까지 다단한 양상을 보이고 있어 접근이 쉽지 않은 자료이다.

지금까지 여성거인설화에 대해서는 꾸준한 연구가 진행되어왔다. 장주근, 임동권 등이 제주도 설문대할망설화를 살피면서 선편을 잡은 이래[1] 마고할미, 개양할미 등 육지의 여성거인설화까지 주목을 받으면서 여성거인 존재에 대한 연구가 꾸준히 진행되어 왔다. 여성거인설화의 성격 및 유형 분류적 측면,[2] 중국 자료와의 비교,[3] 설화의 변이양상 및

---

1) 장주근, 『한국의 신화』, 성문각, 1961 ; 임동권, 「선문대할망설화고」, 『한국민속논고』, 집문당, 1984.
2) 이성준, 「설문대할망설화연구」, 『국문학보』 10호, 제주대 국문과, 1989 ; 김영경, 「거

파생형에 대한 연구,4) 신격의 성격에 대한 측면5) 등 다양한 각도에서 연구가 진행되어 왔으나 여전히 궁금한 점이 적지 않은 대상이 여성거 인설화이다. 이 글에서는 무심코 지나쳐서 아직 구체적인 논의가 이루어지지 못했던 문제들을 중심으로 여성거인설화를 살펴보도록 하겠다.

여성거인설화를 두고 가장 기본적으로 살펴볼 문제이나 온전히 논의되지 못했던 점들을 제시해보면 다음 네 가지 정도를 들 수 있다.

첫째, 마고할미, 설문대할망, 개양할미, 안가닥할미, 서구할미 등 다양한 이름으로 전승되는 여성거인에 대한 명칭의 지역적 분포는 어떠한가 하는 문제이다. 가장 분포가 넓은 여성거인은 마고할미이지만 제주도 설문대할망이나 개양할미처럼 지역별로 특정의 명칭을 지닌 여성거인이 존재하고 있기 때문이다. 아울러 이런 다양한 명칭으로 불리는 이들 여성거인은 과연 같은 존재인가 다른 존재인가 하는 점도 살펴볼

인형 설화의 연구」, 이화여대 석사논문, 1990 ; 김인희, 「거녀설화의 구조와 기능」, 중앙대 석사논문, 1994 ; 문영미, 「설문대할망 설화 연구」, 연세대 교육대학원 석사논문, 1998 ; 허춘, 「설문대할망 설화 논고─제주도 거녀설화의 성격」, 『한국문학의 통시적 성찰』, 백문사, 1993 ; 김헌선, 「제주도의 신화와 서사시 연구」, 『탐라문화』 33호, 제주대 탐라문화연구소, 2008. 8 ; 조현설, 『마고할미 신화연구』, 민속원, 2013.
3) 송화섭, 「한국의 마고할미 고찰」, 『역사민속학』 17호, 한국역사민속학회, 2008. 7 ; 김인희, 「한·중 해신신앙의 성격과 전파」, 『한국민속학』 33호, 한국민속학회, 2001. 6.
4) 권태효, 『한국의 거인설화』, 역락, 2002.
5) 전경수, 「탐라신화의 고금학과 모성중심사회의 신화적 특성」, 『세계신화의 이해』, 소화, 2009 ; 송화섭, 「부안 죽막동 수성당의 개양할미 고찰」, 『민속학연구』 22호, 국립민속박물관, 2008. 6 ; 권태효, 「마고할미─여성 거인의 서글픈 창조의 몸짓」, 서대석 편, 『우리 고전 캐릭터의 모든 것』 2, 휴머니스트, 2008 ; 조현설, 「마고할미·개양할미·설문대할망」, 제주도돌문화공원 설문대할망 신화 재조명 발표논문, 2009. 5 ; 조현설, 「마고할미인가 마귀할미인가」, 『우리 신화의 수수께끼』, 한겨레출판, 2006 ; 박종성, 「창조와 대지의 여신 선문대할망의 서러운 일대기」, 2009 '제주도 본풀이 학술대회' 발표논문집, 2009. 11 ; 강진옥, 「<마고할미>설화에 나타난 여성신 관념」, 「한국민속학」 25, 한국민속학회, 1993.

부분이다.

둘째, 바다와 섬을 무대로 활동하는 여성거인과 육지에서 활동하는 여성거인의 모습은 차이가 없는가 하는 점이다. 제주도의 설문대할망이나 서해안의 개양할미는 바다나 섬을 무대로 삼아 활동하는 여성거인이다. 반면 마고할미, 서구할미, 안가닥할미 등은 대체로 육지에서 활동하는 여성거인의 모습을 보여준다. 이처럼 활동무대가 다른 경우에 여성거인의 성격이나 행위, 그에 대한 인식에 있어서는 상이점이 없는가를 생각해 볼 필요가 있다.

셋째, 우리의 거인설화는 여성거인설화가 중심이 되지만 장길손과 같은 일부 남성거인의 존재 또한 찾아볼 수 있는데, 이런 남성거인과 여성거인을 과연 어떤 관계로 보아야 하는가 하는 점이다. 같은 성격의 거인인데 성(性)을 달리하는 것에 불과한 것인지, 혹은 여성거인의 후대적 변이형태로 남성거인의 면모가 나타난 것인지 점검해 볼 문제이다.

넷째, 창조신화적 성격을 지닌 자료를 비롯해 희화화되는 모습, 비극적 죽음을 맞이하는 자료 등 다양한 자료 양상을 보이는 여성거인설화이기에 이들 자료를 일률적으로 파악하기 어려운데, 그렇다면 어떤 특정한 변이방향이 있었는가 하는 점이다. 여성거인설화는 자료의 성격상 동일한 선상에서 함께 두고 파악하기에는 문제가 있는 자료들이라 할 수 있다.

그러면 이 글에서는 이들 네 가지 문제를 중심에 두면서 여성거인설화에 대한 이해에 접근해보도록 하겠다.

2. 여성거인, 어떤 지역적 분포를 보이나?

우리의 거인설화에서는 다양한 여성거인의 존재를 파악할 수 있다. 전국적으로 볼 때 마고할미라고 불리며 전승되는 지역의 빈도가 높으나 지역별로 각기 다른 명칭으로 전승되는 사례도 적지 않게 찾아볼 수 있다. 그러면 우선 여성거인설화에 주인공으로 등장하는 존재들을 제시해보면서 논지를 전개해보도록 하겠다.

    ㉮ 마고할미
    ㉯ 설문대할망
    ㉰ 개양할미
    ㉱ 안가닥할미
    ㉲ 서구할미
    ㉳ 여장사, 여장수 등

㉮의 마고할미는 제주도를 제외한 육지 대부분의 지역에서 전국적인 분포를 보이며 전승되는 여성거인으로, 가장 일반적인 여성거인의 명칭이라고 파악해도 무리가 없다. 그 행위는 주로 흙을 옮겨 지형을 형성시키거나 성을 쌓기도 하고, 마고할미의 장식이나 증거물이 남았다는 형태로 이야기가 전개되기도 한다. 태초에 지형을 형성시키는 창조신적 면모를 보이는 자료가 다수 있지만 일부 자료에서는 사람들에게 악한 행동을 하여 퇴치대상으로 그려지기도 한다. 이런 마고할미는 그 명칭에 있어 노고마고할미라든가 노고할미 등의 명칭으로도 전해지고 있으며, 마귀할멈으로 인식되며 전승되는 사례도 찾아볼 수 있다. 노고마고

할미나 노고할미는 노고(老姑)라 하여 늙은 할미라는 뜻이 쓰이거나 덧붙여진 형태인 것으로 보이며, 마귀할멈은 마고할미가 전승되면서 음의 유사함 때문에 전승상 혼착되면서 나타난 현상으로 보인다.[6] 특히 마귀로 명칭이 변형된 경우는 지형을 형성시키는 행위마저도 악한 존재에 의한 나쁜 행적인 것으로 변모시켜 이야기가 전승되는 경향을 찾아볼 수 있다. 마귀할멈이 이처럼 악한 행태를 보이는 징치대상으로 나타나기는 하지만 그 실제 행위는 여성거인이 하는 행위를 그대로 수행하는 것으로 나타나기에 별개의 존재는 아니며, 여성거인신격의 악신적 변모양상으로 파악함이 바람직하다.

㉯의 설문대할망은 제주도의 여성거인으로, 제주도 외의 지역에서는 설문대할망이라고 하는 명칭을 찾아볼 수 없다. 제주도에서 드물게 마고할망이라는 명칭으로 채록된 사례가 있기는 하나 아주 특수한 사례로 보이며,[7] 여성거인신에 대해 통용되는 명칭은 설문대할망이라고 보아도 틀리지 않다. 설문대할망의 행위는 육지의 마고할미와 마찬가지로 지형을 형성시키거나 육지로 다리를 놓기도 하고, 족두리나 공기돌 등 갖고 있던 증거물을 남기는 전설의 주인공이 되기도 한다. 이런 ㉯의 설문대할망은 배설물로 지형을 만들거나 성기로 사냥을 하는 등 희화화되거나 죽을 끓이다가 빠져죽는 비극적인 존재로 그려지기도 한다.[8] 하지만 창조신적인 면모가 여타 이름을 지닌 여성거인 신격의 자료보다 훨씬 잘 나타난다. 『한국구비문학대계』 9-2의 <설문대할망>과 같

<hr>

6) 권태효, 『한국의 거인설화』, 역락, 2002 ; 조현설, 「마고할미인가 마귀할미인가」, 『우리 신화의 수수께끼』, 한겨레출판, 2006.
7) 현용준, 『제주도전설』, 서문당, 1976, 31쪽.
8) 설문대할망설화의 유형 양상은 문영미가 그 분포도와 함께 상세하게 다루고 있다.(문영미, 같은 글)

은 자료를 보면 태초에 붙어있던 하늘과 땅을 분리시킨 뒤 주변을 정리하면서 제주도를 형성시키는 내용의 자료도 있어 창조신화적 성격을 잘 간직하고 있는 자료라고 할 수 있다. 한편 설문대할망은 설문대하루방과 짝을 이뤄 등장해 함께 사냥을 하는 모습을 보이는 자료도 있다. 아울러 아주 드문 사례이기는 하지만 표선리 당개 포구의 해신당에서는 설문대할망이 당신으로 모셔지기도 한다. 여성거인이 구체적인 신앙 대상 신격으로 섬겨지는 모습은 부안 수성당의 개양할미 외에는 찾아보기 어려운 것으로, 제주도 해안에서 설문대할망이 당신으로 모셔져 신앙시된다는 점은 여성거인신격에 대한 신앙적 흔적을 더듬어 보게 한다는 점에서 중요하다고 판단된다.

㉱의 개양할미는 전라북도 부안의 수성당을 중심으로 섬겨지는 여성거인신격으로, 고창에서는 갱구할미,9) 전남 무안, 충남 보령의 삽시도, 예산, 부여 등지10)에서도 고양할미 또는 개뱅이할미 등의 명칭으로 불리며 여성거인설화가 전승되기도 한다. 부안 수성당의 개양할미 경우는 여덟 딸을 거느리고 있고, 어민들을 위해 바다 깊이를 재면서 깊게 패인 곳의 흙을 메워주는 등 거인신의 행적을 통해 바다로부터 어민을 보호해주어 신앙시되는 여성거인이다.11) 이런 개양할미는 채록자료를 보면 비교적 신앙의 대상으로서 신성시되는 경향이 강하다. 여타 여성거인신격의 자료를 살펴볼 때 당이 있어 신앙의 대상으로 섬겨지는 사례

---

9) 임석재전집 7, <갱구할머니와 청동사자>, 『한국구전설화』(전북1), 평민사, 1993, 33쪽.
10) 강성복 선생이 수집한 미발표 자료를 근거로 한다. 충청지역 보령의 삽시도와 해안에 인접한 부여 쪽에도 고양할미라는 여성거인설화가 전승되고 있음을 제보하였다 (2010년 4월 10일 무속학회 토론시).
11) 개양할미 관련 설화와 그 성격에 대해서는 「부안 죽막동 수성당의 개양할미 고찰」에서 자세히 다루고 있다(송화섭, 위의 글).

가 드문데, 개양할미의 경우는 수성당에서 모셔지고 있고, 전남 무안에서 채록된 자료에서도 보면 바다를 지켜준다고 믿어지던 할미바위에서 고기잡이배가 제사를 올렸다고 하고 있어 어민들에게 신앙시되던 여성거인신의 면모를 보여준다.12) 곧 개양할미는 서해안을 중심으로 전승되는 여성거인신격으로 여타 여성거인 자료보다는 다소간의 신앙적 면모를 찾아볼 수 있는 대상이라고 하겠다.

　㉱의 안가닥할미는 경상도 울산, 월성, 경주 등지에서 전승되는 여성거인설화에 등장하는 여성거인이다. 따라서 경상도 동쪽 일부 지역에서만 찾아볼 수 있는 여성거인 존재라고 할 수 있으며, 이런 안가닥할미라는 명칭의 여성거인 존재가 있다고 하더라도 인근지역에서는 여전히 마고할미설화가 전승되고 있어 특정지역에 좁게 한정되어 전승되는 여성거인신격이다. 행위는 주로 성을 쌓다가 그만두는 형태로 나타나지만 안가닥할아범과 같이 등장하여 서로 다투는 모습을 보여주는 자료도 찾아볼 수 있다. 돌을 옮겨 성을 쌓는 여성거인신적 존재이기는 하지만 채록편수가 적고 창조신적 성격도 그다지 두드러지는 편은 아니다.

　㉯는 삼척지역에서 전승되는 거인여성으로, 서구암 마고할미라고도 불리는 것으로 보아 서구할미는 곧 서구암 마고할미를 지칭하는 것이다. 따라서 서구할미는 ㉮의 마고할미와 같은 존재라고 본다 해도 무방하다. 이에 해당하는 자료는 지형을 형성시키는 형태의 창조신적 면모는 약하고 악신적 존재로서의 성격이 강하게 나타난다. 때문에 일찍이 강진옥에 의해서 창조신격 성격의 여성거인이 사람을 괴롭히는 악신으로 변모되는 양상을 보여주는 자료로 주목받은 바 있다.13) 이것은 ㉮의

---

12) 金井昊 편, <고양할미와 할미바위>, 『전남의 전설』, 전라남도, 1987, 357~358쪽.

마고할미가 마귀할멈 관념으로 변화되면서 악신적 형상화가 두드러지는 양상과 맥락을 함께 하는 것이다.

㉯는 여성거인이 여장군 또는 여장사와 같이 막연한 호칭으로 지칭되는 경우를 이른다. 돌을 옮겨 지형을 형성시키는 경우 여성거인의 호칭이 기억나지 않거나 뚜렷하지 않을 때 돌을 옮겨 성을 쌓거나 지형을 창조하는 능력 때문에 막연히 힘이 세다는 의미의 여장군 또는 여장사라고 지칭하는 모습을 보여준다. 하지만 이런 장군이라는 호칭의 경우 여성거인보다는 지형을 형성시키는 힘센 존재로 남성거인을 장군 또는 장수라 지칭하는 사례가 일반적이어서 상호 관련성 속에서 고려해 볼 수 있는 호칭이다.

이상 각기 다른 여러 명칭으로 불리는 여성거인의 자료 양상을 살펴보았다. 우리 여성거인의 분포는 대체로 전국적인 분포를 보이는 형태와 지역적 분포를 보이는 형태로 나타나고 있음을 볼 수 있다. 제주도를 제외한 전국적인 분포를 보이는 여성거인으로는 마고할미를 들 수 있고, 지역적 분포로 보이는 여성거인으로는 제주도의 설문대할망, 서해안의 개양할미, 강원도 삼척의 서구할미, 경상도 동부지역의 안가닥할미가 해당한다고 하겠다. 물론 제주도의 경우는 그렇지 않지만 육지의 경우는 각기 지역적 분포를 보이는 여성거인과 함께 마고할미라는 명칭의 설화가 전승되는 양상도 찾아볼 수 있다.

그러면 이렇게 다양하게 불리며 전승되는 여성거인신격들은 서로 같은 존재인가 다른 존재인가? 결론적으로 말하면 동일한 존재에 대한 지역적 변이형으로 보인다. 그 까닭은 기본적으로 그 존재들이 하는 행위

13) 강진옥, 같은 글.

가 서로 다르지 않기 때문이다. 명칭이 다르지만 그 행위나 성격 등은 그대로 일치된 모습을 보여준다. 제주도의 설문대할망이나 서해안의 개양할미, 경상도 동부의 안가닥할미, 삼척의 서구할미 등은 그 정도에 있어서 차이가 있지만 기본적으로 지형을 형성시키는 창조신적 성격과 면모를 보이고 있고, 자연물에 빗대어 그 외모를 과시하기도 하며, 배설물로 지형을 형성시키면서 희화화되는 모습을 보여주기도 한다. 그리고 악신으로 변화하거나 비극적인 최후를 맞이하는 경우도 있는 등 변이된 양상을 보이기는 하지만 크게 차이를 보이는 것은 아니다. 물론 각기 그 나름의 다소간의 차이가 없지는 않지만 그 기본 성격마저 변하는 것은 아니다. 전체적으로 볼 때 같은 성격의 여성거인이 지역에 따라서 각기 다른 이칭(異稱)으로 불리면서 그 기능과 행위를 수행하는 양상이라고 볼 수 있다.

3. 바다와 섬을 관장하는 여성거인,
육지의 여성거인과는 차이가 있나?

앞장에서 살펴보았듯이 다양한 여성거인들이 전국적으로 분포하고 있는데, 일률적으로 구획하기는 어려우나 제주도의 설문대할망, 서해안의 개양할미 등과 같이 바다나 섬을 무대로 삼아 활동하는 여성거인이 있는 반면 마고할미, 서구할미, 안가닥할미 등은 주로 육지에서 활동하는 여성거인의 모습을 보인다.

바다·섬 권역의 여성거인	육지권역의 여성거인
설문대할망	마고할미
개양할미	안가닥할미
	서구할미
	여장사·여장수

위의 표에서 이처럼 구분했으나 마고할미의 경우 워낙 폭넓은 전승을 보이기에 바다와 관련된 양상을 보이는 자료도 물론 발견된다. <마고할미와 정포>와 같은 자료에서는 마고할미가 온 바다를 다 돌아다녀도 발목물밖에 차지 않았다고 한다거나[14] <형도의 탑과 오리섬>에서는 바닷물이 무릎까지밖에 차지 않는다는 마고할미가 똥이 마려워 변을 본 것이 오리섬이 되었다고 한다.[15] 따라서 마고할미를 반드시 육지권역의 여성거인 존재로 보기는 어렵다. 하지만 이처럼 바다에 빗대어

---

14) <마고할미와 정포>, 『한국구비문학대계』 1-7(경기 강화), 한국정신문화연구원, 1982, 756~757쪽.
15) <형도의 탑과 오리섬>, 『화성군사』, 화성군, 1990, 915쪽.

그 크기를 가늠하게 한다거나 배설물로 섬을 형성시키는 등 바다 또는 섬과 관련된 자료는 일부 자료에 국한된다.16) 마고할미 자료를 전체적으로 두고 볼 때 일부 자료 외에는 대부분 육지에서 산을 이동시키거나 돌을 옮겨 성을 쌓는 등 육지를 기반으로 활동하는 모습을 보여준다고 해도 틀리지 않다. 그렇다면 바다와 섬을 무대로 활동하는 여성거인과 육지를 중심으로 활동하는 여성거인은 그 성격에 있어 차이가 있는가? 기본적으로 지형을 형성시키거나 자연물에 빗대어 거대한 외모를 보여주는 행위와 성격 등은 대체로 동일하게 나타난다. 하지만 설문대할망과 개양할미와 같이 바다와 섬을 무대로 활동하는 여성거인은 육지의 여성거인과 비교해 신앙적인 면모가 어느 정도 잔존하고 있음을 파악할 수 있다. 서해안에서 전승되는 개양할미는 수성당이라는 신을 모시는 당집이 있고, 실제 어민들에게 제향을 받는 신격이며, 어민을 위해 바다 깊이를 고르게 해주고 어민을 지켜주는 신격으로 믿어진다. 수성당의 개양할미 이외에도 무안에서 전승되는 고양할미설화의 사례를 보더라도 깔따귀떼를 쫓아 사람들을 지켜주었으며, 어민들이 고기잡이 나갈 때는 그 바위에 제를 올렸다고 전한다.17)

한편 제주섬의 설문대할망의 경우는 신앙적 흔적이 뚜렷한 것은 아니지만 몇몇 사례를 통해 신앙시되었던 모습을 추정하기는 어렵지 않다. 가장 오래된 설문대할망의 기록으로 이미 익히 알려진 장한철(張漢喆)의 『표해록(漂海錄)』을 보면 설문대할망이 어민들을 보호해주고 지켜

---

16) 이외에 <마고할미>, 『한국구비문학대계』 6-5(전남 해남), 한국정신문화연구원, 1985, 174~175쪽 ; <죽도의 마고할미>, 『한국구비문학대계』 2-4(강원 속초·양양2), 한국정신문화연구원, 1983, 39~41쪽과 같은 자료에서도 마고할미가 바다의 깊이 또는 바닷가의 지형을 두고 설화가 전개된다.

17) 金井昊 편, <고양할미와 할미바위>, 『전남의 전설』, 전라남도, 1987, 357~358쪽.

주는 신으로 믿어졌음을 보여준다.

　　홀연 한라산 앞에 가까워짐을 보자 너무 기뻐 자신도 모르게 큰 소리
로 울면서 말하기를 "나의 부모를 불쌍히 여기셔서 저 산굴에 오르게 하
소서. 나의 아내와 자식을 불쌍히 여기시어 민등산에 오르게 하소서"라
고 하고, 혹 일어나 한라산을 향해 절을 하며 빌어 말하길, "백록선자님
살려주소 살려주소 선마선파님 살려주소 살려주소" 대저 탐라사람들에
게는 세간에서 전하기를 "선옹이 흰 사슴을 타고 한라산 위에서 놀았다
하고, 또한 아득한 옛날에 선마고가 걸어서 서해를 건너와서 한라산에서
놀았다"는 전설이 있다. 그러므로 이제 선마선파와 백록선자에게 살려달
라고 빌어도 아무 소용이 없을 것은 당연하다.(忽然漢拏之近前　喜極而不
覺　放聲號哭曰　哀我父母　陟彼岵矣　哀我妻子　陟彼岡矣　或起拜　向漢拏而祝
曰　白鹿仙子　活我活我　詵麻仙婆　活我活我　盖耽羅之人諺傳　仙翁騎白鹿　遊
于漢拏之上　又傳邃古之初　有詵麻姑　步涉西海而來　遊漢拏云　故今者所以祈
活於詵麻白鹿者　無所控訴而然也)[18]

　　여기에서 보면 표류하던 중 뱃사람들이 한라산이 눈에 들어오자 백
록선자와 선마고에게 살려달라고 간절히 애원하고 있다. 이 기록은 제
주의 뱃사람들이 위험에 닥쳤을 때 설문대할망을 그들을 지켜주는 수
호신으로 믿었음을 보여준다. 특히 배가 표류하는 절박한 상황에서 한
라산이 보이고 살 수 있는 희망이 보이자 그들이 먼저 찾는 신이 곧 설
문대할망이었다는 점은 그만큼 설문대할망이 그들에게 보편적으로 믿
어지던 신이라는 인식이 있었기 때문일 것이다.
　　두 번째로 일반적인 모습은 아니지만 해녀들을 지켜주는 마을신으로

---

18) 張漢喆,「漂海錄」,『옛 제주인의 표해록』, 전국문화원연합 제주도지회, 2001, 362쪽.

좌정하여 제향을 받는 존재라는 점이다. 곧 설문대할망이 표선리 당개 포구의 해신당 당신으로 좌정하여 섬겨지고 있다는 점이다.

당개할망은 아들이 일곱 성제우다. 당개할마님이 저 바당한집과 부베 간인디, 예날 옛적 할로영산에서 솟아나 귀신이 아닌 생인으로 한 가달 은 성산면에 걸치고, 한 가달은 한라산 꼭대기에 걸쳐놓아 연서답을 한 는데, 맹지 아흔아홉 동 페와 속옷을 만들었는데 강알을 가릴 한 통이 모자라 물멩주 한통을 당하면 부산, 목포더레 다릴 노케허난 그 땐 인간 에 멩주가 어디십니까. 우리 인간엔 그 때 멩주가 개 어시난, 우리 죽으 믄 죽어도 멩주 훈 필 내놓을 수 엇댄허난 부산과 목포 물막은 섬이 되 어비엿주. 그때는 천지개화기우다. 아들이 일곱성젠디 다섯 성제는 할로 영산 오백장군 오백 선생 거두 잡고, 아들 흐나는 할망이 그 때 그 시절 에 가매에 물앚전 죽을 쑤랜 핸 간 오란 보난 죽은 아덜이 죽을 쑤다가 죽에 빠젼 죽어부렀어. 게난 죽은 아덜은 너무 부정이 만만흐다. 너는 애 몰르고 목이 탈테니 소섬을 추지흐라. 할망이 파처시켜도, 다섯 성제 가 할로영산 오백장군 오백 선생 거두잡으난 수덕이 좋은 겁주. 여기 표 선리 한모살도 설맹디할망이 날라다 쌓은 거. 아들을 보내고 뒷녁날 아 칙은 좌정처를 촛아 산터 보듯 돌아보난에 그 디(당개)가 앚어 좋댄허난 좌정허여, 나고 드는 상선 중선 만민자손 천석궁 만석궁 공자 맹자 다 거두잡고 줌녀들랑 거부케 흐는 할머님[19]

홍두반 심방이 구송한 당신화로, 어선도 관장하고 잠녀들을 거부(巨 富)되게 해주는 당신임을 보여준다. 한쪽 다리는 성산에, 또 한쪽 다리 는 한라산에 걸치고서 빨래를 했다고 하여 거인적 면모가 그대로 담겨

---

19) 『表善里鄕土誌』, 표선리 원로회, 1996, 154~155쪽(조현설, 같은 글 31쪽 재인용).

있고 육지로 다리를 놓아주려 하다가 그만 둔다거나 아들 하나가 끓이던 죽에 빠져죽고, 아들 중 5형제가 오백장군의 우두머리가 된다고 하는 등 설문대할망설화의 다수 화소가 다소 변형되어 당신화로 형상화되어 나타남을 볼 수 있다. 설문대할망이 특정 마을을 관장하는 당신으로 좌정하여 신앙민을 보호해주고 부를 가져다준다고 믿어지면서 신앙시되는 양상이다.

세 번째는 제주도의 <산신굿>의 무가 사설에서도 설문대할망의 내용이 담겨 있어 신앙대상 신격으로 여겨지고 있었음을 확인할 수 있다.

> 예한로 영주산 저물ㄱ이 당해서
> 선맹듸할망으로 논ㅎ면
> 그물ㄱ에 드러 사서 육지로 내조
> 드리 노아 주마 ㅎ시다가
> 백명지를 없어 예시건 못ㅎ니
> 드리 못 노아서
> 일월산신 처서님 불공입내다.

이것은 장주근이 「제주도여신고」에서 소개한 고봉선(高奉仙)심방 구송의 <산신굿>의 한 대목으로, 후에 이성준이 현지조사를 통해 1950년 대까지 이런 <산신굿>이 성행했음과 위와 같은 설문대할망의 행적을 담아 섬기는 사설이 전승되었음을 확인한 바 있다.[20]

이런 기록이나 제의 사례를 볼 때 도내(島內)에서 설문대할망에 대한 신앙이 일반적인 현상이었는가는 확인하기 어려우나 일정 부분 어민이

---

20) 이성준, 같은 글, 62쪽.

나 제주사람들을 지켜주는 신격으로서의 기능을 한다고 믿어졌던 것을 알 수 있다. 물론 설문대할망과 같은 여성거인이 희화화나 민담화되어 나타나는 자료들도 적지 않은 것은 분명하지만 이처럼 사람들에게 신성한 신격으로 신앙시되었다는 점은 여성거인의 창조여신으로서의 본질을 가늠케 해주는 중요한 근거가 된다.

이에 반해 육지의 여성거인은 숭배대상이거나 그들을 보호해주는 신격으로 기능하는 사례를 거의 찾아보기 어렵다.[21] 제의 흔적을 찾기 어려울 뿐 아니라 심지어는 서구할미나 마귀할멈 등의 설화 사례에서 볼 수 있듯이 부정적인 신격, 퇴치 대상이 되는 신격으로 전개된 양상도 강하게 나타난다.

여성거인설화는 기본적으로 희화화되거나 우스갯소리로 전락해버린 경향이 강하다. 창조여신의 모습을 잃어가면서, 그리고 새로운 신격이 자리를 잡으면서 여성거인에 대한 신앙적 면모가 약화되고 그 신성성에 대한 부정적인 인식이 반영되면서 희화화되거나 비극적인 죽음을 맞이하기도 하는 존재로까지 추락하고 만다. 그럼에도 육지를 중심으로 전승되는 자료와 바다와 섬을 기반으로 전승되는 설화에는 그 정도에 있어 다소간의 차이가 확인된다. 바다를 관장하는 여성거인은 여전히 어민들의 수호신적 기능을 하는 흔적이 남아있다면 육지에서는 신앙적 면모가 현저히 약화되면서 신화적 면모를 거의 잃어버린 양상이다. 험난한 바다를 기반으로 생활하면서 끊임없이 위험을 극복해야만 했던 바닷사람들에게서는 그들을 지켜준다고 믿었던 신성관념이 쉽사리 변

---

21) 조현설, 같은 글, 32쪽. 여기서는 할미산성을 쌓은 마고할미가 마을신이 되는 사례가 있다고 언급하고 있지만 실제 마고할미가 마을신으로 모셔지는 사례는 쉽게 찾아보기 어렵다.

하지 않는데 기인하는 것이 아닌가 생각한다. 오랜 역사 속에 새로운 신관념이 도입되고 교차하면서 지형을 창조하는 여성거인신의 역할이 중요하지 않게 되었고 신앙의 대상으로서 자리를 잃어가게 되었지만 바다를 기반으로 한 여성거인은 아직 그 신앙적 흔적을 간직하고 있는 것이다.

4. 남성거인, 여성거인과는 어떤 관계에 있나?

우리의 거인설화에는 대부분 여성거인의 모습을 띠는 것이 보편적이다. 앞서 살폈듯이 지역별로 다양한 여성거인이 존재하고 있으며, 그 내용이나 행적 또한 다양하게 나타난다. 그런데 거인설화 중 일부는 남성거인이 등장하는 양상을 찾아볼 수 있다. 따라서 이런 남성거인과 여성거인은 과연 어떤 관계인가에 대해 생각해볼 필요가 있다. 남성거인의 자료양상이 어떤지, 그 행위와 성격은 어떠한지, 그리고 이런 남성거인의 면모가 여성거인의 면모와는 별개의 것인가를 살펴볼 필요가 있다.

남성 거인이 등장하는 설화의 형태는 세 가지 정도로 정리해볼 수 있을 듯하다.

⑦ 장길손
⑭ 부부 거인신
⑮ 장군 등

㉮의 장길손은 가장 대표적인 남성거인이다. 장길손 또는 장길산이라는 명칭으로 전승되는데, 동일한 내용의 이야기가 '키가 큰 사람'과 같이 특정의 이름 없이 막연하게 지칭되며 전승되기도 해서[22] 실제 장길손 또는 장길산이라는 이름으로 채록된 사례는 그다지 많은 편이 아니다.[23] 이런 장길손은 태초에 세상을 창조하거나 지형을 형성시키는 거인적 존재로 나타나는 것은 아니다. 사람들이 살고 있는 세상에 출현해 사람과의 관계 속에서 거인적 행적을 보여주며, 그 거인적 행적 또한 희화화되는 양상이 강하다. 장길손에 대한 전승은 대체로 두 가지 형태의 존재양상을 보여준다. 첫째는 배설물로 지형을 형성시키는 모습을 보여주는 것이다. 장길손이 엄청난 거인이어서 옷을 해 입지 못하자 왕이 불쌍히 여겨 삼남지방에서 올라오는 옷감을 모아 옷을 해 입히니 그것이 좋아 덩실덩실 춤을 추다가 그 그림자에 가려 사람들이 농사를 망치게 되고, 사람들이 화가 나서 쫓아내니 만주로 쫓겨 간 장길손이 흙을 파먹고는 배설물로 산맥과 강 등의 지형을 형성시킨다는 내용이다. 둘째는 동일하게 옷을 해 입힌 사람들에게 피해를 주어 나라에서 벌을 주려하는데, 그 신체가 너무 커서 곤장을 때리려 엉덩이를 찾았으나 결국 찾지 못해 온전히 벌을 내리지 못했다는 내용이다. 두 가지 모두 옷이 없는 상태에 있는 장길손에게 옷을 해준 것이 발단이 되어 사

---

22) 손진태, <朝鮮山川の由來>, 『朝鮮民譚集』, 鄕土硏究社, 1930, 37~38쪽.
   『한국민속종합조사보고서』(전남편), 문화재관리국, 1971, 744~745쪽. 이들 자료에서는 같은 내용의 설화를 채록하고 있으나 장길손이라고 하지 않고 막연히 키가 큰 거인이라고 지칭한다.
23) 임석재전집 2, <키가 큰 장길산>, 『한국구전설화』(평북), 평민사, 1988, 265~266쪽 ; 임석재전집 5, <엄청나게 큰 사람 장길손>, 『한국구전설화』(경기), 평민사, 1989, 189~190쪽 ; 한상수, <장길산>, 『한국인의 신화』, 문음사, 1986 등이 있다.

람들이 피해를 입는다. 곧 옷을 해준 데에 대한 고마운 표현이 잘못되어 오히려 사람들에게 피해를 주는 형태인 것이다. 전자에서는 배설물로 희화화되면서 지형을 형성시키는 모습을 보여주고 있어 그나마 지형창조의 신화적 흔적을 간직하고 있지만 후자에서는 그저 벌을 주려고 하다가 제대로 실행하지 못하는 식의 우스갯소리로 전락하고 만다. 이런 남성거인 장길손은 거인신격의 창조행위의 신성함을 염두에 두기보다는 흥미를 위해 희화화시키고 우스갯소리처럼 만든 형상이다. 이런 ㉮는 거인이 옷을 원하고 사람들이 옷을 해주나 긍정적인 결과를 얻지 못한다는 점, 배설물로 지형을 형성시키게 된다는 점에서 설문대할망설화와 흡사한 자료적 양상을 보이기는 하나 설문대할망 자료 중 희화화되거나 신화적 성격이 탈락된 채 민담화된 형태의 자료에 상응하는 양상이다. 특정의 남성거인이 등장하는 경우[24] 이처럼 신화적 성격을 유지하기보다는 흥미 본위의 거인행적으로 퇴색한 경향이 강하게 나타나고 있다.

㉯는 여성거인의 이름을 따와 부부가 함께 출현하는 양상의 자료들이다. 설문대할망과 설문대하루방, 마고할미과 마고할으범 등 대부분의 여성거인설화에서 남성거인이 여성거인의 남편으로 짝을 이뤄 나타나는 모습을 보여준다. 여성거인과 더불어 남성거인이 짝을 이뤄 등장하는 자료는 채록편수가 많은 마고할미와 설문대할망 자료에 주로 나타나는데, 그 빈도가 높은 편은 아니다. 그 외에는 거인적 행위를 하는 여장수와 더불어 남장수가 함께 출현하기도 하고, 안가닥할미 자료에서도

---

24) 이외에 구전설화에서는 <단군>이라든가 <김수로왕의 根>과 같이 건국시조가 거근을 지닌 거인적 존재로 설정되는 사례도 찾아볼 수 있다. 이에 대해서는 권태효의 『한국의 거인설화』에서 자세히 다루고 있다(권태효, 같은 책, 175~176쪽).

안가닥할으범이 함께 등장하는 사례도 찾아볼 수 있지만 흔한 모습은 아니다.

먼저 마고할미와 관련해서는 주로 지형을 형성시키는 행위에 있어 부부 거인신이 같이 등장하는 모습을 보이는 것이 일반적이다. <마을 인근산의 유래>와 같은 자료를 예로 들어보면 마고할미 내외가 새로이 산을 형성시키는 모습을 보이는데, 마고할미가 산을 치마에 싸서 가다가 한쪽 옷끈이 풀려 버린 것이 땅미산이 되었고, 영감이 산을 짊어지고 가다가 산이 부러져서 버린 것이 건지산이 되었다고 한다.[25] 이런 형태로 마고할으범이 짝을 이뤄 등장하기는 하나 여성거인과 별개의 행위나 과업을 수행하는 것은 아니며, 그저 구색을 맞추기 위해 남성거인이 설정된 양상을 보인다고 하겠다. 제주도 설문대하루방의 경우는 육지의 마고할으범과 달리 지형을 형성시키는 데에는 거의 등장하지 않으며, 오백장군의 아버지로 함께 나타나거나 설문대할망이 사냥을 하는 데 있어 그것을 돕는 조력자로 주로 등장한다. 현용준이 채록한 <설문대할망과 설문대하르방>[26]과 같은 자료를 보면 이들 부부가 배가 고프자 성기로 바다의 고기를 몰아 잡아서 주린 배를 채웠다고 한다. 이처럼 부부가 서로 도와 사냥을 하는 모습으로 나타나지만 실상 설문대할망이 성기로 사냥을 하는 모습은 『한국구비문학대계』 9-1의 <설문대할망>과 같은 자료에서 보면 단독으로 사냥을 수행하는 것으로 나타난다. 따라서 반드시 남성거인이 도와야 하는 것이 아니며, 단조로운 할망의 행위와 결과를 보다 흥미롭고 풍부하게 하기 위해 상대가 되는

---

25) <마을 인근산의 유래>, 『한국구비문학대계』 8-8(경남 밀양), 한국정신문화연구원, 1983, 565쪽.
26) 김영돈 외, 『제주설화집성(1)』, 제주대 탐라문화연구소, 1985, 705~706쪽.

남성거인을 첨가하여 설정시킨 변이형태로 보는 것이 타당할 것이다. 곧 마고할미든 설문대할망이든 남성거인의 설정은 반드시 필요한 것이 아니며, 그저 할미의 행위를 함께 하는 부수적인 존재로서의 역할과 행위를 하는 것이다.

㉰는 지형을 형성시키는 존재로 남성거인인 경우 막연히 장군 또는 장수로 지칭되는 것을 이른다. 남성거인의 경우 ㉮의 장길손 이외에는 대체로 특정의 이름을 갖지 않는 것으로 나타난다. 막연히 키가 크고 힘이 센 존재라는 의미로 장군 또는 장수라는 명칭을 가져다 쓴 것으로 보인다. 그 행적은 산을 옮겨와 지형을 형성시키거나 자연물에 빗대어 그 크기를 가늠하게 하는 양상을 보여줘 여성거인신격의 행위와 다르지 않다. 하지만 특정의 거인 명칭을 얻지 못한 것은 온전한 신격의 대상이라는 인식에서 벗어난 것이며, 신격으로서의 권능이 이미 잊혀진 모습이라고 볼 수 있다. 이것은 아마도 거인적 행위나 면모를 보이는 여성거인이 전승과정상 그 이름이 잊혀지면서 여장사나 여장수 등과 같은 막연한 이름으로 불리다가 다시 덩치가 아주 크고 산이나 큰 바위를 이동시키는 존재가 여성일 수 있는가에 대한 의심을 하면서 이런 존재는 아무래도 여성보다는 남성의 행위나 모습일 것으로 생각해 장수 또는 장사라고 호칭하였을 가능성이 크다. 곧 여성거인설화였던 데서 인식의 변화에 따라 남성거인으로 바뀌어 전승된 결과일 수도 있겠다.

이상과 같은 남성거인의 성격을 여성거인을 염두에 두면서 종합해보면 다음과 같은 특징을 살필 수 있다.

첫째, 남성거인설화 자료는 태초의 지형을 형성시키는 창조신적 기능은 현저히 약화되어 있거나 그런 성격의 자료를 찾아보기 어렵고, 여성거인설화 자료 중 희화화나 민담화가 진행된 자료에 대응하는 양상을 보여준다는 점이다. 곧 자료가 원초적인 형태를 보여준다기보다는 후대의 변모된 성격을 지닌 자료가 일반적이라는 것이다.

둘째, 남성거인은 여성거인과 동일한 행위를 하거나 돕는 역할을 하는 존재로서 여성거인과 짝을 이루면서 나타나는 양상을 보인다. 아울러 그 존재가 없다고 해도 설화 전개에 있어 그다지 방해가 되지 않는다. 할미의 명칭을 따라 함께 등장하는 남성거인은 반드시 필요한 존재이거나 여성거인과 별개의 행위를 하는 것은 아니어서 없어도 무방한 존재이며, 그저 부수적으로 설정된 양상을 보여준다.

셋째, 남성거인에 대한 신화적 대상으로의 뚜렷한 인식은 찾아보기 어렵다. 남성거인은 그저 여성거인을 따라 설정되어 동일한 행위를 하거나 막연히 엄청난 거구이고 힘을 지닌 존재라는 점에서 장군이나 장수 등의 힘센 존재를 나타내는 보통명사를 가져다 사용한 양상을 보인다.

넷째, 여성거인에 대한 전승이 후대에 현실적 인식에 따라 변모되면서 남성거인으로 대체되는 과정의 한 단면으로 남성거인이 출현한 것으로 추정된다. 지형을 형성시키거나 돌을 옮겨 성을 쌓는 모습을 두고 이것이 과연 여성거인적 존재의 행위인가에 대해 의문을 제기하면서 남성거인으로 변모시켜나가는 양상을 보여준다.

5. 다양한 자료 양상의 여성거인설화, 일정한 변이의 방향이 있는가?

설문대할망의 이야기는 전반부와 후반부로 나뉘어서 독해되어야 한다고 생각합니다. 전반부는 설문대할망의 위대함과 성스러움을 신봉하던 탐라인들의 이야기이고, 할망이 사망하는 후반부는 할망의 죽음을 바라고 할망의 죽음으로 이권을 챙긴 사람들, 즉 탐라국의 주인공인 된 남성들이 붙인 것이라고 나는 해석합니다. 시간상으로 보면 엄청나게 긴 시간이 이 신화의 내용에 삽입되어 있는 것이지요.[27]

이것은 전경수가 설문대할망설화를 살피면서 자료를 어떻게 접근할 것인지를 언급한 부분이다. 이 인용문에서 주목되는 점은 설문대할망설화가 한 시대에 하나의 층위로 이루어진 것이 아니라 하나의 자료이지만 그 사이에 많은 시간적 차이를 지닌 채 전승된다고 하는 것이다. 실상 여성거인설화는 지형 형성과 같은 창조신화적 성격의 자료로부터 배설이나 성기 등을 강조하는 형태로 희화화된 자료, 제주도의 지형을 형성시킬 정도로 거인이면서도 끓이던 죽이나 물장오리에 빠져 비극적인 죽음을 맞이하는 자료 등 다단한 양상을 보인다. 따라서 이런 자료들을 동일한 선상에 두고 이해하기보다는 전승과정상에 변이가 있었다는 측면에서 접근하는 것이 바람직하다고 생각한다.

이런 다양한 여성거인설화 자료를 전체적으로 두고 살피다보면 일정한 흐름의 변이 방향을 읽을 수 있다. 그런 양상을 정리해보면 다음과 같다.

> ㉮ 창조신에서 희화화된 신격으로
> ㉯ 숭배의 대상에서 징치의 대상으로
> ㉰ 인간에게 이로움을 주는 선신에서 악신으로

---

27) 전경수, 같은 글, 110쪽.

㉣ 여성거인에서 남성거인으로

㉤ 비현실적 형상화에서 현실에 가까운 형상으로

㉮는 여성거인설화에 창조신화적 면모를 잘 보여주는 자료가 있는가 하면 우스갯소리로 전락해버린 설화도 아울러 나타나고 있기에 지적하는 것이다.

여성거인의 창조신적 면모는 크게 두 가지 방향에서 전개된다. 하나는 여성거인 스스로가 창조주로서의 역할을 하는 것이고, 다른 하나는 창조주의 창조행위를 돕는 부신적(副神的) 성격의 존재로 기능하는 것이다. 태초에 창조주로서 제주도를 비롯한 지형 형성을 이룩하는 신적 존재로서의 모습을 잘 보여주는 자료는 『한국구비문학대계』 9-2에 수록되어 있는 <설문대할망>을 들 수 있다. 이 자료에서는 설문대할망의 창조주로서의 성격과 기능을 잘 보여주고 있다.

> 하늘광 땅이 부떳는디 천지개벽홀 때 아미영호여도(아무리 하여도) 열린 사름이 이실 거라 말이우다. 그 열린 사름이 누구게 열렷느냐 하민 아주 키 크고 센 사름이 딱 떼어서 하늘은 우테로(위로) 가게 ᄒᆞ고 땅을 밋트로(밑으로) ᄒᆞ여서 ᄒᆞ고 보니 여기 물바다로 살수가 읎으니 ᄀᆞᆺ드로 (가로) 돌아가멍 흑 파 올려서 제주도를 맨들엇다…28)

천지개벽시에 하늘과 땅이 서로 붙어있었는데, 설문대할망이 천지를 분리시켜 하늘을 위로 가도록 하고 땅은 아래로 가도록 한 뒤, 사람들이 살 수 있도록 물속에서 흙을 파올려 제주도를 만들어 놓았다고 한

---

28) <설문대할망>, 『한국구비문학대계』 9-2(제주시), 한국정신문화연구원, 1981, 712쪽.

다. 여기서 설문대할망은 단순히 제주도를 형성시킨 여성거인이기보다는 태초에 천지를 분리시키는 존재로 나타나고 있는 것이다. 사람들이 살 수 있도록 제주도를 만들었다고 하였는데, 이는 단지 제주도 지형을 형성시킨 것에 한정된 것은 아닐 것이며, 이 세상의 지형을 형성시키던 모습을 제주도라는 지역에 초점을 맞춰 설명했을 뿐이다. 곧 태초에 설문대할망이 나타나 천지를 분리시키고 제주도를 비롯한 지형을 창조하는 창조여신의 모습도 잘 보여주는 자료인 것이다. 이와 같은 설문대할망의 창조신적 면모는 육지의 마고할미설화에서도 보이는데, 대표적인 자료가 <노고 할미바우 이야기>이다. 옛날에 노고가 있어 산천을 전부 만들었는데, 손이 얼마나 크고 힘이 좋은지 그저 평평한 데 가서 줄을 쭉쭉 그으면 산이 되고, 골이 돼서 인물이 나고 했다고 한다.[29] 곧 태초에 마고할미라는 여성거인이 이 세상의 산과 골을 만드는 행위를 하는 창조신으로서의 기능을 온전히 보여주는 자료라고 할 수 있다.

이렇듯 창조신으로서의 여성거인 존재의 기능이 보이는가 하면 창조주를 도와 그가 시키는 창조행위를 돕는 존재로 나타나는 경우도 있다. 이 경우는 다소 부정적인 인식도 가미되어 나타나는 양상이어서 그 결과는 긍정적이기보다는 실패하는 경향을 띠는 경우가 많다. 곧 <옥계천의 진주석>[30]과 같은 설화에서 보면 여성거인은 성(城)이나 선경(仙境)을 만들기 위해 돌을 옮기다가 결국 실패하고 창조행위를 온전히 완수하지 못하고서 실패하거나 좌절하는 모습을 띤다는 것이다. 이처럼 창조신적 성격의 여성거인이 창조의 주체가 되지 못하고 창조주를 돕는

---

29) <노고 할미바우 이야기>, 『한국구비문학대계』 2-1(강원 강릉, 명주), 한국정신문화연구원, 1980, 568~569쪽.
30) 임석재전집12, <옥계천의 진주석>, 『한국구전설화』(경북편), 평민사, 1993, 24쪽.

부신으로서 기능을 수행하는 것 자체가 이미 여성거인신격에 대한 위상이 약화되고 부정적인 인식이 반영되어 나타난 양상이라고 할 수 있다.

그런데 여성거인에 대한 부정적인 형상화가 보다 더 진행된 형태는 배설물로 지형을 형성시키거나 성기로 사냥을 하는 등 희화화된 모습을 보이는 경우이다. 여성거인이 배설물로 지형을 형성시켰다고 하는 것은 거인에 의해 지형이 창조되는 것이기는 하나 창조행위의 본질은 이미 잊어버리고 그저 흥미 본위의 우스갯소리로 전락해서 전승되고 있는 양상임을 보여주는 것이다. 또한 설문대할망에게서 보이는 성기로 사냥하는 모습 또한 거인의 큰 체구에 걸맞게 성기도 크다고 생각하여 여성거인의 음부로 짐승을 잡는다고 하는 형태의 희화화된 설정을 하고 있는 것이다.

㉯의 여성거인의 창조행위는 분명 인간들에게 창조신으로서 숭앙을 받을 수 있다. 하지만 여성거인이 지형을 형성시킨 데 따른 창조신적 존재로서 숭앙받는 사례는 찾아보기 어렵다. 인간세상의 지형을 형성시키는 행위는 인간을 이롭게 하는 창조신적 행위임에도 이것이 사람들에게 더 이상 긴요한 관심사가 아니게 되었고, 그 때문에 신성시 여기지도 않게 되자 여성거인은 인간을 보살피거나 인간을 돕는 존재로서 기능을 하는 것으로 탈바꿈하는 형태로 인간들에게 신앙의 대상이 되어 섬겨진다. 어민들이나 섬사람들을 보호해주는 신으로 믿어졌던 설문대할망이나 개양할미 등은 앞서 살폈듯이 신성한 신격으로 인식되고 있음을 볼 수 있었다. 하지만 이처럼 창조신적 권능이나 수호신적 면모를 보이는 양상은 오히려 드물게 찾아볼 수 있게 되었다. 어느 새 여성거인의 창조행위는 그 빛을 잃었고 특히 전승과정상 음이 유사한 마귀

할멈 등으로 명칭이 혼동되면서는 악신으로서 형상화되어 나타난다. 그 징치하는 존재는 하느님 또는 산신령과 같은 또 다른 상위의 신격이 벌을 내리는 것으로 나타난다. 그럼에도 그 창조행위를 하는 거인의 행적만은 설화에 고스란히 담겨있다. 거인에 의해 지형이 형성되는 과정을 이야기하는 거인설화임에도 마귀할멈이 악신의 모습으로 나타나거나 악신으로서 징치의 대상이 되는 것이다. 예컨대 <쌍봉산>이라는 자료를 보면, 남쪽에서 나쁜 짓만 일삼던 마귀가 서울로 가면서 착한 사람들을 괴롭히고 아이들에게 병을 주어 사람들이 '무꾸리'를 하였으나 음식만 먹고는 그냥 가는 악행을 계속한다. 그러자 하늘에서는 마귀할멈을 섬으로 쫓아내고자 했고, 마귀할멈이 거절하여 벼락을 내려 처치했다고 한다. 이때 마귀할멈이 메고 있던 두 개의 쌀자루는 변해서 쌍봉산이 되었고, 양 봉우리에는 쌀자루를 짊어졌던 멜빵자리가 남아있다고 한다.31) 이 설화에서 마고할미는 선량한 사람을 괴롭히는 악신의 모습으로 나타나며, 사람들이 제를 올려 위했음에도 심술만 부리는 것으로 나타난다. 여기서 흥미로운 것은 뒷부분의 마귀할멈이 죽어 지형이 형성되는 모습이다. 남쪽에서 서울로 가기 위해 산이 이동하는 양상은 산

---

31) <산신령의 노여움을 산 마귀>(『화성군사』, 화성군, 1990, 900~901쪽)도 동일한 성격을 보여주는 설화이다. 악행을 하던 마귀할멈과 마귀할아범이 한양으로 가다가 산신령에게 징치되어 각기 산이 되었다는 것으로, 거인에 의해 지형이 형성되는 설화였던 데서 거인신격의 창조신적 성격은 사라지고 악신적 형상화만 두드러지게 나타난다. 한편 <지석묘와 마귀할멈>(『한국구비문학대계』 1-7(경기 강화), 한국정신문화연구원, 1982, 101~102쪽)에서는 마귀할멈이 중국장수로 나타나 큰 돌로 우리나라 산맥의 기를 자르는 악행을 한다. 여기에도 마귀할멈의 지형 형성에서 창조신적 면모는 그대로 보여준다. 이외에도 마귀할멈이 큰 바위를 치우도록 하다가 자식 남매들을 죽게 했다는 <마산봉에 얽힌 이야기>도 악신의 모습으로 형상화되어 있으나 지형 형성의 면모를 남겨두고 있는 설화라 할 수 있다.(『시흥의 전통문화』, 시흥군, 1983, 102~103쪽)

이동설화에서 쉽게 찾아볼 수 있는 모습이다. 아울러 산의 이동에 있어 거인이 멜빵을 하여 산을 짊어지고 가다 끈이 끊어져 산이 그곳에 생기게 되었다고 하는 형태로 지형이 형성되는 것은 거인설화의 흔한 모습이다. 그렇다면 이 설화는 원래 거인에 의해 산을 옮겨가던 모습이었던 데서 거인 스스로 이동하다 산이 된 모습으로 변모되었고, 산을 옮기던 행위를 하던 마고할미는 징치의 대상이 되고 만 것이다.

그런가 하면 제주도 설문대할망의 경우 악신으로 형상화되지는 않지만 옷감 한 동이 모자란다고 다리를 놓아주지 않거나 성기로 사냥을 한다고 하여 음탕한 할망이라고 여겨지기도 하며, 물장오리에 빠져죽는 등의 모습을 보이고 있어 징치나 퇴치의 대상으로까지 나타나지는 않지만 곱지 않은 시선을 보내는 양상은 찾아볼 수 있다.

㉰의 여성거인은 지형창조를 비롯해 어민들의 안전을 도모해주기도 하는 등 선신(善神)으로서의 기능을 수행한다. 성사가 되지는 못했지만 설문대할망이 육지까지 다리를 놓아주려 했다거나 개양할미가 온 바다를 다 돌아다니면서 흙으로 깊은 바다를 메워 수심을 고르게 한 행위는 인간을 이롭게 하고자 한 행위이며, 이들 여성거인이 어민들을 보호해주는 선신으로 여겨진 까닭이기도 하다. 하지만 창조여신으로서의 진실성에 대한 의심을 하면서 여성거인에 대한 부정적인 인식이 반영되어 나타난다. 그런데 이런 인식은 한층 더 나아가 마을사람들을 괴롭히는 악독한 마녀의 모습으로 형상화되기까지 한다. ㉯에서 살펴보았듯이 악행을 일삼으면서도 마고할미가 지고 다니던 자루가 남아 산이 되었다고 하여 지형 창조의 행위는 그대로 남긴 채 악신으로 변모된 형태를 보이는 자료가 있는가 하면 마고할미의 창조신적 면모는 완전히 사라

지고 단순히 사람을 괴롭히고 악행을 저지르는 데에만 초점을 맞추는 형태의 이야기로 전승되기도 한다. 삼척에 전해지는 서구암 마고할미 이야기를 비롯해 화성 등지에서 전해지는 마고할미 이야기에서도 마고는 선량한 사람들을 해치고 악행을 일삼는 퇴치 대상으로 그려지고 있다.

> 그런데 반드시 그 길을 지나갈 때에는 그 마고 할미에다 그 무슨 선물을 해 좌야(주어야) 가야 한답니다. 선물을 해 주지 않고 지내가다 보면 큰 코 다치지요 큰 코 다치고, 심지어는 그런 얘기가 있지요. 색시라도 그 앞을 처녀라도 그대로 지나가고, 뭐, 이렇고 하면 뭐, 마고할미가 뭔 조화를 부려 가지고 막 임신까지 시키고 뭐 이런 아주 상서럽지 못한 그런 그 얘기가 되는데, (…후략…)[32]

마고할미는 사람들을 괴롭히면서 악행을 일삼고 심지어는 처녀를 임신시키기까지 한다고 믿어진다. 이런 마고할미라면 위대한 창조여신으로, 그리고 인간을 보호해주는 수호신으로서 숭앙의 대상이 되었던 것과는 너무도 거리가 멀다. 더 이상 인간에게 이로움을 주거나 긍정적인 역할을 하는 존재는 아니며, 세상에서 없어져야 마땅한 악신으로 변모되고 만 서글픈 운명을 맞이한 것이다. 창조여신의 모습은 잃어버린 채 전혀 엉뚱한 모습으로 소멸의 길을 걷고 있는 것이다.

㉰의 여성거인에서 남성거인으로 전이되는 양상은 거인적 존재의 설정 또는 그 행위에 대한 의심에서 비롯된 것으로 보인다. 산이나 바위를 옮겨 지형이나 성을 형성시키는 행위가 더 이상 창조행위로 인식하지 않게 되면서 그런 행위를 과연 여성이 하는 것으로 설정하는 것이

---

32) 『한국구비문학대계』 2-3(강원 삼척), 한국정신문화연구원, 1981, 243쪽.

적합한가에 대한 의문을 가지게 되고, 이에 따라 여성거인보다는 남성거인에 의한 행위로 변이시켜 전승시키는 형태라고 할 수 있다. 육지의 여성거인 행위 중에 가장 일반적인 것으로는 여성거인이 성을 쌓기 위해 바위들을 이동시키는 모습이다. 그런데 이런 자료마저도 남성거인으로 그 주체가 바뀌어 전승되는 모습을 찾아볼 수 있다.

> 千將軍이 山城을 쌀 때 바대 가에 있는 돌을 날러다가 쌌담이다. 바대 가에 있는 돌을 나를 때에는 도술을 써서 돌이 제절로 산 우그로 올라가게 했다 캄이다. 성이 다 된 뒤에는 올라오던 돌덜은 우그로까지 가지않고 성 아레서 머물게 댔는디 그리서 성 아레에 있는 돌들은 모두 성 있는 쪽을 행하고 있입이다. 千將軍은 산성을 쌓고 거그서 사는디 일곱 시녀들이 찾어와서 같이 살겠다고 했입이다.[33]

<대곡산성>이라는 이 자료는 거인 남성장수가 성을 쌓는 모습인데, 흔히 여성거인이 하던 행위가 남성으로 바뀌어져 있는 모습이다. 특히 이 대곡산성에 대해 달리 전하는 이야기에서는 이 성이 오누이힘내기 설화의 형태로 나타나면서 누이가 쌓은 성으로 나타나고 있다.[34] 곧 천장수가 돌을 옮겨 성을 쌓는 행위는 여성거인의 보편적인 행위인데다가 달리 전하는 각편에서는 여성거인의 작업으로 나타나고 있는 것이다. 따라서 여성거인의 이야기가 전승과정상 남성거인의 행위로 바뀌어 나타나고 있음을 알 수 있다. 이는 지형을 형성시키거나 성을 쌓은 작업이 여성의 행위로 삼는 것이 불합리하다는 인식이 바탕이 된 것으로

---

33) 임석재전집 10, <대곡산성>, 『한국구전설화』(경남편Ⅰ), 1993, 평민사, 38쪽.
34) 임석재전집 10, <대곡산성>, 『한국구전설화』(경남편Ⅰ), 1993, 평민사, 37~38쪽.

보이며, 따라서 여성의 자리를 남성장수로 대체시켜놓은 것이라고 할 수 있다. 한편 이처럼 여성거인에서 남성거인으로 대체되는 양상은 제주도 설문대할망의 경우 여성거인에 대한 인식이나 명칭이 완강히 남아있기에 나타나고 있지는 않다.

㉰는 산을 옮기는 것과 같은 여성거인의 행위를 비현실적으로 인식하게 되면서 거인의 설정 자체를 전승민들이 수용할 수 있는 범위까지로 어느 정도 현실적 형상화를 시키는 양상을 이른다. 여성거인은 대체로 그 크기를 가늠할 수 없기에 주로 자연물에 빗대어 외모를 묘사하거나 그 행위를 통해 어느 정도의 거구인가를 파악하게 해준다. 설문대할망의 경우 한라산을 베개 삼고 누우면 다리가 바다에 닿아서 발로 물장난을 쳤을 정도로 컸다고 한다거나 치마폭에 흙을 담아서 쏟아부은 것이 한라산이 되었다고 하는 등35) 거구에 걸맞게 엄청난 능력을 발휘하는 것으로 나타난다. 그런데 이런 거인적 외모와 행위를 두고 전승과정상에 비현실적이라고 생각되어 의심 또는 비판을 받는 모습을 찾아볼 수 있다. <떠내려온 어양산>과 같은 설화의 사례를 들어보면 이야기를 듣고 있던 청중이 거인의 행위에 대해 구체적으로 문제를 제기한다. 거인이 행하는 지형 창조행위를 쉽사리 받아들이지 못하겠다는 것이다. 어느덧 거인의 창조행위는 잊혀진 신화적 관념일 뿐 진실과는 거리가 멀다고 하는 사고가 지배하게 된 것이다.

　　문산 뒷사(뒷산)이 어양사인데, 옛날에 [청중 : 아, 어양산 그래] 그 사
　　(산)이 떠내려와가주고 여(여기) 와가주고 앉았는데, 이 집바 테가 있다.

---

35) 장주근, 「천지창조의 거신설화」, 『풀어쓴 한국의 신화』, 집문당, 1998, 13~14쪽.

그 시방 집, 집바 테가 사 사실로 보머 있거던. [웃으면서] 집바해 가지고 온테(터)가, 그래가주고 거 문산 뒷사이라고 그래 있는데. [청중1 : 산도 쪼맨은 끝으만 하지만은 누가 그 집바 지고] [일동 웃음] 그 장구(장군)이 그랬지 그기사, [청중1 : 장구이 장구이, 장구이 어예 산을 지고오노?] [청중2 : 장군이 힘을 가 지는 게 아이고] 그 저저 문사이 뒷사이 저 어양, 어양서러 떠내려 와가 여 와 앉았다.36)

이 자료는 전승자들이 거인의 지형 창조에 대해 어떻게 인식하고 받아들이는지를 단적으로 보여준다. 산이 작기는 하지만 그것을 어떻게 지고 올 수 있느냐고 하면서 의문을 제기한다. 거인이 산을 옮겨 왔다고 하는 사실을 이제 더 이상 못 믿겠다는 것이다. 지형을 형성시키는 거인의 행위가 태초의 신성한 창조작업이라는 인식은 이미 사라졌으며, 단지 거인 존재의 설정이나 산을 옮기는 행위 자체를 비현실적이라 여기고 그 진실성 여부를 따지는 데에 초점을 모으고 있다.37) 아울러 짐바테의 흔적이 남아있다고 하면서도 떠내려와서 자리를 잡았다고 한다. 거인이 메고 온 것보다는 떠내려왔다고 하는 것이 보다 현실적이라 생각했기 때문일 것이다. 이처럼 비현실적이라고 하여 비판을 받게 되자 보다 현실에 가까운 거인의 형상을 찾는 방향으로 변이하는 모습을 보여준다.

한편 설문대할망설화에서는 할망의 행위를 두고 이처럼 못 믿겠다는 반응을 직접적으로 표현하는 경우는 찾아보기 어렵다. 하지만 물장오리에 설문대할망이 빠져죽었다고 하는 설정 자체가 여성거인의 존재를

---

36) <떠내려온 어양산>, 『한국구비문학대계』 7-2(경북 경주, 월성), 한국정신문화연구원, 1980, 57~58쪽.
37) 권태효, 같은 글, 131쪽.

더 이상 인정하기 어렵다는 인식을 반영하고 있는 것이다. 제주섬을 만들고 한라산을 조성한 여성거인이 물장오리나 죽솥에 빠져죽었다는 설정 자체가 모순되는 것이며, 이런 모순은 결국 설문대할망을 거인할망으로 인정하기보기보다는 인간적 존재로 회귀시켜놓은 결과인 셈이다.

6. 마무리

이 글은 여성거인설화의 연구에 있어 몇몇 남은 문제를 다루고자 마련한 글이다. 그동안 여성거인설화에 대해서는 어느 정도 연구성과가 집적되어 왔으나 그래도 온전히 정리하지 못한 문제들이 남아있다. 익히 검토되었을 법한데, 그렇지 못했던 네 가지 문제점을 중심으로 여성거인설화를 살펴보고자 하였다.

그러면 이런 문제점들을 중심으로 밝힐 수 있었던 바들을 정리하면서 향후 과제를 검토하도록 하겠다.

첫째는 여성거인은 전국적으로 어떤 지역적 분포를 보이는가 하는 문제였다. 우리의 여성거인은 제주도를 제외한 전국적인 분포를 보이는 마고할미와 특정의 지역적 분포를 보이는 제주도의 설문대할망, 서해안의 개양할미, 강원도 삼척의 서구할미, 경상도 동부지역의 안가닥할미가 있음을 알 수 있다. 이렇게 다양하게 불리는 여성거인은 그 명칭에 있어서는 차이가 있지만 그 행위나 성격 등은 그대로 일치된 모습을 보여주고 있어 동일한 존재에 대한 지역적 변이형인 것으로 보았다.

둘째는 바다와 섬을 관장하는 여성거인은 육지의 여성거인과는 차이가 있는가 하는 점이다. 육지의 여성거인은 신앙적 면모가 현저히 약화되면서 신화적 면모가 크게 약화된 반면 바다와 섬을 무대로 활동하는 여성거인은 여전히 어민들의 수호신적 기능을 하는 등 신앙적 흔적이 남아있다. 오랜 전승과정 속에 육지에서는 지형을 창조하는 여성거인신의 역할이 중요하지 않게 되면서 신앙의 대상으로서 자리를 잃어가게 되었지만 바다를 기반으로 한 여성거인은 아직 그 신앙적 흔적을 간직하고 있는 모습도 찾아볼 수 있었다.

셋째는 설화에 등장하는 남성거인적 존재는 여성거인과는 어떤 관계로 보아야 하는가 하는 점이다. 남성거인설화 자료는 태초의 지형을 형성시키는 형태의 창조신적 면모를 보여주는 자료를 찾아보기 어렵고 창조신적 기능 또한 현저히 약화된 양상이어서 여성거인설화 자료 중 희화화나 민담화가 진행된 자료에 대응하는 양상을 보여준다. 아울러 여성거인에 대한 전승이 후대에 현실적 인식에 따라 변모되면서 남성거인으로 대체되는 과정의 한 단면으로 남성거인이 출현한 모습도 보인다.

넷째, 여성거인설화는 다양한 자료 양상이 나타나는데, 여기에는 일정한 변이의 방향이 있는가 하는 점이다. 자료들을 전체적으로 두고 살펴볼 때 대체로 다섯 가지 방향으로 변모된 양상을 보여준다고 하겠다. 곧 1) 창조신에서 희화화된 신격으로, 2) 숭배의 대상에서 징치의 대상으로, 3) 인간에게 이로움을 주는 선신에서 악신으로, 4) 여성거인에서 남성거인으로, 5) 비현실적 형상화에서 현실에 가까운 형상으로 등의 변이 방향으로 진행되었음을 파악할 수 있다는 것이다.

이 세상이 어떻게 생겨났을까 하는 의문은 인간의 본원적인 관심사이다. 여성거인설화는 지형을 형성시키는 창조신적 면모 때문에 일찍부터 주목을 받아왔지만 자료양상이 워낙 다단해서 쉽사리 그 본질에 접근하기가 어려웠다. 여성거인설화는 전승되어 내려온 시간이 길고 전승 자료의 층위도 복잡하며, 지역별로도 다양하게 분포되어 있다. 아울러 산이동설화나 오누이힘내기설화, 장수흔적설화 등 연계성을 보이는 설화자료 또한 많고, 원초적인 여성신 관념과 상통하고 있는 등 다각도로 접근해야 할 대상임이 분명하다. 아울러 우리나라뿐만 아니라 세계 곳곳에 다양한 모습으로 그 존재 양상을 보이고 있어서 이들 자료와의 폭넓은 비교도 필요하다.

이런 점들을 고려해 볼 때 여성거인설화의 연구는 1) 지역별 여성거인신의 성격과 존재양상 파악, 2) 전국적인 분포지도와 성격의 비교, 3) 다양한 여성거인설화의 층위에 따른 구분과 관계성 검토, 4) 여타 설화에 남긴 거인설화의 흔적 더듬기, 5) 여성거인신격의 위상에 대한 온전한 자리매김, 6) 중국·일본 등 인근 지역 지형창조신화와의 비교, 7) 세계 거인설화 속에 우리 여성거인설화의 판도 등을 단계적으로, 그리고 종합적으로 다뤄 나갈 때 우리의 여성거인설화는 보다 온전한 모습으로 우리에게 다가올 수 있을 것이다.

04

마고할미설화의 변이와 현대적 변용

1. 마고할미의 인물 캐릭터와 자료 성격

마고할미는 전국적으로 전승되는 여성거인 설화의 주인공이다. 비루한 행색을 한 몸집이 아주 크고 힘이 센 거인여성으로, 태초에 이 세상의 지형을 창조하는 여성거인으로 대지모신(大地母神)의 성격을 지닌다. 그 명칭은 마고할미가 일반적이지만 제주도에서는 설문대할망이라고 불리며, 육지에서는 지역에 따라 노고할미, 개양할미, 안가닥할미, 서구할미 등으로 불리기도 한다. 또한 부정적 인식을 담아 마귀할멈 등으로 불려지는 모습도 찾아볼 수 있다. 각기 명칭은 달리 나타나지만 기본적으로 이 세상의 산천을 형성시키거나 특정 지역의 지형을 창조하는 여성거인의 성격은 다르지 않다. 하지만 자료에 따라서는 마고할미가 부정적으로 형상화되면서 악행을 일삼는 퇴치의 대상으로 변모되어 나타나기도 한다. 마고할미설화는 『한국구비문학대계』, 『임석재전집-한국구전설화』, 각 시군의『시지』나『군지』등 다양한 자료집에 채록, 정리되어 있다. 이 설화의 전승 주체는 일반민중이지만 마고할미와 같은 여성거인이 많은 양의 배설물로 지형을 창조하는 화소는 상층의 문헌설화에 차용되어 왕이 될 조짐을 보이는 성격의 '선류몽'담과 같은 형태로 변이유형을 파생시키기도 한다. 전승자의 성별은 남성과 여성 모두에게 나타나기는 하지만, 여성거인에 대한 이야기가 다수를 차지함에도 태초의 지형 창조라는 주제의 성격상 남성에 의해서 전승되는 비율이 훨씬 높은 편임을 알 수 있다.

부안 수성당에 모셔진 개양할미
여덟 딸을 거느리고 있으며, 어민들을 위해 바다 깊이를 재어 깊게 패인 곳의 흙을 메워주는 등 거인신적 행적을 통해 바다로부터 어민을 보호해주는 여성거인신으로 믿어진다.

여성거인신인 개양할미를 모시는 부안의 수성당 모습

2. 우리의 창조여신 어떤 모습일까?

이 세상의 창조라면 태초의 신비롭고 때 묻지 않은 순수함을 흔히
연상할 것이다. 더욱이 그 창조의 주체가 여신이라면 대지의 포근하고
따뜻한 품을 안은 고운 여신의 형상을 떠올리기 십상이다. 하지만 우리
의 창조여신인 마고할미는 비루하기 짝이 없다. 허름한 행색에 치마에
흙을 담아 옮기다가 그만 옷이 찢어져 그 틈으로 흘러내린 흙이 산을
이룬다고 한다거나 심지어 마고할미가 배설물로 산이나 섬과 같은 지
형을 만든다고 하여 볼품없고 초라한 모습으로 그려지는 여성거인이다.
창조의 행위를 하기는 하지만 창조신으로서의 권능이나 면모는 대체로

사라져버리고 창조여신의 신비로움과는 거리가 먼 우스꽝스러운 모습으로 친근하게 다가오는 여성거인이 바로 우리의 창조여신 곧 마고할미이다.

이 세상이 처음 어떻게 생겨났을까 하는 생각은 인간이라면 누구나 한번쯤 해보게 되는 아주 기본적인 의문일 것이다. 우리나라 신화 자료 중에도 이 세상을 창조하는 모습을 비교적 잘 보여주고 있는 자료가 있다. 굿에서 무당의 입을 통해 전승되는 무가에서 찾아볼 수 있는데, 대표적인 것으로는 함경도에서 채록된 바 있는 김쌍돌이 구송의 <창세가>와 같은 무가를 들 수 있다. 태초에 미륵이라는 거인이 생겨나 솥 뚜껑을 맞붙여놓은 것처럼 되어있던 하늘과 땅을 분리시키고, 하늘에 해 두 개, 달 두 개가 떠있어 혼돈스럽던 것을 해 하나 따고 달 하나를 따서 별로 만들어 오늘날과 같이 되도록 천체를 정리하였으며, 인간을 창조하기도 하고 물과 불의 근원을 찾아 인간에게 문화를 갖도록 하기도 한다. 또한 선과 악의 유래까지도 담고 있어 창조신화에서 일반적으로 담길만한 궁금한 사항은 대부분 설명하고 있다. 그런데 이처럼 우주 창생 작업을 하는 거인신 미륵이 있는가 하면 일반인들의 입을 통해 전승되는 이야기 속에는 우리가 살아가는 이 세상의 땅덩어리를 형성시키는 여성거인도 따로 존재하고 있으니 그 주인공이 바로 마고할미이다. 제주도에서 전승되는 설문대할망 자료 중에는 설문대할망이 태초에 하늘과 땅을 분리시키는 작업을 하는 것으로 나타나기도 하지만, 마고할미의 가장 일반적인 행위는 지형을 형성시키는 작업이다. 마고할미는 키가 크고 힘이 세서 이 세상의 산과 강, 들을 만드는 존재라고 한다. 또한 마을 인근의 산이라든가 섬 등 우리 주변의 특정 지형을 형성시켜

놓은 존재가 바로 마고할미라고 이야기된다. 마고할미의 창조여신적 면모를 잘 보여주는 것이다. 하지만 이런 마고할미의 창조행위를 바라보는 시선은 그다지 고깝지만은 않다. 마고할미가 산을 옮기다가 말아서 또는 잘못 옮겨놓아서 그들이 사는 동네가 서울이 되지 못했다고 한다든가 그곳에 넓은 들이 생기지 못했다고 하는 원망이 설화에는 담겨 있다. 심지어는 발음이 유사한 마귀할멈으로까지 불리면서 그 창조행위와는 상관없이 악행을 저지르는 퇴치의 대상으로 여겨지기도 한다. 그렇기에 강진옥은 '슬픈 마고할미'라고 지칭하기도 했다.[1] 창조여신의 본질적인 의미와 기능이 약화되면서 겪게 된 서글픈 변모인 셈이다.

3. 이야기 속의 여성거인 마고할미

마고할미는 여성 거인이다. 거인이라고 했으니 도대체 얼마나 큰 사람일까 하는 게 궁금하다. 마고할미의 크기를 막연히 말할 수는 없어서 흔히 자연물에 빗대어 몸집이 얼마나 거구였는가를 설명하고 있다. 바닷물이 마고할미의 발등물 밖에 차지 않았다고 한다거나 달도 앞 바닷물의 제일 깊은 데가 마고할미 넓적다리까지 밖에 안 왔다고 이야기되고 있다.

> [조사자 : 마귀할멈 얘기도 있죠?] 할머니 : 마귀할멈 얘긴 마귀할멈이,
> 뭐 온 바(바다)를 다 돌아다녀도 발등물도 안 됐는데, 여기 정포. 저 외
> 포리 정포라는데 거기 가니깐 [조사자 : 정포리를 외포리라고 그래요?]

---

1) 강진옥, 「슬픈 마고할미의 전설」, 『문화와 나』 통권78호, 삼성문화재단, 2006년 봄호.

음, 외포리 거기 오니간두루 그 못에 오니간두루 정강이까지 쑥 들어 가
드래지. 그러니깐 아이쿠 여기가 정통이구만. 그래서 거기가 정포가 됐
데지.2)

그 깊은 바닷물이 발등물 밖에 차지 않을 정도라고 했으니 마고할미
가 얼마나 큰 지를 미루어 짐작하게 한다. 그런가 하면 제주도의 설문대
할망은 한라산을 베개 삼고 누워 서귀포 앞바다에 발로 물장난을 쳤다
고 하여 제주 섬의 크기에 빗대어 여성거인의 거대함을 가늠하게 한다.
이처럼 엄청나게 거대한 체구를 지닌 거인여성이기에 힘 또한 아주
장사이다. 그래서 그 힘을 이용해 이 세상의 산이나 강 등 지형을 만드
는 창조행위를 한다. "이 노고가 산천을 전부 만들었대. 만드는데, 손이
얼마나 크고 힘이 좋은지 그저 평평한 데 가서 줄을 쭉쭉 그으면 산이
되고, 골이 돼서 인물이 나고 이러는데……"3)라고 하여 이 세상이 처
음 생겨났을 때 노고할미가 거대한 체구에 걸맞은 엄청난 힘으로 산천
을 형성시키는 존재였음을 이야기하고 있다. 한 걸음 더 나아가 제주도
를 만들어내는 설문대할망의 경우는 자료에 따라서 태초에 천지를 분
리시키는 역할까지 수행하는 모습을 보여주기도 한다.

(태초에) 하늘과 땅이 붙었는데 천지개벽을 할 때에 아무래도 생겨나
있는 사람이 있을 것이라 말입니다. 그 생겨나있던 사람이 누군가 하면
아주 키가 크고 힘이 센 사람으로 하늘과 땅을 딱 떼어서 하늘은 위로

---

2) <마귀할멈과 정포 손자국 바위>, 『한국구비문학대계』 1-7(경기도 강화군편), 한국정
신문화연구원, 1982, 756~757쪽.
3) <노고 할미바우 이야기>, 『한국구비문학대계』 2-1(강원도 명주군편), 한국정신문화
연구원, 1980, 568~569쪽.

가게 하고 땅은 밑으로 가게 하였는데, 그렇게 하고 보니깐 여기가 물바다여서 사람들이 살 수가 없어 주위로 돌아가면서 흙을 파올려 제주도를 만들었답니다.……4)

천지개벽시에 하늘과 땅이 서로 붙어있었는데, 설문대할망이 천지를 분리시켜 하늘을 위로 가도록 하고 땅은 아래로 가도록 한 뒤, 사람들이 살 수 있도록 물속에서 흙을 파올려 제주도를 만들어 놓았다고 한다. 태초에 설문대할망이 나타나 천지를 분리시키는 과정을 설명하는 한편 제주도라는 지형을 창조하는 창조여신의 모습도 잘 보여주고 있음을 알 수 있다.

하지만 마고할미와 같은 여성거인이 이처럼 세상이 처음 생겨날 적에 지형을 창조하는 작업을 수행하는 경우는 그다지 많지 않다. 마고할미가 하는 보다 흔하고 일상적인 행위는 마을 인근에 있는 특정 지형을 형성하는 작업을 수행하는 것이다. 다른 곳으로부터 산을 옮겨다 놓거나 섬을 만들어 놓기도 한다. 그런데 이런 창조 작업은 의도하지 않은 결과에 따른 경우가 대부분이다. 마고할미가 흙을 치마에 담아 가다가 그 치마가 찢어져서 떨어진 흙이 산이 되었다고 한다거나 산을 메고 가다가 멜빵끈이 끊어져서 그곳에 떨어진 것이 산이 되었다고 한다. 그렇지 않으면 원래 목적했던 곳으로 산을 옮기려다가 그곳의 지형이 완성

---

4) 하늘광 땅이 부떳는디 천지개벽홀 때 아미영호여도(아무리 하여도) 열린 사름이 이실 거라 말이우다. 그 열린 사름이 누구게 열렷느냐 하민 아주 키 크고 센 사름이 딱 떼어서 하늘은 우테로(위로) 가게 호고 땅을 밋트로(밑으로) 호여서 호고 보니 여기 물 바다로 살수가 읎으니 곳드로(가로) 돌아가멍 흑 파 올려서 제주도를 맨들엇다…(<설문대할망>, 『한국구비문학대계』 9-2(제주 제주시편), 한국정신문화연구원, 1981, 710~714쪽)

되었다는 소식을 듣고 산을 내버려두어 그곳에 산이 생기게 되었다고 한다. 어떤 형태이든 의도한 지형 창조라기보다는 우연히 지형을 만드는 모습을 보여준다. 창조여신으로서의 마고할미 행위는 이제 더 이상 신성하거나 위대한 모습으로 비춰지지 않으며, 단지 여성거인에 의해 지형 창조가 이뤄졌다고 하는 잔상만을 남기고 증거물 위주로 이야기가 변모되어 버린 것이다.

한편 이처럼 창조신으로서의 본질을 잃어가면서 마고할미의 창조행위는 더 나아가 마을사람들에게 오히려 피해를 끼치는 행위를 했다고 하여 원망의 대상으로 인식되어 나타나기까지 한다. 마고할미가 산을 제대로 옮겨놓지 못해 그 마을이 서울이 되지 못했다거나 넓은 들이 생기지 못했다고 원망한다. 그런가 하면 지형을 창조하는 행위가 배설과 연계되면서 아주 희화화된 모습으로 그려지는 경우도 흔하다. <굿질의 지명유래>와 같은 자료에서는 마고할미가 두 바위를 딛고 앉아 배설을 하였는데, 마고할미가 눈 오줌으로 인해 산이 무너지고 동네가 생겼으며, 똥이 떨어진 곳은 굿다고 하여 '굿질'이라는 지명이 생겨나게 되었다고 한다.5) 그런가 하면 마고할미가 바다에서 똥이 마려워 똥을 눈 것이 오리섬이 되었으며, 대변을 볼 때 밟았던 두 개의 바위가 아직 남아 있다고 전해지기도 한다. 마고할미는 몸집이 큰 만큼 배설의 양이 아주 많아서 그 배설물이 지형을 만들어냈다는 것이다. 이 정도면 여성거인의 지형창조 행위는 사람들에게 흥미를 제공하기 위한 웃음거리로 전락되고 만 모습이라고 할 수 있다. 창조여신 마고할미는 본래의 성격이

---

5) <굿질의 지명유래>, 『한국구비문학대계』 7-1(경남 밀양군편), 한국정신문화연구원, 1981, 125~126쪽.

나 기능을 잃어버린 채 우스갯소리의 주인공으로 거듭나고 있다.

　마고할미 이야기 중 그나마 이처럼 창조 행위 때문에 원망을 받는다거나 회화화된 형태로 지형을 창조하는 경우는 마고할미에 대한 전승자들의 애정이 다소 남아있는 이야기라고 할 수 있다. 마고할미에 대한 부정적인 존재로의 형상화 및 인식은 한층 더 나아가 마을사람들을 괴롭히는 악독한 마녀의 모습으로 등장하기까지 한다. 자료에 따라서는 악행을 일삼으면서도 마고할미가 지고 다니던 자루가 남아 산이 되었다고 하여 지형 창조의 행위는 그대로 남긴 채 악신으로 변모된 형태를 보이는 자료가 있는가 하면 마고할미의 창조신적 면모는 완전히 사라지고 단순히 사람을 괴롭히고 악행을 저지르는 데에만 초점을 맞추는 형태의 이야기로도 전승되기도 한다. 삼척에 전해지는 서구암 마고할미이야기를 비롯해 화성 등지에서 전해지는 마고할미 이야기에서도 마고는 선량한 사람들을 해치고 악행을 일삼는 퇴치 대상으로 그려지고 있다.

　　그런데 반드시 그 길을 지나갈 때에는 그 마고 할미에다 그 무슨 선물을 해 좌야(주어야) 가야 한답니다. 선물을 해 주지 않고 지내가다 보면 큰 코 다치지요 큰 코 다치고, 심지어는 그런 얘기가 있지요. 색시라도 그 앞을 처녀라도 그대로 지나가고, 뭐, 이렇고 하면 뭐, 마고할미가 뭔 조화를 부려 가지고 막 임신까지 시키고 뭐 이런 아주 상서럽지 못한 그런 그 얘기가 되는데, (…후략…)6)

　마고할미는 사람들을 괴롭히면서 악행을 일삼고 심지어는 처녀를 임

6) <마고할미 전설(2)>, 『한국구비문학대계』 2-3(강원도 삼척군편), 한국정신문화연구원, 1981, 243~244쪽.

신시키기까지 한다고 믿어진다. 이런 마고할미라면 위대한 창조여신으로 숭앙의 대상이 되던 것과는 너무도 거리가 멀다. 더 이상 인간에게 이로움을 주거나 긍정적인 역할을 하는 존재는 아니며, 세상에서 없어져야 마땅한 악신으로 변모되고 만 서글픈 운명을 맞이한 것이다. 창조여신의 모습은 잃어버린 채 전혀 엉뚱한 모습으로 소멸의 길을 걷고 있는 것이다.

4. 마고할미 이야기의 변이

창조여신 마고할미의 성격은 설화에서 아주 다양하게 형상화되어 나타난다. 태초의 창조 작업을 수행하는 창조신적 존재인가 하면 지역에 따라서는 여산신으로 형상화되면서 지역민의 삶의 풍요를 관장하는 생산신의 면모를 지니기도 한다.[7] 곧 거인여성인 마고할미의 창조신적 성격이 변모되면서 생산신의 성격을 지닌 존재로 나타나기도 한다. 그런가 하면 산을 잘못 옮겨놓았다고 하여 원망을 듣는 존재이기도 하고, 배설물로 지형을 형성시켰다 하여 희화화의 대상으로 나타나기도 한다. 심지어는 사람들을 괴롭히고 악행을 일삼는 퇴치의 대상으로 형상화되어 나타나기도 한다. 그렇다면 마고할미는 왜 이처럼 서로 상충되기까지 할 정도로 다양한 성격을 지닌 채 형상화되어 설화에서 전승되고 있는 것일까? 마고할미의 성격이 이처럼 서로 크게 차이를 보이면서 나타나는데, 그렇다면 전혀 별개의 존재가 단지 이름만을 공유하고 있는 것

---

7) 강진옥, 「마고할미설화에 나타난 여성신 관념」, 『한국민속학』 25호, 한국민속학회, 1993.

이라고 보아도 될 것인가? 그렇지는 않다. 다양하게 전승되는 마고할미 설화 자료들을 전체적으로 모아 견주어 볼 때 동일한 여성거인에 대한 이야기임이 분명하며, 다만 그 성격만을 달리해 나타날 뿐이다. 그렇다면 이렇게 차이가 나타나는 까닭을 찾아야 할텐데, 그 점은 마고할미라는 존재의 변이라는 측면에 초점을 맞추어 살피는 것이 마땅할 것이다.

지형 창조라는 태초의 사건을 주제로 삼은 마고할미 이야기는 그 성격상 오랜 시간 동안 전승되면서 많은 변이를 겪어왔던 것으로 보인다. 그런데 원래부터 희화화되거나 원망의 대상이었던 존재에게 창조신으로서의 기능이 나중에 덧붙여지면서 지형을 창조하는 여성거인의 이야기가 형성되었다고 보기에는 무리가 있다. 그렇다면 거인여성의 창조신으로서의 본질이 점차 그 의미가 잃어가면서 마고할미에 대한 부정적인 시각을 갖는 형태의 이야기로 만들어지는 쪽의 가닥을 잡아갔을 것이라고 보는 것이 타당하다.

마고할미는 하늘과 땅을 분리시키고 이 세상의 산과 강을 형성시킨 지형창조 거인여신이다. 하지만 인간의 인지가 발달하고 점차 현실적이며 합리적인 사고를 하게 되면서 거인의 존재나 그 행위에 대해 사람들이 더 이상 믿으려 하지 않게 되었다. 여성거인의 지형 창조 행위를 두고 과연 거인이 존재하는지, 그리고 아무리 거인일지라도 산을 옮겨오는 행위가 과연 가능한 것인 지에 대해 강하게 의문을 제기한다.

> 문산 뒷사(뒷산)이 어양사인데, 옛날에 [청중 : 아, 어양산 그래] 그 사(산)이 떠내려와가주고 여(여기) 와가주고 앉았는데, 이 집바 테가 있다. 그 시방 집, 집바 테가 사 사실로 보머 있거던. [웃으면서] 집바해 가지고 온테(터)가, 그래가주고 거 문산 뒷사이라고 그래 있는데. [청중1 : 산

도 쪼맨은 긑으만 하지만은 누가 그 집바 지고] [일동 웃음][8]

이 자료는 전승자들이 거인의 지형 창조행위에 대해 어떻게 인식하고 받아들이는지를 단적으로 보여주고 있다. 산이 작기는 하지만 그것을 어떻게 지고 오겠는가 하면서 의문을 제기한다. 거인이 산을 옮겨왔다고 하는 사실을 못 믿겠다는 것이다. 지형을 형성시키는 거인의 행위가 태초의 신성한 창조작업이라는 인식은 이미 사라졌으며, 단지 거인 존재의 설정이나 산을 옮기는 행위 자체를 비현실적이라 여기고 그 진실성 여부를 따지는 데에 초점을 모으고 있다.[9]

전승 상황이 이렇게 변했기에 거인에 의한 지형창조 이야기는 그 나름의 생존을 위한 새로운 방향을 모색할 수밖에 없었다. 그래서 마고할미가 산을 옮겨왔다고 하는 행위 부분을 축소 또는 약화시키고, 다만 그렇게 해서 만들어진 지형물 자체에만 중심을 두면서 이야기를 전개시켜 증거물 위주로 이야기를 형상화시켜 놓게 된다. 또한 거인이 배설물을 통해 지형을 형성시켰다고 하는 식으로 희화화시킴으로써 웃음거리를 제공하는 형태로 이야기를 전개시킨다. 이처럼 웃음을 줌으로써 비현실성을 무마시키는 형태로 변모의 길을 걷게 되었다고 할 수 있다.

그런가 하면 마고할미 존재에 대한 의심과 희화화, 그리고 창조행위가 잘못 되었다는 원망 등이 한층 더 진행되고 그 성격을 왜곡시키면서, 아예 마고할미를 퇴치의 대상이 되는 부정적 신격으로 형상화시키기도 한다. 곧 마고할미가 선량한 마을사람들을 괴롭히고 악행을 일삼

8) <떠내려온 어양산>, 『한국구비문학대계』 7-2(경북 경주·월성군편), 한국정신문화연구원, 1980, 57쪽.
9) 권태효, 『한국의 거인설화』, 역락, 2002, 131쪽.

는 악신으로 나타나는 이야기도 발견된다. 삼척의 서구암 마고할미 이야기에서는 마고할미가 여우가 둔갑한 할미로 나타난다. 신이한 예지력과 엄청난 힘, 임신이나 아이들의 질병 및 곡물의 생산성을 조절하는 능력 등 초자연적인 위력을 지닌 존재이지만 그 능력을 마을의 주민들을 괴롭히는데 사용하는 악신이다.10) 경기도 화성 지역에서 전해지는 <쌍봉산>이라는 설화에서는 마귀할멈이 착한 사람을 괴롭히고 아이들에게 병을 주는 악행을 하다가 하늘의 징치를 당하며, 마귀할멈이 지고 있던 두 개의 쌀자루는 변해서 쌍봉산이 되었다고 한다.11) 지형을 창조하는 마고할미의 모습은 남겨둔 채로 이야기에서 마고할미를 부정적으로 변형시킨 전형적인 사례라고 할 수 있다.

한편 '마고할미'는 호칭상의 유사성 때문인지 '마귀할멈'으로 부르는 경향도 흔히 찾아볼 수 있는 모습이다. 그런데 이처럼 마고할미의 호칭이 마귀할멈으로 잘못 와전되면서 마고할미가 사람들에게 해악을 끼치는 악신이라는 인식을 갖는 것으로 나타나기도 한다. 화자가 이야기를 구연하면서 "아니 마구할머니가 마귀라 허만 나쁜 그 인제 그런 애긴데"12)라고 하는 데서 볼 수 있듯이 마고할미를 그 행위와는 상관없이 잘못 전승된 호칭에 따라 악귀인 마귀와 동일시하여 부정하게 인식하는 양상을 찾아볼 수 있다.

이렇듯 태초에 지형을 창조하던 여성거인 마고할미는 사람들이 점차 합리적이고 현실적인 사고를 하게 되면서 그 존재에 대해 의심을 받게

---

10) 강진옥, 「슬픈 마고할미의 전설」, 『문화와 나』 통권78호, 삼성문화재단, 2006년 봄호, 20쪽.
11) <쌍봉산>, 『화성군사』, 화성군, 1990, 901쪽.
12) <마귀할멈 손자국 바위>, 『한국구비문학대계』 1-7(경기도 강화군편), 한국정신문화연구원, 1982, 212~214쪽.

되었다. 거인여성의 존재나 창조행위에 대해 의문을 제기하는가 하면
부정적인 신격으로 인식하게까지 되었다.

마고할미의 행위가 태초의 지형창조라는 데 대한 신화적 관념이 희
미해지면서 창조여신 마고할미는 더 이상 신성하고 신비로운 존재가
아닌 지역민들의 원망을 안은 대상, 희화화시켜 웃음거리의 대상이 되
고만 서글픈 변모를 겪은 채 우리에게 다가오고 있는 것이다.

5. 현대에 살려낸 창조여신 마고할미

마고할미는 오늘날에 와서 새롭게 주목받는 대표적인 캐릭터 중 하
나이다. 태초에 이 세상을 창조하는 여신 또는 엄청난 힘과 능력을 지
닌 여성거인신으로서의 본래 면모를 찾고자 하는 측면에서의 접근이
영화를 비롯해 아이들의 동화 등에서 나타나고 있다.

마고할미는 이야기로 전승되면서 창조여신으로서의 본질을 많은 부
분 잃어버린 채 배설물을 통한 웃음거리가 되거나 마귀라는 호칭을 얻
으면서 부정적 존재로까지 인식되었지만 현대에 되살아난 마고할미는
신비로운 창조여신, 뛰어난 능력을 지닌 거인여성의 모습을 되찾아 가
고 있다.

이러한 대표적인 작품으로 들 수 있는 것은 2000년에 개봉되었던 강
현일 감독의 <마고>라는 영화이다. 인간의 욕망과 현대의 이기적인
문명 속에 세상은 오염되고 자연이 죽어가는 오늘의 세태를 고발한 실
험적 성격이 강한 영화이다. 태초에 세상이 창조되던 마고성 율려시대

에는 마고의 분신인 물의 정령, 불의 정령, 바람의 정령, 달의 정령 등 열두 정령이 아름다운 세상을 평화롭게 이끌었으나 인간들이 마고성 낙원의 붉은 포도라는 금단의 열매를 먹고 난 후부터는 포악해지고 악행을 일삼아 세상을 잔혹하고 피폐하게 만들었다고 한다. 이런 영화의 내용은 마고설화의 전통이나 자료적 기반 위에 만들어졌다기보다는 위서(僞書) 논란이 있는 『부도지』를 바탕으로 각색한 작품으로 보이며, 마고를 원초시대의 낙원과 연결시켜 창조여신으로서의 면모를 갖고자 했으나 본래의 창조거인신으로서의 성격과 이미지와는 적지 않은 거리가 있다. 특히 태초의 신비로운 창조과정을 설정하고자 마고를 열두 정령의 분신으로 형상화시킨 것이라든가 인간 악행의 기원을 금단의 열매를 범한 데 따른 것이라는 설정 등은 아무래도 우리의 마고할미 이야기와는 거리가 멀다. 태초의 신비롭고 아름다운 낙원의 주인으로 묘사된 마고의 모습은 우리의 신화적 발상이기보다는 서양적 사고를 가져와 우리 것인 양 표현해놓은 것이 아닌가 생각되어 우려되는 측면도 없지 않다.

그런가 하면 마고할미는 이미 현대의 동화책에도 다양한 모습으로 그려지고 있는데, 영화보다는 자료에 대한 이해가 충실했던 것으로 보인다. 유아용 그림책이나 아동용 동화책에는 마고할미가 세상을 창조한 여성거인이라는 관점에서 동화의 주인공으로 등장하고 있다. 이런 마고할미가 동화 속에서 중요한 등장인물로 나타나는 동화집은 세 권 정도를 찾아볼 수 있다. 보림에서 유아용으로 만든 『마고할미』라는 그림책과,[13] 해토에서 출간한 아동용 동화집인 『우리 집에 온 마고할미』,[14] 바

---

13) 정근, 『마고할미』, 보림, 1995.

람의 아이들에서 펴낸 『마고할미는 어디로 갔을까』[15] 등이다. 앞의 『마고할미』는 유아들을 대상으로 한 그림책 형태로 전래되는 이야기를 토대로 하여 만든 전래동화집 성격을 지닌다면, 뒤의 두 책은 신화 속의 주인공 마고할미를 현실세계로 끌어와 일상을 살도록 하면서 옛 이야기 속 창조여신 마고할미의 존재와 의미를 추억하도록 한 창작동화라고 할 수 있다. 따라서 같은 마고할미를 주인공으로 삼은 작품이지만 그 성격에는 다소 차이가 있다. 전자가 전래되는 마고할미 이야기를 모아 창조행위에 초점을 맞추면서 아이들에게 태초의 마고할미 존재를 알려주는 성격을 띤 작품이라면, 후자는 마고할미를 현대로 끌어와서 일상적인 인물로 형상화시켜 살게 하면서 거인적 능력을 발휘하게 만들고, 그런 모습을 통해 마침내 마고할미의 본래 존재를 더듬어 찾게 되는 형태로 거듭나고 있다.

마고할미는 여성거인이라는 점에서 아이들의 풍부한 상상력을 자극할 수 있고, 따라서 기본적으로 아이들을 대상으로 하는 동화나 애니메이션의 중요한 인물 캐릭터가 될 수 있다. 하늘만큼 키가 크고 힘이 좋은 거인이 되고픈 욕망, 그래서 그 큰 키와 힘을 이용해 하고 싶은 것을 맘껏 할 수 있을 것이라는 아이들의 소박한 소망에 잘 부합하는 인물 캐릭터라고 할 수 있다. 그렇기에 마고할미 이야기는 특히 유아들을 대상으로 하는 그림책이나 동화, 애니메이션 등으로 만들어졌을 때 특히 공감을 많이 얻을 수 있는 것이다. 지금까지 몇몇 동화책이 만들어지긴 했으나 애니메이션으로 제대로 만들어졌거나 아이들을 대상으로

---

14) 진은진, 『마고할미는 어디로 갔을까』, 해토, 2003.
15) 유은실, 『우리집에 온 마고할미』, 바람의 아이들, 2005.

하는 인형극 소재로는 차용되지 못한 듯하다.

마고할미가 거대한 몸집과 엄청난 힘으로 이 세상을 창조해나가는 소박한 모습은 아이들에게 우리 창조여신의 존재를 친근하게 다가가게 할 것이며, 아이들에게 태초의 창세과정에 대한 상상력을 심어주는 계기가 될 수 있을 것이다. 그런가 하면 특히 배설물로 지형을 형성시키는 마고할미의 모습은 아이들에게 한껏 웃음을 안겨줄 수도 있을 것이다.

그런데 마고할미를 현대에 되살려내기 위해서는 다양하게 전승되는 이야기를 모으고 정리하는 작업부터 선행되어야 한다. 마고할미 전승자료들을 전체적으로 모으고, 이를 토대로 외모나 행위 중심으로 단편적으로 존재하는 이야기들을 어떻게 결합시키면서 그 인물 성격을 살려나갈지에 대한 고민이 있어야 할 것이다. 아직은 마고할미 이야기에 대한 다양한 면모가 온전히 소개되지는 못했다고 생각한다. 특히 마고할미의 행위에 대해서는 단지 태초에 세상을 창조하는 창조여신 또는 여성거인의 측면에서만 초점을 맞추고 있는데, 배설물로 지형을 창조하는 우스꽝스러운 모습이라든가 마고할미가 본래 성격을 잃어버리고 마귀할멈과 동일시되어 부정적 존재로 인식되어가는 모습 같은 것은 마고할미에 대한 중요한 구상거리가 될 수 있을 것으로 생각한다. 막연하고 단편적인 인식을 토대로 마고할미 이야기를 현대에 되살려내는 것이 아닌, 마고할미의 이야기의 다양한 자료들을 충분히 모아 콘텐츠화 시킴으로써 필요에 따라 그 인물의 성격이나 특징을 잘 살려낼 수 있도록 원천을 제공할 수 있도록 해야 할 것이다.

제3부

거인설화 자취 남기기

05

거인설화적 관점에서 본 산이동설화의 성격과 변이

1. 들어가는 말

산이동설화는 산이나 섬이 이동하다가 멈추어 지금의 그곳에 자리잡게 된 경위를 밝히는 이야기로, 전국적으로 널리 전승되는 광포설화(廣布說話)이다. 지금까지 채록된 설화의 편수도 적지 않을 뿐만 아니라 그것이 지니는 의미 또한 단순하지 않다. 무엇보다도 산이동설화가 거인설화의 잔존 양상을 잘 보여주는 자료라는 점과 아울러 거인설화가 소멸되어가는 과정을 보여준다는 점에서 중요하다고 할 수 있다. 하지만 이런 산이동설화에 대한 연구는 지금까지 거의 이루어지지 못했다고 할 수 있다.

최래옥의 「산이동 설화의 연구」가 이에 대한 최초의 그 본격적인 연구라 할 수 있는데,[1] 이 연구는 산이동설화에 대한 자료가 충분히 집적되지 못했던 상태의 것으로 형태론적 분석에 따른 단순한 의미만을 파악하고

---

[1] 최래옥, 「산이동 설화의 연구」, 『관악어문연구』 3집, 서울대 국어국문학과, 1978.

있어 그 본질적인 면은 거의 규명하지 못했다고 할 수 있다. 다음으로 천혜숙은 단편적이지만 여성신화라는 관점에서 대모신적 성격의 여성거인이 산이동을 멈추게 하는 존재로 변모되었다고 보고 있어 주목된다. 하지만 거인설화적 관점에서 구체적인 연구로 진행된 것은 아니기에 아쉬움이 남는다.[2]

한편 김의숙은 강원도 지역만을 대상으로 18곳 30여 편의 부래설화(浮來說話)를 집약적으로 살피고 있는데, 여기서 다루는 부래암계와 부래산계가 바로 산이동설화이다. 하지만 이 연구도 대상범위가 강원도로 한정되어 있고, 자료 소개를 중심으로 하여 표면적으로 드러나는 특징과 의미만이 검토되고 있어 아쉬움이 없지 않다.[3] 이외의 연구로는 쿠마가이 오사무[熊谷 治]의 「동아시아의 '흐르는 섬' 전설에 대하여」[4]와 조석래의 「떠내려 온 섬 전설 연구」[5] 등이 있다. 전자는 비교신화학적 입장에서 한・중・일 3국의 산(섬)이동설화를 검토하여 이들 설화가 중국대륙의 동남연해 지역에서 전파된 것이라 하고 있는데, 우리 자료에 대한 충분한 검토 없이 일부 자료만을 대상으로 하였기에 올바른 결과를 도출하지 못했다. 후자 또한 전자의 많은 부분을 수용하면서 18편의 자료만을 대상으로 하여 살피

2) 천혜숙, 「여성신화연구(1) - 대모신 상징과 그 변용」, 『민속연구』 1집, 안동대 민속학연구소, 1991.
3) 김의숙, 「강원도 부래설화의 구조와 의미」, 『강원도 민속문화론』, 집문당, 1995 ; 김의숙, 「구비설화의 역사의식 연구」, 『강원민속학』 12집, 강원도 민속학회, 1996.
4) 熊谷 治, 「東アツアの 流わ島 傳說に ついて」(성기열외 편, 『한국・일본의 설화연구』, 인하대출판부, 1987.)
5) 조석래, 「떠내려 온 섬 전설연구」, 『한국이야기문학연구』, 학문사, 1993.
이외에도 김문태, 「浮來島전승의 원초적 의미와 습합 양상」(『삼국유사의 시가와 서사 문맥 연구』, 태학사, 1995), 오강원, 「浮來山 유형 설화에 대한 역사고고학적인 접근」, (『강원민속학』 12집, 강원도 민속학회, 1996) 등의 글이 있다. 또한 강진옥, 「한국설화에 나타난 전승집단의 의식구조」, 이화여대 석사논문, 1980 ; 김영경, 「거인형 설화의 연구」, 이화여대 석사논문, 1990 등의 글에서도 단편적이지만 언급이 되고 있다.

고 있어 제대로 된 결론에 도달했다고 할 수 있을지는 의문이다.

이 글은 물론 거인설화 연구의 일환으로 마련되는 것이다. 거인설화에 대한 현존자료는 대체로 두 가지 형태가 있다고 할 수 있다. 첫째는 거인의 행위나 외모를 중심으로 하여 거인의 면모를 온전히 또는 단편적이지만 그대로 보여주는 자료이다. 둘째는 거인의 면모는 거의 사라지고 그 성격만 다소 잔존하고 있는 후대적 변이형태[6]로, 문헌자료의 경우는 꿈의 형태를 빌려 거인적 성격을 보여주는 '선류몽'담과 같은 것이 있고,[7] 구전자료의 경우는 이 글에서 다루고자 하는 산이동설화를 비롯하여 오누이힘내기설화, 장수설화 등이 이에 해당한다고 할 수 있다. 그런데 이런 후대적 변이형태 중 산이동설화가 여타의 설화보다 특히 중요한 자료인 것은 이 설화가 거인설화와 겹쳐서 나타나는 자료들을 흔히 찾아볼 수 있다는 것이다. 즉 산이동의 주체가 거인으로 나타나는 자료도 적지 않다는 것이다. 따라서 거인설화가 사라져가는 과정을 살필 수 있는 중요한 단서가 되는 자료로 판단된다.

이러한 관점에서 이 글에서는 산이동설화가 원래 거인설화의 한 형태였다는 점과 산이동설화에서 거인의 존재가 어떻게 소멸되어 가는지 그 과정을 밝히는 데 그 주된 목적을 두고자 한다.

2. 산이동설화에 대한 자료 검토

쿠마가이 오사무[熊谷 治]는 '흐르는 섬'설화(산이동설화)를 검토하면서 우

---

6) 이것은 단순히 모티프만 계승되는 것이 아니라 거인설화와의 직접적인 관련성이 찾아지기에, 김영경이 제시하고 있는 거인형 설화군과는 차이가 있다(김영경, 같은 글).
7) 권태효, 「선류몽담의 거인설화적 성격」, 『구비문학연구』 2집, 한국구비문학회, 1995.

리의 자료를 파악하는 데 있어 두 가지 오류를 범하고 있다. 첫째는 산이 동설화를 동남해안·낙동강 유역·서남해안 지역으로 삼대별하여 구획하고 있는 점이며, 둘째는 일본의 섬이동설화가 한국의 것보다는 원초적 혼돈의 관념에 이어진다고 밝힌 점이다. 전자의 문제는 지금까지 채록된 자료를 검토하여 볼 때 그 타당성을 인정할 수 없다. 우리의 산이동설화는 특정 지역에 국한되어 나타나는 것이 아니라 전국적으로 고른 분포를 보인다는 점에서 그렇고, 지역에 따라 뚜렷한 특징이 나타나는 것도 아니기 때문이다. 이런 견해는 많은 자료를 대상으로 삼은 것이 아니라 한정된 자료만을 검토한 결과로 판단된다.[8]

한편 후자의 문제는 일본의 섬이동설화가 1) 흐르는 섬이 여성의 어떤 말에 의해 멈춰 지금의 그 자리에 있다 2) 산이 멈추는데 있어서 신(神)과 관계가 있다 3) 섬을 기둥, 말뚝, 돌 등으로 멈추게 한다 등의 특징[9]이 있다고 하면서 우리의 자료와 비교하여 언급하고 있는데, 이 또한 그 타당성을 인정하기 어렵다. 우리의 산이동설화를 검토하건대 이러한 특징은 흔히 찾아볼 수 있는 것이며, 다만 섬이동이 신과 관계가 있다는 부분은 차이점이라 할 수 있겠지만 이 점에 대해서도 우리의 산이동설화에서 그런 흔적을 찾아볼 수 있는 자료가 다수 있다. 예컨대

---

8) <연오랑세오녀> 설화와 <문무왕 만파식적>조의 설화를 산이동설화에 포함시켜 동남해안권이라 했는데, 이들 문헌설화와 구전되는 산이동설화를 비교하여 볼 때 섬이 이동한다는 사실만 일치할 뿐 산이동설화와는 전혀 다른 면모를 보여준다. 산이동설화는 특히 산이 이동하여 현재의 위치에 자리잡는 과정을 보여준다면, 이들 설화는 사람이 옮겨가는 과정의 부수적 현상으로 섬이동이 나타나거나 신이한 현상이 일어나는 것을 보이기 위한 이동임을 알 수 있다. 즉 산이나 섬이 자리를 잡기 위한 이동이 아니라는 것이다. 따라서 이들 설화를 산이동설화에 포함시키자면 현존하는 산이동설화와의 많은 차이점을 살피면서 그 연결고리를 찾은 다음 산이동설화에 포함시켜 검토하는 것이 바람직하다.
9) 熊谷 治, 같은 글, 266쪽.

창조주의 성격을 지닌 마고할미가 산이동의 주체가 된다든가 조물주의 명에 의해 산이 옮겨진다는 데서도 알 수 있고, 또한 산이동이 원래 거인신격의 행위였을 것임을 염두에 둔다면 이것이 일본설화의 원초성을 설명하는 근거가 되기 어렵다. 이런 주장은 전체적으로 산이동설화의 폭넓은 자료에 대한 면밀한 검토가 이루어지지 않았기에 나타난 주장으로 보인다.

산이동설화는 그 채록편수가 엄청나 본문에서 밝히기에는 무리가 있다. 따라서 여기서는 검토대상이 되었던 자료집만 우선 제시하면서 전체적으로 개관하도록 하겠다.

㉮ 최상수, 『한국민간전설집』, 통문관, 1958.
㉯ 유증선, 『영남의 전설』, 형설출판사, 1979.
㉰ 현용준, 『제주도전설』, 서문당, 1976.
㉱ 최래옥, 「산이동설화연구」, 『관악어문연구』 3집, 서울대 국문과, 1978.
㉲ 『한국구비문학대계』, 한국정신문화연구원, 1980~1988.
㉳ 김광순, 『한국구비전승의 문학』, 형설출판사, 1983.
㉴ 임석재전집, 『한국구전설화』, 평민사, 1987~1993.
㉵ 박종섭, 『거창의 전설』, 문창사, 1991.

㉮는 북한지역의 산이동설화까지 나타난다는 점에서 중요하다. <광주바위섬>이라는 설화를 수록하면서 아울러 평양의 능라도, 평남의 덕천산, 전북 공주산 등 세 편의 설화를 부기(附記)라 하여 첨부하고 있다. 이외에 <부산(浮山)>도 따로 수록되어 있어 총 5편의 산이동설화가 들

어있다.

❹는 경북지역의 설화 300여 편을 싣고 있는데, 이 중에 5편의 산이동설화가 포함되어 있다.

❺는 제주도 지역을 대상으로 한 자료로, <비양도>와 <군산>에 대한 각기 서로 다른 두 편씩의 산이동설화를 비롯하여 5편의 자료가 담겨 있다.

❻는 연구논문 뒤의 부록 부분에 남원에서 채록한 3편의 산이동설화를 싣고 있다.

❼는 남한 전지역을 대상으로 조사하여 15,107편이라는 방대한 양의 설화 자료를 수록한 것이다. 산이동설화는 이들 설화를 유형별로 분류하여 정리한 『한국설화유형분류집』에서 '움직이고 멈추기'에 해당되는 것으로, 더 구체적인 하위분류에서 보면 '521 지형 변하고 자취 남기'와 '523 거인 움직이고 자취 남기'에 속해 있다. '지형 변하고 자취 남기'에서는 '521-1 이동하다가 말 듣고 멈춘 산'에 46편, '521-2 떠오르다가 부정한 일 일어나 멈춘 섬' 10편, '521-3 이동하다가 스스로 멈춘 바위' 28편, '521-4 제자리를 찾아 멈춘 바위' 4편 등의 산이동설화가 있으며, '거인 움직이고 자취남기'에는 '523-1 여성거인이 만든 지형' 28편 중 20편이, 그리고 '523-2 거인(장수)이 만든 지형'에서는 21편 중 9편이 산이동설화에 해당된다고 할 수 있다. 이외에 산이동설화 형태지만 이들 분류에서 제외되어 있는 것은 『한국구비문학대계』 5-3의 <숫마이산과 암마이산과 너도마이산>, 『한국구비문학대계』 8-8의 <오대끝>과 『한국구비문학대계』 8-12의 <온산면 의논암> 등 세 편이다. 따라서 ❼에는 복수로 분류된 3편을 제외하면 115편의 산이동설화가 수

록되어 있다고 할 수 있다. 한편 이것을 지역별로 정리하면 서울 경기 12편, 강원 6편, 충북 2편, 충남 2편, 전북 5편, 전남 5편, 경북 22편, 경남 58편, 제주 2편 등이다.10) 경남 지역의 전승이 특히 강하게 나타남을 알 수 있는데, 그 까닭은 명확하지 않다.

🐷에는 자료편에 경상남북도 지역에서 전승되는 3편의 산이동설화가 수록되어 있다.

🐵는 북한 지역을 포함하여 전국적으로 많은 설화가 채록되어 있어 산이동설화 자료도 적지 않게 찾아볼 수 있다. 지역별로 채록된 편수를 정리하면 평북 6편, 평남 2편, 함남 1편, 강원 2편, 서울 경기 6편, 충북 3편, 전북 8편, 전남 3편, 제주 3편, 경남 6편, 경북 5편 등으로, 총 45편의 산이동설화가 전국적으로 고른 분포를 보이며 채록되어 있다.11)

🐸는 경남 거창지역의 설화만을 싣고 있는 자료로, 여기에 7편의 산이동설화가 수록되어 있다.

이상의 수록 자료집 검토를 통해 알 수 있었던 바를 정리하면 다음과 같다.

첫째, 산이동설화의 자료는 전국적으로 고르게 채록되고 있다는 점이다. 비록 🐸의 자료에서 보면 경상남북도 지역이 여타의 지역보다 채록편수가 월등히 많지만, 여타 지역에서도 고른 분포를 보이며 적지 않

---

10) 필자는 이미 산이동설화의 자료목록을 정리해 제시한 바 있었다.(권태효, 「거인설화적 관점에서 본 산이동설화의 성격과 변이」, 『구비문학연구』 4집, 한국구비문학회, 1997, 244~249쪽.) 그런데 이 글의 자료목록에서는 『한국구비문학대계』의 자료중 『한국구비문학대계』 2-4(강원 속초, 양양)의 <계조암과 울산암>이 중복되어 있고, 『한국구비문학대계』 7-17(경북 예천)의 <마고할미가 만든 가마바위>는 산이동설화가 아닌 자료를 포함시킨 것이기에 수정한다.
11) 임석재전집 6(충남,북편)의 <보문산>은 산이동설화 형태이나 자료목록 정리(권태효, 같은 글)에서 누락되어 한 편을 추가하였다.

은 자료가 채록되고 있어 경상남북도 지역을 중심으로 전승된다고 보기는 어렵다.[12] 또한 ㉮와 ㉯의 자료에서 볼 때 함경남북도와 충청남북도는 채록편수가 없거나 적게 나타나는데, 이것은 이들 지역에 대한 전체 채록편수가 여타 지역보다 상대적으로 적다는 것도 중요한 요인으로 작용했으리라 생각한다.

둘째, 산이동설화의 자료를 검토하여 볼 때 지역적으로 뚜렷이 구분될만한 특징은 나타나지 않고 있다. 산이동설화는 산이동과 산멈춤, 산세다툼 등의 구성요소가 결합된 양상을 보이는데, 이들 세부적인 모습 또한 지역적인 큰 편차를 보이지 않는다. 다만 전북 진안의 마이산은 이동하는 설화와 함께 자란다는 형태로 나타나는 것이 많이 있어, 이 점을 이 지역의 특징적인 면모로 지적할 수 있을 것이다. 그리고 이외에는 내륙지방에서는 산이동이, 도서지방에서는 섬이동으로 나타나는 것이 지역적 차이라 할 수 있겠지만, 이는 설화 환경에 맞춰 산과 섬이 설정되었을 뿐이지 지역적 특징이라 할 수는 없다.

셋째, 산이동설화는 산이 어디에서 어떻게 옮겨왔는지를 전하는 산이동과 여인의 말에 의해 산이 멈추고 그 결과가 어떻게 되었는지를 전하는 산멈춤, 그리고 원래 산이 있던 곳과의 산세다툼 등 세 가지로 구성되어 있음을 알 수 있다. 이 중 산이동은 거인에 의한 이동으로 나타나는 자료가 많기에 거인설화와 관련지어 특히 주목되는 부분이다.

---

12) 최래옥의 앞의 논문에서는 35편의 대상자료 중 19편이 전북 지역의 자료로 나타나고 있어 ㉮의 자료 실상과는 차이가 있다. 또한 김의숙의 앞의 논문에서도 강원도의 자료만 27편이 검토되고 있음을 볼 때 산이동설화가 특정지역을 중심으로 전승된다고 보기는 어렵다.

3. 산이동설화의 구성과 형태

산이동설화는 산이동과 산멈춤, 산세다툼 등 세 가지 구성요소로 이루어졌다고 할 수 있다. 조석래는 산이동설화를 섬이동 모티프, 여자언동 모티프, 제사 모티프, 발전저해 모티프 등 다섯 가지 모티프로 나누어 살펴보고 있지만[13] 여자언동과 제사, 발전저해 등은 산이 멈추는 과정과 그 결과로 나타나는 것이기에 산멈춤에 포함시키는 것이 마땅하다. 그러면 이들 구성요소가 어떤 양상을 띠며 어떤 성격을 지니는지를 살펴보도록 하겠다.

A. 산이동

산이 어디에서 어떻게 옮겨왔는지를 전하는 부분으로 산이동설화의 가장 핵심적인 요소라 할 수 있다. 따라서 이것만으로 설화를 완결 짓는 자료도 적지 않다. 이런 산이동은 산이 스스로 걸어가는 모습을 취하기도 하고, 홍수에 의해 떠내려왔다든가 거인장수가 메고 왔다고 하는 등 다양한 모습으로 나타난다. 또한 여러 개의 산이 동시에 이동하는 형태를 취하기도 하고, 바람에 날려왔다든가 학이 산을 들고 옮겨오기도 한다.

그런데 이러한 산이동은 거인설화와 직접적인 관련이 있는 부분이라 주목된다. 거인장수나 여성거인이 직접 산이나 바위를 옮기는 자료가 많기에 그렇기도 하지만 산이 옮겨지는 그 자체가 근본적으로 태초에 이 세상이 형성되는 창조신화적 성격을 지녔기 때문이다. 뿐만 아니라

---

13) 조석래, 같은 글.

뒤에서 상술하겠지만 산이 스스로 걸어온다거나 떠오는 것이 거인에 의해 옮겨지는 것의 후대적 변이양상임을 염두에 둔다면 본질적으로 산이동은 거인에 의한 것으로 태초에 산천이 거인신격에 의해 형성되는 과정이 이야기되고 있는 것이다.

한편 산이동설화에서는 이외에도 산이 저절로 솟아난다거나 산이 자라는 형태의 설화도 찾아볼 수 있는데, 이도 동일한 성격의 것으로 이 점에 대해서는 뒤에서 구체적으로 밝히도록 하겠다.

B. 산멈춤

산은 이동하다가 대체로 목적지에 이르지 못하고 멈추게 되는데, 이처럼 산이 멈추게 되는 까닭을 이야기하는 부분이 산멈춤이라 할 수 있다. 이런 산멈춤은 서답하는 여인을 비롯하여 물 길어오는 여인, 밥 짓는 여인, 소변보는 여인 등의 산이 걸어온다는 말에 의해 멈추는 것으로 나타나는 것이 일반적이다. 하지만 여인의 말이 아닌 부지깽이나 밥주걱과 같은 기구로 밀어서 산이나 섬을 멈추게 하는 경우도 있어, 산을 멈추게 하는 여인이 여성거인의 변모된 모습일 가능성을 짐작하게 한다.

한편 이렇게 멈추게 된 산에 대한 인식은 두 가지 상반된 양상으로 나타나고 있어 흥미롭다. 하나는 이런 산에 대해 신성시하면서 제(祭)를 올리는 것이고,[14] 다른 하나는 이런 이동한 산이 잘못 멈췄기 때문에

---

14) 이동한 산이나 섬을 신성하게 인식하여 그 산에 기우제를 지낸다든가(임석재전집 7 (전북편Ⅰ),『한국구전설화』, 평민사, 1990, 30쪽) 묘를 쓰지 못하게 한다든가(『한국구비문학대계』1-7(경기 강화), 한국정신문화연구원, 1982, 284~285쪽) 교회를 짓는 것이 문제가 된다든가 하는 자료(임석재전집 6 (충남, 북편),『한국구전설화』, 평민사, 209~210쪽)들이 흔히 있다. 또 섬이 떠오는 것을 밀어냈더니 고기가 잡히지

서울이 되지 못했다든가 좋은 땅이 되지 못했다고 인식하는 것이다. 그렇다면 이러한 산이동에 대한 상반된 인식은 무엇에 기인하는 것일까? 이들은 분명 동일한 형태의 설화에서 산이 멈추는 그 다음에 나타나는 상황이고 인식이라는 점에서 서로 별개의 것이 아님은 분명하다.

우선 산이 신성시되는 경우를 보면, 이미 앞에서 언급하였듯이 산의 이동이 거인에 의한 행위라면 이러한 신성시는 거인신 숭배의 한 단면일 가능성이 있다.[15] <창세가>에서 보면 이 세상을 창조하는 주체인 미륵은 거인신격이다. 미륵이 구체적으로 산을 만들거나 옮겨놓지는 않지만 하늘과 땅을 벌리고 네 모퉁이에 구리기둥을 박는 작업은 거인에 의한 산천형성 이전의 천지분리인 것이다. 이렇듯 미륵은 거인신격이면서 창세신이다. 이런 거인의 면모를 지닌 창세신에 대해서는 일정한 제차가 있었을 것이나,[16] 거인신격의 신성성이 점점 사라지면서 이처럼 부분적으로 마을같은 곳에서 숭배되는 형태로 그 흔적을 남기는 것이 아닌가 추정된다는 것이다.

다음으로 산이 멈춘 것에 대한 부정적 인식이다. 이는 엄밀하게 말하면 산이 자리를 잘못 잡았다는 데 대한 안타까움이며, 때문에 산을 멈

않아 그 섬에 당집을 짓고 제를 올리자 고기가 잘 잡히게 되었다는 설화(임석재 전집 9(전남, 제주편),『한국구전설화』, 평민사, 1992, 19~20쪽)도 있으며, 이동해 온 바위가 서낭신으로 모셔지기도 한다(유증선,『영남의 전설』, 형설출판사, 1979, 255쪽).

15) 조석래는 이것이 산악숭배 때문이라 했는데,(같은 글, 163쪽) 그렇다면 왜 산이동을 한 산이 숭배의 대상이 되어야 하는가를 설명해야 하지만 이 점은 전혀 밝히지 않고 있다. 특히 산이동의 결과를 신성시 여기기보다는 부정적으로 여기는 사례가 훨씬 많은데 이것을 단순히 사고하여 산악숭배라고 하는 것은 문제가 있다.

16) 서대석은 거인신격인 미륵에 의한 천지개벽이 우리 본래 것으로 파악하면서, 오산의 시루말과 같은 창세신의 제차가 본래 있었으나 점차 사라지고 제석신을 섬기는 제차에 얹히게 되었을 것이라 하고 있다(서대석,「창세시조 신화의 의미와 변이」,『구비문학』4집, 한국정신문화연구원, 1980).

추게 하는 말을 하는 여인에 대한 부정적 인식이라 할 수 있다. 이 점 또한 산을 이동하는 주체가 거인이었음을 염두에 둔다면, 거인신격의 성격 변모와 무관하지 않을 것으로 생각된다. 거인신격은 원래 창조신 적 성격을 지닌 신격이었지만 점차 그 신성성이 의심되면서 거근(巨根)이나 대식(大食) 등 특정 부분의 거대함을 강조하는 형태로 희화화하는 모습을 취했던 것으로 보인다. 이는 거인신에 대한 신성성이 퇴화되면서 부정적인 방향으로 계승되고 있는 모습이라 할 수 있는데, 이런 부정적 인식은 거인신 숭배 다음에 있었던 신화 형태 예컨대 건국신화 같은 것과 경쟁하면서 의도적으로 비하된 결과일 가능성도 상정해 볼 수 있겠다. 이처럼 거인신격은 창조신 성격을 지녔음에도 긍정적이기보다는 부정적으로 인식되는 면이 강한데, 거인에 의한 산이동에 부정한 인식이 수반되는 것도 이와 같은 각도에서 해석될 수 있으리라고 본다. 아울러 이 문제는 산을 멈추는 여인에 대한 부정적 인식과 밀접한 관련이 있는데, 이 여인에 대한 부정적 인식에 대해서는 뒤에서 구체적으로 거론하도록 하겠다.

한편 거인이 이 세상을 만드는 과정이 나타난 것이 산이동이라면 이처럼 산의 이동을 멈추게 하는 산멈춤은 이런 창조신화적 성격을 와해시키는 과정으로서의 한 단계가 아닌가 여겨진다. 자료에 따라서는 장수에 의해 산이 이동되다가 여인의 말에 의해 장군이 그 산을 버리는 경우도 있지만, 산멈춤이 있는 자료는 대체로 산이 스스로 걸어오다가 멈추거나 산이 떠내려오다가 멈추는 것으로 나타난다. 이처럼 스스로 이동하는 경우는 산을 멈추게 하는 여인이 설정되어야 하며, 그 여인의 역할도 중요하게 나타난다. 이것은 곧 산이 이동하여 새로운 지형을 형성하였다는 사실보다는 산이 왜 그곳에 멈췄는지 그리고 그 결과가 어떻게 되었는지로 관심을 전환시키는 것이 된다.

이렇게 볼 때 산멈춤의 개입은 거인에 의한 이 세상의 산천형성이라는 인류의 보편적이고 본원적인 문제의식을 떠나서 그들의 삶의 터전이 되고 있는 산이라는 데에 초점을 맞추게 하는 것이다.

C. 산세다툼

산세다툼은 옮겨온 산에 대해 원래 자리잡고 있었던 고을에서 매년 산세를 받아갔는데, 한 아이의 기지로 더 이상 산세를 물지 않게 되었다는 내용이다. 이런 산세다툼은 산이동설화에서 두 가지 중요한 구실을 한다고 할 수 있다.

첫째는 산이동설화의 내용을 풍부하게 확장시킨다는 점이다. 산이동설화는 산이 이동하다 멈추었다는 단순한 story를 지녔다고 할 수 있는데, 여기서 산세다툼이라는 흥미로운 에피소드를[17] 추가함으로써 설화내용을 풍부하게 하고 있는 것이다. 산세다툼은 흔히 산을 되가져가라고 하여 산세를 물지 않게 되는 일회적인 대결양상을 보이지만, 최상수가 채록한 <공주산>[18]과 같은 자료는 산을 끌어갈테니 불탄 동앗줄 삼천발로 산을 묶어놓으라고 하는 새로운 난제를 부여하고 이를 해결하는 형태로 나타나고 있어 마을 간의 지혜 겨룸으로 발전되는 양상을 보이기도 한다. 즉 산세다툼이 산이동설화의 내용을 확장시키고 흥미를

---

17) 짐빠산의 유래에 대한 조사자의 보고에서 보면 청중들이 이 산세다툼을 한참 웃으며 재미있게 듣고 있음을 밝히고 있다(『한국구비문학대계』 8-8(경남 밀양), 한국정신문화연구원, 1983, 123~125쪽).
18) 최상수, 『한국민간전설집』, 통문관, 1984, 69~70쪽.

부여하는 구실을 하고 있는 것이다.

둘째는 산세다툼은 산이동설화가 지닌 비현실성에 대해 진실성을 부여하는 기능을 한다는 점이다. 거인이 산을 메고 왔다거나 산이 스스로 걸어왔다고 하는 것은 사실로 쉽게 용인하기 어려운 부분이다. 이야기를 듣는 청중들이 이에 대해 의문을 제기하기도 하고, 화자 스스로도 비현실적임을 인정하여 진실성에 의문을 갖기도 한다. 때문에 모두 허담이라는 말을 하면서 산이동설화를 들려준다든가[19] "신빙성이 없는 이야기입니다마는"으로 마무리하기도 하며,[20] "참 거짓말 같다"라고 하면서 이야기를 듣기도 한다.[21] 따라서 산이동 부분을 극히 축소하여 "산이 어디에서 옮겨왔다고 한다"라고만 간략히 언급하면서 산세다툼을 설화의 중심에 두는 자료도 흔히 찾아볼 수 있다. 이러한 것은 곧 산이 이동해 왔다는데 대한 비현실성을 인정하는 것으로, 이런 산이동을 이야기하자면 자연히 진실성을 부여하는 것이 긴요한데, 산세다툼을 붙임으로써 그런 일이 실제 있었음을 입증하고자 하는 것이다. 그렇기에 산세다툼이 나타나는 자료를 보면 산이동 부분이 축소되고 산세다툼이 크게 확장되는 형태로 나타난다.

산이동설화는 이와 같이 산세다툼으로 진실성을 부여하면서 완성되는 모습을 취하고 있지만, 산세다툼이 산이동설화에서 본래부터 있었던 것으로는 보이지 않는다.[22] 인간의 인지가 발달되면서 산이동설화의

---

19) 『한국구비문학대계』 7-8(경북 상주), 한국정신문화연구원, 1983, 688~689쪽.
20) 『한국구비문학대계』 8-13(경남 울산, 울주), 한국정신문화연구원, 1986, 451~452쪽.
21) 『한국구비문학대계』 8-11(경남 의령), 한국정신문화연구원, 1984, 591~592쪽.
22) 산세다툼 부분과 산이동 부분을 별개로 인식하면서 이야기하는 경우도 있다(『한국구비문학대계』 2-5(강원 속초, 양양), 한국정신문화연구원, 1983, 252~257쪽). 한편 김의숙도 이런 산세다툼을 원래 형태에 첨부된 것이라 보면서, 민중이 고통받는 모

비현실적인 면이 상대적으로 부각되고, 따라서 증거물에 대한 진실성을 부여하고자 후대에 추가된 것으로 보인다. 또한 설화내용을 풍부하게 하고자 흥미를 위해 덧붙여졌을 가능성도 아울러 고려할 수 있겠다.

이상 산이동설화의 구성요소를 살펴보았는데, 이들 구성요소들의 결합에 따라 산이동설화는 다음 몇 가지 형태의 자료존재양상을 보이고 있다.

> ㉮ 산이동
> ㉯ 산이동+산멈춤
> ㉰ 산이동+산세다툼, 산이동+산멈춤+산세다툼

㉮는 이 산이 어디에서 어떻게 옮겨와 이곳에 자리를 잡게 되었는가를 이야기하는 서너 줄 정도의 짧은 형식이 일반적이다. 이 형태는 산이동이 거인에 의해 이루어진다고 하는 것이 많은데, 거인이 산을 지고 가다가 또는 바위들을 몰고 가다가 두고 간 것이라 전한다. 그리고 산이 걸어왔다거나 떠내려온 것이라 하는 경우는 화자의 망각에 의해 산멈춤을 기억하지 못하는 것이 많다. 때문에 이런 산이동만으로 이야기가 종결되는 형태는 거인에 의한 이동이 본래적인 것으로 보이며, 원래 독립적인 하나의 이야기가 아니라 창세 과정을 이야기하는 설화 중의 한 부분이 전승되다가 독립된 것이 아닌가 여겨진다.

㉯에서는 주로 거인에 의한 산이동보다는 산이 스스로 이동하는 양상을 보이며, 산의 이동을 멈추게 하는 여인이 설정된다. 또한 이렇게

습이 부각된 형태로 파악하고 있다(김의숙, 같은 글, 426~428쪽).

멈춘 결과에 대한 인식도 이야기되고 있기에, 전승자들의 의식이 많이 개입된 형태라고 할 수 있다.

㉰는 ㉮ 또는 ㉯의 형태에 산세다툼이 추가된 모습을 보이는 것으로, 대부분 산세다툼이 확장되어 나타난다. 이런 산세다툼의 결합은 산이 옮겨왔다는 데 대한 진실성을 부여하고자, 그리고 흥미를 위해 덧붙여졌을 것임은 이미 지적한 바이다.

산이동설화의 이런 결합양상을 볼 때 거인에 의해 산이 이동했다는 ㉮가 원초적 형태였으나, 이것이 후대로 전승되면서 산이 저절로 이동하고 여성거인의 성격이 변모된 것으로 추정되는 서답하는 여인의 역할이 강조되어 확장되는 ㉯의 구성을 취하게 된 것으로 보인다. 하지만 산이 스스로 이동하는 점에 대한 의문 때문에 진실성과 흥미를 부여하고자 산의 이동과 멈춤이라는 본질적인 구성요소에 산세다툼을 추가하여 완결을 짓는 ㉰의 형태로 발전된 것이 아닌가 여겨진다. 이 점은 거인설화의 소멸과정과도 밀접한 관련을 지니기에 뒤에서 구체적인 자료를 예시하면서 다시 한 번 논의하도록 하겠다.

4. 산이동설화 자료에 나타난 거인설화적 면모

산이동설화는 산이 이동하는 데 있어 거인에 의한 행위로 나타나는 자료들이 많다고 했다. 따라서 이 점이 거인설화에서 산이동설화로 변이되어 갔다고 볼 수 있는 근거가 되는데, 그럼에도 산이동설화에서 거인설화적 성격이 구체적으로 어떻게 나타나는지는 검토되어야 하리라고 본다. 단순히 산이동이라는 외형상의 유사성 때문에 이들의 관계를 변이되어 나간 형태로 파악하는 오류를 범할 수도 있기 때문이다.

그런데 실상 산이동설화의 자료들을 검토하다가 보면 거인설화에서 산이동설화로 변이되어 나갔을 것임을 입증할만한 근거가 적지 않다. 따라서 이 점을 명확히 명시할 필요가 있다.

첫째, 산이동이 거인에 의해 행해지는 작업으로 나타나는 자료들이 많다는 점이다. 거인이 산을 짐바로 메고 이동시키거나 여성거인이 산을 치마에 싸서 옮겨가는 모습을 보여주는 자료들이 산이동설화에서는 흔히 찾아볼 수 있다.

> 임의산 저것도 옛날 천태산 마고할매가 창봉을 떠다 놨다 카는데, 임의산 여기서 뷀끼다 임의산 절이 저기 있거든. 고 옛날 천태산 마고할매가 고 산을 갖다 떠다 놨다 카든데. 그래 마상(馬上)에 댕기다가 아 내려와 보이꺼네, 절 지을, 저거 그 임의산 절 거기 오래된 절이라 말이다, 그 쪼갠(작은) 암자라도 할 데가 없다 싶어서, 저 도봉산을 갖다, 산을 한 앞구량 쩌다가(옆구리에 끼고서) 고다 갖다 안차 놓고 그래 그 절로 지었다 카데. 그 임의산 절 지었다.23)

이처럼 거인에 의해 산이 이동되는 자료는 이 글의 대상자료가 되었던 188편 중 40여 편이 넘었고, 학과 같은 우주적 동물에 의해 산이 옮겨지는 자료까지 합친다면 50여 편에 이른다. 뿐만 아니라 서답하는 여인과 같은 여성의 기구에 의해 산이나 섬이 멈춰 자리를 잡는 자료도

---

23) <임의산이 생긴 이야기>, 『한국구비문학대계』 8-9(경남 김해), 한국정신문화연구원, 1983, 1130쪽.

기존 연구에서 여성거인설화로 파악되고 있는데,[24] 이런 자료들까지 포함시켜 생각한다면 70여 편 이상의 자료가 거인설화적 면모를 그대로 보여주는 것이 된다. 이처럼 산이동설화의 많은 자료가 거인설화적 면모를 보인다는 것은 산이동설화가 거인설화의 변이형이기 때문에 가능한 것으로 보인다.

둘째, 산이동설화의 자료 중에는 거인설화와 겹쳐지는 양상을 보이는 자료가 적지 않다는 점이다. 이런 모습은 두 가지 각도에서 파악할 수 있다.

먼저 거인의 행위로 산이 이동하는 모습을 보이는 거인설화적 성격의 산이동설화에 여인의 말에 의해 산이 멈추는 과정이 덧붙여진다든가 산세다툼이 첨부되는 형태의 자료들을 쉽게 찾아볼 수 있다는 점이다.

> 그래서 그기 밀양산 되기로 우얘(어찌) 됐는고 하이, 그 경주서 산(山)
> 세금을 이전에 받아 갔거덩. (조사자 : 왜 그랬던고요?) 그기 인자 경주
> 땡(땅)이라고. (조사자 : 경주서?) 그래 인자 경주 땡이라고. 이전, 그 왜
> 경주 땡이고 하이, 예전에 마고할미, 늙은이라고 있었어. 마고할마이, 마
> 고신선이라 카는 마고, 마고늙은이가 그래 그 찜빠(멜빵)를 해가지고, 그
> 래 그 산을 지고 넘어 왔다 카는 기라. (조사자 : 찜빠를 해가 내려오다
> 가?) 그래 찜빠를 해가지고 경주서 산을 짊어지고 이리 넘어 오다가, (조
> 사자 : 어느 산을 넘어 오다가요?) 이리 건너 지내 내리가서 이리 이 저
> 석남재를 넘어서 오다가, 그래 그게 고마 그게 오다가 찜바 끈이 터져
> 가마 그게 내삐러 뺐다(던져 버렸다) 카는 기라. (일동 : 웃음) 그래, 그래
> 어 내삐리 뺐는데, 그래서 경주 사람이,

---

24) 강진옥, 「<마고할미>설화에 나타난 여성신 관념」, 『한국민속학』 25, 민속학회, 1993.

"우리 산을 띠 가(떼다가) 너거(너희) 밀양 갖다 놔도 이거는 경주산이
다, 경주산이다. 그 우리 산이다."

그래 산 세금을 댔어, 예전에. 그런께 그 우얘(어떻게) 그래 그런 세금
을 이전에 여, 싹, 뭐, 깨꼼스럽게(깨끗이) 주는 모양이라 참말로 그길 짊
어지고 온 거는 아인데, 말은 그렇지.25)

이 자료는 거인에 의한 지형 형성의 과정으로 나타나는 산이동이라
할 수 있는데, 이처럼 산세다툼이 붙어있는 것을 볼 수 있다. 이와 같이
거인의 산이동에 산세다툼이 첨부되는 자료는 <짐빠산의 산세>,26)
<독산>,27) <짐빠산의 유래>,28) <거리 걸어온 독뫼산>29) 등이 있고,
거인이 산을 옮기는 것을 서답하는 여성이 "산이 걸어간다"고 하여 그
자리에 두게 되었다는 자료는 <백이산>30)과 <거문목 유래>31) 등과
같은 자료에서 찾아볼 수 있다.

이렇게 거인에 의한 산이동에 산멈춤이나 산세다툼이 결합되어 나타
나는 것은 거인에 의한 산이동이 걸어오거나 떠오는 형태의 산이동과
동일하게 인식되었기 때문에 나타난 현상으로 보인다. 이처럼 양자가
동일하게 인식되고 있다는 사실은 설화의 채록과정을 살펴보더라도 알
수 있다. 즉 조사자가 산이 다른 곳에서 떠오는 이야기를 부탁하면 이런
거인이 산을 옮겨오는 이야기를 들려주는 것이다. 예컨대 <단장면 경주

---

25) 『한국구비문학대계』 8-8(경남 밀양), 한국정신문화연구원, 1983, 523~524쪽.
26) 임석재전집 10(경남편Ⅰ), 『한국구전설화』, 평민사, 1993, 24쪽.
27) 임석재전집 12(경북편), 『한국구전설화』, 평민사, 1993, 22쪽.
28) 『한국구비문학대계』 8-8(경남 밀양), 한국정신문화연구원, 1983, 123~125쪽.
29) 『한국구비문학대계』 8-13(경남 울산, 울주), 한국정신문화연구원, 1986, 451~452쪽.
30) 임석재전집 10(경남편Ⅰ), 『한국구전설화』, 평민사, 1993, 22쪽.
31) 『한국구비문학대계』 7-12(경북 군위), 한국정신문화연구원, 1984, 42~43쪽.

산의 유래>[32]와 같은 자료에서는 조사자가 "산이 떠내려온 전설이 없느냐"고 묻자 산이 걸어온 것이 아니라 마고할미가 지고 가다가 떨어뜨린 것이라 하며 이 설화를 구술한다. 또한 <임의산이 생긴 이야기>도 제보자에게 산이 떠내려 와서 생겼다는 수류산이야기를 들려주니까 이런 여성거인에 의한 산이동을 생각해 냈다는 것으로 보아[33] 거인에 의한 산이동과 산이 걸어오거나 떠오는 형태가 서로 다르지 않다고 인식되고 있음을 알 수 있는 것이다. 그리고 이외에도 거인에 의한 산이동에 산멈춤이나 산세다툼이 첨부된 자료가 한두 편에 국한되어 나타나는 현상이 아니라 다양하게 찾아진다는 점 또한 거인에 의한 산이동이 산이 걸어오거나 떠오는 것과 다르지 않다고 인식되며 전승되었음을 뒷받침하는 것이 된다.

그런데 이렇게 양자가 동일하게 인식된다고 했을 때 거인이 산을 옮기는 형태가 더 고형임을 염두에 둔다면 산이동의 근원이 본래 거인의 행위에 있는 것이 아닌가 생각된다.

다음으로 거인설화와 산이동설화가 겹쳐지는 또 하나의 양상은 옮겨지는 동일한 대상의 지형물이 한 각편 속에서 또는 서로 다른 각편으로 거인에 의해 옮겨졌다고 전해지기도 하고 산이 스스로 이동하는 형태로 나타나기도 한다는 것이다. 다음의 <선돌>과 같은 자료는 마고할미라는 여성거인에 의해 돌이 옮겨졌다는 것과 돌이 스스로 걸어왔다고 하는 것이 함께 전승되고 있음을 잘 보여준다.

---

32) 『한국구비문학대계』 8-8(경남 밀양), 한국정신문화연구원, 1983, 522쪽.
33) 『한국구비문학대계』 8-9(경남 김해), 한국정신문화연구원, 1983, 1130쪽.

옛날, 하늘나라에 필요 없는 돌이 있어서 옥황상제가 이 돌을 인간 세상에 갖다 버리라고 명했다. 분부를 받은 옥황상제의 사자가 이 돌을 가지고 인간 세상에 내려와 이 돌을 어디다 버릴까 하고 망설이고 있던 중, 이 곳에서 아주 아름다운 여인을 보고는 그 여인의 미모에 정신이 팔려서 그만 이 돌을 떨어뜨렸는데, 하늘의 사자가 이 돌을 거꾸로 떨어뜨리는 바람에 돌이 현재와 같이 가분수의 모양으로 서 있게 되었다 한다.

다른 전설은 옛날, 이 부락의 어느 아낙네가 이른 새벽에 물을 긷기 위하여 물동이를 이고 동구 앞의 우물로 나왔다. 아직 먼동이 트기 전의 이른 새벽이라 어둠이 채 가시지 않아서 사방이 고요하고 적막하기만 했다. 종종걸음으로 걸어가던 이 아낙네가 무심코 앞들을 바라보니 큰 물체 하나가 움직이는 것이 보였다. 이른 새벽에 무엇이 저렇게 움직이는가 하고 유심히 살펴보니 그것은 큰 돌이었다. 깜짝 놀란 이 아낙은 이고 있던 물동이를 떨어뜨리며 "돌, 돌, 돌 봐라 돌! 돌이 걸어다닌다!" 하고 큰소리로 외쳤다. 그러자 이 돌은 움직이지 않고 그 자리에 우뚝 서 버렸는데, 이 소문이 동네에 퍼져서 이후에 이 부락의 이름을 선돌 부락이라 부르게 되었다 한다.[34]

이러한 양상은 울산으로부터 걸어왔다고 이야기되는 것이 일반적인 울산바위에 대한 설화 각편에서도 찾아볼 수 있다. <계조암과 울산암>[35]과 같은 자료를 보면 금강산 산신령의 명에 의해 거인 의덕장사가 울산바위를 지고 가다가 금강산이 완성되었다는 소식을 듣고는 울산바위를 그 자리에 두었다고 한다. 이처럼 거인에 의한 이동과 스스로의 산이동이 함께 전승될 수 있었던 것은 전승집단들 사이에서 두 양상을 다르지 않다고 인식하고 있거나 그렇지 않으면 근원적으로 서로

---

34) 박종섭, <선돌>, 『거창의 전설』, 문창사, 1991, 119쪽.
35) 『한국구비문학대계』 2-4(강원 속초, 양양), 한국정신문화연구원, 1983, 42~48쪽.

밀접한 관련이 있어야 가능한 것이다.

여성거인에 의해 큰 돌이 이동되었다는 것에서부터 돌이 스스로 걸어왔다고 하는 형태로 변이되었다고는 단정지을 수 없지만, 거인에 의한 이동이었던 것에서 걸어오거나 떠오는 형태로 이동의 양상이 변모된 모습을 뚜렷하게 보여주는 자료들이 있음을 염두에 둔다면 거인에 의한 이동이 본래적이었던 것으로 보인다. 또한 '돌이 걸어온다'는 표현 자체도 돌이 저절로 걸어갈 수는 없는 것이기에 거인이 돌이나 산을 지고 이동하는 데서 거인의 존재에 대한 의구심 때문에 거인만이 생략된 채 의인화된 형태를 취한 것으로 판단된다.

셋째, 거인이 산을 이동시켰다는 형태에서 홍수에 의해 산이 떠오는 것으로 변이되어갔음이 분명히 확인되는 자료들이 있다는 점이다. 다음의 <서운마바위>와 같은 자료는 강물에 바위가 떠왔다고 하면서도, 증거물을 제시하는 끝부분에는 그 바위를 굴리고 가던 장수의 발자국이 남아있다고 한다.

영동군 황윤면 신흥리 서운마라는 디에, 큰 바우가 강물 가운데에 있는디 이 바우에 대해서 전해 내려오는 전설이 있다.

옛날에 어떤 집 메누리가 아침 일찍이 샘으로 물을 질르로 나갔었는디 그때 무심코 앞으 강물을 보니께 무신 고래등 같은 시커먼 것이 떠내려오고 있어서 깜짝 놀래서 정신읎이 집이까지 뛰어와서 집채만한 귀신이 이리로 달려오고 있다고 큰소리로 고함쳤다. 사람들은 이 소리를 듣고 강가로 뛰어나가 봤다. 그랬드니 강 가운데에는 여태까지 읎었떤 곱배집만한 큰 바우가 있었다.

이 바우는 공주(公州)에 가서 머물러서 공주가 백제(百濟) 서울이 되게 하려는 바우이었는디 그만 여자으 고함소리에 천기(天機)가 누설되어서 신흥리서 머물고 말았다는 것이다.

이 바우에 가 보면 바우에 큰 사람 발자국이 두 개가 있고 큰 가새자국도 있다. 그 발자국이라는 것은 이 바우를 굴리고 가든 장수으 발자국이고 가새자국은 집게 자국이라고 사람들은 말하고 있다.[36]

이처럼 강물에서 큰 바위가 떠내려왔다고 하면서도 이것을 굴리고 가던 장수의 발자국이 그 바위에 남아있다고 하는 것을 볼 수 있다. 이것은 본래 거인에 의한 이동이었던 설화 형태에서 바위가 물에 떠오는 형태로 변모되었기에 나타날 수 있는 현상인 것이다. 이렇게 변모되어야 했던 까닭은 거인에 의한 산이동을 전승자들이 비현실적으로 인식했기 때문이라 하겠다. 이 점은 뒤에서 구체적으로 언급하겠지만 <떠내려온 어양산>[37]과 같은 자료를 볼 때도 확인된다. 이 자료에서는 거인장수가 어양산을 지고 왔다고 했다가 청중들이 거인의 행위라는 데 대한 의문을 계속 제기하자 산이 떠내려왔다고 얘기하는 것을 볼 수 있는 것이다.

이와 같이 거인에 의한 산이동에서 산이 걸어오거나 떠오는 형태로 변모된 모습이 분명히 확인되는 자료들을 찾아볼 수 있다는 것은 산이동설화가 거인설화에 근원을 두고 있음을 확인시켜주는 것이 된다.

이상 세 가지 근거를 들어 산이동이 본래 거인의 행위에 의한 것이었으나 점차 산이 의인화되어 걸어왔다거나 홍수에 떠내려오는 모습으로 변모하게 되었다고 보았다. 산이동설화는 이처럼 거인설화적 관점에

---

36) 임석재전집 6(충남·북편), <서운마바위>, 『한국구전설화』, 평민사, 2003, 22~23쪽.
37) 『한국구비문학대계』 7-2(경북 경주, 월성), 한국정신문화연구원, 1980, 57~58쪽.

서 보아야 그것이 지닌 본질이 제대로 밝혀질 수 있는 것이다. 산이 걸어간다든가 물에 떠오는 것, 학이나 바람에 의해 날려오는 형태의 다양한 산이동이 거인설화에서 그 근원을 찾을 수 있다고 생각되며, 산이동의 이유나 산을 멈추게 하는 여인의 성격 및 전승집단의 산이동설화에 대한 인식 등도 거인설화와의 관련 속에서 파악해야만 비로소 그 의미가 확인할 수 있다는 것이다. 그러면 다음으로는 거인설화적 관점에서 산이동설화가 지닌 본질적인 측면에 접근해 보도록 하겠다.

5. 거인설화적 관점에서 본 산이동설화의 본질

산이동설화의 구성요소인 산이동과 산멈춤, 산세다툼에서 중요한 문제가 되는 것은 어떤 것이며, 그것이 내포하고 있는 의미는 무엇인가? 이에 대한 답변은 다음 다섯 가지 의문을 제시하고 그 의문을 풀어가는 방향에서 접근하도록 하겠다.

> ㉮ 산은 과연 스스로 이동하는 것인가?
> ㉯ 산이 왜 이동하는가?
> ㉰ 산이 솟아나 점점 자라는 것은 어떤 의미가 있으며, 산이동설화의 한 형태로 볼 수 있는가?
> ㉱ 산을 멈추게 하는 여인은 단순히 서답하는 여인에 불과한가?
> ㉲ 산이 이동한다는 점에 대한 전승자의 인식은 어떠한가?

㉮는 산이동설화의 많은 자료에서 산이동이 스스로가 아닌 거인에

의해 이동하는 것으로 나타난다는 점에 기인하는 의문이다. 이동하는 산은 대체로 의인화되어 걸어간다고 표현된다. 우화로 분류되는 설화에서는 의인화가 흔히 보이지만 산이동설화의 산은 이런 의인화와는 성격이 달라 보인다. 무엇보다도 의인화가 산의 이동 부분에 한정되어 있고, 그 부분이 특히 의인화되어 나타날 필요성도 전혀 없다는 데서 그렇다. 그러면 왜 이처럼 산이 스스로 걸어간다고 하는가? 이는 앞에서 언급했듯이 거인에 의해 산이 이동한다는 자료들에서 그 원인을 찾아볼 수 있으리라 본다.

거인이 산을 이동시키는 자료에서 보면 거인은 산을 짐바로 메고 가기도 하고, 여성거인의 경우는 치마에 싸서 옮기던 중 그 흙이 떨어져 산이 된다거나 회초리로 바위들을 몰고 가는 형태를 보인다. 그런데 이러한 거인의 설정에 대해서는 적지 않은 의문이 있었던 것으로 보인다. ㉮의 산이동에 대한 화자의 인식에서 구체적으로 살피겠지만, 산이동설화의 화자나 청자는 거인의 설정과 그 행위를 단순히 허풍에 불과하고 비현실적이라 판단한다. 때문에 구술 도중 청중에 의해 거인의 산이동 부분에 대한 의문이 제기되기도 한다.[38] 그러나 실상 거인에 의한 산이동은 단순한 행위가 아니다. 산의 이동은 태초의 우주만물창생의 한 과정으로 거인에 의해 이런 작업이 행해지는 것이다. 하지만 이런 산이동의 본질이 사라지고 거인신격에 대한 신성성이 사라지자 거인의 존재에 대한 회의를 가지면서 거인의 존재를 생략한 채 단순히 산이 저절로 이동하는 모습을 취한 것으로 보인다.

---

38) 산이 작지만 누가 그 짐바를 지겠는가 하며 청중이 직접적인 의문을 제기하는 자료도 찾아볼 수 있다(『한국구비문학대계』7-2(경북 경주, 월성), 한국정신문화연구원, 1980, 57쪽).

다음의 두 자료를 비교해 보면, 이들이 서로 다른 양상이 아니고 거인의 모습만 생략된 형태임을 알 수 있다.

Ⓐ <궁매바위>39)

순창읍내서 임실읍내로 가넌 도중에 넓은 들판이 있넌디 이 들판에넌 바우가 수없이 늘비허니 많이 깔려 있다. 이 바우럴 궁매바우라고 헌다. 한자로 적으면 군암(群岩)이라고나 씰까.

이 궁매바우넌 옛날에 어디선가 바우가 떼럴 지어서 걸어오넌디 그때 어떤 사람이 바우가 떼럴 져서 걸어오고 있잉게, 오메에 바우가 다 걸어오네 허고 소리지릉께 그만 그 자리에 주저앉고 말았다넌 것이다.

Ⓑ <산내면 계곡의 바위들>40)

저 와, 저, 와, 저, 저, 저, 저, 가인 저에서, 저, 저, 저, 원뜰로 니러오며 저, 저, 용전까지 니러가며 저 돌 말이다, 돌 드문 드문 있거든. 안있나 와, 우 원뜰에 가마? (청중 : 큰바우) 큰바우 다문 다문 이래 니러오는 그거로 이 얘기하는데, 우리는 듣기로 인자 달리 안들었거던. 그 전 여자가, 안으로(여자로서) 말이지, 아주 시(힘)이 좋은 말이지, 안, 장…

(조사자 : 그 할머니 이름이 뭡니까?) (청중 : 그거는 모르지요.) (조사자 : 마고할매 아입니까?) 맞지그리. 그리 있는데, 그 뭐 할멈, 여자 마 하이꺼네, 여자가 들어서 샘에 그 바위를 싸고 나가다가 니리가미서러, (조사자 : 어데 새매를요?) 응, 저, 저, 처매에 싸고 내려가다가 다문 다문 흩어졌다 카는 설이 그래 나왔습니다.

또 나는 듣기기로 이래 들었어. 저 진시황 말리성 쌀 때 이래 저 돌로 후차 나리 가다가 처진(남은)기라. 이래 또 들었어. (조사자 : 네, 네. 요바

---

39) 임석재전집 7(전북편Ⅰ), 『한국구전설화』, 평민사, 1990, 31쪽.
40) 『한국구비문학대계』 8-8(경남 밀양), 한국정신문화연구원, 1983, 651~652쪽.

위가?) 야, 그 이 바우가. 전부 다 바우가 보믄(청중 : 대가리는 저 알로)
대가리, 대가리가 저 알로(아래로)마 보고 있거던. 알로, 알로 보고 있는
데. 그리 들었어. (웃음) 글씨요.

　진시황 말리성 쌀 때 그 성 쌀라꼬, 만리성 쌀라고 허치갱이로(회초리
를) 가지고 돌밍이로 후차 니러 가다가 마처진 돌이다. 이래 우리는 이
래 들었어요, 듣기로.

🅐는 바위들이 의인화되어 떼를 지어 스스로 이동하는 모습을 취한
다. 그런데 이런 모습은 여성거인이 성을 쌓는데 가져가기 위해 돌을
들고 가거나 치마에 싸서 가져가다가 성의 완성소식을 듣고 이동시키
던 바위들을 그 자리에 두는 🅑의 형태와 다른 모습이 아니다. 🅐와 🅑
를 서로 비교해 볼 때 🅐는 본래 🅑처럼 여성거인이 성을 쌓는데 가져
가기 위해 옮기던 바위였던 데서 여성거인의 존재가 생략된 채 산이동
설화의 모습을 취하는 형태로 변모되었던 것으로 보인다. 🅑에서 🅐로
진행될 수는 있어도 🅐에서 🅑로 진행될 수는 없기 때문이다. 즉 거인
에 의한 산이동에서 지나치게 비현실적으로 여겨지는 거인의 존재를
탈락시킨 모습이 바로 산이 스스로 이동하는 형태로 의인화된 산이동
설화라는 것이다. 이 점은 앞서 언급한 바와 같이 거인이 지고 왔다고
하면서도 한편으로는 걸어왔다고 하거나 떠내려왔다고 하는 것에서도
알 수 있다.41) 이처럼 동일한 산에 대해 거인에 의한 이동 각편과 산이

41) 『한국구비문학대계』 7-12(경북 군위)의 거문목 유래에서는 독산을 신인이 지고 가는
　　것을 빨래하는 여인이 산이 떠나간다고 하여 멈추게 하며(『한국구비문학대계』 7-12
　　(경북 군위), 한국정신문화연구원, 1984, 42~43쪽), 짐바로 산을 지고 왔다고 하면
　　서 청중이 거드는 대목에서는 떠내려왔다고 한다(『한국구비문학대계』 7-2(경북 경
　　주, 월성), 한국정신문화연구원, 1980, 232쪽). 이외에도 이런 면모를 보여주는 자료
　　는 적지 않다.

스스로 이동하는 각편이 함께 전해지는 것은 두 양상이 별개가 아님을 보여주는 것이라 하겠다.

이렇게 볼 때 산이동설화에서 산은 실상 스스로 이동하는 것이 아니라 거인에 의해 이동하는 것이며, 이것이 후대에 거인의 존재에 대한 의심과 함께 거인의 면모는 점차 사라지고 산이 의인화되면서 스스로 걸어가는 형태를 취하게 된 것이라 생각된다.

한편 산이동설화에서 산이 걸어왔다고 하는 것과 함께 일반적으로 나타나는 것이 산이 떠내려왔다고 하는 것이다. 이런 자료는 일단 거인에 의해 옮겨지는 산이동설화라고 볼 수는 없다. 여기에는 홍수로 산이나 섬이 떠내려왔다고 밝히는 경우가 많고 떠내려왔다는 표현 자체에서도 산이동이 홍수에 의한 것임을 알게 한다. 그런데 이처럼 떠내려왔다는 자료는 거의 대다수가 섬이라는 점을 염두에 둔다면 당연한 것이다. 하지만 한편으로 이 홍수는 단순하지 않다고 여겨진다. 산이동설화에서의 홍수는 세상이 새로 시작되는 의미를 지닌 홍수이기 때문이다. 따라서 떠내려온 섬이나 산이 대홍수설화와 관련이 있는지 생각해 볼 필요가 있다. 노아의 방주와 같은 대홍수설화는 이 세상이 새로 시작되고 새 인류가 생겨나는 것으로 우리나라에도 남매혼설화라든가 <나무도령과 홍수> 등의 설화가 있다. 그런데 대홍수설화는 그 초점이 특히 새 인류의 시작이라는 데에 초점이 맞춰져 있을 뿐 새로운 산천의 형성이나 지형의 변화는 전혀 찾아볼 수 없다. 때문에 대홍수설화와는 직접적인 관련이 없다고 보는 것이 마땅하다. 그러면 산이동설화에 나타나는 홍수는 어떤 홍수인가? 여기서 주목되는 것이 거인설화에서 소변과 같은 배설물로 새로운 지형을 형성하는 모티프가 또한 중요하게 나타난다는 점과 관련된다고 생각한다.[42] 장길산과 같은 거인은 배설로 산천을 형성시키고 홍수가 나게 한다.[43] 제주도의 설문대할망은 오줌줄기의 힘으로 제주섬 한 귀퉁이를 동강나게 해 소섬이라는 섬을 생겨나게 하기도 하고[44] 바다나 내를 만들기도 한다. 또한 <궂질의 지명유래>와 같은 설화에서는 여성거인의 소변으로 인해 산이 무너지고 동네가 생겨났다고 한다.[45] 이들 설화에서 특히 눈여겨 볼 점은 거인의 소변에 의해 홍수가 나고 그 홍수에 의해 섬과 같은 새로운 지형이 형성된다는 점이다. 이것은 산이동설화에서 산이나 섬이 떠내려오게 된 까닭을 설명하는 것과 무관하지 않다고 본다. 특히 산이동설화가 원래 거인설화와 밀접한 관련이 있음을 염두에 둔다면 산이나 섬의 이동이 거인의 배설물 때문임을 추정하기 어렵지 않다. 즉 산이동설화의 홍수는 단순한 홍수가 아닌 거인의 배설물에 따른 홍수일 가능성이 크다는 것이다. 때문에 이 홍수가 거인설화와 마찬가지로 산이나 섬의 이동에 따른 새로운 지형 형성이라는 의미를 갖게 하는 것이기도 하다.

한편 산이나 섬이 떠오는 자료의 경우 '떠온다'라고 하는 말에 주목할 필요가 있다. 이것은 비록 확신할 수는 없지만 '다른 곳으로부터 산이 떠온다'와 '거인이 다른 데 있는 산을 떠온다'는 말이 전승과정상 변이되어 나아갔을 가능성이 있다고 본다. 거인에 의한 산이동이었던 것

---

42) 김영경은 거인설화를 외모중심형과 행위중심형으로 구분하고 그 하위유형으로 산천형성형을 설정하고 있는데, 이 형태의 반수 정도가 배설물에 의한 지형 형성임을 볼 수 있다(김영경, 같은 글, 10~14쪽). 또한 필자도 거인설화에서 배설물이 중요한 의미로 작용하고 있음을 밝힌 바 있다(권태효, 같은 글).
43) 한상수, 『한국인의 신화』, 문음사, 1986, 188~190쪽.
44) 한상수, 같은 책, 192쪽.
45) 『한국구비문학대계』 8-8(경남 밀양), 한국정신문화연구원, 1983, 125~126쪽.

에서 산이 물에 떠오는 것으로 변모되어 나타나는 자료에서도 확인할 수 있듯이, 거인이 산을 다른 곳으로부터 떠왔다는 이야기가 거인의 존재나 설정을 비현실적인 것으로 파악하면서 거인을 생략한 채 산이나 섬이 강물이나 홍수에 의해 떠왔다는 형태로 변모시켜 나갔을 가능성이 적지 않다는 것이다.

산이동설화에서는 이외에도 산이 날아와서 자리를 잡는 이동 양상도 찾아볼 수 있다. 중국 또는 어떤 지역에서 날아오다가 서답하는 여인의 "산이 날아온다"는 말에 의해 그곳에 주저앉았다는 것으로46) 이 또한 거인설화와 무관하지 않다. 설문대할망설화에서 보면 설문대할망이 빨래를 하는데 한라산이 너무 높아 불편해서 산꼭대기를 잡아당겨 던진 것이 날아가 산방산(山房山)이 되었다고 한다.47) 이처럼 산이 날아가서 자리잡게 된 까닭을 거인설화에 비춰볼 때 잘 드러나고 있는 것이다.

이렇게 볼 때 산이동설화에서의 산이동은 스스로의 이동이기보다는 거인에 의한 이동이었음을 알 수 있다. 비록 거인의 존재가 설화에서 나타나고 있지 않다고 하더라도 그것은 실상 거인에 의한 이동이 후대로 전승되면서 탈락된 것에 불과한 것이다.

❹는 산이동설화에서 산이 이동하는 이유가 하나가 아닌 몇 가지 형태로 나타나기에 제기되는 의문이다. 산이동설화에서 보면 산이동의 이

---

46) 임석재전집 9(전남, 제주편), <軍山>,『한국구전설화』, 평민사, 1992, 201~202쪽 ; 임석재전집 12(경북편), <竹林山>,『한국구전설화』, 평민사, 1993, 21~22쪽 ; <칠곡리 바람산>,『한국구비문학대계』 8-11(경남 의령), 한국정신문화연구원, 1984, 30쪽, <날아온 산>,『한국구비문학대계』 8-3(경남 진주, 진양1), 한국정신문화연구원, 1981, 32~33쪽 ; <거창산이 생긴 내력>,『한국구비문학대계』 8-11(경남 의령), 한국정신문화연구원, 1984, 91쪽 등이 있다.

47) 임석재전집 9(전남, 제주편),『한국구전설화』, 평민사, 1992, 202쪽 ; 현용준,『제주도전설』, 서문당, 1976, 19~20쪽.

유가 나타나지 않는 자료도 있지만 많은 자료에서 그 이유가 설명되고 있다. 이 경우 산이동은 대체로 조물주가 금강산 또는 다른 절경을 만드는 데 가기 위해서라든가 진시왕이 만리장성을 쌓는 데 가기 위해, 또는 서울의 산이 되기 위해 이동하는 등 세 가지 이유 때문인 것으로 나타난다. 그러면 이런 세 가지 이유는 전혀 별개의 것인가? 결론부터 말하자면 이들은 서로 무관하지 않다고 판단된다. 이들은 모두 이 세상이 처음 시작되면서 산들이 생겨나는 과정을 설명하는 것으로,[48] 이처럼 다양한 양상으로 나타나는 것이다. 이들을 차례로 살피면서 그것이 지니는 본래적 의미에 접근하도록 하겠다.

먼저 서울의 산이 되기 위해 이동하는 자료부터 살펴보기로 한다. 이들 자료에서 무엇보다도 주목되는 점은 여기에서의 서울이 기존에 있던 서울이 아니라 새로 시작되는 서울이라는 점이다. 이것이 시사하는 바는 단순하지 않다. 비록 새로 시작되는 것은 서울로 나타나지만, 이것은 곧 새로운 세상의 시작이며 새로운 질서를 세우는 것으로 태초의 창세의 모습에 대응되는 것이다.

그리고 산의 이동은 새로운 창조의 과정에 동참하는 것으로 창조주가 산을 형성하는 모습에 다름 아닌 것이다. 그러면 왜 서울이라는 외피를 쓴 모습으로 나타나는 것인가? 이것은 이들 자료에서 나타나는 산이동이 거인에 의한 이동이 드물고 대부분 산이 스스로 이동하는 형태를 취하고 있다는 점과 무관하지 않다고 본다. 이는 스스로 산이 이동하는 것이 거인에 의한 산이동보다 후대적 양상인 것으로 보아 태초에

---

48) 화자가 시간적 배경을 밝히는 산이동설화의 경우는 대체로 천지개벽시라고 언급하고 있다.

산이 형성되는 모습이 사라지고 좀 더 현실화를 꾀하면서 산이 이동하는 목적이 새로운 서울의 형성에 참여하기 위한 것으로 전환되었다고 여겨진다.

이 부류에 속하는 자료는 서울의 산이 되고자 한다는 목적 때문에 산이 이동한다고 서두에 밝히는 경우가 많지만, 그래도 대다수의 자료는 여인에 의해 이동하던 산이 멈추자 이것에 대한 부정한 인식을 언급하면서 산이 제대로 섰으면 이곳이 서울이 됐을 것이라고 한다. 이것은 물론 새로운 서울이 형성되는 과정임을 암시하는 것이며, 서울이 되지 못해 아쉬워하고 있는 것은 그 이야기를 전승하는 집단의 의식이 반영된 것으로 청자들이 창세에 관심을 두는 것이 아니라 그들의 현실과 밀접한 공간이라는 점에서 서울의 시작을 설정한 것으로 본다.[49] 즉 서울은 산이동설화가 전승되면서 전승집단의 의식에 맞게 현실적으로 변모시킨 것에 불과한 것이다.

다음으로 만리장성을 쌓는 데 가기 위해 이동하는 자료로 이들 자료에서 특징적인 점은 첫째 산의 이동보다는 큰 바위들이 무리를 지어 이동하는 것으로 나타난다는 점이고, 둘째 스스로 이동하는 것이 없고 여성거인에 의해 이동된다는 점이다. 여기서 우선 산이 아닌 바위들의 이동이라는 점에 주목할 필요가 있다. 이것이 바로 이동의 목적을 만리장성을 쌓는 데 가기 위한 것이라고 설정하는 데 있어 결정적인 요소가 된 것으로 보인다. 비록 바위가 크더라도 이것이 서울이 되는데 참여하기 위해 이동한다면 설득력이 없다. 물론 조물주가 절경을 아름답게 만

---

49) 강원도에서는 산이동설화의 이동 사유가 대체로 그 지역에 있는 금강산의 일원이 되기 위한 것으로 나타나는 것을 보아서도 알 수 있다(김의숙, 같은 글, 421쪽).

들기 위해 거인을 시켜 바위들을 옮겨오는 경우도 많지만 그것은 주변 경치가 아름답고 옮겨온 바위가 잘 조화를 이룰 때나 가능한 것이다. 하지만 여기에 해당되는 자료를 살펴보면 이런 바위들이 넓은 들판이 나 산중턱에 조화롭지 못하게 자리 잡은 양상을 볼 수 있다.

이런 바위들의 이동을 전하기 위해서는 바위가 이동할만한 이유가 있어야 하는데 가장 비근한 예로 만리장성을 끌어온 것으로 보인다. 진 시왕은 중국을 최초로 통일한 인물로 누구나 다 아는 전설적 인물이고 만리장성 또한 그 웅대함이 널리 알려져 온 터이다. 그리고 그 쌓은 시 기도 중국 진나라 시대인 BC 3세기경으로 막연히 아주 오래 되었다고 인식된다. 또한 바위들을 이동시키는 여성거인이 중국의 신으로 같은 신명(神名)이 있는 '마고'로 불린다는 점도 만리장성의 설정과 전혀 무관 하지는 않으리라고 본다.

그렇다면 만리장성을 쌓는 데 가기 위한 것이라고 해서 실제로 이 시기를 시간적 배경으로 삼은 것인가? 그렇지는 않다고 본다. 세상의 시작을 바위들의 이동이라는 설화 환경에 맞춰 막연히 만리장성을 쌓 을 때라고 한 것으로 보인다. 이것은 이런 이동이 여성거인에 의한 것 으로 나타난다는 점에서도 알 수 있다. 여성거인은 조물주의 명을 받아 이 세상의 창조를 돕고 산천을 형성하는 인물이다. 이런 인물이 바위들 을 몰고 가는 것은 만리장성을 쌓기 위한 것이 아니라 창세의 한 과정 으로 하는 행위인 것이다. 만리장성은 단지 바위들의 이동이라는 것을 합리화시키기 위해 끌어온 것에 불과한 것이다.

마지막으로 조물주의 명에 의해 산이 이동되는 경우로 이들 자료가 가장 원초적이고 본질적으로 보인다. 여기서의 산이동은 천지개벽 시에 세상을 만드는 한 과정으로 나타나기 때문이다. 이런 창세의 과정으로서의 산이동은 두 가지 형태로 나타난다. 즉 조물주가 직접 등장하여 또는 창조주의 성격을 지닌 거인이 산을 이동시키는 형태와 조물주의 명에 따라 거인이 옮겨오거나 산이 스스로 움직이는 형태로 나타나는 것이다. 그런데 이런 양상은 이 세상의 땅덩어리가 처음 생기는 우주기원신화의 형식에도 그대로 부합되는 것이다.

오바야시 다료[大林太良]는 우주기원신화를 창조형과 진화형으로 나누면서 창조형에는 창조신 단독으로 세상을 창조하는 형식과 부신(副神)의 협력을 받아 창조하는 형식이 있다고 한다.[50] 우리의 조물주에 의한 산이동설화는 그의 분류에 따른다면 창조형에 해당되는 것으로, 형태적인 면에서 동일함을 알 수 있다. 산이동설화가 비록 이 세상이 처음 형성되는 모습으로 나타나는 것은 아니지만 지형이 자리잡는 과정을 보여주는 것이기에 우주기원을 이야기하는 것이라고 하겠으며, 따라서 세계의 우주기원신화 형태에 부합되는 면모를 보이는 것은 오히려 당연하다고 하겠다.

한편 이런 산이동설화에서 산이동이 태초의 원초적인 산천형성의 과정임을 알게 하는 점은 다양하게 찾아진다. 먼저 산이 복수로 이동하는 자료를 흔히 볼 수 있는데 이것은 천지개벽 시에 산들이 처음 형성되는 모습을 보여준다. 태초에 생성된 산과 강 또는 바다는 거인이 무엇을 찾고자 하여 땅을 파헤쳐 생겨나거나 거인의 배설물에 의해 형성되는 것이 일반적이다.[51] 물론 이 때의 산천은 복수로 형성된다. 비록 산이

---

50) 大林太良, 권태효 外 譯, 『신화학입문』, 새문사, 1996, 71쪽.
51) 거창의 <시바우 유래>에서 보면 마구할미는 냇물을 건너다 가락지를 떨어뜨려 그 것을 찾기 위해 주변을 주물러 마을의 산의 모양을 만드는데, 이런 여성거인에 의해

동설화에서는 복수로 산이 이동하는 경우 대체로 의인화되면서 스스로 이동하는 것으로 나타나지만 그렇다고 해서 산천이 처음 생겨나던 그 본질이 변화된 것은 아니다.

다음으로는 학에 의해 산이 이동되는 자료를 들 수 있는데, 이는 거대한 동물에 의해 천체현상이나 천재지변이 생겨나게 되는 것과 다르지 않다.[52] 일식과 월식이 불개에 의해 생겨나게 되었다든가[53] 밀물과 썰물, 해일 등이 바다 속 큰 가오리에 의해 생겨나게 되었고[54] 전하는 설화들은 태초의 원초적 자연현상이 다름 아닌 거대한 동물에 의해 일어난다는 것이기에, 학에 의한 산이동의 형태 또한 이들 설화를 염두에 둔다면 거대한 동물에 의한 태초의 산천형성 과정으로 나타나는 것임을 추정케 한다.

㉗는 산이 이동하는 것이 아니라 점점 자라난다는 점에서 특이한 형태라 할 수 있다. 이런 산이 자라면서 생성되는 모습을 보여주는 자료는 산이동설화의 원초성과 관련하여 특히 주목되는 자료로 판단된다.

마이산을 비롯한 여러 산들은 어디에서 이동해 오는 것이 아니라 땅으로부터 처음 솟아나 점점 자라나서 형성되는 모습을 보여준다. 이들 자료에서는 일반적으로 산의 형성이 복수로 이루어지고 여타의 산이동

산이동이 아울러 나타난다는 점도 주목할 만하다(박종섭, 『거창의 전설』, 문창사, 1991, 259~260쪽).

52) 학에 의해 산이 이동하는 설화는 임석재전집 3(평남, 평북, 황해편), 『한국구전설화』, 평민사, 12~15쪽 사이에 세 편의 설화가 채록되어 있다. 이외에도 동해에 떠있는 5개의 산 중 2개의 산을 큰 자라가 업고 바다 속으로 들어갔다든가(『금강산의 역사와 문화』, 사회과학원역사연구소, 1984, 180쪽), 여성거인과 고양이가 함께 큰 바위들을 옮겨가는 자료도 찾아볼 수 있다(유증선, 『영남의 전설』, 형설출판사, 1979, 252~253쪽).

53) 임석재전집 7(전북편Ⅰ), 『한국구전설화』, 평민사, 1990, 138~139쪽.

54) 손진태, 『조선의 민화』, 岩崎美術社(동경), 1959, 18쪽.

설화보다 의인화가 특히 강하게 나타난다. 복수로 산이 형성된다는 것은 태초에 이 세상의 산이 형성되는 모습이라는 점에서 그것의 원초성을 보여주는 것이며, 의인화가 강하게 나타나는 것은 이에 대한 설명이 그나마 의인화됨으로써 비현실적 면모를 상쇄할 수 있기 때문으로 보인다. 또한 이런 산 형성은 알타이의 우주기원신화에 비춰볼 때 창조신의 우주창조 과정에 나타나는 성장하는 흙[息壤]의 모습에 그대로 대응하고 있어 주목된다. 우선 알타이지방의 달단(Tatar)족 신화를 예시한다.

태초에는 이 세상이 물바다였다. 그 위를 하느님 울건(Ulgen)과 첫사람 얼릭(Erlik)이 두 마리의 검은 기러기 형상으로 날아다녔다. 그러다가 울건이 땅을 만들려고 바다 위에 내려앉았다. 그러나 땅을 만들 길이 막막해서 일을 시작도 하지 못하고 있는데, 얼릭이 내려와 앉았다. 울건이 물었다.

"너는 왜 왔느냐?"

"땅을 만들려고 왔습니다."

"나도 만들지 못해서 이러고 있는데, 네가 어떻게 땅을 만들겠느냐?"

"땅을 만들 재료를 가져올 수 있습니다."

"그러면 가져오너라"

그러자 얼릭이 바다 밑으로 들어가서 흙을 입에다 물고 나왔다. 울건이 그 흙을 받아서 바다 위에 놓고, "땅이 되어라" 하고 말하니 흙덩이가 점점 커져서 땅이 되었다.

얼릭은 입 안에 흙을 조금 남겨두고 있었는데, 그 흙이 점점 커져 얼릭은 숨이 막힐 정도여서 침과 함께 뱉어냈다. 그것이 변해서 여기저기 있는 호수와 늪이 되었다.[55]

55) 박시인, 『알타이신화』, 청노루, 1994, 357쪽. 이 책에서는 이와 비슷한 신화가 부근

오바야시는 이처럼 한 줌의 흙이나 잠수자(潛水者)의 손톱에 낀 한 조각의 흙이 대지가 된다고 하여 잠수(潛水)모티프라고 하면서, 동유럽에서 시베리아, 내륙아시아를 건너 동남아시아와 인도 그리고 베링해협을 넘어 북미에 이르기까지 널리 분포되어 있다고 한다. 그리고 일본에도 국토창생신화에서 비슷한 부분이 있으며, 중국의 『산해경(山海經)』 중 「해내경(海內經)」에 있는 홍수설화에서 곤(鯀)이 천제(天帝)의 땅에서 성장하는 흙인 식양(息壤)을 훔쳐 홍수를 막은 것도 같은 형태의 것으로 보고 있다.[56]

우리의 설화에도 이런 양상을 잘 보여주는 자료들이 있다. 마이산이나 <구봉산>[57]은 땅이 솟아올라 점점 자라서 산이 된다. <보문산(寶文山)>이나 <식장산(食藏山)>은 위에서 예로 든 달단족의 신화에 더욱 가깝다. 보문산은 왕이 개구리가 물고 있는 접시를 가져다 흙을 놓았더니 그 흙이 커져 산이 되었다고 하며,[58] 식장산은 땅에서 파낸 식기가 흙이나 쌀을 가득 차게 하는데 이것을 다시 땅에 묻었더니 산이 되었다고 한다.[59]

우리의 이런 설화는 비록 태초에 이 세상의 대지가 생겨나는 것과는 거리가 있는 것으로 나타나지만 아주 중요한 점을 시사하고 있다. 많은 지역에서 흙이 성장하여 이 세상의 대지가 생성되었다고 하는 우주기원신화가 있음을 비춰볼 때, 이들 설화가 이처럼 변모된 모습으로 나타

의 중앙아시아와 시베리아에 널리 퍼져 있다고 하면서 다섯 편의 예화를 더 소개하고 있다.
56) 大林太良, 권태효 外 譯, 같은 책, 74쪽.
57) 유증선, 『영남의 전설』, 형설출판사, 1979, 437쪽.
58) 임석재전집 6(충남, 북편), 『한국구전설화』, 평민사, 1993, 206쪽.
59) 임석재전집 6(충남, 북편), 『한국구전설화』, 평민사, 1993, 207쪽.

나기는 하지만 원래는 이 세상이 만들어지는 과정을 설명하는 신화의 한 형태였을 것이라는 점이다. 한편 달단족의 신화는 우리의 산이동설화와 관련지어 볼 때도 주목할 만한 점이 있다. 창조주인 울건과 협조자인 얼릭의 존재가 산이동설화의 조물주와 그의 명을 받아 산을 이동시켜 지형을 형성하는 거인에 그대로 대응하고 있다는 점이다. 창조신이 협력자와 함께 이 세상을 창조하는 것은 우주기원신화의 중요한 형태의 하나이다.[60]

그렇다면 이렇게 산이 성장하는 모습을 보여주는 설화가 산이 이동하는 모습을 보여주는 산이동설화와 동일한 형태의 것으로 볼 수 있는가? 산의 형성이 다른 곳으로부터 옮겨와서 생기는 것과 그 자리에서 솟아나는 것은 분명 차이가 있다. 그럼에도 이들 설화를 서로 비교해보면 별개가 아님을 파악할 수 있다. 먼저 그곳에 산이 새로이 생성된다는 점이 그렇고, 산의 성장을 멎게 하는 여인이 설정되며, 그 여인의 말에 의해 부정을 타서 산의 성장이 멈춘다는 점도 일치한다.

또한 산이 그렇게 성장하는 이유도 서울의 산이 되기 위해서라고 하고 있어 산이동설화와 다르지 않다. 단지 산이 그 자리에서 성장하여 형성된다는 것과 이동하여 형성된다는 것으로 달리 나타날 뿐이다. 그리고 성장하는 산의 모습을 보여주는 대표적인 자료인 마이산을 보면 자라는 것이 아닌 걸어오다 멈추는 것으로 나타나는 자료가 있기도 하다.[61] 이것은 산이 성장하는 설화를 전승하는 전승자들이 산이동설화와 동일한 것으로 인식하면서 전승하고 있음을 알게 하는 것이다.

---

60) 大林太良, 권태효 外 譯, 같은 책, 71쪽.
61) 『한국구비문학대계』 5-2(전북 전주, 완주), 한국정신문화연구원, 1981, 81~83쪽.

㉑는 산이동설화에서 공통적으로 나타나는 산의 이동을 멈추게 하는 여인의 성격에 대한 문제이다. 그런 행위를 하는 여인은 보통 서답하는 여인으로 나타나지만 밥 짓는 여인이나 물 길어오는 여인, 임신한 여인, 소변보는 여인 등 다양한 모습을 띠기도 한다. 이런 여인은 표면적으로는 평범한 여인인듯 하지만 산이동의 주체가 된다거나 산이동을 멈추게 한다는 그 본질을 염두에 둔다면 그 의미가 특히 중요하다.

산이동설화에서 이런 산이동을 멈추게 하는 여인의 성격은 크게 두 가지 점에서 접근할 수 있다고 본다. 하나는 그 여인이 창조신적 성격을 지닌 여성거인이라는 점에서이고, 다른 하나는 조물주의 창조 행위가 완성되었음을 전해주는 단순한 전달자일 가능성이다.

먼저 서답하는 여인이 거인적 성격을 지닌 존재인지부터 검토하기로 하겠다. 산이동설화에서 산이동의 멈춤은 대부분 서답하는 여인의 "산이 걸어간다"는 말에 의해 멈추는 것으로 나타난다. 그러나 적지 않은 각편에서는 서답하는 여인이 빨래방망이로 떠오는 섬을 밀어 멈추게 한다거나 부지깽이, 밥주걱 등으로 두드려 멈추게 하는 것으로 나타난다. 이들 자료에서 여인은 표면적으로는 일상적이고 평범한 모습을 보이고 있지만 이처럼 기구를 이용해 산이나 섬을 멈추게 하는 그 행위는 분명 거인적 면모라 할 수 있다.

비록 거인에 의한 이동이 나타나지는 않지만 산이나 섬을 고정시키는 이러한 작업은 거인이라야 가능하며, 여성거인이 산이나 바위를 지거나 몰고 가서 지형을 형성하는 것에 대응하는 것이다. 단지 여성거인의 모습이 사라지고 서답하는 여인과 같은 일상사에서 흔히 대할 수 있는 평범한 여인으로 대체되고 있는 것이다. 이는 앞서 살핀 바와 같이 거인의 존재에 대해 사람들이 회의를 가져 산이동설화를 현실적인 방향으로 변모시키고 있음을 염두에 둘 때 여성거인의 존재가 후대에 이처럼 평범한 여인의 모습으로 변이된 것으로 볼 수 있다.

특히 여성거인이 회초리와 같은 기구로 바위들을 몰고 가다 멈추게 되는 설화 각편[62]들을 흔히 볼 수 있는데, 이동시키는 것과 멈추게 하는 것의 차이는 있지만 기구를 이용해서 지형물을 형성시킨다는 점에서 크게 다르지 않음을 알 수 있다. 이렇게 볼 때 기구로 산을 멎게 하는 여인은 표면적으로 드러나는 것과 같은 평범한 여인이 아니라 여성거인의 변모된 후대적 모습으로 보는 것이 마땅하다.

한편 기구로 산을 멎게 하는 여인과 관련하여 필리핀 바고보족(族)의 다음 설화를 주목할 필요가 있다.

태초에 하늘은 낮게 지상에 누워 있었다. 신화적인 선조 모나족(族)은 그들이 쌀을 찧으려고 하면 팔을 움직이기 위하여 지면에 쭈그리지 않으면 안될 만큼 하늘이 낮았던 것이다. 그래서 도우구리봉구라고 하는 가련한 여인이 하늘에게 "좀 더 높아져라. 너는 내가 쌀을 찧을 수 없는 것이 보이지 않느냐?"라고 하였다. 그래서 하늘이 위로 올라가기 시작하였다. 하늘이 약 다섯 길 정도 올라갔을 때, 여인이 "좀 더 높아져라"라고 하였기 때문에 하늘은 그 여인에게 화를 내며 급하게 아주 높이 올라가 버렸다.[63]

---

62) 여성거인이 회초리로 바위를 몰고 가는 이들 설화는 여성거인이 치마에 돌을 싸서 가다 흘리는 자료들에 대응되는 것으로 별개의 것이 아님을 알 수 있다. 특히 <산내면 계곡의 바위들>(『한국구비문학대계』 8-8(경남 밀양), 한국정신문화연구원, 1983, 651~652쪽)과 같은 자료에서는 그 바위들에 대해 두 화자가 각기 마고할미가 치마에 싸고 가다 흘린 것임과 회초리로 몰고 가던 것이라 하고 있어 두 형태가 아울러 전하고 있음을 볼 수 있다.

이 신화는 여인이 기구로 산을 멎게 하는 우리의 산이동설화와 관련 지어 볼 때 시사하는 바가 크다. 농사짓는 평범한 여인이 기구를 이용해 천지를 분리시키는 천지개벽신화의 주인공으로 나타나기 때문이다. 산이동설화의 표모형 인물 또한 평범한 여인이 설정되고 다 같이 기구를 이용한다는 점에서, 그리고 산의 이동을 멎게 하는 행위가 태초의 산천을 형성하고 자리잡는 과정으로 볼 수 있어 창조신화의 한 형태로 파악할 수 있기에 양자는 서로 밀접한 모습을 보인다고 하겠다. 곧 산이동설화가 지니는 원초성을 알게 하는 것이다.

다음으로 산이동설화의 표모형 인물이 여성거인이 아닌 창조주의 창조행위가 완료되었음을 알리는 단순한 전달자일 가능성이다. 산이동설화에서 산이 멈추는 것은 위에서 밝힌 바와 같이 대체로 "산이 걸어간다"는 여인의 말에 의해 멈추는 것으로 나타난다. 그런데 여기에는 석연치 않은 점이 있다. "산이 걸어간다"는 말을 여인이 하였기에 산이 멈췄다고 하는데, 이 말에 산을 멈추게 할 만한 어떠한 요소도 찾을 수 없다. 어떤 주술성이 있는 것도 아니고 여인이 지닌 신통력의 표현도 아니다.

그렇다면 최래옥의 주장[64]처럼 여인으로 인해 부정을 타서 산의 이동이 멈추는 것인가? 많은 설화 각편에서 여인의 말을 방정맞다고 하면서 이 여인 때문에 서울이 되지 못했다고 하여 부정적인 인식이 표현되고 있어 그럴 가능성은 다분하다. 그러나 이것은 표면적으로 드러난 이유일 뿐 그 본질과는 거리가 있다고 본다. 산이동설화에서 여인에 대한

---

63) 大林太良, 권태효 外 譯, 같은 책, 79~80쪽.
64) 최래옥, 같은 글, 498~500쪽.

부정적 인식은 그 여인에 대한 부정함 때문이기보다는 산이 목적했던 곳에 제자리를 잡지 못했다는 데에 대한 부정적 인식이 설화를 전승하는 입장에서 반영되었다고 보는 것이 마땅할 것이다. 곧 단순히 이동하는 산을 여자가 보았기에 부정을 타서 산이 멈추는 것이 아니라 산을 멈추게 하는 근본적 요인이 원래는 설화에 있었을 가능성이 있다는 것이다. 여기서 산을 멈추게 하는 여인의 말이 "산이 걸어간다"가 아닌 산을 멈추게 하는 다른 언급이 있지 않았나 생각해 볼 필요가 있다. 즉 산을 이동시키는 작업을 더 이상 진행할 수 없는 상황을 말로 전해들었을 가능성이 있다는 것이다. 그런데 거인이 산을 옮기는 산이동설화에서 보면 가고자 했던 곳의 목적했던 바가 이미 완성되었다는 소식을 듣고 거인이 그 자리에 산을 두게 되었다는 자료가 적지 않게 있어 흥미롭다.

예컨대 여성거인이 만리장성을 쌓는 데 가져가기 위해 돌을 옮기던 도중 성이 완성되었다는 소식을 듣고 작업을 중단한다든가 조물주의 명으로 산이나 바위를 옮기던 거인이 목적지의 작업이 완료되었음을 전해 듣고 그 자리에 산을 두기도 하는 것이다.[65] 이처럼 필연적인 까닭이 있어 산이동이 멈추게 되는 것이다. 그런데 여기서 볼 수 있듯이 산이 이동하고자 했던 곳의 작업이 완성되어 더 이상 갈 필요가 없음을 알려주는 전달자는 "산이 걸어간다"고 하여 산이동을 멎게 하는 서답하는 여인에 그대로 대응하고 있다. 산이동을 멎게 하는 역할이 그렇고, 그 수단이 말이라는 점도 일치한다.

---

65) 천상계인물인 마고할미가 닭이 울어 더 이상 작업을 하지 못하는 것으로 나타나기도 한다(임석재전집 12(경북편), 『한국구전설화』, 평민사, 1993, 24쪽).

한편으로 이런 전달자의 말로 인해 산이동을 멈추는 것은 설화에 반영된 여인에 대한 부정적 인식과도 무관하지 않다고 본다. 산이 현재의 그곳에 자리를 잘못 잡은 까닭은 이런 소식을 들었기 때문이고, 따라서 목적했던 바를 이루지 못했다는 안타까움이 그 소식을 전해준 사람에 대한 원망 또는 부정적 인식으로 반영되었을 수 있다는 것이다. 그러면 산이동설화의 서답하는 여인은 단순히 이러한 작업의 완성을 알리는 전달자의 변모된 모습인가? 반드시 이렇게 보기에는 어려운 점이 있다.

첫째, 산을 멈추게 하는 여인의 대다수가 서답하는 여인으로 나타나는데 이 여인의 성격이 단순하지 않다는 것이다.[66] 여타의 설화에 견주어 볼 때 서답하는 여인은 신화적 성격이 강한 인물로 나타난다. 신화에서 서답하는 여인은 주체세력의 조력자로 행동하는 경우가 많다. 탈해전승에서는 탈해의 표착을 발견하여 구출하는 아진포의 할미로 나타나며, 바리데기를 비롯해 이계를 탐방하는 인물에게 그 노정을 알려주는 역할을 하는 것도 서답하는 여인이다.[67] 또한 충주(忠州) 어씨시조신화(魚氏始祖神話)에서도 서답하는 여인은 잉어와 결합하여 시조를 출생케한다.[68] 이처럼 신화적 성격을 강하게 지닌 인물이 단순한 전달자의 변모된 모습만은 아닐 것이다.

둘째로 앞에서 살펴보았던 기구로 산이나 섬을 멎게 하는 여인에게서 거인적 면모가 분명히 나타나는데, 이런 여성거인과 말로서 산을 멎게 하는 표모형 인물이 서로 별개가 아닐진대 단순한 전달자로만 파악

---

66) 표모가 성모신적 존재이며, 그 근원이 여성거인신격에 있음은 권태효, 「표모형설화의 신화적 성격연구」(『경기인문논총』, 경기대 인문대학, 1998)에서 검토된 바 있다.
67) 강진옥, 「<마고할미>설화에 나타난 여성신 관념」, 『한국민속학』 25, 민속학회, 1993, 38쪽.
68) 최상수, 『한국민간전설집』, 통문관, 1984, 89~90쪽.

하는 것은 무리가 있다. 이렇게 본다면 산이동설화의 표모형 인물은 일의 완성을 알리는 전달자라기보다는 원래 산을 이동시키는 여성거인이었고 목적했던 바의 완성을 듣는 존재였으나, 이것이 후대로 전승되면서 설화에서 거인적 면모가 사라지면서 단순히 소식을 전해주던 인물과 산을 옮기던 주체가 결합하여 산을 멈추게 하는 말을 하는 서답하는 여인으로 전이되었을 가능성이 크다.

㉱는 산이동설화에서 거인의 존재 및 산이 이동하는 것에 대해 화자가 어떻게 구술하며, 또 청중들은 어떻게 받아들이는가 하는 문제이다. 이 점은 산이동설화에서 이동의 주체인 거인이 점차 사라지고 산이 스스로 걸어가는 형태를 취하게 된 까닭을 설명하는 것이기도 해서, 거인설화의 소멸과정을 살피는 데 중요한 단서가 되리라고 본다.

먼저 산이 이동한다는 것 자체에 대한 인식이다. 산이동설화를 다소의 의구심을 제기하면서 구술하는 화자가 적지 않음을 볼 수 있다. 누가 지어낸 이야기라고 한다든가[69] 모두 허담이라고 하면서[70] 산이 이동하는 설화를 들려준다. 뿐만 아니라 청중들도 "참 거짓말 겉다"라고 하면서[71] 듣고 있다. 때문에 산이동설화의 배경을 천지개벽 시나 이 세상의 처음 시작될 때라고 분명히 밝히는 경우가 많다. 또한 이런 진실성에 대한 의문 때문에 산세다툼을 설정하고 있음을 볼 수 있다. 산세를 받아간 사실이 있는 것으로 보아 옮겨온 산이 분명하다는 논리이다. 따라서 산이 옮겨왔다는 것보다는 오히려 산세다툼이 강조되어 설화의 대부분을 차지하는 양상을 보이는 자료들도 적지 않다.

---

69) 『한국구비문학대계』 7-7(경북 영덕), 한국정신문화연구원, 1981, 710~712쪽.
70) 『한국구비문학대계』 7-8(경북 상주), 한국정신문화연구원, 1983, 688~689쪽.
71) 『한국구비문학대계』 8-11(경남 의령), 한국정신문화연구원, 1984, 591~592쪽.

다음으로는 거인의 설정 자체에 대한 의문이다. 거인에 의한 산이동은 거인이 짐바로 산을 메고 옮기기도 하고 치마에 싸서 가던 흙이 떨어져 산이 되기도 하며 바위들을 회초리로 몰고 가는 것으로 나타나기도 한다. 그러면 이런 거인의 존재에 대한 인식은 어떠한가?

> 신발에 묻은 흙을 털어서 그 흙이 쌓여 산봉우리가 되었다고 해서 글자 그대로 신털이봉이라고 부르게 되었다는 것인데, 이렇게 말하면 신발에 묻은 흙이 얼마나 되기에 그것이 쌓여서 산이 이룩될 수 있을까. 아무리 동양인이 과장을 잘 한다고 하지만 이것은 너무 지나친 과장이라고 일소(一笑)에 부치고 말 것이다.[72]

이것은 거인의 존재를 구체적으로 언급하고 있지는 않지만 거인설화의 단편적인 모습이 아닌가 여겨지는 자료이다. 신발에서 흙이 떨어진 것이 산봉우리가 되었다는 것은 여성거인이 흘린 흙이 산이 되었다는 것과 같은 양상으로[73] 거인설화에서 흔히 볼 수 있는 것이다. 하지만 채록자는 이러한 거인의 존재를 인정하지 않고 있으며, 그 행위 또한 이처럼 단순히 허풍에 불과하다고 판단한다. 채록자는 더 나아가 이 산이 생기게 된 내력을 부근에 큰 운하공사가 있어 많은 작업인부들이 신발에 묻은 흙을 털었던 것이 쌓여 이 산이 되었다고 사실적으로 설명하고자 한다.[74] 이같은 설명은 채록자가 구비문학 전공자가 아니기에 나타나는 현상으로 보이며, 때문에 일반인들이 거인의 설정과 행위에

---

72) 박춘식, 『서산의 전설』, 태안여상 향토문화연구소, 1987, 217쪽.
73) 설문대할망이 신고 있던 나막신에서 떨어진 한 덩이의 흙이 제주도 내의 여러 산이 되었다고 한다(진성기, 『제주도전설』, 백록, 1992, 26~27쪽.).
74) 박춘식, 같은 책, 219쪽.

대해 얼마나 비현실적으로 인식하고 있는가를 잘 알게 하는 것이기도 하다.

한편 다음 자료는 산이동설화의 전승자들이 거인에 의한 산이동을 어떻게 인식하고 있는지를 잘 보여주고 있어 주목된다.

> 문산 뒷사(뒷산)이 어양사인데, 옛날에 [청중 : 아, 어양산 그래] 그 사(산)이 떠내려와가주고 여(여기) 와가주고 앉았는데, 이 집바 테가 있 다. 그 시방 집, 집바 테가 사 사실로 보머 있거던. [웃으면서] 집바해 가 지고 온테(터)가, 그래가주고 거 문산 뒷사이라고 그래 있는데. [청중1 : 산도 쪼맨은 끝으만 하지만은 누가 그 집바 지고] [일동 웃음] 그 장구 (장군)이 그랬지 그기사, [청중1 : 장구이 장구이, 장구이 어예 산을 지고 오노?] [청중2 : 장군이 힘을 가 지는 게 아이고] 그 저저 문사이 뒷사이 저 어양, 어양서러 떠내려 와가 여 와 앉았다. [조사자 : 어양서 왔다는가 요 그러며?] 예. 그 말이 그래 있어. [조사자 : 왜, 왜요 거기 와서 멈췄는 가요?] 거 와가주고 떠내려 오다가 거 와 앉았다. 주저 앉았다 카는 그기 라요.[75]

이 자료는 산이동설화의 전승자들이 거인의 존재에 대해 어떻게 인 식하고 있는지 그리고 산이동설화에서 거인이 왜 사라지게 되는지를 단적으로 보여주고 있다. 여기서 먼저 중요하게 살필 점은 이런 거인에 의한 산이동을 듣는 청중의 반응이다. 산이 작기는 하지만 그것을 어떻 게 지고 오겠는가 하며 의문을 제기한다. 이것은 곧 거인의 설정에 대 한 비판이며 비현실적인 면을 지적한 것이다. 청중들이 거인의 존재를

---

75) 『한국구비문학대계』 7-2(경북 경주, 월성), 한국정신문화연구원, 1980, 57쪽.

쉽게 받아들이지 못하고 있음을 알 수 있다.

다음으로 이런 의문 제기에 대한 화자의 반응이다. 화자는 먼저 장군이 지고 왔다고 하여 다시금 거인의 존재를 확인하면서도 청중들이 재차 의문을 제기하자 그것은 거인에 의한 이동이 아니라 떠내려온 것이라 한다. 이는 화자 스스로도 거인의 존재에 대해 회의를 가지는 것이고 설득력 있게 설명을 할 수 없다고 여겼기 때문이다.

이렇게 볼 때 이 자료는 다음 두 가지의 중요한 의미를 시사하고 있다. 첫째, 산이동설화에서 거인이 왜 사라지는가를 잘 설명하고 있다는 점이다. 거인의 존재에 대한 의구심과 비현실성은 곧 산을 이동하던 주체였던 거인을 설화에서 배제할 수밖에 없도록 만들고 있는 것이다. 둘째, 산이동설화에서 거인에 의한 산이동이었던 것이 떠내려오는 것이나 스스로 걸어가는 것으로 변모되는 양상을 보여준다는 점이다. 산이 떠내려 온다든가 걸어가는 것이 물론 현실적인 것은 아니지만 거인이 산을 메고 간다는 것보다는 덜하며, 이렇게 이야기했을 때는 그래도 수긍하고 있음도 알 수 있다.

6. 산이동설화의 변이양상과 의미

산이동설화는 구전으로만 전해지는 자료이다. 따라서 이런 자료를 통시적 관점에 두고 자료의 선후를 가리고 또 그것이 어떻게 변모되었는지를 파악하는 것은 상당히 위험한 작업일 수 있다. 그러나 산이동설화는 현재까지 채록된 그 편수가 방대하고, 이들 자료들의 특징적인 면을 서로 비교하여 검토할 때 설화에 반영된 일정한 의식의 흐름을 어느 정도 파악할 수 있기에 그 가능성이 없지는 않다고 본다.

첫째, 거인의 창조적 행위보다는 인간의 일상사에 초점이 맞춰진다는 것이다. 이 세상의 산천이 어떻게 생겨나게 되었는가 하는 인류보편의 관심사보다는 그들의 삶과 밀접한 공간이 설화의 배경이 되겠고, 산이 만들어졌다거나 옮겨왔다는 것보다는 그런 산의 이동 때문에 그들의 생활이 어떤 영향을 받게 되었는가 하는 것이 주된 관심사가 된다. 예컨대 산이 자리를 잘못 잡음으로써 서울이 되지 못했다고 인식한다든가, 떠온 섬 때문에 고기가 잡히지 않아 그곳에 당집을 짓게 되었다든가, 그 산 때문에 산세를 물게 되었다는 것 등 거인의 창조행위보다는 그들의 생활과 결부된 행위와 인식들이 설화에서 중요하게 다뤄진다는 것이다.

둘째, 거인신의 능력보다는 인간의 능력에 관심을 갖는다는 것이다. 산이동설화는 무엇보다도 산이 어떻게 옮겨지게 되었는가 하는 것이 가장 핵심적인 문제이고, 따라서 그 산을 옮기는 거인의 능력이 중요하게 다루어질 수밖에 없다. 그러나 이런 거인신은 후대로 내려오면서 그 존재조차 모호해지고 산세다툼과 같이 아이가 기지를 발휘하여 산세를 내지 않게 되는 곧 인간의 능력이 강조되는 형태로 변모되었을 것으로 본다는 것이다.

셋째, 비현실적인 면이 사라지고 현실적인 면이 강조되는 양상을 보인다는 것이다. 인간의 인지가 발달되면서 점차 과학적이고 논리적인 사고를 하게 되었고, 따라서 설화에서 지나치게 비현실적이라고 여기는 부분은 끊임없이 의심을 받아왔을 것이다. 이미 앞의 '산이동설화' 부분에서 살펴보았듯이 거인의 설정 자체나 거인의 창조행위는 전승자들이 특히 비현실적인 것으로 받아들이고 있다. 때문에 이런 거인의 존재가 사라지고 서답하는 여인을 설정하며, 그 행위 또한 산을 의인화시켜 걸어온다고 한다든가 홍수에 의해 떠내려온다고 하는 양상을 보이게 된다. 아울러 산세다툼과 같은 요소를 끌어와 비현실적인 측면을 사실적으로 인식되도록 꾀하고 있다.

이들 세 가지 기준은 다소 중복되는 점이 있기는 하지만 산이 창조되거나 이동하여 새로운 지형을 형성시키는 자료에 대한 선후와 변모양상을 어느 정도 가늠하는 잣대가 될 수 있으리라고 본다. 그러면 이들 기준을 토대로 그 특성이 잘 드러나있는 설화 다섯 편을 예화로 들어 거인설화에서 산이동설화로 변이되어가는 양상을 살펴보기로 하겠다.

> ㉮ 옛날에 노고할미가 있었는데 손이 크고 힘이 좋아 평평한 곳에 줄을 그어 산천을 만들었다. 할미가 넓은 바위를 들어 올려놓았는데 그 바위에 할미의 손과 담뱃대 자국이 남아있다.[76]
> ㉯ 마고할미 내외가 있었다. 할미가 산을 치마에 싸서 가다가 치마의 한쪽 끝이 풀려 산을 버렸는데 그것이 땅뫼산이다. 그리고 영감이 짊어지고 가다가 부러져서 버린 것이 건지산이다.[77]
> ㉰ 옛날 어떤 장수가 마을에 있는 백이산을 들고 가려는데 서답하는 여인이 손가락질을 하며 산이 가고 있다고 말하여 산을 두고 갔다. 그 산이 없어 그곳이 넓어졌으면 서울이 되었을 것이다.[78]

---

76) <노고 할미바우 이야기>, 『한국구비문학대계』 2-1(강원 강릉, 명주), 한국정신문화연구원, 1980, 568~569쪽 요약.
77) <마을 인근산의 유래>, 『한국구비문학대계』 8-8(경남 밀양), 한국정신문화연구원, 1983, 565~566쪽 요약.
78) <백이산>, 임석재전집 10(경남편Ⅰ), 『한국구전설화』, 평민사, 1993, 22쪽 요약.

㉱ 옛날 앞산이 뒷산 있는 곳으로 걸어가는데 서답하던 여인이 산이 걸어간다고 소리쳐 산이 그 자리에 멈췄다. 그 산이 뒷산 있는 곳까지 갔으면 서울이 되었을 것이라 한다.[79]

㉲ 공암(孔岩)나루 있는 곳에 있는 바위섬은 광주에서 떠내려왔다고 한다. 그래서 광주 원에서 땅세를 받아갔다. 새로 양천(陽川)에 원님이 부임해서 땅세를 받는 것을 부당하게 여겨 섬을 가져가라 하여 땅세를 내지 않게 되었다고 한다.[80]

㉮는 이 세상의 산천을 창조하는 여성거인의 이야기이다. 이것은 그 곳에 산이 처음 형성된다는 점에서 산이동설화와 궤를 같이 한다고 할 수 있다. ㉮에서는 무엇보다도 노고할미라는 여성거인의 산천형성이라는 창조행위에 초점을 맞추고 있다. 이 세상의 산천이 어떻게 생겨나게 되었는가 하는 인류의 보편적인 관심사가 이야기되고 있는 것이다. 처음에는 이 세상이 진흙이었으나 천상계에서 떨어뜨린 반지를 찾고자 땅을 파헤친 것이 산과 바다가 되었다는 것이나[81] 장길산과 거인의 배설물로 인해 우리나라 북쪽의 산맥과 강이 형성되었다는[82] 설화들이 같은 형태의 것으로, 이런 인간의 원초적인 관심사가 설화의 중심에 놓여있는 것이다. 따라서 거인의 능력과 행위만이 주된 관심사가 될 뿐 인간의 능력이나 행위는 전혀 개입되어 있지 않다. 다만 할미의 손과

---

79) <걸어오던 산>, 임석재전집 12(경북편), 『한국구전설화』, 평민사, 1993, 21쪽 요약.
80) <광주바위섬>, 임석재전집 5(경기편), 『한국구전설화』, 평민사, 1989, 28쪽 요약.
81) 손진태, 같은 책, 15~16쪽 ; 『한국구비문학대계』 8-6(경남 거창), 한국정신문화연구원, 1981, 213~214쪽 ; 한상수, 『한국인의 신화』, 문음사, 1986, 185~187쪽 ; 이문현, 『한국민화 1』, 일진서적출판사, 1992, 173~174쪽.
82) 손진태, 같은 책, 16~17쪽 ; 한상수, 같은 책, 188~190쪽 ; 임석재전집 4(함남북, 강원편), 『한국구전설화』, 평민사, 1989, 17쪽 ; 이문현, 같은 책, 175~176쪽.

담뱃대 자국이라는 증거물을 들어 거인에 의해 세상이 창조되었다고
하는데 대한 비현실적인 면을 다소나마 해소하고자 하고 있다.

㉯도 산을 옮길 수 있는 거인의 능력과 그 행위가 중심이 되고 있다
는 점에서 ㉮와 크게 다르지 않다. 그러나 이들 사이에는 중요한 변이
가 나타나고 있음을 볼 수 있다. ㉮는 거인의 산천형성이 이 세상과 같
은 막연한 공간임을 보여주고 있는 데 반해 ㉯는 전승자들의 생활공간
인 주변의 땅뫼산과 건지산이라는 구체적인 지형물이 산이동의 대상이
되고 있는 것이다. 이는 인류보편의 관심사에서 그들의 생활터전에 있
는 특정 산으로 그 관심이 전이되었음을 의미하는 것이라 할 수 있다.
또한 ㉮가 거인에 의한 지형창조라는 창조작업의 온전한 수행을 보인
다면 ㉯는 의도했던 바대로 지형을 형성시키지 못하고 치마끈이 풀려
서 또는 지고 가던 산이 부러져서 형성된 지형이라고 해서 거인의 창조
행위를 흥미 위주로 설명하고 있음을 알 수 있다.

㉰ 또한 거인에 의한 산이동을 잘 보여주는 자료이다. 하지만 여기에
는 두 가지 주목할 만한 사실이 있다. 첫째, 산을 형성하는 창조행위에
인간의 개입이 보인다는 점이다. 산을 들고 가던 거인의 행위가 서답하
는 여인에 의해 방해를 받고 있는 것으로, 이 점은 거인의 행위 중심에
서 인간의 행위 중심으로 전환되고 있는 양상이라 할 수 있다. 비록 서
답하는 여인이 여성거인의 후대적 모습이라 하더라도 여성에 대한 부
정함 때문에 거인의 행위가 멈췄다는 인식은 거인신 위주의 사고에서
는 분명 벗어난 것이라 할 수 있다.

둘째, 전승자들의 관심이 거인에 의해 산이 이동했다는 사실보다는
그 산이 제대로 자리를 잡지 못해 생기는 결과에 모아지고 있다는 점이

다. 거인의 창조행위는 그들에게 더 이상 어떤 의미가 있는 것이 아니며, 그들의 삶과 밀접한 공간이 왜 이렇게 되었는가 하는 것이 주된 관심사가 된다. 이러한 관심의 전이는 거인의 존재와 그 행위에 대한 의문으로 이어지고, 결국 거인에 의한 산이동이 비현실적으로 인식되는 계기가 된다고 본다.

㉣에서 가장 특징적인 점은 거인의 존재가 산이동설화에서 완전히 사라져서 나타나고 있다는 것이다. 거인에 의한 창조행위라는 산이동설화의 본래적 성격이 변모되어 산이 스스로 걸어가거나 홍수에 의해 떠내려오는 형태를 취한다. 따라서 이런 산의 이동 부분은 약화될 수밖에 없고, 어떻게 해서 산이 멈추게 되었는지 그리고 산이 이동하다 멈춘 결과가 어떠한지가 확장되는 양상을 보여준다.

㉤에서는 섬이 이동해왔다는 사실만 간략히 언급될 뿐 땅세다툼이 설화의 중심에 놓여 있다. 섬이동은 단지 땅세다툼이 어떻게 해서 생겨나게 되었는가 하는 것을 설명하는 부수적인 요소에 지나지 않는다. 따라서 설화의 관심사는 완전히 인간의 생활사에 국한된다. 땅세를 더 이상 물지 않게 된 내력이 이야기되며, 그 과정에서 이것을 해결하는 원님이나 소년의 뛰어난 기지와 수완에 초점이 맞춰지게 된다. 즉 인간의 능력이 강조되는 양상이다. 산이동설화에서 이제 더 이상 거인의 행위나 능력은 문제가 되지 않으며, 그 결과물과 관련해 그들의 생활공간에서 어떤 일이 일어나는지 또 그 문제를 어떻게 해결하고 있는지가 중요시되는 인간 중심의 설화로 변모되어 있는 것이다.

이상 다섯 편의 예화(例話)를 들어 거인설화가 산이동설화로 어떻게 변모되고 있는지를 살펴보았다. 그렇다고 해서 이들 설화가 ㉮에서 ㉯로,

❹에서 ❺와 같은 순으로 시간의 흐름에 따라 단계적인 변이를 거쳐왔다는 것을 의미하는 것은 아니다. 단지 산이 이동하여 지형을 형성하는 모습이 드러난 자료 양태(樣態)가 이처럼 다단하며, 자료 중 ㉮의 형태가 가장 고형으로 보이고 ㉰의 형태가 가장 후대적인 모습으로 판단되기에 이와 같은 순차적인 변모양상을 찾아볼 수 있다는 것이다.

한편 이러한 변모양상은 앞에서 살폈던 산이동설화의 구성요소가 결합되면서 발전되는 양상과도 일정한 관련이 있다. 즉 산이동만 있는 자료형태가 근원적인 면모이고, 여기에는 거인에 의한 산이동 성격이 강하다. 하지만 여기에 산멈춤과 산세다툼이 각기 결합됨으로써 거인의 행위는 약화되고 상대적으로 이동해왔다는 사실에 대한 진실성과 현실성이 강조되는 방향으로 진행되어 나가는 것과 동일한 양상을 보여주고 있다는 것이다.

산이동설화의 이런 변모양상은 단순히 산이동설화의 변이과정을 밝혔다는 데 그 의의가 있는 것만은 아니다. 산이동설화가 본래 거인설화의 한 형태였다는 점에서 이는 거인설화의 소멸과정을 보여준다는 데 더 큰 의미가 있다는 것이다.

7. 마무리

이상 산이동설화를 거인설화와의 관련 하에 구체적으로 검토하였다. 이 글에서는 거인설화를 계승하는 후대적 자료라는 관점에서 산이동설화를 살펴 그것이 원래 거인설화의 한 형태였으며, 어떤 과정을 거쳐

거인의 존재가 사라지고 거인이 배제된 형태의 산이동설화 모습을 취하게 되었는가 하는 그 변모양상도 어느 정도 살펴볼 수 있었다.

그러면 이 글에서 검토하였던 바들을 요약하면서 이 글을 마무리 짓도록 하겠다.

먼저 산이동설화의 구성과 의미에서 밝힐 수 있었던 것은 다음이다.

첫째, 산이동설화가 산이동과 산멈춤, 산세다툼 등으로 구성되어 있으며, 이들의 결합형식에 따라 단순형과 확장형, 완성형으로 구분하였다.

둘째, 산의 이동은 본래 스스로 이동하는 것이 아닌 거인에 의한 이동이었으나 후대로 내려오면서 거인이 탈락되어 스스로 이동하는 모습을 취하게 된 것이다. 그리고 섬이 떠내려오는 것이나 산이 날아오는 형태의 이동도 거인설화에서 그 근원을 찾아볼 수 있었다.

셋째, 산의 이동목적은 서울이 되기 위해, 만리장성을 쌓는 데 가기 위해, 창조주의 창조행위에 참여하기 위해 등 세 가지로 나타나는데, 이들은 모두 이 세상이 시작되면서 산들이 생겨나는 과정을 그 설화 환경에 맞게 적절히 변모시킨 것임을 알 수 있었다.

넷째, 산이 솟아나 점점 자라는 양상을 보이는 자료 또한 산이동설화의 한 다른 형태로, 알타이 지역을 비롯한 많은 곳에서 찾아지는 우주기원신화의 성장하는 흙[息壤]의 모습임을 알 수 있다.

다섯째, 산을 멈추게 하는 서답하는 여인은 여성거인의 변모된 모습이며, 창조주의 창조행위가 완성되었음을 알려 산을 멈추게 하는 전달자의 성격이 복합되어 있는 것이다.

여섯째, 산이동설화를 전승하는 전승자들은 거인의 설정과 거인의 산을 옮기는 행위에 대해 의문을 제기하고 비현실적인 면을 비판하고 있다. 또한 여기에서 거인에 의한 산이동이 떠내려온다거나 스스로 걸어가는 모습으로 변모되고 있는 양상도 찾아볼 수 있었다.

다음으로 산이동설화의 변모양상에서는 산이동설화가 첫째 거인의 창조행위보다는 인간의 일상사에 초점이 맞춰지고, 둘째 거인신의 능력보다는 인간의 능력에 관심을 갖게 되고, 셋째 비현실적이기보다는 현실적인 면이 강조되는 등 이들 세 가지 방향으로 변모되었을 것으로 보고, 그런 특징을 잘 보여주는 설화 다섯 편을 통해 거인의 창조행위로서의 산 형성이 점차 거인이 사라지면서 인간 위주의 사고와 인간 중심적인 산이동설화의 형태로 나타나고 있음을 파악할 수 있었다.

이상 산이동설화의 자료를 살펴 지형을 형성시키는 거인설화가 점차 거인이 생략되면서 전설화되어가는 양상을 파악하고자 하였다. 지형창조 거인설화가 변이되면서 신화적 면모를 잃어가는 한편 새로운 설화를 형성시키는 양상은 비단 산이동설화에서만 찾을 수 있는 것은 아니다. 산이동설화 외에도 오누이힘내기설화라든가 장수흔적설화 등의 구전설화에서 그 흔적을 찾을 수 있으며, 선류몽담을 비롯해 문헌설화 곳곳에서도 거인설화의 잔존양상을 파악할 수 있다.

이 글은 설화가 고정되지 않고 전승되면서 변이되는 사실에 초점을 맞추었다. 그 실상을 보여주는 다양한 자료를 견주고 함께 비교하면서 그런 변이양상이 그대로 드러나고 있음을 확인할 수 있었다. 자료 자체에 대한 면밀한 검토가 설화 연구의 중요한 방법론이 될 수 있다.

산이동설화 자료 목록

수 록 책 명	설 화 제 목	채록지	수록페이지
한국민간전설집	광주바위섬	경기 김포	67면
〃	능라도(附記 ; 제목 필자)	평남 평양	68면
〃	덕천산(〃 ; 〃)	평남 덕천	68면
〃	공주산(〃 ; 〃)	전북 옥구	68면
〃	부산	충남 부여	118면
영남의 전설	서낭당바위	경북 청송	255면
〃	고산의 납세	경북 영일	332면
〃	할미바위	경북 칠곡	369면
〃	용산	경북 경산	413면
〃	구봉산	경북 성주	437면
제주도전설	산방산	제주	19면
〃	군산1	〃	21면
〃	군산2	〃	25면
〃	비양도1	〃	25면
〃	비양도2	〃	26면
산이동설화연구	부록자료1	전북 남원	502면
〃	〃 2	〃	〃
〃	〃 3	〃	〃
구비문학대계 1-1	능라도의 유래	서울	276면
〃 1-2	고산전설	경기 여주	42면
〃 1-5	쌍부산, 쌍봉산 이야기	경기 수원,화성	355면
〃 1-5	형도의 탑이야기	〃	511면

수 록 책 명	설 화 제 목	채록지	수록페이지
〃 1-7	마니산 이야기	경기 강화	68면
〃 1-7	지석묘와 마귀할멈(2\2)	〃	101면
〃 1-7	전두리(져온 돌) 이야기	〃	210면
〃 1-7	각시녀와 마니산(1\2)	〃	284면
〃 1-7	마니산 전설	〃	411면
〃 1-7	마니산의 유래(2\2)	〃	707면
〃 1-7	진강산이 돌아앉은 이유	〃	750면
〃 1-7	만리에서 들어온 마니산	〃	756면
〃 2-1	죽도봉 유래	강원 강릉,명주	144면
〃 2-2	고산 전설	강원 춘천,춘성	586면
〃 2-4	계조암과 울산암(3\3)	강원 속초,양양	42면
〃 2-4	울산바위와 동자승의 슬기(1\2)	〃	157면
〃 2-4	울산바위의 유래	〃	252면
〃 2-5	울산바위 유래	〃	35면
〃 2-5	죽도 마귀할멈	〃	39면
〃 3-1	탄금대 산세 면한 이야기	충북 충주,중원	83면
〃 3-4	산세를 안 물어준 황간원	충북 영동	753면
〃 4-2	아흔아홉봉 전설	충남 대덕	813면
〃 4-5	떠내려온 산	충남 부여	58면
〃 5-2	크는 마이산과 방해한 여자	전북 전주,완주	47면
〃 5-2	걸어오다가 멈춘 마이산	〃	81면
〃 5-2	자라다가 멈춘 마이산	〃	83면
〃 5-3	숫마이산과 암마이산과 나도마이산	전북 부안	581면
〃 5-3	거북바위가 떠내려오다	〃	582면
구비문학대계 6-1	돌팍재 떡홈 전설	전남 진도	92면
〃 6-6	회안대사가 세운 선돌	전남 신안	714면
〃 6-10	걸어오다 멈춘 범바위산	전남 화순	644면
〃 6-12	들어오다 만 낙엽산	전남 보성	690면
〃 6-12	내접산의 전설	〃	693면
〃 7-1	걸어가는 산(1)	경북 경주,월성	35면
〃 7-1	걸어가는 산(2)	〃	36면
〃 7-1	굴러가던 바위	〃	37면
〃 7-1	팔암동네 굴러가던 바위	〃	38면
〃 7-1	안가닥할무이	경북 경주,월성	145면
〃 7-1	일곱 선비도적(2\2)	〃	541면

수 록 책 명		설 화 제 목	채록지	수록페이지
〃	8-3	월아산(1\2)	〃	59면
〃	8-4	걸어나가다 선 산	〃	173면
〃	8-4	떠내려오다가 선 용두산	〃	174면
〃	8-4	걸어오다가 선 상남의 마산	〃	175면
〃	8-4	이반성의 선돌	〃	403면
〃	8-4	일반성 선돌	〃	414면
〃	8-4	운돌	〃	637면
〃	8-6	세 바우들 전설	경남 진주,진양 경남	615면
〃	8-7	용두산의 유래	거창	187면
〃	8-7	걸어오다 선 가례리 앞산	경남 밀양	476면
〃	8-7	무안 앞동산 유래	〃	511면
〃	8-8	만어산 너덜겅의 유래	〃	37면
〃	8-8	짐빠산의 유래	〃	123면
〃	8-8	궂질의 지명 유래	〃	125면
〃	8-8	걸어오다가 선 산과 장자바위	경남 밀양	299면
〃	8-8	미륵골의 미륵불(1\2)	〃	521면
〃	8-8	단장면 경주산의 유래	〃	522면
〃	8-8	떠내려오다가 선 백산(1\2)	〃	549면
〃	8-8	만어산 바위와 만리장성	〃	550면
〃	8-8	마을 인근산의 유래	〃	565면
〃	8-8	산내면 계곡의 바위들	〃	651면
〃	8-9	서울 못된 진례	〃	168면
〃	8-9	산세를 받는 관장	경남 김해	503면
〃	8-9	임의산이 생긴 내력	〃	1130면
〃	8-10	유곡면 거창산	〃	88면
〃	8-10	단원리 지리산	경남 의령	332면
〃	8-10	호부래비너더렁의 유래	〃	521면
〃	8-10	안태봉이 떠내려온 내력	〃	524면
〃	8-11	칠곡리 바람산	〃	29면
구비문학대계 8-11		거창산이 생긴 내력	경남 의령	91면
〃	8-11	걸어온 산	〃	384면
〃	8-11	궁유면 거창산의 유래	〃	591면
〃	8-11	국사봉과 망건산의 지명유래(1\2)	〃	708면
〃	8-12	상북면 독뫼산	〃	31면
〃	8-12	선바위에 깔린 중과 처녀(3\2)	경남 하동	147면

수 록 책 명	설 화 제 목	채록지	수록페이지
〃 8-12	능골들에 돌이 쌓인 사연	〃	456면
〃 8-13	떠내려온 산	〃	80면
〃 8-13	떠내려온 산	경남 울산,울주	168면
〃 8-13	거리 걸어온 독뫼산	경남 울산,울주	451면
〃 9-2	설문대할망	제주시	710면
〃 9-3	산방산	제주 서귀포,남제주	1006면
구비전승의 문학	돌빼기마을	경북 영천	76면
〃	선바위	경남 울주	88면
〃	돌선빼미	경남 합천	104면
〃	위원산	평북 강계	12면
임석재전집 3	중대가리산	평북 강계	12면
〃	운산산	평북 영변	15면
〃	목이 떨어진 삼각산	평북 선천	16면
〃	마이산	평북 의주	16면
〃	마이산	〃	17면
〃	대성산	평남 대동	166면
〃	능라도 지세	평남 평양	170면
임석재전집 4	걸어온 바위	함남 북청	62면
〃	남산	강원 강릉	97면
〃	울산바우	강원 양양	104면
임석재전집 5	인왕산	서울	23면
〃	불암산	〃	24면
〃	효양산	경기 이천	24면
〃	떠드렁산	경기 양평	25면
〃	광주바위섬	경기 김포	28면
〃	서풀섬	경기 영종도	36면
임석재전집 6	서운마바위	충북 영동	22면
〃	보문산	〃	〃
임석재전집 7	마이산	전북 진안	19면
〃	〃	〃	〃
〃	〃	〃	〃
〃	〃	전북 전주	21면
〃	쇠좆부리	전북 진안	〃
임석재전집 7	조산	전북 순창	24면
〃	봉산과 명양산	전북 김제	〃

수 록 책 명	설 화 제 목	채록지	수록페이지
〃	궁매바위	전북 순창	30면
임석재전집 9	고드래섬	전남 여천	19면
〃	병영의 아기바위	전남 강진	23면
임석재전집 9	안놀섬	전남 여천	27면
〃	군산	제주 남제주	201면
〃	산방산	〃	202면
〃	〃	〃	〃
임석재전집 10	백이산	경남 함안	22면
〃	암망뜸산과 숫망뜸산	경남 합천	〃
〃	서울이 될뻔한 동네	경남 김해	23면
〃	짐빠산의 산세	경남 밀양	24면
〃	자루바가지섬	경남 통영	33면
임석재전집 11	인산	경남 창녕	21면
〃	걸어오던 산	경북 청송	〃
임석재전집 12	대구의 산	경북 대구	21면
〃	죽림산	경북 포항	〃
〃	독산	〃	22면
〃	옥계산의 진주석	〃	24면
거창의 전설	가지리들산	경남 거창	22면
〃	구산부락의 들산	〃	59면
〃	석정 유래	〃	101면
〃	선돌	〃	119면
〃	시바우유래	〃	259면
〃	무릉리 안산과 조산	〃	285면
〃	선달바위	〃	328면

06

오누이힘내기설화의 거인설화적 성격과 본질

1. 머리말

이 글은 거인설화 연구의 일환으로 마련된다. 거인설화는 본래 우주형성이나 지형창조와 같은 창조행위를 하던 창조신화의 형태였다고 할 수 있다. 이러했던 것이 거인신격에 대한 신앙과 신성성이 사라지면서, 그리고 인간 인지의 발달에 따른 합리적인 사고를 하게 되고 거인의 외모와 행위를 비현실적으로 받아들이면서 점차 소멸의 길로 접어든 것으로 보인다. 즉 산이동설화에서 볼 수 있듯이 산을 옮기던 거인의 행위가 거인의 모습을 생략한 채 산이 스스로 이동하는 형태로 변모한다든가 '선류몽'담처럼 꿈과 같은 형식을 빌려 거인성을 표현하는 형태로 비현실성을 극복해 나가고자 했던 것으로 보인다. 이런 거인설화의 후대적 변이형으로 주목되는 또 하나의 자료는 오누이힘내기설화이다.

오누이힘내기설화는 임동권과 조동일에 의해 일찍이 거인설화적 면모가 있음이 언급된 바 있다. 먼저 임동권은 제주도 설문대할망설화를 살피면서 남매의 축성담(築城談)에서 누이의 행위는 앞치마에 돌을 주어다 성을 쌓을 정도이니 거녀(巨女)였을 것이라고 하여, 단편적이지만 오누이힘내기설화에서 누이의 행위가 거인적임을 지적하고 있다.[1] 다음으로 조동일은 비록 구체적인 논증을 한 것은 아니지만, 오누이힘내기설화에 대한 논평에서 "싸움하는 쌍방이나 싸움의 양상이 고대 거인신화의 면모를 아직까지 보여주고 있기에 특별히 주목된다"고[2] 하여 오누이힘내기설화가 거인설화의 후대적 변이형일 가능성을 제시하고 있다. 그리고 이외에도 김영경은 거인설화를 다루면서, 오누이힘내기설화를 거인설화에 나타난 힘내기 모티프가 소멸되지 않고 계승된 형태라 하여 포괄적인 개념에서 거인형 설화로 다루고 있다.[3] 이들 논의는 거인설화와 오누이힘내기설화의 관련성이 모티프 계승이라는 측면에서 연결되었음을 파악했다는 점에서는 큰 의의가 있지만, 오누이힘내기설화가 거인설화에서 단순히 힘내기라는 모티프만을 가져와 계승한 양상인지는 의문의 여지가 없지 않다.

한편 이렇게 거인설화와 연결해 단편적인 언급을 한 논의 이외에 오누이힘내기설화는 구체적인 연구가 적지 않게 진척되어 왔다. 최래옥[4]이 선편을 잡은 이래 현길언,[5] 김학성,[6] 장덕순,[7] 천혜숙,[8] 강현모,[9]

---

1) 임동권, 「선문대할망설화고」, 『한국민속논고』, 집문당, 1984, 287~288쪽.
2) 조동일, 「한국설화의 변이양상-논평3」, 『한국학연구의 성과와 그 성찰』, 한국정신문화연구원, 1982, 180쪽.
3) 김영경, 「거인형설화의 연구」, 이화여대 석사논문, 1990.
4) 최래옥, 「한국설화의 변이양상」, 『구비문학』 2, 한국정신문화연구원, 1979 ; 최래옥, 『한국구비전설의 연구』, 일조각, 1981.
5) 현길언, 「힘내기형 설화의 구조와 그 의미」, 연암 현평효박사 회갑기념논총, 1980 ; 현길언, 「제주도의 오뉘장사전설」, 『탐라문화』 창간호, 1982.

이태문,[10) 권태효,[11) 이지영,[12) 강은해,[13) 등에 의해 화소분석 및 변이 양상, 신화와 서사무가와의 대비 등이 구체적으로 검토되어 왔다. 그럼 에도 거인설화적 시각에서 이 설화에 대한 분석이나 접근은 지금까지 거의 이루어지지 못했다.

그런데 실상 오누이힘내기설화에서 누이가 돌을 옮겨와 성을 쌓는 행위는 분명 거인이라야 가능한 행위이다. 보다 더 중요한 것은 이런 누이의 행위가 여성거인설화에서 여성거인의 행위로 가장 흔하게 나타 나는 모습이라는 점이다. 또한 거인설화에서도 오누이힘내기설화와 마 찬가지로 거인들에 의한 성 쌓기 또는 탑 쌓기 대결을 보여주는 자료들 이 발견되고 있어, 거인설화에서 거인의 대결양상에 근원을 둔 것이 오 누이힘내기 형태의 모습으로 이행된 것이 아닌가 생각하게 한다.[14)

따라서 여기에서는 오누이힘내기설화가 지닌 거인설화적 성격을 밝 혀, 거인설화가 소멸되어가는 과정에서 새로운 전설의 모습으로 탈바꿈 하여 나타난 변이형이 오누이힘내기설화임을 밝히는 데 주목적을 두고

6) 김학성, 「설화의 파생태와 그 의미」, 『국문학의 탐구』, 성대출판부, 1987.
7) 장덕순, 「중원문화권과 구비전승」, 『한국문학의 연원과 현장』, 집문당, 1986.
8) 천혜숙, 「전설의 신화적 성격에 관한 연구」, 계명대 박사논문, 1987.
9) 강현모, 「이몽학의 오뉘힘내기전설고」, 『한양어문연구』 6집, 한양대 국어국문학과, 1989.
10) 이태문, 「오누이이야기의 양상과 의미에 관한 연구」, 연세대석사논문, 1990.
11) 권태효, 「북유럽신화집 『에다』와의 대비를 통해본 오누이힘내기설화의 신화적 성격 과 본질」, 『민속학연구』 8호, 국립민속박물관, 2001. 8.
12) 이지영, 「<오뉘힘내기 설화>의 신화적 성격 연구」, 『한국고전여성문학연구』 7권, 한국고전여성문학회, 2003.
13) 강은해, 「오뉘신화」, 『한국설화문학연구』, 계명대출판부, 2006.
14) 조동일은 남녀거인의 대립에서 남성거인이 부당하게 승리하였다는 형태가 비현실적 으로 인식되면서 오누이힘내기 형태로 변모되어 나타났을 가능성을 언급하고 있다. (조동일 외, 「한국설화의 변이양상에 대한 종합토론」, 『한국학연구의 성과와 그 성 찰』, 한국정신문화연구원, 1982, 186~187쪽)

자 한다. 아울러 오누이힘내기설화에서 가장 핵심적 구성요소인 힘내기를 해야 하는 이유, 성 쌓는 누이의 행위, 서울을 다녀오는 동생의 행위, 어머니의 부당한 개입 등은 어떠한 의미가 있는지 거인설화적 관점에서 일관되게 해석할 수 있다고 여겨져 이에 대한 의미 파악도 시도해 보도록 하겠다.

2. 오누이힘내기설화에 나타난 거인설화적 면모

이 글은 거인설화가 오누이힘내기설화로 전이되어 갔다는 것을 밝히는데 그 핵심이 있으므로, 우선 해결해야 할 문제는 오누이힘내기설화에서 어떤 부분이 구체적으로 거인설화의 모습을 지니는지, 그리고 거인설화에서 이행되어 갔다고 보는 근거가 무엇인지를 제시하는 것이라 하겠다.

오누이힘내기설화는 오누이간의 힘내기에 그 중심이 있다. 이 힘내기를 중심에 두고 힘내기를 벌이는 이유와 힘내기 결과가 제시되는 형태로 설화가 구성되어 있기 때문이다. 그런데 이런 다툼에서 가장 근본적인 의문이 제기된다. 즉 아들은 굽나막신을 신고 서울을 다녀오고 딸은 큰 돌을 옮겨 성을 쌓는 것으로 나타나는데, 일상적이고 보편적인 관념으로 보아 이런 내기의 형태가 마땅한 설정인가 하는 점이다. 아들이 굽나막신을 신고 서울을 다녀오는 것에 대한 의미는 뒤에서 구체적으로 밝히기로 하고, 큰 돌을 옮겨 성을 쌓는 것이 남성이 아닌 여성의 몫으로 설정된 것이 마땅한 것인지 쉽게 납득하기 어려운 부분이다.[15)

그럼에도 여성인 누이에게 이런 행위가 설정된 것은 필연적인 까닭이 있었던 것으로 보이고, 여기서 거인설화의 관련성이 검토될 수 있다고 본다. 즉 거인설화에서 창조적 성격이 약화되면서 새로운 설화 형태의 모색으로써 여성거인의 행위가 오누이힘내기설화에서 돌을 옮겨 성을 쌓는 누이의 모습으로 변이되어 나타났을 것이라는 점이다.

실상 오누이힘내기설화에서는 특히 누이를 중심으로 거인설화와의 관련성이 뚜렷하다. 누이가 큰 돌을 옮겨 성을 쌓는 행위 자체가 이미 거인적 면모를 보이는 것이기도 하지만, 다음 몇 가지 점에서 거인설화와의 직접적인 관련성이 확인된다.

> ㉮ 누이의 행위가 여성거인의 행위와 일치한다는 점
> ㉯ 힘내기를 벌이는 거인설화가 오누이가 벌이는 힘내기의 원초적 모습에 해당된다는 점
> ㉰ 증거물로 제시된 쌓다 만 성과 그 명칭

㉮는 거인설화에서 여성거인의 행위 중 특징적인 점이 돌을 옮겨 성을 쌓거나 성을 쌓는 데 가져가기 위해 돌을 옮겨가는 모습인데, 이것이 오누이힘내기설화에서는 누이의 행위로 그대로 나타난다는 점이다.

여성거인은 산천을 만들거나 산을 옮겨 특정 산을 이동시키기도 하지만 적지 않은 설화에서 만리장성 또는 인근의 성을 쌓는 데 가져가기 위해 바위들을 치마에 싸서 가거나 회초리로 몰고 간다.

---

15) 최래옥은 자료의 내용변이를 검토하면서 "서울의 의미가 성쌓기와 힘내기로서 대립되기는 허약하고 불완전하기에 합리화가 차츰 일어난다"고 했다(최래옥, 같은 책, 186쪽).

옛날, 중국의 진시황이 만리장성을 쌓을 때 각 지방의 장수들에게 큰 돌을 가져 오라고 명령했는데, 그때 우리나라 영남 지방에 여장군(女將軍)이 있었다. 이 여장수는 상당히 유명했었는데 진시황이 이 여장군에게 큰 돌을 가져오라고 명했다. 그래서 이 장수가 큰 돌을 머리에 이고 밑에 작은 돌들을 치마에 싸고 중국으로 이것들을 운반하는 도중에 이미 만리장성이 완성되었다는 소문을 듣고 가지고 가던 돌을 이 곳에 내려놓아서 여기 돌이 있게 된 것이라고 한다.[16]

이처럼 성을 쌓는데 가져가기 위해 돌을 옮기는데,[17] 이것은 오누이 힘내기설화에서 누이가 돌을 옮겨 성을 쌓는 모습과 다르지 않다. 다만 이런 거인설화 자료에서는 성의 완성소식을 듣고는 그 돌들을 버려서 그것이 그곳에 남아 새로운 지형을 형성하게 되었다는 형태로 나타나 차이를 보인다. 하지만 오누이힘내기설화의 각편에 따라서는 누이가 결국 성을 완성하지 못하고 성을 쌓기 위해 가져가던 돌을 버려 그 돌이 증거물로 남는다는 자료도 없지 않다.[18] 또한 <마고할미와 피왕성>이나 <형도의 탑이야기>와 같은 여성거인설화는 치마로 돌을 옮겨 성을 쌓는 할미의 행위가 구체적으로 나타나고 있어 오누이힘내기설화의 누이의 행위와 일치되는 모습임을 알 수 있다.

---

16) 김광순, <돌빼미마을>, 『한국구비전승의 문학』, 형설출판사, 1983, 76쪽.
17) 이런 모습을 보이는 자료는 <산내면 계곡들의 바위>, 『한국구비문학대계』 8-8(경남 밀양), 한국정신문화연구원, 1983, 651~652쪽 ; <만어산너덜경의 유래>, 『한국구비문학대계』 8-8(경남 밀양), 한국정신문화연구원, 1983, 37~39쪽 ; <능골들에 쌓인 사연>, 『한국구비문학대계』 8-12(경남 하동), 한국정신문화연구원, 1986, 456~457쪽 ; <만어산바위와 만리장성>, 『한국구비문학대계』 8-8(경남 밀양), 한국정신문화연구원, 1983, 550~551쪽 ; <거리 걸어온 독뫼산>, 『한국구비문학대계』 8-13(경남 울산, 울주), 1986, 451~452쪽 등이 있다.
18) <꾀꼬리성의 유래>, 『한국구비문학대계』 4-3(충남 아산), 한국정신문화연구원, 1986, 589~593쪽 ; 박종섭, <하성>, 『거창의 전설』, 문창사, 1991, 91~94쪽.

한편 <들고개(1)>과 같은 자료에서는 여성거인이 성을 쌓는 데 가져가기 위해 바위를 옮기는데, 이런 행위를 돕는 동물로 고양이가 설정되고 있다.[19] 거인의 창조행위를 돕는 우주적 동물로 고양이가 설정된 셈인데, 오누이힘내기설화에서 누이의 성 쌓는 것을 돕는 동물도 역시 고양이가 나타나는 자료가 있어 주목된다. <하성>에서 보면 계모에 의해 오누이가 대결을 벌이는데, 아들은 말을 주어 천리를 다녀오게 하고 딸은 뒷산에 성을 쌓게 한다. 그런데 이 딸의 성 쌓는 작업을 돕는 동물이 바로 고양이이다. 채록 장소가 각기 청송과 거창으로 나타나 자료들 간에 전승상의 교류나 직접적인 관련성은 없어 보인다. 고양이가 성을 쌓는 데 참여하는 동물로 나타나는 것도 특이하지만,[20] 이런 특이한 설정이 같은 성 쌓기 행위를 하는 모습을 보이는 다른 설화에서 함께 나타나는 것은 거인설화에서 여성거인의 돌을 옮기는 행위와 오누이힘내기에서 누이가 돌을 옮기는 행위가 같다고 인식되었기 때문에 나타난 현상이라 본다.

이렇게 본다고 했을 때, 여성거인설화에서는 여성거인의 행위가 그 자체로 완결되는 형태에서 오누이힘내기설화에 이입되면서는 누이의 행위로 나타나고, 그 행위 또한 그 자체로서 의미를 지녔던 것에서 힘내기라는 대결의 한 부분을 차지하는 형태로 편입되어 서사적 전개의 발전을 꾀하는 양상을 보인다고 하겠다. 이렇게 대결의 국면으로의 전환은 이미 거인설화에서도 어느 정도 나타나 있었다. 곧 거인설화에서

---

19) 유증선, <들고개(1)>, 『영남의 전설』, 형설출판사, 1979.
20) 북유럽신화 『에다』에서는 아스가르드성을 쌓는 바위거인을 돕는 동물로 스바딜파리라는 말이 설정되어 나타난다(케빈 크로슬리 홀런드, 서미석 역, 『북유럽신화』, 현대지성사, 1999).

도 지형 형성이나 성 쌓기를 두고 거인끼리의 다툼이 벌어지는 모습을 찾아볼 수 있기 때문이다.

　㉯는 거인설화에서도 많지는 않지만 거인들끼리의 힘내기 대결이 보이고 있어 오누이가 벌이는 힘내기의 근원을 여기서 찾을 수 있다는 것이다.

　거인설화에서 거인의 행위가 창조행위임을 염두에 둔다면 본래부터 지형 형성이나 성을 쌓는 것을 두고 다툼을 벌였던 것은 아니라고 여겨진다. 하지만 <옥계천의 진주석>처럼[21] 옥황상제가 마고할미를 시켜 지형을 생성하게 하듯이 창조신의 창조행위를 돕는 부신(副神)이 있다고 여기면서 창조행위의 온전한 수행을 완성했는가를 두고 갈등의 소지가 있었다고 본다. 이런 갈등이 대결의 양상으로 변모되어 나갔을 수 있다. 그렇지 않으면 <마을 인근산의 유래>처럼[22] 마고할미 내외가 각기 산을 옮기는데, 이런 모습이 변이되어 지형 형성을 두고 다툼을 벌이는 형태로 나타났을 수 있다. 그 본래의 모습이 어떻든 거인들 간에 지형 형성이나 성 쌓기 같은 것을 두고 내기를 벌인다는 사실이 중요하다. 이런 모습은 비록 오빠의 서울을 다녀오는 행위는 보이지 않지만 누이의 행위라든가 다툼을 벌이는 행위가 이미 거인설화에서 찾아지고 있다는 점에 대응한다.

　다음의 <할미산성>과 같은 설화는 여성거인끼리의 성 쌓기 내기가 잘 보여지는 자료이다.

---

21) 임석재전집 12(경북편), <옥계천의 진주석>, 『한국구전설화』, 평민사, 1993, 24쪽.
22) 『한국구비문학대계』 8-8(경남 밀양), 한국정신문화연구원, 1983, 565쪽.

전설에 의하면 옛날에 하늘의 선녀인 마고(麻姑)와 고모(姑母)의 두 할머니가 성쌓기 내기를 하게 되었는데, 마고할머니는 마원의 마고산성을, 고모할머니는 마성면 신현리(新峴里)의 고모산성(姑母山城)을 쌓게 되어, 밤중에 할머니들은 바지 가랑이에 돌을 담아 구름을 타고 와서 하룻밤 동안에 성을 쌓고 있던 중, 마고할머니는 고모할머니가 얼마나 쌓았는가 궁금하여 잠시 넘어다 보다가 고모할머니에게 패배당하고 말았다고 한다.[23)]

두 여성거인의 성 쌓기 내기에서 마고할미가 고모할미에게 패했다는 것으로 오누이의 대결이 아니고 누구의 간섭도 없이 내기를 벌이고 있는 것이다. 이것은 오누이힘내기설화의 원초적인 모습이라 생각된다. 성을 쌓아야 하는 필연성도 나타나지 않고 따라서 갈등도 수반되지 않는다. 아울러 부당한 속임수도 나타나지 않으며, 비극적으로 설화가 전개될 소지도 별로 있어 보이지 않는다. 총각과 처녀가 산을 쌓는 내기를 벌이는 <아차산>[24)]이라든가 마고할미 부부가 산과 탑을 쌓기 내기를 벌이는 <형도의 탑과 오리섬>[25)] 등 거인끼리의 힘내기를 벌이는 자료들은 대체로 힘내기의 필연성도 없고 비극적 결과도 나타나지 않는다. 대결의 모습을 보이고는 있지만 전설적 비극성으로까지는 나아가지 못하고 있다. 하지만 이것이 갈등을 수반한 채 오누이힘내기설화 형태로 발전되어 나갔을 가능성은 적지 않다. 거인끼리의 다툼이 아닌 한 쪽이 다른 신격으로 설정된다면 이들 다툼은 필연적일 수밖에 없게 되고, 그 결과로 한 쪽이 패해서 물러날 수밖에 없는 상황이라면 그것 또

---

23) 유증선, <할미산성>, 『영남의 전설』, 형설출판사, 1979, 175쪽.
24) 임석재전집 3(평남, 평북, 황해편), <아차산>, 『한국구전설화』, 평민사, 15쪽.
25) 『화성군사』, 화성군, 1990, 915쪽.

한 비극성으로 표현될 수 있겠다. 이에 대한 구체적인 해석은 뒤에서 하도록 하겠다. 여하튼 거인끼리의 대결양상이 오누이의 힘내기 대결의 원초적 모습일 것임은 짐작하기 어렵지 않다.

한편 대곡산성에 대해 전해지는 다음 설화는 동일한 증거물에 대해 어떤 각편은 거인에 의한 형성을 보여주고 있고, 또 하나의 각편은 오누이힘내기에 의해 성이 형성되는 것으로 나타나고 있어 주목된다.

Ⓐ 천장군(千將軍)이 산성(山城)을 쌀 때 바대 가에 있는 돌을 날러다가 쌌담이다. 바대 가에 있는 돌을 나를 때에는 도술을 써서 돌이 제절로 산 우그로 올라가게 했다 캄이다. 성이 다 된 뒤에는 올라오던 돌덜은 우그로까지 가지않고 성 아레서 머물게 댔는디 그리서 성 아레에 있는 돌들은 모두 성 있는 쪽을 행하고 있입이다. 천장군은 산성을 쌓고 거그서 사는디 일곱 시녀들이 쫓어와서 같이 살겠다고 했입이다.[26)

Ⓑ 옛날에 한 부부가 살고 있는디 하리는 남자는 높은 산 우에 성을 쌓고 여자는 옷을 한 벌 짓는 내기로 하고 지는 사람은 죽기로 하는 내기로 했어요. 남자는 바대에 있는 돌을 날러다가 성을 쌌는디 그 돌들을 부채로 부처서 산으로 올러서 쌌다 캄이다. 이 성을 쌀 직에 성 밖 앞쪽을 큰 소낡이 몽둥이로 처서 마치 대패로 밀은 듯이 펜펜하고 미끈하게 해났담이다. 그런디 성 안쪽은 그대로 나두어서 쌓논 돌이 울둑불둑하게 되어 있입이다.[27)

Ⓐ는 천장군이 돌을 도술로 옮기게 하여 성을 쌓았다고 하는데, 여성거인이 돌을 도술을 부려 몰고 가는 것과 동일한 모습이다. 천장군의

26) 임석재전집 10(경남편Ⅰ), <대곡산성>, 『한국구전설화』, 평민사, 1993, 38쪽.
27) 임석재전집 10(경남편Ⅰ), <대곡산성>, 『한국구전설화』, 평민사, 1993, 37~38쪽.

이런 성 쌓는 행위는 거인설화적 면모만 보일 뿐인데, **ⓑ**는 전혀 다른 양상이다. 부부가 성 쌓기와 옷 짓기라는 대결을 벌이는 전형적인 오누이힘내기설화 형태이다. 비록 남자가 성을 쌓는 것으로 나타나지만, 이것은 힘이 드는 일을 남성이 한다는 합리적인 사고가 밑바탕이 되어 변질되었거나 아니면 **ⓐ**에서 볼 수 있듯이 본래 남성거인이 성을 쌓았다고 전해지기에 이것의 반영일 수 있다. 이런 자료 **ⓐ**와 **ⓑ**에서 **ⓐ**가 **ⓑ**로 변이되어 나갔는지는 확신할 수 없다. 다만 **ⓐ**와 **ⓑ**가 아울러 나타날 수 있다는 것은 거인설화와 오누이힘내기설화가 크게 다르지 않다고 전승자들에게 인식되면서 전해져 왔음을 알 수 있게 한다. 이것은 단순히 외형상의 유사성 때문만은 아니라고 본다. 거인설화와 오누이힘내기설화가 지금은 달리 전승되지만 근본에 있어서는 서로 맞닿아 있었기에 이처럼 같은 증거물을 두고 두 형태의 설화 전승이 가능할 수 있었다고 생각된다.

ⓒ는 거인설화와 오누이힘내기설화의 증거물이 일치한다는 점이다. 오누이힘내기설화는 오누이의 대결임에도 불구하고 오빠의 행위에는 증거물이 수반되지 않고, 누이의 행위에만 증거물이 남는다. 이것은 곧 누이의 행위가 중심이 되는 설화임을 알게 하는 것으로, 증거물과 누이의 행위만을 연결시켜 생각한다면 여성거인설화와 다르지 않은 양상이다.

오누이힘내기설화의 증거물은 성을 쌓기 위해 가져가던 돌을 던져놓은 것이 되기도 하지만 대부분은 누이가 쌓은 성 또는 쌓다 만 성이나 탑이 그 증거물이 된다. 그런데 거인설화의 증거물도 이처럼 거인이 만든 산이나 성으로 나타나는 경우가 대부분이다. 거인설화에서 거인의 행위는 창조행위이기에 이 세상 산천과 같은 포괄적인 증거물이 설정되기도 하지만 구체적이고 특정한 지형을 형성하는 양상이 두드러진다. 때로는 거인이 남긴 자국이 증거물이 되기도 한다. 하지만 거인설화에서 제시된 증거물인 거인이 쌓은 산이나 성, 다리와 같은 것은 오누이힘내기설화에서의 증거물과 다른 것이 아니다. 모두 다른 곳으로부터 돌이나 흙을 옮겨와 산이나 성을 만드는 것으로, 단지 그 성격상 거인설화에서는 지형창조적 성격이 강할 뿐 같은 행위에 의한 유사한 증거물임을 알 수 있다.

거인설화에서도 성을 쌓는 데 가져가기 위해 옮기던 돌이나 거인이 쌓은 산 또는 성이 증거물이 되는 경우가 많은데, 이런 증거물은 여타의 설화에서는 찾아볼 수 없고 오누이힘내기설화와 거인설화에서만 나타나는 증거물이다. 이처럼 증거물을 공유한다는 것은 양자 사이의 필연적 관련성을 상정케 한다. 거인설화에서 거인의 본래 행위가 성을 쌓는 것은 아니었을 것이다. 산을 만들거나 인간을 위해 다리를 놓는 것으로 나타나는 것이 많다. 그런데 거인의 지형 형성은 본래 인간을 위한 작업이었던 것으로 보인다. 창조주의 창조 작업의 마무리로서 의미가 있기도 하지만 설문대할망이나 마고할미가 돌을 가져와 다리를 놓는 것은 인간을 위한 창조행위라 할 수 있다. <독산>28)이라는 설화는 태풍에 의해 사람들이 큰 해를 입어서 태풍을 막기 위해 마고할미가 옮기던 산이라고 한다. 또한 상북면 <독뫼산>과 같은 자료는 울산에서 축성을 하는데 많은 장정들이 동원되어 몇 달 동안 성을 쌓게 되어 지치고 원망도 많았는데, 마고할미가 그것이 안타까워 흙을 앞치마에 싸서

28) 임석재전집 12(경북편), <독산>, 『한국구전설화』, 평민사, 1993, 22쪽.

왔다고 한다. 이처럼 거인설화의 지형창조행위는 인간적 사고에 접근하면서 인간을 위한 산 형성이나 축성 형태로 점차 변모되었을 것으로 보인다. 이렇게 해서 거인설화의 증거물이 되기도 했지만, 거인의 설정 자체가 의문시되면서 거인의 모습은 배제된 채 그 본질만 남겨두고는 오누이힘내기설화에 편입되어 그것의 증거물 형태로 남게 되었던 것으로 본다. 또한 거인설화에서도 산이나 성을 쌓는 것이 뜻하던 바대로 완수되지 못하고 산이나 성이 완성되었다는 소식을 들어 더 이상 옮겨가는 것이 불필요한 것으로 나타나는데, 이 모습이 결국 성을 완성시키지 못하고 패배하는 누이의 모습과 동일하다는 것도 염두에 둘 일이다.

한편 증거물과 관련하여 또 하나 주목되는 점은 오누이힘내기설화의 증거물로 제시되는 것이 '할미성'이라는 명칭을 지닌다는 점이다. 오누이의 대결임에도 불구하고 그 증거물이 할미성이라는 명칭을 지닌다는 것은 그 의미가 단순하지 않다. 여성거인설화가 오누이힘내기설화로 전이되었음을 보여주는 중요한 증거가 될 수 있기 때문이다.

다음 자료는 부부 간의 힘내기임에도 그 증거물이 '할미성'으로 나타나고 있다.

　　주생면과 연결된 대강면 수홍리(水鴻里)에 할미성이 있는데 그 내용이 이렇다. 남원 양(楊)사언이라는 사람이 여기로 피난을 와서 살았는데 부인은 하루아침에 치마에다 돌을 담아 성을 쌓았고 양씨는 굽나막신을 신고 서울을 갔다 왔다고 한다. 지금 그 성터가 할미성이다.[29]

---

29) 『한국구비문학대계』 5-1(전북 남원), <할미성의 부부힘내기>, 한국정신문화연구원, 1980, 155쪽. 이처럼 부부 간의 힘내기임에도 할미성이라는 명칭의 증거물을 가지는 것은 남원군 대강면 수홍리의 할미성과 장수군 장수면 팔공산의 할미성(청혼수령과 열녀과부의 대결) 등이 있다(최래옥, 같은 책, 31쪽).

부부가 힘내기를 했음에도 이처럼 할미성이라는 명칭이 붙은 것은 이 성이 본래 부부의 힘내기에 의해 쌓여진 것이 아니라 'ㅇㅇ할미'라는 여성거인에 의해 만들어졌던 것인데, 이것이 오누이힘내기형 설화로 변이되면서 할미의 본래적 의미가 사라지고 그 대신 부인의 행위에 의해 성이 쌓여지게 된 것으로 형상화되어 나타난 것이 아닌가 여겨진다. 여성거인은 노고할미나 마고할미, 안가닥할미, 개양할미 등으로 불리는 데서도 알 수 있듯이 대체로 할미라는 명칭을 지닌다. 이 '할미' 곧 '할머니'의 근본 뜻은 크다는 뜻을 가진 '한'과 생명의 근원인 '어머니'의 합성어로, 그것은 대모신(The Great Mother)으로서의 근원적인 생산력을 신화적 상징성으로 대변해주는 말이라 할 수 있다.[30] 이런 여성거인의 호칭이 오누이힘내기설화의 증거물의 명칭으로 사용되었다는 것은 거인설화의 증거물이 곧 오누이힘내기설화의 증거물로 전이되었음을 의미하는 것일 수 있다.

한편 증거물이 할미성이라는 명칭을 갖기에 이 명칭에 따라 설화 환경을 바꿔 할아버지와 할머니의 힘내기 대결로 설정하는 경우도 볼 수 있다.

> 옛날에 팔공산(八公山) 밑에 한 내외(內外)가 살엇는디 난리가 나서 남편이 군사로 뽑혀가서 십 년이 되어도 돌아오지 않으니께 마누래는 성(城)터 자리에 올라가서 남편 오기를 지달렸답니다. 그런디 성터로 올라갈 때마다 독 하나씩을 들고 가서 쌓고 쌓고 헌 것이 이 성이 됐다고 합니다. 성으 독을 세 보면 그 여자가 남편을 몇 날이나 지달렸는지 알 수 있답니다. 여자가 쌌다고 해서 할미성이라고도 부르지요.

---

30) 장주근, 『한국의 신화』, 성문각, 1961, 242쪽.

또 다른 傳說은, 옛날에 팔공산 밑애 한 늙은 내외가 살았는디 하루는 이 노인들이 내기를 했더랍니다. 할머니는 독으로 성을 쌓고 할아버지는 서울까지 갔다오기 내기를 했더랍니다. 할머니는 하루 새에 성을 다 쌓고 할아버지는 하루 만에 서울까지 갔다왔는디 결국은 할머니가 이기고 말았답니다. 이 성을 할머니가 싸서 할미城이라고 한답니다.31)

이 자료의 후반부는 할머니가 돌로 성을 쌓고 할아버지가 서울을 다녀오는 전형적인 오누이힘내기설화의 모습이다. 그런데 증거물이 할미성이기에 어쩔 수없이 할아버지와 할머니의 대결을 설정할 수밖에 없었을텐데, 이러다 보니 그 내기를 왜 해야 하는지, 할머니가 이겨서 어떻게 되었는지 등이 설명되지 않는 오히려 불완전한 설화를 만드는 결과가 되고 있다.

이상 세 가지 근거를 들어 여성거인 설화에서 오누이힘내기설화 형태로 변이되어 나갔을 것임을 입증하고자 하였다. 이들 세 가지 외에도 부분적으로 오누이힘내기설화에서 거인설화적 면모를 보이는 부분이 있다. 특히 오누이의 대결이 오빠는 산 두르기, 누이는 옷 짓기 형태로 변이화소가 설정되는 경우도 볼 수 있는데,32) 이런 변이된 대결의 양상은 거인설화에서 거인의 행위와 관련지어 생각할 수 있다. 억새풀을 뜯어 엮어서 산을 잇는다는 오빠의 행위는 거인이 산을 끌기 위해 산에 줄을 매는 모습과 흡사한 양상이다. 현용준은 일본 『출운풍토기(出雲風土記)』의 야츠가미스오미츠누신(神)이 이즈모[出雲]국이 너무 좁게 만들어

---

31) 임석재전집 7(전북편Ⅰ), <할미성>,『한국구전설화』, 평민사, 1990, 38쪽.
32) 변이된 화소로 이런 대결이 나타난다는 점은 이미 최래옥이나 천혜숙이 언급하고 있다(같은 글).『한국구비문학대계』 5-1(전북 남원), <오뉘힘내기>가 이런 모습을 잘 보여주는 자료이다.

짐을 한탄하면서 시라기[新羅] 삼기(三崎) 등 네 곳의 땅을 밧줄에 걸어 끌어당겨 나라가 넓어졌다는 이야기와 <공주산>과 같은 자료의 산세 다툼에서 재사슬로 산을 묶어 끌어가라고 했던 것을 동일한 것으로 파악하고 있다.[33] 곧 산을 이어 묶는다는 것은 거인이 산을 묶어 끌어가려는 것과 관련시킬 가능성이 있다는 것이다. 아울러 옷을 만드는 누이의 행위는 거인설화에서 설문대할망이나 장길손 등 거인이 옷을 갈망한다는 점, 거인적 면모를 보이는 창세신인 미륵이나 여성거인인 지리산성모신 등 옷을 만드는 거인의 모습이 중요하게 나타난다는 점과 무관하지 않다고 본다. 이들 행위의 설정이 거인설화를 바탕에 두고 있는가는 의문의 여지가 있지만, 대부분의 오누이힘내기설화 자료에서의 성을 쌓는 누이의 행위가 거인설화와 직접 관련된 것임과 아울러 변이된 화소의 형태에서도 거인설화적 면모가 나타난다는 점은 분명 거인설화에서 오누이힘내기설화로 변이되어 나갔음을 방증하는 보조자료가 될 수 있다고 본다.

3. 오누이힘내기설화와 거인설화의 관련 양상

오누이힘내기설화는 다음과 같은 핵심적 화소를 중심으로 제기되는 의문을 어떻게 풀어가느냐에 따라 이 설화가 지닌 본래적 의미를 제대로 접근하는 것이 될 수 있다고 본다.

---

33) 현용준, 「한·일 민담의 비교」, 『무속신화와 문헌신화』, 집문당, 1992, 408쪽. 오빠가 이런 성격을 지니는 것은 오빠의 성격이 거인신격이기 때문이기보다는 오누이힘내기설화가 거인설화를 밑바탕으로 하였기에 이처럼 거인설화적 면모가 잔존하면서 남아있는 것이 아닌가 생각된다.

㉮ 오누이는 왜 힘내기를 해야 하며, 그 시합은 공정한 것인가?

㉯ 내기에서 오빠가 서울을 다녀오는 것은 어떤 의미가 있는가?

㉰ 누이의 성 쌓기는 여성거인의 행위가 아닌가?

㉱ 어머니의 개입으로 누이가 패하는 것은 어떻게 해석해야 하는가?

이 중 ㉰에 대해서는 여성거인의 행위임을 앞에서 밝혔기에 새로이 해결해야 할 문제는 아니다. 다만, 누이의 행위가 여성거인의 변모된 모습이라면 ㉮, ㉯, ㉱도 거인설화적 관점에서 일관성 있게 해석될 수 있어야 할 것이다.

㉮는 오누이가 필연적으로 힘내기를 벌일 이유가 있었던 것인가에서 부터 출발하는 의문이다. 지금까지의 선행연구에서는 이런 대결에 당위 성이 있다고 보아왔다.

> 남매 양인(兩人)은 불립(不立)이라는 데서 힘내기를 한다는 것이 그 이 유이며, 그 호승심은 비극을 초래할 죽음내기를 걸게 한다. 집안이 망할 정도로 사사건건 싸우는 남매의 갈등은, 바로 가장 가까운 사람의 용납 이 가장 어렵다는 인지상정의 표출이다.[34]

> 비상한 인물이 한 평민의 가계에서 출생했다는 것부터 비극의 소지를 안고 있다. 그러한 집안의 홀어머니는 그들 비범한 오뉘를 포용할 능력 이 없음을 알 수 있다. 약한 어머니, 강한 자식간에 힘의 평형이 유지되 지 못했다. 어머니로서의 우월한 능력에 의하여 오뉘의 관계는 그 균형 이 유지될 수 있어야 하는데, 그렇지 못할 경우에 필연적으로 오뉘 사이 에는 대립 갈등이 이뤄질 수밖에 없다.[35]

---

34) 최래옥, 『한국구비전설의 연구』, 일조각, 1981, 188쪽.

홀어미가 데리고 사는 오누이는 힘이 역사(力士)이다. 이들은 공존이 불가능한 상황에서 대립하고 갈등하므로 필연적으로 둘 중 하나가 제거되어야 한다.[36]

이처럼 오누이간의 대결이 불가피한 것임을 설명하고 있으나 이런 주장이 그다지 설득력이 있어 보이지는 않는다.[37] 오누이가 사사건건 갈등을 일으켜서, 또는 미천한 집안에 장수가 둘이 태어나서, 또는 힘이 장사인 오누이가 한 집에 살 수 없어서 이들이 힘내기를 벌이는 것은 필연적일 수밖에 없다고 했는데, 이것은 설화에 드러난 갈등을 보충해주고 있을 뿐 오누이가 목숨을 담보로 힘내기를 벌이는 필연성을 설명하기에는 합당하지 못하다. 이런 설명은 예컨대 아기장수설화에서 부모가 자식을 죽일 수밖에 없었던 이유를 설명하는 것과 비교가 되지 않을 정도로 설득력이 없다. 아기장수설화에서는 미천한 집안에 장수가 태어나면 역적이 될 수밖에 없고, 이럴 경우 삼족을 멸하기에 어쩔 수 없이 죽여야 한다고 하여 아이를 죽일 수밖에 없는 필연성을 설명하고자 한다. 이에 반해 오누이힘내기설화는 남매 중 하나가 죽어야 하는 내기임에도 불구하고 그 필연성이 뚜렷하게 드러나지 않는다.

실상 오누이힘내기설화에서 이들 남매가 힘내기를 벌여야 하는 까닭을 구체적으로 설명하는 자료는 흔하지 않다. 뚜렷한 이유 없이 힘내기를 벌인다거나 힘이 장사인 남매가 한집에 살 수 없어 힘내기를 벌인다고 하는 자료들이 대부분이다. 물론 각편에 따라서는 남매의 공존이 불

---

35) 현길언, 같은 글, 655쪽.
36) 천혜숙, 같은 글, 83쪽.
37) 강현모도 구체적인 인물과 결부되지 않은 오뉘힘내기에서는 힘내기를 하는 이유가 명확하지 않다고 밝히고 있다(강현모, 같은 글, 84쪽).

가능한 상황을 설정하여 어쩔 수 없는 대결을 벌일 수밖에 없도록 그 당위성을 부각시키는 자료들도 없지는 않다.

옛날에 이 성이 있는 산 밑에 한 과부가 살고 있었는디 하룻밤에 큰 호랭이가 이 과부 집에 와서 이 호랭이가 과부하고 자고 갔었는디 이 과부는 아럴 가져 열여덜 달 만에 애기를 낳게 됐다. 애기는 男妹 쌍둥이였다. 이 남매 쌍둥이는 보통 애기와는 달리 낳자마자 걸어다니고 말도 하고 또 심도 세었다.

이 과부는 보통 애기와 다른 이 쌍둥이 남매를 키우고 있는디 하룻밤에는 꿈에 하얀 노인이 나타나서, "네가 난 아이는 보통 아이가 아니고 장수다. 장수가 한 몸에서 둘이나 태어나면 둘 다 죽는 법이니 하나를 없애야 한다. 둘 다 키우면 너으 집은 물론 너까지 죽는다" 이런 말을 하고 사라졌다.[38)]

이처럼 남매가 다툼을 벌여야 하는 필연성이 잘 설명되는 자료도 있지만 이런 경우는 드물고, 또한 오누이힘내기설화의 본래 모습은 아니었던 것으로 판단된다. 왜냐하면 이런 힘내기의 필연성이 설화를 전개시켜 나가는 데 있어 대단히 중요한 구실을 함에도 불구하고 대부분의 자료에서 이 부분이 제외되어 있다는 것은 본래적 요소가 아니기 때문이라 보아야 한다. 설화는 상상력의 소산이기에 어느 정도의 비현실성이 개재될 수 있다. 그럼에도 설화는 청자와의 직접적인 관계 속에서 연행되기 때문에 지나치게 비현실적이라든가 불합리한 부분은 의도적으로 합리성을 부여하는 형태로 나아가는 경향이 있다. 위의 설화에서

---

38) 임석재전집 6(충남·북편), <청주의 산성>, 『한국구전설화』, 평민사, 33~34쪽.

이런 부분은 화자가 그런 힘내기를 벌여야 하는 당위성을 온전하게 설명하지 못하자 의도적으로 그 필연성을 의도적으로 부여해 나갔던 것으로 보인다.

그렇다면 왜 오누이는 이처럼 필연적 내기를 벌여야 했는가? 이것을 오누이라는 설정 자체에 얽매어 가정 내의 문제이고 다툼이라고 파악한다면 이들의 다툼이 필연성을 얻기 어렵다. 그보다는 한 쪽이 패해서 물러날 수밖에 없다는 필연성을 전제해 둔다면 오누이간의 대결이 아니라 오누이는 상징적인 표상화일 뿐이고 서로 공존할 수 없는 신격 간의 대결로 보아야 한다. 오누이힘내기설화에서 오누이는 양대 세력이나 신격 간의 대결로 확대될 수 있다는 주장은 이미 있어 왔다. 현길언은 오누이는 혈연적 의미보다는 어떤 상징적 표현으로 볼 수 있는데, 특히 신화나 서사무가 등과 대비할 경우 오누이의 의미가 혈연적인 의미 이상을 내포하고 있다는 것을 짐작할 수 있다고 한다.[39] 또한 천혜숙은 이들의 다툼이 남권(男權)과 여권(女權)의 다툼에서 천신격(天神格)과 지신격(地神格)의 다툼, 나아가서는 인간 내부의 위계 다툼에로까지 확대될 수 있다고 한다.[40] 타당한 언급으로 공감하면서도 지나치게 막연한 언급임을 지적하지 않을 수 없다. 가정 내의 오누이 다툼으로 나타나지만 이것은 단지 가정사적 문제만이 아니고 그 이상으로 확대시킬 수 있다고 했는데, 이것은 말을 바꾼다면 오누이힘내기설화에서 표면적으로는 오누이로 형상화되어 있지만 그 실상은 신격의 모습을 상징적으로 나타낸 것으로 볼 수 있다는 것이다. 즉 양대 세력 또는 신격 간의 대결

---

39) 현길언, 같은 글, 651쪽.
40) 천혜숙, 같은 글, 82쪽.

이라면 결국 오누이는 이들 세력이나 신격의 상징적인 표현일 뿐인데, 이것을 다시금 가정사적 문제로 끌어가 해석하는 것은 바람직하지 못하다는 것이다. 아울러 세력이나 신격 간의 대결이라 했으면, 구체적으로 어떤 세력 어떤 신격의 대결인지도 밝혀야 할텐데 이 점이 막연하다. 여러 신격의 의미를 한꺼번에 오누이가 상징하고 있다고 볼 수는 없기 때문이다.

오누이힘내기설화에서 오누이의 대결은 가정 내의 문제이기보다는 신격 간의 다툼이며 주도권 다툼으로 보는 것이 합당하다. 왜냐하면 단순히 가정 내의 문제라면 아무리 장사인 오누이라도 서로 공존하지 못할 이유가 없고 또한 반드시 죽기 내기로 그 갈등을 해결할 필연성이 있다고 보이지도 않기 때문이다. 하지만 성격이 다른 두 신격 간의 대결이라면 하나는 물러가야 할 필연성이 있는 것이며, 주도권을 쥐기 위해 대결을 벌이는 것은 오히려 당연하다. 그렇다면 구체적으로 어떤 신격 간의 대결인가? 누이의 성격이 여성거인적 존재임을 이미 앞에서 밝혀서 ㉡의 문제를 해결했기에 누이는 곧 거인신격이라 할 수 있다. 그렇다면 오빠는 어떤 신격의 상징화인지를 검토할 필요가 있다.

오빠의 성격은 ㉮의 굽나막신을 신고 서울을 다녀오는 그 행위로 파악할 수밖에 없기에, 이 행위는 오빠가 어떤 신격의 상징인가를 밝히는 유일한 단서가 될 수 있다.

오누이힘내기설화는 발단 부분에서 남매가 모두 힘이 장사라고 하면서도, 실상 내기에서는 둘 다 힘을 이용하여 성을 쌓는 것이 아니라 오빠는 굽나막신을 신고 서울을 다녀오는 것으로 나타난다. 자료에 따라서는 어떤 산을 돌아온다든가 송아지를 끌고 다녀오기, 말을 타고 갔다오는 것으로 나타나지만 일반적으로 서울을 다녀오는 모습을 취한다. 그런데 오누이는 이런 내기임에도 아무런 이의 없이 당연한 것처럼 받아들이면서 그 임무를 행한다. 그렇다면 이들의 행위는 그렇게 나타날 수밖에 없는 필연성이 있다고 보이며, 중요한 상징적 의미를 내포한다고 보아야 한다. 누이가 큰 돌을 옮겨 성 쌓기를 하는 것은 여성거인의 모습이 변이된 것이기에 나타나는 필연성이 있다고 했다. 그렇다면 오빠는 어떤 성격이며 서울을 다녀오는 행위는 어떤 상징적 의미가 있는가?

지금까지 ❹의 문제에 대해서는 대부분 회피하고 지나갔던 문제이다. 다만 최래옥은 "남자에게 서울은 공간적으로 먼 거리면서 심리적으로 무엇인가 이루어지는 생(生)의 보람을 주는 곳을 의미한다"[41]고 하면서 이것의 의미는 중앙집권제도하의 권력지향이라고 파악하고 있다. 이렇게 해석하는 것은 서울이 권력의 중심지이고 이곳을 다녀오는 것은 권력을 지향하는 남성의 보편적인 심리일 수 있기에 그 타당성이 인정된다. 하지만 서울로 완전히 올라가는 것이 아니고 잠시 다녀오는 것이며, 또한 이렇게 서울을 다녀와서 얻어지는 결과가 과연 무엇인가를 생각해 볼 필요가 있다. 오누이힘내기설화에서 서울을 다녀오는 것은 단지 내기에 이기기 위한 행위이며 수단일 뿐이다. 따라서 이것을 있는 그대로 현실적으로 해석하기보다는 보다 상징적 의미로 파악하는 것이 마땅하리라고 본다.

서울을 다녀오는 것은 물론 서울이라는 장소가 설정되어 있지만 이동이라는 측면이 강조되는 행위이다. 최래옥은 오빠의 서울 다녀오는

---

41) 최래옥, 「한국설화의 변이양상」, 『한국학연구의 성과와 그 성찰』, 한국정신문화연구원, 1982, 160~162쪽.

행위를 중앙집권제도 하의 권력지향이라 파악하고 아울러 누이의 성을 쌓는 행위는 수비적인 국방공사라고 했다.42) 수비적 국방공사는 정착적이고 또한 토착적이라는 뜻으로 해석할 수 있는 것이기에, 이런 누이의 행위에 대한 대립적 개념으로 오빠의 행위는 이동적이고 유동적인 성격을 지닌다고 보아야 한다. 그렇다면 이런 이동의 성격이 뚜렷이 드러나는 자료와 관련지어 오빠의 행위가 지닌 의미에 접근해 볼 수 있을 것이다.

오빠의 서울을 다녀오는 행위와 비슷한 면모를 보이는 것은 바리공주 무가이다. 아버지의 병을 고치기 위해 서천서역국을 무쇠신발을 신고 다녀오고 그 결과로 신격을 부여받는다는 점에서 오빠의 행위와 흡사하다. 그렇다면 오빠의 행위는 신격을 획득하기 위한 여행으로 파악될 소지가 있다. 그런데 여기에는 하나의 근본적인 걸림돌이 있다. 이렇게 신격을 획득하기 위한 여행이었다면 왜 굳이 대결의 형식을 취해야 했는지가 설명되지 않으며, 누이의 존재가 무의미해진다.

그렇다면 이동과 아울러 대결양상이 잘 드러난 자료와 관련지어 보는 것이 합당할 것이다. 이런 면이 가장 뚜렷이 드러나는 자료로는 '주몽과 송양의 대결' 및 '탈해왕과 호공'의 대결을 들 수 있다.43) 주몽과

---

42) 최래옥, 같은 글, 162쪽.
43) 최래옥은 오누이힘내기설화가 "송양과 동명의 내기" 및 "김수로와 석탈해의 패권을 건 내기"와 흡사하다고 언급한 바 있고(최래옥, 같은 글, 163쪽), 현길언은 오누이힘내기설화를 단군신화·박혁거세신화·동명왕신화 등과 비교하면서 건국신화는 갈등과 대결을 조화와 화합으로 풀어나간다고 하여 힘내기형 전설과는 상반된다고 했다(현길언, 같은 글, 15~19쪽). 한편 더 구체적인 비교는 천혜숙에 의해 이루어졌는데, 탈해와 수로의 왕권다툼, 탈해와 노례의 왕위다툼, 탈해와 호공의 집터다툼, 주몽과 송양의 궁터다툼 등을 살펴 신화적 인식과 전설적 인식이 상반된다고 언급하고 있다(천혜숙, 같은 글, 88~96쪽).

탈해는 비록 복귀를 전제로 하는 이동은 아니지만 이동의 양상이 뚜렷하다. 또한 이들의 이동은 왕권을 차지하기 위한 이동이라는 점을 감안한다면 나라의 상징적 장소가 되는 서울로의 이동이기도 하다. 그리고 이러한 이동 후에는 각기 송양 및 호공과 다툼을 벌인다. 그런데 송양이나 호공은 기존에 그곳에 정착해 있던 토착세력의 성격을 띤다. 송양은 주몽이 부여를 떠나 남쪽 땅으로 와서 왕도(王都)를 열게 되는데, 이때 그곳을 다스리던 왕으로 동명의 용모가 비상하다고 여겨 부용국(附庸國)으로 삼고자 하는 인물이다.44) 또한 호공은 비록 일본에서 들어온 외래자(外來者)임에도45) 불구하고 이미 신라 내에서 기반을 지니고 토착세력화한 기득권 세력이라 할 수 있다. 김씨의 시조가 되는 김알지의 탄강에 직접 간여되어 있고,46) 마한에 사신으로 갔다는 것으로 보아 정치적으로도 중요한 직능을 수행하고 있었음을 알 수 있기 때문이다.47)

그렇다면 기존에 정착하고 있던 토착세력적 면모를 보이는 것이라 하겠는데, 이것은 누이의 성격과 상통하는 면이 없지 않다. 누이의 성을 쌓는 행위는 정착해 있다는 모습이며, 토착세력의 성격도 지닌다. 또한 누이가 거인신격의 상징화라 한다면 기존에 이어져 내려오던 신 관념이었다고 볼 수 있을 것이다.

이렇게 본다면 오누이힘내기설화에서 오누이의 대결이나 건국신화에 나타난 대결은 다 같이 이동세력과 토착세력의 대결이면서 기존 신격과 새로운 신격의 대결로 파악된다.

---

44) 이규보, 박두포 역주, 『동명왕편·제왕운기』, 을유문고160, 1974.
45) 瓠公者未詳其族姓 本倭人初以瓠繫腰 渡海而來 故稱瓠公(『三國史記』新羅本紀 제1.)
46) 瓠公夜行月城西里 見大光明於始林中 有紫雲 從天垂地 雲中有黃金櫃(『三國遺事』 기이 권1, 김알지탈해왕대)
47) 始祖三十八年 …… 遺瓠公聘於馬韓 (『三國史記』, 新羅本紀 제1.)

	<누 이>	⇔	<오 빠>
오누이힘내기설화	[토착세력 기존신격]	⇔	[이동세력 새로운 신격]
건국신화	< 송 양 > < 호 공 >	⇔ ⇔	< 동명왕 > < 탈해왕 >

　이와 같은 대결구도가 오누이힘내기설화와 건국신화에 아울러 나타
나고 있다는 것이다. 그런데 더욱 흥미로운 점은 이들 대결에서 토착세
력적 성격의 기존 신격은 우월한 능력을 지녔음에도 불구하고 비정상
적으로 속임수에 의해 패하는 것으로 나타난다. 오누이힘내기설화에서
어머니의 부당한 개입에 의해 누이는 이길 수 있었음에도 결국 내기에
서 패하고 물러난다. 탈해와 호공의 대결에서의 탈해의 승리나 주몽과
송양의 대결에서 주몽의 승리는 부당한 속임수에 의해 어쩔 수 없이 이
루어지는 것이다.

　… 살만한 곳은 호공의 집이었으므로, 탈해는 속임수로써 몰래 숯을
　그 집 곁에 묻어두고 자기 조상의 집터임을 주장했다. 결국, 호공과 다
　툼이 일어나자 탈해는 자신의 조상이 야장(冶長)이었음과 그것을 숯으로
　입증함으로써 호공의 집을 빼앗아 살았다. (『삼국유사』 기이 권1 탈해왕)

　… 왕이 나라의 연륜이 짧아 고각(鼓角)의 위의(威儀)가 없음을 탄식하
　자 신하들이 비류국의 고각을 훔쳐 왔다. 왕이 색칠을 하여 오래된 것처
　럼 해놓았더니 송양이 감히 다투지 못하고 돌아갔다. 송양이 다시 도읍

을 연 시기의 선후로써 부용국을 정하고자 했는데, 왕이 썩은 나무로 왕
실의 기둥을 삼아 또 이겼다. (『동국이상국집』, 동명왕편)

이처럼 탈해와 주몽은 속임수로 이길 수 없는 상황에서 부당하게 승
리를 거둔다. 천혜숙은 이 점에 대해 차이점을 부각시키는 입장이다.
즉 오누이힘내기설화에서는 부당한 승리로 폄하되고 있지만 문헌신화
에서는 탈해가 여탄(礪炭)의 계략으로 호공을 이긴 것이나 주몽이 오래
된 고각의 계교로써 송양왕의 궁터를 빼앗은 것을 치자(治者)된 이의 지
혜로 당연시하고 있어 대조된다고 지적한다.[48] 이것은 물론 타당한 지
적이다. 하지만 이런 차이는 궁극적으로 승자의 입장에서 서술한 것과
패자의 입장에서 서술한 것의 차이라 보아야 한다. 오누이힘내기설화
는 기존 신격을 옹호하는 입장에서 새로운 신격에 패하여 물러나는 거
인신격의 모습을 민중의 입장에서 안타깝게 형상화시킨 양상이라 할
수 있다.

그렇다면 라의 어머니의 설정은 어떤 의미가 있으며, 왜 부당한 개입
을 해야만 하는가? 이것은 오누이힘내기설화가 패자의 입장에서 서술
된다는 것과 무관하지 않다고 본다. 건국신화는 승자의 입장에서 서술
되기에 주몽이나 탈해의 속임수는 왕의 지혜라는 능력의 측면으로 받
아들여지고 인정될 수밖에 없도록 전개된다. 그에 반해 패자의 입장에
서 서술되는 오누이힘내기설화에서는 누이로 표상화된 패배한 여성거
인 쪽의 입장을 대변해야만 한다. 그러자면 무엇보다도 누이가 더 뛰어
난 능력을 소유하고 있다는 것과 아울러 이런 속임수에 의한 패배가 부

---

48) 천혜숙, 같은 글, 94쪽.

당하다는 것을 부각시켜야 한다. 그런데 대결이 나타나는 거인설화에서 볼 수 있듯이 능력이 우월한 여성거인이 승리하는 것으로 나타나는 것이 당연하기에, 오누이 간의 대결만으로는 이런 속임수에 의한 부당한 승리를 이끌어내기가 어렵다. 능력이 뛰어났음에도 부당하게 패했다는 것을 부각시키기 위해서는 양 신격인 누이와 오빠를 모두 통괄할 수 있는 존재의 설정이 필요했고, 따라서 어머니의 설정을 통해 부당한 개입을 하도록 하여 누이의 패배 곧 거인신격의 패배가 비정상적으로 이루어졌음을 항변하고 있는 것이다.

거인신격이 부당하게 패배하는 것은 <창세가>의 미륵과 석가의 대결에서도 보인다. 미륵은 석가보다 훨씬 우월한 능력을 지녔음에도 불구하고 새로 나타난 석가에게 속임수로 패하고 인간세상을 석가에게 넘겨준다. 여기서도 알 수 있듯이 거인신격이 그 다음에 나타난 신격 또는 신 관념에 의해 패배를 당하는 것은 오히려 예정된 수순이었을지도 모른다. 그럼에도 이처럼 부당한 패배로 형상화시키고 인식하는 것은 오랫동안 거인신격을 중요하게 섬겨왔었기 때문일 것이다. 또한 다음에 도래한 신격 또는 신 관념이 강제적 성격을 지니고 거인신격에 대한 신앙을 의도적으로 비하시키고자 했기에 이것을 민중의 입장에서 이처럼 패자를 옹호하는 형태로 설화를 형상화시켰을 수도 있겠다.

오누이힘내기설화는 비극적 성격이 뚜렷하다. 아들과 딸이 목숨을 걸고 내기를 벌이는 자체가 비극적이라 할 수 있다. 그런데 아들을 살리기 위해 딸의 일을 방해하여 딸을 죽게 해야만 했던 어머니의 모습은 비극미의 절정을 보여주는 것이라 할 수 있다. 하지만 이런 내면에는 민중들이 섬기던 거인신격의 패퇴를 안타까워하는 모습이 담겨져 있는 것이다.

4. 마무리

오누이힘내기설화는 전국적으로 널리 분포되어 나타나는 광포설화(廣布說話)이다. 이런 오누이힘내기설화는 이병기가 『국문학전사』에서 '신화 전설의 백미(白眉)'라 하여 단군의 아들이 축성했다는 설화와 관련지어 오누이힘내기설화의 하나인 <아미산의 전설>을 단편적이지만 언급한 이래 우리나라의 대표적인 전설 형태로 관심을 끌어왔다.49) 때문에 이에 대한 연구도 지금까지 적지 않게 집적되어 왔다고 할 수 있다. 이 글에서는 이런 기존 연구와는 달리 오누이힘내기설화가 거인설화의 후대적 변이형이라는 점을 그 누이의 성격이 거인적 면모를 보인다는 점에 착안해 밝히고자 하였다. 그리고 중요한 설화 구성요소들을 거인설화적 관점에서 일관되게 해석하여 오누이힘내기설화가 민중들이 믿고 숭배하던 거인 신격의 패퇴에 대한 안타까움을 담고 있는 설화라고 파악하였다. 그러면 본론에서 밝힐 수 있었던 점들을 정리하면서 마무리 짓도록 하겠다.

먼저 오누이힘내기설화에서 어떤 점이 거인설화적 면모인지 살피고자 하였다. 첫째, 누이의 거대한 돌을 옮겨 성을 쌓는 행위가 거인설화에서 여성거인의 행위와 동일하게 나타난다는 점, 둘째, 힘내기를 벌이는 거인설화가 오누이가 벌이는 힘내기의 원초적인 모습에 해당한다는 점, 셋째, 쌓다만 성이나 성을 쌓기 위해 가져가다가 버린 돌을 증거물로 함께 공유한다는 점 등을 들어 여성거인설화가 오누이힘내기설화로 전이되면서 거인적 행위를 하는 누이의 모습으로 형상화되어 나타난

---

49) 이병기 외, 『국문학전사』, 신구문화사, 1959, 31~37쪽.

것으로 파악했다. 이외에도 증거물의 명칭이 오누이 또는 부부의 힘내기임에도 불구하고 여성거인 신격의 호칭과 합치하는 '할미성'으로 나타난다는 점을 들어 원래 거인설화의 증거물이 오누이힘내기설화의 증거물로 전이되었기 때문인 것으로 보아 이 점을 뒷받침하고자 하였다.

다음으로 오누이힘내기설화에서 오누이가 목숨을 걸고 내기를 벌일 필연성이 나타나는가에 대한 의문을 제기하고는, 이는 오누이로 상징화된 신격 간의 대결로 파악했다. 즉 누이는 여성거인적 존재이며, 기왕에 존재했던 기존 신격이라 했고, 오빠의 서울을 다녀오는 행위는 누이의 성을 쌓는 정착적 성격에 대립되는 이동적이고 유동적인 성격임을 들어 거인신격 다음에 도래한 새로운 신격 또는 신 관념일 것으로 파악했다. 특히 기존 세력과 이동하여 온 새로운 도래신격의 다툼이 확연하고, 기존 신격이 우월함에도 이동신격의 속임수에 의해 부당하게 패하는 모습이 잘 드러나는 '송양과 주몽의 대결' 및 '호공과 탈해의 대결'과 비교하여 이 점을 방증하고자 하였다. 또한 건국신화는 승자의 입장에서 서술되어 부당한 승리가 치자(治者)의 지혜로 나타나지만 오누이힘내기설화는 기존 신격을 옹호하는 패자의 입장에서 서술되어 누이로 표상화된 여성거인의 패퇴를 대변하고 있다고 보았다. 그리고 어머니의 설정은 누이의 능력이 뛰어났음에도 부당하게 패했다는 것을 부각시키기 위해 양 신격을 통괄할 수 있는 존재의 설정이 필요했고, 이런 어머니의 설정을 통해 부당한 개입을 하도록 하여 누이 곧 거인신격의 패배가 비정상적으로 이루어졌음을 항변하는 것이라고 했다.

거인설화는 원래 창조신화였으나 신성성과 제의를 상실하면서 점차 소멸의 길로 접어들었다고 할 수 있다. 하지만 소멸하면서 거인설화 자체가 희화화되는 경향을 보이기도 하고 오누이힘내기설화처럼 증거물을 토대로 전설로 변모되기도 한다. 오누이힘내기설화는 신화의 형태에서 신성성이 소멸되면서 새로운 존재 모색으로 전설로의 장르 변이를 일으킨 경우라고 하겠다.

실상 거인설화는 창조적 본질을 지니기에 후대적 변이형 또한 창조적 성격이 강하게 나타날 수밖에 없다. 산이동설화나 장수흔적설화는 거인설화의 지형창조적 성격이 강하게 계승되는 자료들이라 할 수 있다. 그런데 이들 설화는 구체적인 지형을 증거물로 하고 지형 형성에 초점을 맞추는 형태이기에 풍부한 서사적 전개의 모색을 꾀하더라도 한계가 있다. 하지만 오누이힘내기설화는 거인설화의 이런 창조적 성격을 이어받은 변이형이기보다는 민중들이 믿고 숭배하던 거인신격의 패퇴라는 비극적 상황이 설화에 투영되는 양상이기에, 보다 발전된 서사적 전개가 가능했으며, 비극성이 두드러지는 설화 작품으로 형상화되는 양상을 보인다고 하겠다.

제4부

문헌에 수용된 거인설화

07

'선류몽(旋流夢)'담의 거인설화적 성격과 의미

1. 머리말

'선류몽(旋流夢)'[1]이란 어떤 이가 산정(山頂)에 올라가 소변(小便)을 누었는데, 그것이 흘러내려 온 장안이나 나라를 잠기게 하는 꿈을 꾼다고 하는 화소이다. 이런 '선류몽'담에 대해서는 지금까지 선학들에 의해 몇 차례 논급은 되었지만 그다지 주목을 받지는 못하였다. 김열규,[2] 장덕순,[3] 임동권,[4] 김현룡[5] 등에 의해 자료의 소개와 정리 및 간략한 해

---

1) '선류몽'에 대한 용어는 지금까지 뚜렷하게 정립되지 못했다. 김열규는 '선류일국몽 (旋流溢國夢)'이라 하여 살핀 바 있고, 장덕순은 '선류몽(旋流夢)', 임동권은 '방뇨몽 (放尿夢)'이라 명명한 바 있다. 그런데 이 중 '방뇨몽'은 어린아이들이 흔히 꾸는 '오 줌누는 꿈'과 구별되지 않기에 적절치 못하다고 여겨진다. 오줌이 흘러내려 세상을 잠기게 하는 꿈임을 염두에 둔다면 '선류몽'이나 '선류일국몽'이라 하는 것이 더 마땅 할 것이다. 그리고 이렇듯 '방뇨몽'과 구별되는 의미로 '선류몽'을 사용한다면 굳이 '선류일국몽'이라 할 필요는 없기에, 본고에서는 '선류몽'이라는 용어를 쓰기로 한다.
2) 김열규, 『한국민속과 문학연구』, 일조각, 1985.
3) 장덕순, 「꿈전설」, 『한국설화문학연구』, 서울대출판부, 1987.
4) 임동권, 「방뇨몽고」, 『한국민속논고』, 집문당, 1984.

설 정도가 언급되었을 뿐이었다.

그런데 실상 이 선류몽은 그 자료가 지니는 의미가 단순하지 않다고 생각된다.

첫째, 선류몽은 비정상적인 상황에서 왕위를 계승하는 인물과 결부되어 그 당위성을 부여하는 것으로 나타난다는 점에서 건국신화보다는 못하지만 아주 중요한 신화적 성격을 지닌 자료로 판단되는 것이다. 둘째, 선류몽은 그 성격상 건국신화 이전의 신화형태였을 것으로 추정되는 거인설화와 밀접한 모습을 보여주고 있어 거인설화의 후대적 변모양상 또는 잔존양상으로 파악될 수 있다는 점에서 중요하다.

본고는 이처럼 중요한 의미를 지닌 선류몽 자료들을 살펴 그 양상 및 특징을 지적하고, 선류몽이 출현했던 시대적 배경을 살펴 그것이 지닌 의미를 찾아보고자 한다. 그리고 선류몽의 근원으로써 구전설화로 전하는 거인설화를 관련시켜 역사적 전이양상을 더듬어 보는 데 초점을 두고자 한다. 한편 이를 위해서 관련이 있다고 생각되는 구전설화 및 일부 문헌설화들을 폭넓게 수용하여 매개자료로 사용하게 될 것임을 미리 밝혀 둔다.

2. '선류몽'담에 대한 자료의 검토 및 특징

여기서 제시할 선류몽에 대한 자료는 이미 기존에 밝혀진 것이며, 더이상 새로운 자료는 없다. 우선 이들 자료부터 제시하고, 그 양상 및 특징을 밝혀보도록 하겠다.

---

5) 김현룡, 『한국고설화론』, 새문사, 1984.

㉮ 보희(寶姬)의 선류몽 (『삼국유사』 권1, 태종춘추공)
㉯ 보육(寶育)의 선류몽 (『고려왕세계』)
㉰ 보육지녀(寶育之女)의 선류몽 (『고려왕세계』)
㉱ 헌정왕후(獻貞王后)의 선류몽 (『고려사』 열전)

㉮는 김유신의 누이인 보희가 서악(西岳)에 올라가 소변을 보았는데, 그것이 흘러내려 장안을 잠기게 하였다는 꿈이다. 그런데 이 꿈을 좋은 꿈이라 하여 동생 문희가 비단을 주고 사게 되고, 결국은 후에 왕이 되는 인물인 김춘추와 인연을 맺게 된다는 것이다. 이런 ㉮는 여타의 '선류몽'담에 비해 시대가 가장 앞서는 것이며, 그 담고 있는 내용도 풍부하여 후대에 형성된 선류몽들에게 적지 않은 영향을 주었던 것으로 보인다. 이런 ㉮는 꿈을 꾸는 사람과 사는 사람이 따로 있어 매몽(買夢)이 이루어지며, 그리고 이 꿈을 계기로 후에 왕이 되는 김춘추와 불가능한 상황에서의 결혼이 성립된다는 점에서 특징적이다.

㉯는 강충의 둘째 아들인 보육이 지리산에서 수도하던 중 꿈에 송악에 올라 방뇨를 하였는데, 그것이 홍수가 나서 삼한을 잠기게 했다는 것이다. 이 꿈이야기를 들은 형은 장차 천하를 얻게 되는 자식을 낳는 꿈이라 하면서 딸인 덕주를 주어 혼인하게 한다. 이런 ㉯는 여타의 선류몽과는 적지 않은 차이가 있다. 첫째, 꿈을 꾼 인물이 남자라는 점, 둘째, 이 꿈의 바로 다음에 그의 딸이 동일한 꿈을 꾸고 있어 다음 부분과 중복되기에 어색한 모습을 보여준다는 점, 셋째, 꿈을 꾼 장소가 지리산으로, 뒤에서 상세히 밝히겠지만 태조의 모(母)인 위숙왕후가 지리산 산신으로 신성시되고 있다는 점과 무관하지 않을 것이라는 점, 넷째, 이런 꿈의 결과로 왕이 되는 인물과 결연 또는 왕이 될 자식을 낳

는 것으로 나타나지는 않는다는 점 등이 특이하다고 하겠다.

㉲는 ㉱의 보육이 선류몽을 꾸고서 낳은 그의 큰딸이 다시금 선류몽을 꾸는 것으로, 곡령에 올라 방뇨한 것이 삼한을 잠기게 했다는 것이다. 그리고 이 꿈을 동생인 진의에게 비단치마를 받고 파는 것으로 나타나 ㉮와 거의 유사한 모습을 보인다. 즉 꿈의 매매가 이루어지며, 그 매몽의 대가도 비단옷이라는 점, 이 꿈을 사는 것으로 인해 황제가 되기 전의 당 숙종을 만나게 된다는 점까지 일치한다. 이처럼 ㉮와 흡사하게 나타나는 것은 ㉮를 염두에 두고 ㉲의 선류몽이 형성되었기 때문일 가능성이 있음은 물론이다. 그렇다고 하더라도 여기서 특히 주목되는 것은 왜 이처럼 <고려왕세계>에 이런 선류몽이 연이어 나타나는가 하는 것이다. ㉱와 ㉲에서 보이는 선류몽의 중복은 분명 부자연스러운 모습이며, 따라서 의도적인 흔적마저도 보인다. 그리고 ㉳에서 살펴볼 헌정왕후의 선류몽까지 합친다면, 고려의 형성기와 초기에 집중적으로 이 선류몽이 문제가 되고 있음을 알 수 있다. 그러면 이 선류몽이 어떤 의미가 있기에 고려 초에 이처럼 중요하게 나타나고 있는가가 해명되어야 된다고 본다. 이에 대해서는 뒤에서 구체적으로 검토하기로 한다.

㉳는 『고려사』 열전에 전하는 이야기로, 고려 5대 경종의 비인 헌정왕후가 경종의 훙후(薨後) 왕륜사(王輪寺) 남쪽 사가(私家)에 살았는데, 어느 날 곡령에 올라가 방뇨하여 나라가 잠기게 하는 꿈을 꾼다. 그 후 이웃에 살던 안종(安宗)과 몰래 사통하여 8대 임금인 현종을 낳게 된다는 것이다. 이런 ㉳는 꿈을 꾸는 이를 과부로 설정하고 있다는 점에서 여타의 것과 큰 차이가 있으며, 불륜을 저지르고 이를 해결하는 과정에 있어서는 ㉮의 김춘추와 문희의 이야기와 동일하게 불을 피워 성종의

눈에 띠게 한다는 점이 특징적이라 하겠다.

이상 네 가지 선류몽 자료에 대해서 개괄적으로 검토하였다. 이 중 가장 포괄적이고 풍부한 내용을 지닌 것은 ㉮이며 시대적으로도 가장 앞서는 것이다. 이것은 기존의 연구의 주장처럼 고려의 왕조설화가 이전에 전해지던 설화를 모아 형성되었기 때문에, 이 과정에서 ㉮의 설화를 여러모로 차용한 까닭에 기인한다고 본다.

그러면 이러한 '선류몽'담들의 자료에서 파악할 수 있는 공통점들을 토대로, 이들 선류몽이 지닌 특징적인 면을 지적하기로 하겠다.

첫째, 선류몽을 꾼 사람이 대체로 여성이라는 점이다. 물론 ㉯에서는 남자인 보육이 선류몽을 꾸는 것으로 나타나지만, 이것은 장덕순의 지적처럼 마땅한 설정이라고 보기는 어렵다. 그 이유는 첫째, 여성이 남성을 상징하는 산에서 선류(旋流)하여 자식을 낳는다는 논리가 훨씬 신화적 합리성이 있으며,[6] 둘째, ㉮, ㉰, ㉱에서 볼 때 우선 부계(父系)가 선명치 못한 상태에서 꿈의 예시대로 결혼을 하여 아들을 낳고 있어 모계사회의 계승 흔적이 있다는 점,[7] 셋째, ㉯는 ㉰와 중첩되는 부분으로 여타의 자료에 견주어 볼 때, ㉯가 지나치게 이질적인 성격을 보여 억지로 부회시킨 면이 없지 않기 때문이다.

둘째, 이 꿈은 왕이 될 인물을 낳거나 만나는 의미가 있는 신성현시(神聖現示)의 신화소라고 할 수 있다. 그런데 한편 이 선류몽을 통해 신성현시를 받은 인물은 공통적으로 원래 정당하게 왕위계승을 할 인물

---

6) 장덕순, 같은 글, 126쪽.

7) <고려왕세계>에서는 보육의 딸인 진의(辰義)가 당(唐) 귀성(貴姓)과 결혼하는데, 이 부분에서 모계계승이 나타난다. 한편 장덕순은 이 꿈이 귀인과 결혼하는 단서가 되는 꿈이기에 부계가 뚜렷하지 않다고 하면서 '선류몽'설화가 모계사회의 유산이라고 하고 있다(같은 글, 126쪽).

이 아니었다는 공통점이 있다. ㉮의 김춘추는 진골로서 최초로 왕위에 오르게 되는 인물이고, ㉰의 진의와 인연을 맺은 당 숙종도 당의 귀인이라는 정도만 알 뿐 후에 마땅히 왕이 될 인물이라고는 의식되고 있지 않다. 뿐만 아니라 ㉱의 헌정왕후 자식인 현종의 경우는 헌정왕후가 과부였기에 특히 그렇다고 할 수 있다. 때문에 이 꿈은 정상적으로 왕위에 오르는 인물에 대한 신성성을 보여주는 꿈이라기보다는 오히려 이런 선류몽의 형식을 빌려 새로이 나라를 다스릴 인물이 된다는 것을 암시하는 점에서 신성현시인 것이다. 때문에 이들이 왕위에 올라야 한다는 당위성을 설명하는 것이기도 하다.

셋째, ㉮와 ㉰에서 특징적으로 보여지는 면모로 매몽이 나타난다는 것이다. 그런데 이 매몽의 대가는 모두 비단 또는 비단치마로 나타나 옷과 밀접한 관련이 있을 것이라는 점이다. 이처럼 매몽의 댓가로 비단 또는 옷이 사용되었다는 데서 우선 생각할 수 있는 것은 당시에는 화폐경제가 발달하지 않았기에 귀하게 생각되던 비단이 화폐의 역할을 하는 대체물로 나타났을 수 있다는 것이다. 그런데 한편 각도를 달리해서 본다면 비단이 반드시 매매수단으로 나타난 것만은 아닌 듯하다. 왜냐하면 ㉮와 ㉰에서 꿈의 매몽 행위가 모두 자매들 사이에서 나타나고 있어, 이때의 비단이 꼭 화폐의 개념으로 쓰이지는 않았을 것으로 생각되기 때문이다.8) 그런데 이런 선류몽의 근원으로 생각되는 거인설화에도 거인에게 옷을 만들어주는 것이 중요한 모티프가 되고 있어 이 점과 관련하여 주목된다. 이러한 관련성에 대해서는 뒤에서 자세히 살피기로

---

8) 우리의 일상생활에서도 꿈을 사고 팔 때는 돈이 아닌 옷 또는 옷감을 준다는 점도 이와 관련지어 생각할 수 있을 것이다.

한다.

넷째, 선류를 하는 장소가 모두 산상(山上)으로 나타난다는 점이다. 이 것은 산상에 올라가서 선류를 해야 온 세상이 잠길 수 있기 때문에 세 상을 다스릴 인물의 탄생이라는 의미를 부여한다는 점에서 이렇게 설 정한 까닭도 있겠지만, 다른 한편 이들 꿈의 결과가 불가능한 상황에서 왕이 되는 인물에게서 보인다는 점을 생각해 볼 때 산상이라는 선류하 는 장소는 국조신화와 산신신앙(山神信仰)이 밀접하게 관련된다는 것과 결부하여 생각해 볼 여지가 있다. 국가 시조는 물론 천강하는 경우가 많지만 한편으로 산신과의 관련성이 중요하다. 단군은 죽어서 산신이 되었다고 하며, 신라의 이성(二聖)인 혁거세와 알영은 선도산성모(仙桃山 聖母)에게서 태어났다고 한다. 그리고 가야의 시조인 김수로왕도 구전되 던 자료를 기록했을 『신증동국여지승람』에서는 가야산신 정견모주(正見 母主)의 자식으로 나타나고 있다.9) 이처럼 건국시조와 산신과의 관련성 이 민중들에게 중요하게 의식되고 있었기에, 비정상적인 상황에서 나라 를 새로 다스리게 될 인물임을 밝히는 데 있어 의식적이든 무의식적이 든 간에 작용했을 가능성이 없지 않다.10)

다섯째, 이들 선류몽은 근원은 ㉮에 있으며, ㉮의 영향이 크게 작용 하여 여타의 것들이 만들어졌던 것으로 보인다. ㉯, ㉰, ㉱는 모두 ㉮의 특징적인 부분 중에 필요한 것들을 추출하여 수용하고 있다고 하겠다. 특히 ㉯와 ㉰는 연이어 나오는 것이기에, ㉯는 단지 산상에 올라 선류

---

9) 『신증동국여지승람』 권29, 고령현.
10) 김상기는 보희의 선류몽이 서악(西岳)을 무대로 하고 있다는 점을 들어 서술성모 즉 신라의 성모신앙과 관련이 있다고 한다(김상기, 「국사상에 나타난 건국설화의 검토」, 『동방사논총』, 서울대출판부, 1986, 18~19쪽).

했다는 것과 이것이 귀한 자식을 얻게 될 꿈이라고 하는 것만 간략하게 언급될 뿐이다. 그리고 뒤의 ㉰부분에 와서 보육의 이녀(二女)를 설정하고, 매몽(買夢)이 있으며, 당의 귀인의 옷깃을 달아줄 때 장녀가 코피가 나서 동생인 진의가 대신한다는 것 등 자세하게 '선류몽'담이 그려지고 있다. 이것이 ㉮부분과 거의 유사함은 물론이다. 한편 ㉰는 ㉯와 ㉰의 <고려왕세계>와는 다소 시간상 차이가 있는 것이지만 ㉯와 ㉰를 염두에 두면서 ㉮의 '선류몽'담을 가져온 것으로 보인다. 그 이유는 ㉰도 물론 선류몽이 중심이 되어 있지만, 이런 선류몽을 꾼다는 것 이외에는 ㉯, ㉰와 중복되는 부분이 없기 때문이다. 대신 ㉮의 구성요소 중 ㉯와 ㉰에 차용되지 않은 부분 즉 정상적인 결연이 아닌 상태에서 잉태를 하고 그것을 인정받기 위해 장작을 쌓아 놓고 불을 질러 그것이 왕의 눈에 띠어 왕이 처분을 내리게 된다는 부분이 나타나고 있다.

결국 ㉯, ㉰, ㉰는 선류몽을 꾼다는 것이 중심이 된다는 점만 공통되게 나타날 뿐, 그 외의 구성요소는 ㉮의 것들이 ㉯, ㉰, ㉰에 중복되지 않도록 각기 적절하게 배분되어 있는 양상인 것이다. 때문에 고려 초에 집중된 선류몽은 세 번이나 되풀이하여 나타나면서도 서로 다른 모습의 선류몽을 보여주는 것이다. 그리고 한편 이런 ㉯, ㉰, ㉰의 화소들이 ㉮의 범위를 넘어서지 않는데, 이는 물론 ㉯, ㉰, ㉰가 ㉮를 차용했기 때문이라 볼 수 있다. ㉮는 배경시대가 가장 앞설 뿐 아니라 정상적인 왕위계승의 상황이 아님에도 왕위에 오르는 것에 대한 정당성을 보여주는 전시대의 적절한 범례였기 때문일 것이다.

3. '선류몽'담 출현의 시대적 배경

'선류몽'담의 출현은 앞에서 간략하게 언급하였듯이 정상적인 상황이 아닌 상태에서 왕위를 계승하게 되는 인물에게 당위성을 부여하는 것과 밀접하게 관련이 있다. 때문에 이것은 왕조신화의 성격까지도 지닌 화소(話素)라 할 수 있다. 건국신화가 국가창건의 군주에 대한 신성성과 당위성을 보여주는 것이라면, 이것도 국가창건과는 직접적인 관련은 약하지만 새로운 왕조 또는 왕계(王系)가 서는 것을 합리화시키고 타당화시키는 방편으로 쓰이기에 신화적 성격이 인정되는 것이다.

그러면 '선류몽'이 출현했던 시대적 배경이 어떠했기에 이처럼 '선류몽'을 들어 새로운 왕조나 왕계의 당위성을 부여하고 있는가? 이 문제를 살펴보는 것이 '선류몽'이 지닌 의미를 부각시키는 데 적지 않은 도움이 될 것이다.

'선류몽'은 김춘추가 왕위를 계승하던 시기와 고려가 창업되던 시기, 그리고 고려의 8대 임금인 현종이 왕위를 계승하던 시기 등에 보여진다고 했다. 그런데 이 중 <고려왕세계>에 보이는 두 편의 '선류몽'은 고려국조신화의 일부이기에, 이 꿈을 통해 고려 왕조 창업의 필연성과 당위성을 보이고자 했을 것임은 물론이다. 때문에 <고려왕세계> 소재의 선류몽은 왕조 교체라는 시대배경이 뚜렷하다. 그런데 여타의 것들도 이것과 시대배경이 크게 다르지 않아 흥미롭다. 선류몽과 함께 왕위에 등극하는 김춘추나 현종도 왕조의 교체는 이루어지지는 않지만 왕조교체에 못지 않은 시대적 상황이 전개되고 있는 것이다. 김춘추는 진골로서 그리고 폐위된 진지왕계의 왕손으로서 왕위계승이 불가능한 상황이었으나 왕위를 계승하며, 현종은 부모의 부도덕적인 행각으로 인해 출생하고 전왕(前王)인 목종이 폐위되어 죽음을 당한 뒤 왕위에 오르는 것으로 나타난다.

그러면 우선 시대가 앞선 김춘추부터 살펴보기로 한다. 김춘추는 신라 29대 왕으로, 진지왕의 손자이며 이찬(伊湌)이었던 김용춘의 아들이다. 김춘추는 52세가 되어서야 비로소 왕위에 올랐으며, 성골만이 가능했던 왕위계승을 진골로서는 최초로 이루었던 인물이기도 했다.[11] 이런 김춘추였기에 그의 왕위계승을 둘러싸고는 적지 않은 문제가 있었음을 쉽게 짐작할 수 있다. 김춘추는 진골이었기에 왕위를 계승하는 데 적합한 인물이 아니었다. 뿐만 아니라 그는 문란한 정치를 하다 폐위된 진지왕의 증손자였다. 『삼국유사』에는 진지왕에 대해 "나라를 다스린 지 4년 만에 정사(政事)가 어지럽고 음란한 짓이 많아 나라사람들이 그를 폐위시켰다"라고[12] 기록하고 있어, 이 또한 그가 왕위를 계승하기에 적지 않은 결함으로 작용했을 것임을 알 수 있다. 그럼에도 김유신의 누이동생인 문희와 정략적인 결혼을 하고, 김유신의 정치적·군사적 협조를 얻어 왕위에 오를 세력기반을 다지고자 했던 것으로 보인다. 그가 왕위에 오르기 전인 647년에는 구귀족 세력의 대표격인 상대등 비담(毗曇) 등이 김춘추가 중심이 된 신귀족세력에 반란을 일으키기도 하는데, 이는 곧 김춘추가 기존 세격에게 인정받지 못하고 있음을 보여주는 것이 된다.[13] 이처럼 그가 왕위를 계승하는 데는 적지 않은 문제점

---

11) 『三國史記』권5 진덕왕, "國人謂 始祖赫居世至眞德 二十八王謂之聖骨 自武烈王至永王 謂之眞骨"
12) 『三國遺事』권1 도화녀비형랑, "御國四年 政亂荒婬 國人廢之"
13) 김영하, 「태종무열왕」항목, 『한국민족문화대백과사전』, 한국정신문화연구원, 1991.

이 있었다. 때문에 이런 상황에서 그가 왕위를 계승하기 위해서는 민심을 수습할 필요가 있었고 또한 그가 왕위에 올라야 할 인물이라는 당위성을 설명할 필요성도 있었던 것으로 보인다. 이에 세상을 다스릴 인물이라는 의미가 상징적으로 표출되는 선류몽을 그의 왕위계승에 있어 강력한 협조자인 김유신의 누이가 꾸는 것으로 하여, 김춘추가 왕위에 오를 인물임을 합리화시킴과 동시에 김유신과의 밀접한 관계를 자연스럽게 드러내고 있는 것이다.[14]

한편 선류몽이 나타나는 고려 8대 임금인 현종의 왕위계승 상황도 극도로 혼란한 시기였음을 알 수 있다.

현종의 모(母)인 헌정왕후(獻貞王后) 황보씨(皇甫氏)는 경종(景宗)의 비로 경종이 훙(薨)하자 왕륜산(王輪山) 남쪽 사제(私弟)에 나와 살다가 경종의 동생인 안종(安宗)과 상간하여 현종을 잉태하게 된다.[15] 때문에 현종이 등극하면서는 어떤 형태로든 이런 문란한 행태를 합리화시켜야만 했다. 뿐만 아니라 현종의 왕위계승도 선왕인 목종에 의해 자연스럽게 양위된 것이 아니었다. 목종은 어린 나이에 왕위에 올라 그의 모친인 헌애왕후(獻哀王后)가 섭정을 하였다. 그런데 그녀는 외척인 김치양을 궁궐로 끌어들여 음탕한 짓을 일삼다가 김치양의 소생을 보아 목종을 시해하고 그 소생을 왕위에 등극시키고자 음모하였다. 이에 강조(康兆)가 군사를 이끌고 와서 김치양 부자를 죽이고 태후를 귀양보냈으며, 목종도 결국 폐위시켜 살해하고 현종을 왕위에 오르게 했던 것이다. 그리고 이것

---

14) 김상기도 익몽설화(溺夢說話)는 그 여자의 소산(所産)이 국내에서 세력을 펴는 것을 상징하는 바로, 신라 진골계의 원조(元朝)인 태종무열왕(太宗武烈王)의 배우(配偶)에 이런 설화가 결부된 것은 우연이 아니라고 하고 있다(김상기, 같은 글, 18쪽).
15) 『고려사』 권88, 열전 제1후비.

이 빌미가 되어 거란이 "고려 강조는 임금을 죽였으니 대역(大逆)인지라 마땅히 군사를 일으켜 죄를 물을 것이다"라는[16] 명분으로 고려를 침략하게끔 되기도 했다.

이처럼 시대상황이 혼란하였기에 현종이 왕이 되면서는 왕위계승의 당위성을 부여하면서 민심을 수습할 필요가 있었을 것이다. 현종 부모의 부도덕성과 목종의 폐위 및 현종의 등극이 강조의 군사력에 의한 것이었다는 점 등을 나름대로 합리화시켜야 했던 것이다. 이에 과부였던 헌정왕후가 선류몽을 꾸는 것으로 하여 현종이 왕위에 등극하는 것을 정당화시켰으며, 아울러 부모의 비윤리적인 행각에 대해서도 왕위에 등극할 인물을 낳기 위한 필연적인 행위였음을 보여주고자 했던 것이다.

이상과 같이 볼 때 '선류몽'담은 모두 비정상적인 상황에서 왕위를 계승할 때 출현한다는 시대적 배경을 가지고 있다.

그런데 여기서 고려되어야 할 문제는 '선류몽'담이 실제로 꿈을 꾸었던 사실을 기록한 것인가 그렇지 않으면 왕위를 계승할 인물에게 당위성을 부여하기 위해 의도적으로 이런 '선류몽'담을 만들어 결부시킨 것인가 하는 점이다. 물론 이것은 후자일 것이다. '선류몽'담은 실제 꿈의 기록이기보다는 비정상적인 상황에서 왕이 되는 것을 암시하기 위해 의도적으로 가져왔을 것이다. 그렇다면 '선류몽'담이 왕조나 왕계의 시작과는 어떤 필연적인 관련성이 있었음을 상정할 수 있는데, '선류몽'담이 이처럼 왕조 또는 왕계의 시작의 의미를 지니면서 계속해서 차용되는 까닭은 무엇인가? 표면적으로 드러난 것처럼 많은 양의 배설물이 이 세상을 잠기게 한다는 내용의 꿈이기에 이처럼 왕조나 왕계의 시작

---

16) 『고려사』 세가 권4, 현종(김상기, 『고려시대사』, 서울대출판부, 1986, 57~60쪽).

이라는 의미를 상징한다고 보기에는 무리가 있다.

여기에서 '선류몽'담을 거인설화와 관련지어 생각해 볼 필요가 있다. 그 이유는 첫째, '선류몽'담에서 문제가 되는 많은 양의 배설물이 거인 설화에서도 중요한 화소로 나타나고 있다는 점. 둘째, 이 세상의 창조 에 관여하는 거인신격 및 그 신화가 오랫동안 중요한 신격 및 신화로 자리잡고 있었을 가능성이 큰데, 이런 기존에 이어져 내려오던 신성관 념을 왕조나 왕계의 시작과 관련시키고자 했을 가능성이 있다는 점. 셋 째, 뒤의 기타 문헌에 수용된 거인설화에서 밝히겠지만 실제로 거인성 이 왕조나 왕계의 시작 및 멸망에 관련되고 있어 호국신적 성격을 지닐 뿐 아니라 왕의 신성성을 부여하는 의미로 나타난다는 점 등이다.

거인설화는 원래 건국신화 이전의 신화 형태였을 것이나 국가의 형태가 성립되면서 나라를 세운 건국시조 및 지배족의 신성함과 우월감을 내세우 는 건국신화에 그 자리를 내어주게 되고, 때문에 거인설화는 차츰 민중들 의식 속에서 민간신앙화되어 숭배되는 형태로 변모되었을 것으로 생각된 다. 그 뒤 거인설화는 점차 그 신성성이 약화되면서 증거물을 수반하여 전 설화되는 경향으로 나타나기도 하고, 한편으로는 현실화 방향을 모색해 선류몽처럼 거인적 속성만 남긴 채 꿈의 형태로 나타나기도 했던 것이다. 그럼에도 고려초까지는 민간에서 거인설화에 대한 신성성이 인정되고 있 었기에 비정상적인 왕조나 왕계 교체시기에 거인설화의 후대 형태인 선류 몽을 통해 민심을 끌어안고자 했던 것으로 여겨진다.[17]

---

17) 김열규는 '선류몽'을 대홍수설화(大洪水說話)와 관련된 것으로 파악하여 재생의 상
징 및 신생아 탄생의 징후라 보고 '원수(原水)'의 재현으로서 생산력 상징으로 파악
하고 있다(김열규, 같은 책, 214~215쪽). 선류몽이 이와 같은 의미를 지녔기에 왕조
나 왕계 교체기에 중요하게 나타났을 가능성은 물론 있다. 하지만 홍수설화가 건국
시조와 관련된다든지 문헌에서 신성한 의미로 나타나는 것이 있는지에 대해서도 고

4. '선류몽'담의 근원과 역사적 전개

'선류몽'담은 비정상적 상황에서 왕조나 왕계가 교체될 때, 그것의 당위성을 부여하고자 나타난다고 했다. 그러면 이런 선류몽이 어떤 의미를 지니고 있기에, 이처럼 중요한 의미로 차용되었는가? 우선 생각할 수 있는 것이 그 꿈의 내용 때문이다. 즉 산상(山上)에 올라 방뇨한 것이 세상을 잠기게 했다는 것이기에, 이런 내용 자체가 단순히 이 세상을 다스리는 것을 상징한다고 해석된다는 것이다. 그러나 여기에는 의문의 여지가 없지 않다. 선류몽이 이런 단순한 상징적인 의미를 지녔다는 이유만으로 이것을 통해 왕조나 왕계 교체의 당위성을 보이고자 했을까 하는 점이 석연치 않다는 것이다. 때문에 이런 표면적인 면으로 '선류몽'담이 차용된 이유를 찾기보다는, 보다 본원적인 데서 그 실마리를 찾는 것이 마땅할 것이다.

'선류몽'담에서 가장 핵심적인 부분은 산상에 올라 방뇨를 한다는 점과 그것이 세상을 잠기게 했다는 점이라 할 수 있다. 이것은 결국 배설물이 중요하게 작용하는 것이며, 아울러 그 배설물의 많은 양이 문제가 되는 것이다. 그런데 이런 배설물이 중요한 의미를 지니는 것으로는 거인설화가 있어 주목된다.

거인설화는 현재 신성성을 거의 상실하고 파편적인 형태로 전설 또는 민담화되어 전승되고 있지만, 이것이 원래 건국신화 이전의 신화였을 것으로 보는 것이 일반적인 견해이다. 이 점은 이 세상이 창조되게

려해 볼 필요가 있다. 이에 반해 거인설화는 구전에서 건국시조와 밀접하게 나타날 뿐 아니라 문헌에서도 그 면모를 찾아볼 수 있기에, 선류몽을 거인설화와 관련지어 생각하는 것이 더 타당하리라고 본다.

된 내력이 미륵 또는 청의동자라는 거인의 행위에 따른 결과라고 하는 창세신화를 보아서도 알 수 있다.[18] 뿐만 아니라 거인설화에서 거인의 행위 결과로 나타나는 것이 국토창생이나 산천형성과 밀접하다는 점도 이와 무관하지 않으리라 본다. 거인설화의 이러한 면모는 곧 신화적 성격에 다름 아니기 때문이다.

그러면 이런 거인설화를 근원으로 삼아 이것이 역사적으로 전이되는 양상을 살피고, 그것이 선류몽과는 어떻게 관련되는지를 검토하도록 하겠다.

우선 대표적인 거인설화의 모습을 보여주는 <장길손>의 내용부터 요약해서 소개하기로 한다.

오랜 옛날 장길손이라는 거인이 살았는데 키와 몸집이 아주 컸다. 때문에 항상 먹을 것이 모자라 조선 팔도를 헤맸다. 그러다가 남쪽에 와서 배불리 밥을 먹을 수 있었다. 장길손이 좋아서 춤을 추니 그 그림자 때문에 곡식이 익지 않아 흉년이 들게 되었다. 그러자 사람들이 장길손을 북쪽으로 쫓아냈고, 장길손은 먹을 것이 없어 흙이나 나무 같은 것을 닥치는 대로 먹었다. 장길손이 배가 아파 토해낸 것이 백두산이 되었으며, 양쪽 눈에서 흘린 눈물이 압록강과 두만강이 되고, 설사를 하여 흘러내린 것이 태백산맥이 되었다 한다. 그리고 오줌을 눈 것이 홍수를 지게 해 북쪽사람은 남쪽으로 가서 살게 되고, 남쪽사람은 일본으로 밀려가서 살게 되었다.[19]

이처럼 배설물이 중요한 의미를 지닌다. 이 점은 비단 장길손에만 국

18) 김헌선, 『한국의 창세신화』, 길벗, 1994, 49~53쪽.
19) 한상수, 『한국인의 신화』, 문음사, 1986, 188~190쪽 요약.

한되는 것은 아니다. 제주도 여성거인인 설문대할망에게도 단편적이지만 배설물에 의해 지형을 형성시켰다고 하는 몇몇 이야기가 전해지며, 육지의 마고할미, 노고마고할미설화 등의 거인설화에서도 이런 모습은 쉽게 찾아볼 수 있다.[20] 거인설화는 외모를 묘사하는 내용이 중심이 되기도 하지만, 한편 거인의 행위에 있어서는 이와 같은 많은 양의 배설물이 핵심적으로 이야기되는 경우가 많다. 그리고 이런 배설의 행위가 자신의 능력을 과시하기 위해 의도적으로 행해지지 않는다는 점도 기억할 필요가 있다.

선류몽을 꾸는 주체는 평범한 인간이다. 하지만 그의 행위에 따른 결과는 분명 거인적 면모를 보인다. 비록 꿈의 형태를 빌렸지만 산상에 올라 방뇨한 것이 이 세상을 잠기게 했다는 것은 평범한 인간의 행위로 보기 어렵다. 세상이 잠길 정도의 배설은 배설한 사람이 거인적 속성을 지녀야 가능한 것이기 때문이다. 선류몽은 배설행위와 배설물의 양이 문제된다는 점에서 거인설화에 그대로 대응된다. 또한 이런 방뇨에 의해 홍수가 나는 것이 의도한 바가 아니었다는 점도 동일하다.

때문에 '선류몽'담의 근원을 거인설화에서 찾을 수 있는 근거가 마련된다. 그럼에도 남는 문제가 있다. 즉 거인설화가 왕이 되는 설화와는 어떤 관련이 있기에, 이처럼 비정상적인 상황에서 왕이 되는 인물의 당위성을 보이는 데 거인설화적 면모가 차용되는가 하는 점이다. 그런데 여기에는 건국시조에 대해 구전으로 전하는 설화들이 시사하는 바가 적지 않다. 즉 구전설화에서는 건국시조가 거인의 모습으로 형상화되고 있는 것이다. 다음의 <단군>이라는 설화가 그것의 적절한 예이다.

---

20) 김영경, 「거인형설화의 연구」, 이화여대 석사논문, 1990, 13쪽.

옛날 밥나무서 밥 따서 먹고 옷나무서 옷 따서 입을 시절 하늘에서
사람이 하나 떨어졌는데, 그의 신(腎)이 예순 댓발이 될 정도로 길었다.
그래서 모든 동물이 마다하는데, 곰이 굴속에 있다가 그 신(腎)을 맞아
단군을 낳았고 다시 여우가 받아서 기자(箕子)를 나았다.[21]

이것은 단군의 출생 부분에 초점이 맞춰져 있는 설화로『삼국유사』
등 문헌에 기록되어 있는 설화의 내용과는 판이하다. 특히 단군의 출생
이 희화화되어 한낱 우스갯소리에 불과하게 나타난다. 그럼에도 이 설
화는 단군신화에서의 단군의 출생 부분과 일정하게 대응되는 양상을
보여준다. 천제(天帝)의 서자인 환웅에 대응하는 인물로 하늘에서 하강
한 신(腎)이 큰 인물이 설정되고 있으며, 곰이었다가 인간으로 화한 웅
녀(熊女)에 대해서도 그 신(腎)을 받아 단군을 낳는 동물이 곰이라고 하여
일치되게 나타나는 것이다. 그런데 여기서 특히 흥미로운 점은 단군이
천강(天降)한 거인에게서 탄생한다고 하는 점이다. 거근(巨根)은 거인의
면모를 보여주는 대표적인 양상 중의 하나로, 이런 모습이 단군의 부친
에게서 나타나는 것이다.

한편 이러한 거근을 지닌 거인설화의 형태는 가야의 시조인 김수로
왕과 허황후에게서도 보인다. 김수로는 거근으로 낙동강에 다리를 놓았
다고 하며, 허황후는 나라사람들이 잔치에서 앉을 자리가 없자 음석(陰
席)을 깔아 앉게 하였다고 한다.[22]

이처럼 건국시조(建國始祖)를 두고, 문헌설화와 달리 구전설화에서는
희화화된 모습이기는 하지만 거근을 지닌 거인으로 형상화되고 있음을

---

21) 임석재전집 3(평남, 평북, 황해편),『한국구전설화』, 평민사, 1988, 230쪽.
22) 손진태,『조선의 민화』, 岩崎美術社, 1959, 50~51쪽.

알 수 있다.[23] 이는 건국신화가 국가적인 기반을 바탕으로 하여 신성시되는 것과는 달리 민중들에게는 그 이전의 신화 형태였을 거인설화와 관련된 양상으로 전승되었을 가능성을 추정케 한다. 그리고 이러했던 것이 후대로 내려오면서 오늘날 문헌으로 전해지는 기록된 형태의 것과 같은 건국신화의 위세에 눌려 점차 쇠퇴하고 그 자리를 잃으면서 희화화되어 결국 이와 같은 형태로 남아있게 되지 않았나 여겨지는 것이다. 어쨌든 건국시조가 구전되는 설화에서는 거인의 모습으로 비춰지고 있음을 일단 주목할 필요가 있다. 그리고 이들 구전자료는 거인설화가 민간에서는 왕조설화와 관련되어 전승되었을 가능성을 보여주는 것이기에, 왕조설화와 거인설화의 연결고리가 된다는 점에서도 의의가 크다 하겠다. 즉 이처럼 구전되는 설화에서 왕조설화가 거인설화와 밀접하게 연결되어 있기에, 거인설화를 시대에 맞도록 보다 현실적으로, 그리고 합리적으로 형상화시켜 비정상적인 상황에서 왕위를 계승하는데 당위성을 부여하고자 차용하고 있다는 것이다.

그런데 여기에도 의문이 하나 제기된다. 이런 건국시조의 거인적 면모는 거근의 형태로 나타나는데 반해, 선류몽은 배설의 형태로 거인적 면모가 나타나 그 차이가 인정된다는 점이다. 거근이 외형적(外形的) 묘사라면 배설은 행위적 묘사라 할 수 있기에 더욱 그렇다.[24]

하지만 『삼국유사』 지철로왕 조에는 거근과 배설이 별개의 것이 아님을 보여주는 기록이 있다. 때문에 우선 그것을 간략하게 요약하여 살

---

23) 김영경은 이러한 거근의 거인설화에 대해 "이 설화는 거인배설의 생산적 기능이 회의되거나 관심을 잃으면서, 전승의 관심이 거인의 성기쪽으로 옮아간 것으로 보인다. 배설의 생산적 성격이 희화화되고 있다"고 주장한다(김영경, 같은 글, 14쪽).
24) 김영경, 같은 글. 이 논문에서는 거인설화 자료를 외모중심형과 행위중심형으로 구분하고 있다.

펴보기로 하겠다.

　지철로왕(智哲老王)은 음장(陰長)이 일척오촌(一尺五寸)이나 되어 배필을 구하기 어려웠다. 그래서 사자(使者)를 삼도(三道)에 보내 구하게 하였는데, 사자가 모량수(牟梁樹) 아래에 이르렀을 때 개 두 마리가 큰 북만한 똥덩어리의 두 끝을 물고 다투고 있는 것을 보았다. 촌인(村人)에게 물으니 상공(相公)의 딸이 빨래를 하다가 수풀 속에 눈 것이라 하였다. 그 여인을 찾아가 보니 키가 칠척오촌(七尺五寸)이나 되어, 궁중으로 맞아 배필로 삼았다.25)

　상기한 이 설화는 세 가지 점에서 시사하는 바가 크다고 본다.
　첫째, 거근(巨根)과 많은 양의 배설물이 동일시되고 있다는 점이다. 지철로왕이 거근을 지녔기에 그 배필이 될 여인 또한 거근을 지녀야 할텐데 이런 여인을 찾는 기준이 바로 배설물의 양이 되고 있는 것이다. 이것은 곧 배설물의 양이 많다는 것은 거근을 지녔다는 것으로 인식되었음을 의미한다고 하겠다. 따라서 배설물의 양이 문제가 되든 거근이 문제가 되든, 그것은 결국 거인적 면모를 달리 표현한 것에 불과함을 알수 있다.
　둘째, 구전설화뿐만이 아니라 문헌설화에서도 왕의 거인적 면모를 찾아볼 수 있게 한다는 점이다. 이처럼 문헌과 구전 모두에서 왕이 거인의 모습을 띠고 나타나는 것은 왕조 또는 왕계가 거인설화와 일정한 관련이 있었음을 보여주는 증거가 된다. 때문에 왕조 또는 왕계의 시조가 비롯됨을 의미하는 '선류몽'에서 많은 양의 오줌 즉 배설물을 문제

25)『삼국유사』권1 기이 제1. 지철로왕.

삼고 있는 것은 바로 거인설화와 관련시키고자 하는 의식이 저변에 깔려 있었음을 추정케 한다.[26]

셋째, 지철로왕의 거인적 면모가 여타의 거인설화보다 훨씬 현실적인 모습을 띠고 나타난다는 점이다. 지철로왕은 음장이 일척오촌(一尺五寸)이라 했으니, 현실과 지나치게 동떨어진 상상력의 소산은 아니다. 또한 배필이 되는 여인의 배설물의 양도 산천을 형성하는 거인설화와는 다소 간격이 있다. 그러면 지철로왕설화에서 이처럼 신화적 상상력이 보다 현실을 지향하는 양상을 보이는 이유는 무엇인가? 이것은 두 가지 각도에서 생각해 볼 수 있다. 우선 여타의 거인설화는 구전으로 전하는 것이기 때문이라는 점이다. 구전설화는 구비전승되면서 흥미를 위해서 아무래도 과장을 하기 마련인데, 지철로왕설화는 문헌에 정착되면서 이런 과장이 제외되었을 가능성이 있다는 것이다. 또는 비교적 일찍 문헌에 기록됨으로써 여타의 구전설화와 달리 과장되어 나타날 기회를 잃었을 수도 있다. 다음으로 거인설화는 역사가 아주 오래된 것으로 처음에는 구전설화처럼 거대한 거인이었을 것이나 그것이 변모된 후대적 양상으로 이처럼 현실에 가깝게 형상화되어 나타났을 수 있다는 점이다. 시대가 흐르고 인간의 인지가 발달되면서 점차 인간이 현실적이고 합리적인 사고를 하게 되어, 거인설화도 이러한 사고에 따라 변이되었

---

26) 오바야시[大林太良]는 우리나라에서 왕조나 왕계의 '최초의 왕'이 대체로 거근과 관련되어 있음을 지적한 바 있다. 즉 『삼국유사』에서 거근의 모습으로 나타나는 지철로왕은 내물왕의 증손으로 18대 실성왕에서부터 21대 소지왕과는 다른 왕의 계통으로 신라라는 국호를 처음 사용하고 시호가 시작된다든가 우경(牛耕)이 이용되는 등 이전 왕과는 구별되어 처음 시작되는 의미를 지닌 왕이라고 한다. 아울러 백제의 시조 성격을 지닌 구태(仇台) 또한 거근일 가능성과 손진태의 <김수로왕의 根>이라는 자료에서 수로왕도 거근이었음을 언급하면서 한국에서 거근은 '최초의 왕'을 의미한다고 주장하였다(大林太良, 「巨根の論理」, 『東アジアの王權神話』, 弘文堂, 1984).

다고 보는 것이다.

그런데 이 중 전자보다는 후자의 타당성이 더 크다고 본다. 그 까닭은 첫째, 이 세상의 시원을 밝히는 창세신화의 주체가 되는 인물이 거인이라는 점이다. <창세가>와 같은 내륙지방의 창세신화에서는 물론 제주도의 <천지왕본풀이>에서도 거인에 의해 이 세상이 창조되고 있다는 것이다. 뿐만 아니라 중국의 반고를 비롯해서 중국소수민족인 부미족의 력가, 오키나와의 아만츄 등 세계 도처의 창세신화가 거인설화로 나타나고 있어, 그 원초성이 인정된다.[27] 둘째, 우리나라의 구전거인설화와 거의 흡사한 모습을 보여주는 자료가 가까운 일본에도 나타나고 있다는 것이다. 일본에서는 이미 8세기에 거인설화들이 문헌에 기록되고 있음을 확인할 수 있다. 즉 일본『풍토기(風土記)』에는 다이다보오시[大大法師]와 오오비도야고로[大人彌五郎]라는 남성거인의 이야기를 담고 있는 것이다. 야나기다구니오[柳田國男]는 이들 설화를 비롯한 일본 곳곳의 여러 거인설화를 살피면서, 『풍토기[風土記]』의 이런 기록이 그 이전부터 있었던 거인신의 공경과 신력이 이어지면서 연유되는 것이라 밝히고 있다.[28] 이와 같은 일본의 경우에 비추어 우리나라의 거인설화를 생각해 보더라도 다만 기록이 나타나지 않을 뿐 구전 거인설화의 연원이 깊다는 것을 알 수 있다. 그리고 이외에도 장주근이 구전 거인설화를 천지창조설화로 보아 인류창조신화보다 신화적 서열에서 앞서는 고형의 신화 형태라고 주장한 점이라든가,[29] 조동일이 건국신화가 나타나기

---

27) 大林太良은 거인설화의 분포가 세계 전역에 걸쳐 있음을 지도에 표시하고 있다(大林 太良, 『神話學入門』, 中央公論社(동경), 72~73쪽).

28) 柳田國男, 『一目小僧その他』, 小山書店(동경), 1941, 367~407쪽.

29) 장주근, 『韓國口碑文學史(上)』, 한국문화사대계 5, 고려대출판부, 1978, 657~659쪽.

전의 신화형태로 이런 거인설화를 다루고 있다는 점[30] 또한 후자의 타당성을 뒷받침하는 주장이라 하겠다. 이렇게 볼 때 지철로왕설화는 거인설화가 현실화되고 있는 모습을 잘 보여주는 설화로 주목할 필요가 있는 것이다.

한편 거인설화의 이러한 후대적 변이양상과 관련지어 생각해 볼 것이 '선류몽'담에서의 꿈이다. '선류몽'담에서는 거인설화가 꿈의 형태를 빌려 현실성을 띠게 되는 것으로 보여지기 때문이다. 물론 여기에는 인간들이 보편적으로 경험하는 방뇨몽을 단순히 설화화한 것에 지나지 않는데, 이것을 지나치게 비약해서 해석하는 것이 아닌가 하는 의문을 제기할 수도 있다. 하지만 보편적인 인간이 경험하는 방뇨몽은 이처럼 많은 양의 배설물이 문제가 되지 않는다는 점, 그리고 만약 단순한 방뇨담에 근거한다면 비정상적인 상황에서 왕위를 계승하는 것을 합리화시키는 상징적 의미를 지니지는 못할 것이라는 점을 고려할 필요가 있는 것이다.

거인설화는 인간의 인지가 발달되고 합리적인 사고를 하게 되면서 현실화의 방향을 추구해 나갔을 것이다.[31] 거인설화의 비현실적인 측면을 보다 현실에 가깝게 기술하기 위한 모색이 있었을 것이고, 이런 모색의 일환으로 지철로왕설화와 같은 형태가 형성되었을 것이다. 그리고 또 한편으로는 선류몽처럼 꿈의 형태를 빌림으로써 자연스럽게 현

---

30) 조동일, 『한국문학통사 1』 제3판, 지식산업사, 1994.
31) 거인설화에 대한 신성성이 사라지자 거인설화에 대해서는 그 진실성에 대한 의문이 적지 않게 제기되었으리라 본다. 이 점에 대해서는 산이동설화를 다루면서 비현실적인 면을 부정하는 전승자나 현실 가능한 형태로 설명하려고 채록자의 관점(박춘식, 『서산의 전설』, 태안여상 향토문화연구소, 1987, 217쪽)을 통해 구체적으로 검토한 바 있었다.

실에서 일탈되지 않고 거인설화를 받아들일 수 있도록 했다고 본다.32)

이렇게 볼 때 지철로왕설화는 물론 '선류몽'담도 거인설화의 후대적인 변이양상으로 파악하는 것이 바람직한 것이다. 한편 '선류몽'담에서는 이외에도 거인설화와 관련지어 주목되는 부분이 있다. 즉 '선류몽'담의 매몽 부분이 그것이다.33) '선류몽'담에서는 매몽이 중요하게 등장하고, 그 대가로 지불하는 것이 옷 또는 비단이었다는 것은 이미 언급한 바 있다. 그런데 선류몽에서의 이런 매몽이 거인신에 대한 숭배의 한 단면이 아닌가 여겨지는 것이다. 거인설화가 원래 신화였다면 어떤 모습이든 제의적 형태가 존재했을 것이다. 그렇다면 거인신에 대한 제의는 어떠했을까? 신화의 신성성마저 사라진 마당에 제의의 형태를 밝혀낸다는 것은 거의 불가능하다. 다만 설화에 그 흔적이 남아있다면, 그것을 통한 일부 추정은 가능할 수 있을 것이다.

거인설화에서는 거인의 대식성(大食性)이 문제가 된다. 거인이기에 큰 체구를 지녀 먹을 것에 대한 해결이 시급하다고 인식했기 때문일 것으로, 이런 대식성은 결국 많은 양의 배설물에 의한 산천형성과도 관련될 수 있어 거인설화의 중요한 면모를 차지한다. 한편 거인설화에서는 이외에 대의화소(大衣話素)가 중요하게 나타남을 주목할 필요가 있다. 이것은 거인의 외모를 묘사하기 위한 것으로, 거인은 덩치가 큰 만큼 자신에게 맞는 온전한 옷을 원하며, 사람들이 이러한 희망에 부응해 옷을

---

32) 비현실적인 존재나 특별한 능력을 부여하는 신비스런 물건을 가진 것에 대해 후대에 현실 가능한 쪽으로 이야기를 전개하기 위해서 꿈 속에서의 사건을 빌려와 설명하는 형태로 변모되는 양상은 강진옥이 <금척(金尺)> 설화를 들어 밝힌 바 있다(강진옥, 「구전설화 유형군의 존재양상과 의미층위」, 이화여대 박사논문, 1985, 15~17쪽).

33) 김현룡은 비단치마로 이런 꿈을 사는 행위를 무격사상이나 토속신앙에서 잔념하는 제수 의식과 상통한다고 지적한 바 있다(김현룡, 같은 책, 208쪽).

만들어주는 것으로 나타난다. 제주도의 설문대할망은 명주 백 필을 모아 속옷을 만들어주면 육지까지 다리를 놓아주겠다고 하나 한 필이 모자라 다리를 놓다가 말았다고 한다. 여기서 설문대할망을 거인신격으로 상정한다면, 제주도민들은 거인신격에게 육지까지 다리를 놓아달라는 기원을 하고 그 신물(神物)로서 옷을 바쳤다고 볼 수 있다. 하지만 그 명주가 백 필이 아니고 한 필이 모자랐다는 것은 정성이 부족해 그 기원을 신격이 제대로 들어주지 않은 모습이 반영된 것으로 이해할 수 있는 부분이다. 여하튼 거인신격인 설문대할망이 옷을 갈망하고 사람들이 명주를 모아 옷을 해서 바쳤다는 것은 제의와 관련해 주목할 수 있는 부분임은 분명하다. 이런 양상은 남성거인인 '장길손'에서도 그대로 보이는 양상이다. 장길손은 배불리 먹을 것을 갈망하는 자료도 있지만 여타의 각편에서는 먹을 것보다 입을 것을 갈망하다 그 소원이 이루어지자 좋아서 춤을 추다가 그 그림자 때문에 곡식이 익지 않아 농사를 망쳐서 사람들에게 쫓겨나는 것으로 나타난다. 비록 앞의 설문대할망보다 희화화되면서 거인신격의 성격이 추락된 모습을 보이지만 옷을 간절히 원하는 거인의 모습은 일치하고 있음을 알 수 있다. 그리고 사람들이 거인에게 옷을 바치는 모습이 없는 거인설화의 경우에도 옷 또는 베를 짜는 것과 관련이 되는 경우가 많다. 예컨대 <창세가>에 나오는 거인신격인 미륵은 옷을 만들어 입는 일을 가장 먼저 하며,[34] 거인인 지리산 성모신도 베를 짜서 사랑하는 반야에게 줄 옷을 장만하고 있다.[35] 이외에도 마고할미가 입던 옷의 조각이 남아 큰 바위가 되었다는 등,[36] 적

---

34) 손진태, 『조선신가유편』, 향토문화사, 1930, 2~8쪽.
35) 한상수, 앞의 책, 1986, 228~231쪽.
36) 최상수, 『조선구비전설지』, 조선과학문화사, 1949, 12쪽.

지 않은 거인설화가 옷 또는 옷감과의 관련성이 두드러진다. 여기에서 거인신에 대한 제의가 옷을 바치는 행위와 연관이 있지 않을까 조심스럽게 추정해 본다.

옷을 바치는 제의 형태는 거인설화와는 거리가 있지만 적지 않은 신화에서 그 모습을 찾아 볼 수 있다. <수로왕신화>에서는 허황후가 육지에 올라 가장 먼저 하는 일이 높은 언덕에 올라 입고 온 비단바지를 벗어 산신령께 바치는 것이고, 그리고 제주도의 <세경본풀이>에서도 하늘에 바칠 비단을 자청비가 짜는 부분이 나타난다. 뿐만 아니라 <연오랑세오녀>에서는 잃어버린 일월의 정기를 되찾기 위해 세오가 짠 비단으로 하늘에 제사를 지냈다고 한다. 이처럼 많은 신화에서 비단이 신에게 바치던 중요한 물품으로 나타나고 있는 것이다. 그런데 특히 <연오랑세오녀>에서 일월의 정기를 찾기 위해 비단으로 제사를 올렸다는 것은 우리나라의 창세신화에서 일월을 조정하고 있는 인물이 거인으로 나타난다는 점을 염두에 둔다면 거인설화와 관련이 있는 것이 아닌가 여겨지기도 한다.

한편 이보다 더 구체적인 자료는 이성계가 조선 개국을 돕는 산령께 비단으로 보답한다는 '금산(錦山)'에 대한 설화이다. 이성계가 나라를 세움에 있어 여러 산신들의 반대로 어려움을 겪는데, 특정 산신이 적극적으로 도와 나라를 개국하게 되고, 이에 대한 보답으로 비단 또는 비단치마를 그 산에 입히고자 하는 뜻에서 '금산'이라는 이름을 주었다는 것이다.[37] 이는 곧 나라의 창건과 관련해 비단으로 제를 올렸음을 보여

---

37) 임석재전집 4(함남북, 강원편), 『한국구전설화』, 평민사, 1989, 98쪽 ; 임석재전집 10 (경남편 I), 『한국구전설화』, 평민사, 1993, 21쪽 등 적지 않은 자료가 채록되어 있다.

주는 자료로, 거인신격이 산신과도 무관하지 않음을 볼 때 거인신에 대한 제의를 추정케 한다. 그리고 앞서 지적한 바대로 거인설화의 후대적 양상인 선류몽이 국가의 왕조나 왕계 교체에 대한 당위성을 부여하는 것과도 상통되는 것이다.

다음으로 주목되는 자료는 임석재가 조사한 <다자구할망> 설화이다. 이 설화에서 다자구할망은 거인으로 나타나지는 않는다. 하지만 거인설화의 후대 양상의 한 형태로 추정되는 자료이다. 그 내용을 요약하면 다음과 같다.

> 경주 북쪽의 산 아래 부산성(富山城)을 백제군이 공격했으나 성이 함락되지 않았다. 어느 날 한 할미가 그 성에 들어와 아들인 더자구와 다자구를 찾는다고 했다. 그러나 신라군이 깨어있을 때는 더자구, 깊이 잠들었을 때는 다자구를 외쳐 백제군이 쉽게 승리할 수 있었다. 백제군은 이 성에 할미를 위해 누각을 짓고 옷과 밥을 바쳐 위했다.[38]

거인설화는 역사적 변모과정에서 본래 거인적 성격을 지녔던 존재가 할미 또는 표모의 모습으로 변모해 적에게 정보를 제공하는 인물로 나타나기도 하는데,[39] 이 설화는 신라군의 정보를 백제군에게 전해줌으로써 백제군에 의해 제향을 받는다고 되어 있다. 그런데 여기서 특히 흥미로운 점은 이 다자구할미에 대한 제의에서 옷을 바친다고 하는 것이다. 이것은 비록 직접적인 거인설화는 아니지만 거인설화의 후대적

---

38) 임석재전집 12(경북편), 『한국구전설화』, 평민사, 1993, 30쪽.
39) 강진옥, 「<마고할미>설화에 나타난 여성신 관념」, 『한국민속학』 25집, 한국민속학회, 36~45쪽.

자료로 추정되는 자료에서 옷을 바치는 제의 형태가 있었음을 보여준다는 점에서 시사하는 바가 크다.

그러면 이처럼 거인신에게 옷을 바치는 행위와 선류몽은 어떤 관계가 있는가? 선류몽이 거인설화의 후대적 잔존양상이라면 이런 거인설화의 제의적 면모가 남아있을 가능성도 없지 않다. 즉 매몽 부분에서 선류몽을 꾸는 인물에게 비단 또는 비단치마를 주며 꿈을 사는 행위가 바로 이런 면을 보여주는 것으로 여겨진다. '선류몽'담에서 선류몽의 주체가 되는 인물은 거인적 존재라 했다. 온 세상이 잠길 정도의 배설물은 꿈이지만 거인이라야 가능하다고 했다. 이런 거인신적 존재의 역할을 하는 인물에게 비단옷을 주며 선류몽을 사는 행위는 곧 거인신에게 옷 또는 비단을 바치고 소원을 비는 것에 다름 아닌 것이다. 지나친 논리적 비약이 있을지 모르나 거인신에 대한 제의에는 옷 또는 옷감을 바치는 제의 형태가 있었을 가능성이 있고, 이런 제의적인 면모가 거인설화의 후대적 변모양상인 선류몽에 와서는 이처럼 매몽의 모습으로 잔존하게 되었다고 보는 것이다.[40]

이상과 같이 볼 때 선류몽설화는 거인설화에 근원을 둔다. 그런데 거인설화에서의 산천형성과 같은 원초적인 사건이 후대에도 계속해서 나타날 수 있는 것이 아니기에, 시간이 흐르면서 현실적인 측면으로의 모색이 필요했다. 즉 후대로 내려오면서는 황당한 성격을 지닌 거인적 존재를 바라기보다는 인간이면서 거인적 속성을 지닌 인물을 설정하고자 했을 것이다. '선류몽'담은 본질적으로는 거인설화적 면모를 유지하면

---

40) 김헌선도 창세신화의 거인적 성격을 밝히면서 옷이 신성하게 여겨졌다고 밝히고 있다(김헌선, 앞의 책, 52~53쪽).

서도 한편으로 현실화를 꾀하고자 하여, 그 외피를 꿈의 형태로 씌움으로써 인간사에서 일어날 수 있는 일로 바꿔놓은 형태라 하겠다.

5. 고려초 '선류몽'담과 지리산성모신

'선류몽'담이 나타나는 자료들에 대한 검토에서 중요하게 거론되어야 할 또 하나의 문제는 고려 초에 선류몽이 집중적으로 나타나고 있다는 점이다. 이미 앞에서 살펴보았듯이 <고려왕세계>에 두 편의 선류몽이 연이어 보이고, 왕건의 손자에 해당되는 현종에게도 선류몽이 다시금 나타나는 것이다. 그러면 이처럼 고려 초에 선류몽이 집중되어 있는 까닭은 무엇인가? 이 점에 대한 해명 또한 거인설화 및 성모설화의 관련 속에서 밝힐 수 있을 것이다. 이와 관련하여 주목할 자료는 지리산성모에 대한 기록이다. 지리산성모는 고려의 개국에 있어 가장 큰 기여를 한 것으로 나타나는 신격이다. 우선 이에 관련된 기록부터 살펴보기로 하겠다.

> ㉮ 성모(聖母)는 지리산천왕(智異山天王)이다. 도선(詵師)에게 명하여 이곳을 가리키며 명당이라 했다.[41]
> ㉯ 옛날에 개국(開國) 조사(祖師) 도선(道詵)이, 지리산(智異山) 주인 성모천왕(聖母天王)이, "만일 세 개의 암자를 창립하면 삼한(三韓)이 합하여 한 나라가 되고 전쟁이 저절로 종식될 것이다." 한 비밀스러운 부탁으로 인하여 이에 세 개의 암자를 창건하였으니, 곧 지

---

41) 聖母智異山天王也 命詵師 指此謂明堂 (『帝王韻紀』, 本朝篇)

금의 선암사(仙岩寺)·운암사(雲岩寺)와 이 절[용암사(龍岩寺)]이
그것이다. 그러므로 이 절이 국가에 대하여 큰 보탬이 되는 것은
고금 사람이 함께 아는 일이다.[42]

㉰ 사당이 둘인데, 하나는 지리산 천왕봉 위에 있고, 다른 하나는 군
남쪽 엄천리에 있다. 고려 이승휴가 「제왕운기」에 이르기를 "성모
는 태조의 모(母)인 위숙왕후(威肅王后)이다"라고 하였다.[43]

㉠ …… 또 묻기를 "여기에 모신 성모는 세상 사람들이 어떤 신이라
이르는가?" 하니 "석가의 어머니 마야부인이라 한다."고 말한다.
…… 내가 일찍이 이승휴의 「제왕운기」를 보니 성모가 도선에게
명하는 부분의 주(註)에서 "지금 지리산의 천왕은 고려 태조의 어
머니 위숙왕후를 가리키는 것이다."라고 하고 있다. 고려 사람들
이 선도성모(仙桃聖母)의 이야기를 익히 들었기로 그 임금의 계통
을 신성화하기 위하여 이 이야기를 만든 것이다. 이것을 승휴가
믿고서 운기에 적어 놓았으나……[44]

㉱ …… 판옥 안에는 부인(婦人)의 석상(石像)이 있는데, 이른바 천왕
(天王)이다. 지전(紙錢)이 어지러이 들보 위에 걸리고 …… (두류산
은) 호남·영남 두 경계의 진산(鎭山)이 되고, 그 아래 수십 고을
을 옹위해 있으니, 반드시 크고 높은 신령이 있어 운우(雲雨)를 일
으키고, 정기가 저축되어 영원토록 백성에게 복리를 끼쳐 주어 마
지 않을 것이다. …… 그곳에 사는 여러 사람들에게 물으니, 신(神)

---

42) 昔開國祖師道詵 因智異山主聖母天王密囑曰 若創立三嚴寺 則 三韓合爲一國 戰伐自然
息矣 於是創三嚴寺 則今仙嚴雲嚴與此寺是也 故此寺之於國家 爲大神補 今人之所共知
也(『東文選』 卷68, 靈鳳山龍岩寺重創記).

43) 祠宇二 一在智異山天王峰上 一在郡南嚴川里 高麗李承休 帝王韻記云 太祖之母 威肅
王后(『新增東國輿地勝覽』 卷31 咸陽 祠廟條).

44) …… 又問聖母 世謂之何神也 曰釋迦之母 摩耶夫人也 …… 余嘗讀李承休帝王韻紀聖
母命詵師 註云 今智異山天王 乃指高麗太祖之妃 威肅王后也 高麗人習聞仙桃聖母之說
欲神其君之系 創爲是談 承休信之 筆之韻記(『점필재집』(佔畢齋集) 제2권 「유두류록
(遊頭流錄)」).

을 마야부인(摩耶夫人)으로 삼는데 이는 거짓말이고, 점필재(佔畢
齊) 김공은 우리나라의 박문다식(博聞多識)한 큰 선비인데, 이승휴
(李承休)의 제왕운기(帝王韻紀)를 고증하여, 신(神)을 고려 태조의
비(妃) 위숙왕후(威肅王后)로 삼았으니 이것이 신필(信筆)이다. 이
는 열조(烈祖 태조(太祖)가 삼한을 통일하여, 동인(東人)으로 하여
금 분쟁의 고통을 면하게 하였으니, 큰 산에 사당을 세워 길이 백
성에게 제향을 받는 것도 당연하다.45)

㉮는 『제왕운기』 기록으로 성모가 도선에게 명하여 도읍을 정할 명
당을 알려 주었다고 한다. 이 기록은 고려의 창건과 관련하여 지리산성
모가 결정적인 역할을 하는 것으로 믿어지고 있음을 알게 한다. 그런데
이런 ㉮의 『제왕운기』 기록이 근거가 되어 ㉯, ㉰, ㉱ 등이 기록되는
것으로 나타나는데, 이들 기록에 다소 차이가 보이는 것이다. 특히 ㉯,
㉰에서는 이승휴의 『제왕운기』에 기록되어 있다고 하면서 고려 태조의
모(母)인 위숙왕후가 바로 지리산천왕이라 하고 있는데, 바로 이 부분이
없는 것이다. 그러면 이러한 차이는 어디에 기인하는 것인가? 김상기는
㉯, ㉰가 근거로 삼고 있는 ㉮에 위숙왕후가 지리산천왕이라고 하는 기
록이 없음과 '今智異山天王 乃指高麗太祖之妃'라고 된 『제왕운기』의 주
(註)를 적은 부분이 본조(本朝)가 아닌 고려 태조로 되어 있음을 지적하면
서 점필재 스스로의 의견이 기록된 것이라 주장한다.46) 그런데 이 주장

---

45) …… 屋下有石婦人像 所謂天王 紙錢亂掛屋樣 …… 作鎭湖嶺 二南之界 環其下數十州
　必有巨靈高神 興雲雨 儲精英 以福于民無窮已矣 …… 問 諸居民 以神爲摩耶夫人者誣
　而 占畢齊金公 五東之博通宏儒 微諸李承休之帝王韻記 以神爲麗祖之妃威肅王后者信
　也 提甲烈祖 以一三韓 免東人於紛爭之苦 立祠巨岳 而永享千民 順也(『탁영집(濯纓集)』
　卷5 「두류기행록(頭流紀行錄)」).
46) 김상기, 같은 글, 22쪽.

은 동의하기 어려운 점이 있다. 첫째, 「유두류록(遊頭流錄)」뿐만이 아니라 『신증동국여지승람』까지도 계속해서 이렇게 잘못 기록하지는 않았을 것이라는 점, 둘째, '본조(本朝) 태조(太祖)'라 하지 않고 '고려(高麗) 태조(太祖)'라 한 것은 김종직이 조선조 사람이기에 '본조(本朝) 태조(太祖)'라 한다면 혼동이 될 수 있기에 구별하고자 했기 때문일 것이라는 점 때문이다. 그렇다면 오늘날 전해지는 ㉮의 『제왕운기』 기록에 전적으로 의존하여 생각할 것이 아니라 오히려 상세한 주(註)가 있고 널리 유포되던 이본(異本)이 있었을 가능성이 있다고 보는 것이 마땅할 것이다. 아무튼 ㉮는 고려의 건국에 있어 지리산성모가 밀접하게 관련되어 있다는 사실만은 분명히 알게 한다.[47]

㉯는 ㉮와 마찬가지로 고려 건국에 있어 지리산성모천왕이 절대적인 기여를 하는 것으로 나타난다. 즉 성모천왕이 도선에게 절을 짓게 하여 삼한을 통일하게 되며, 이 때문에 절이 국가로부터 도움을 받는다고 하였다. 이 기록은 성모천왕을 모시는 절을 국가에서 섬겼다는 것을 보여주는 자료로서 중요하다.

㉰는 비록 『제왕운기』를 토대로 하고 있음을 밝히고 있지만, 지리산천왕이 곧 고려 태조의 모(母)인 위숙왕후임을 밝히는 기록이다. 이런 ㉰는 지리산성모가 왜 이처럼 고려의 건국에 큰 도움을 주는 신격으로 설정이 되었는지, 그리고 왜 고려 때부터 특히 지리산성모를 숭배하게 되었는지를 해명하는 것이기도 하기에 ㉮의 막연한 기록보다 훨씬 설득력이 있어 보인다.

---

47) 이능화도 그의 『조선여속고』에서 "성모천왕은 곧 지리산신이니, 이것은 박전(朴全)의 「용암사중창기(龍巖寺重創記)」에도 보인다"고 언급하고 있다(김상억 역, 『조선여속고』, 동문선, 1990, 65쪽).

㉔ 또한 『제왕운기』를 근거로 하여 태조의 비[母]가 위숙왕후라고 밝히고 있다. 그런데 이런 ㉔에서는 첫째, 지리산천왕이 고려 태조의 모(母)로 인식되었을 뿐 아니라 석가의 모친인 마야부인으로까지 인식되고 있다는 점, 둘째, 고려인들이 신라 시조인 혁거세를 낳았다고 하는 선도성모처럼 지리산천왕을 고려 태조의 어머니로 믿고 숭배했다는 점을 알 수 있다. 그리고 이 중 특히 후자는 성모신앙(聖母信仰)이 건국신화와는 별개로 신성시되면서 계속 유지되고 있음을 보여준다 하겠다.

㉕는 ㉔의 기록을 근거로 하고 있지만 특히 두드러진 점은 지리산천왕이 사람들에게 어떻게 섬겨지고 있는가를 보여준다는 것이다. 지리산천왕은 석상(石像)으로 옥내(屋內)에 모셔졌으며 비구름을 일으키는 신령스런 신이기에 많은 사람들이 지전을 붙이면서 기원하여 복을 비는 모습을 보여준다. 이런 모습은 비록 조선조 중기에 본 것을 기록한 것이지만, 이를 통해 고려시대에는 사람들이 지리산천왕을 얼마나 대단하게 숭배하였는지 미루어 짐작하게 한다.

이상 고려 건국과 관련하여 지리산성모에 대한 기록들을 검토하였는데, 이들 기록에서 다음 몇 가지 사실을 알 수 있다.

첫째, 고려 개국에 있어 성모천왕이 절대적인 기여를 한 것으로 믿어진다는 것이다. 도선을 시켜 절을 짓게 하여 삼한을 통일하게 한다든가, 고려가 도읍할 명당을 알려주는 등 고려를 건국하는 데 결정적인 역할을 하고 있는 것이다. 때문에 지리산성모는 고려의 호국신으로 숭배되기까지 했던 것으로 보인다. 이런 점은 이성계가 조선을 건국함에 있어 지리산신만이 반대하여 귀양을 보낸다는 설화가 널리 퍼져 있는데서도 알 수 있다.[48] 이런 설화는 지리산신이 곧 고려의 호국신으로 믿어졌기에 가능했던 것으로 보인다.

둘째, 이런 지리산성모가 태조의 모(母)인 위숙왕후로 믿어진다는 사실이다. 이미 앞에서 언급한 것처럼 신라의 선도성모(仙桃聖母), 가야의 정견모주(正見母主) 등 문헌에 기록된 건국신화와는 다른 형태의 개국시조와 관련된 성모신에 대한 이야기가 전해지는데, 고려의 개국에서도 지리산성모가 이와 같은 개국시조의 모신(母神)으로 나타난다는 것이다.

셋째, 지리산성모에 대한 성모신앙이 고려시대에 크게 성행하였다는 점이다.[49] 지리산성모를 나라에서 섬기고 있으며, 그 영험한 능력에 대한 기록도 적지 않다.

그러면 이런 지리산성모는 여타의 자료에서는 어떤 모습으로 형상화되고 있는가? 구전자료에서 지리산성모는 장신(長身)이고 대력(大力)을 가진 여성거인의 신격으로 나타나고 있다. 한상수가 1968년 채록한 자료에 의하면, "지리산산신은 여성으로 거인이었다. 키가 36척에 다리가 15척이나 되었다. 그는 성모 또는 마야고, 마고 등으로 불리었다."[50]라고 되어 있다. 그런데 여기서 특히 흥미로운 점은 이처럼 여성거인으로 나타나는 지리산성모에게서 '선류몽'담과 흡사한 양상이 꿈이 아닌 형태로 기록되어 나타나는 자료가 있다는 점이다.

세상에 전하기를 "지리산 고엄천사(古嚴川寺)에 법우화상(法祐和尙)이

---

48) 이성계가 지리산을 귀양보내는 설화는 『한국구비문학대계』 3-4(충북 영동), 『한국구비문학대계』 5-1(전북 남원), 『한국구비문학대계』 7-1(경북 경주, 월성) 등에 적지 않은 자료가 채록되어 있다.

49) 이에 대해서는 김상기가 『동문선』, 『고려사』 등의 기록을 살펴, 이 점을 자세히 밝히고 있다(김상기, 앞의 글, 20쪽).

50) 한상수, 같은 책, 228쪽.

있었는데 매우 도행이 높았다. 어느 날 한가히 앉아 있다가, 문득 산골짜기에서 흘러내리는 시냇물을 바라보니, 비가 오지 않았는데도 물이 불었다. 화상이 그 흘러온 물줄기를 찾아 천왕봉(天王峰) 꼭대기에 이르니 키가 크고 힘이 센 여인이 보였다. 그녀는 성모천왕(聖母天王)이라 스스로 이르고, 인간 세상에 적강(謫降)하였다고 하면서 '그대와 인연이 있으므로 수술(水術)을 지어 스스로 중매하였노라'고 하였다. 마침내 부부가 되어 딸 여덟을 낳았다. 자손이 많이 퍼져서 다 무술(巫術)을 배워 마을에서 무당 노릇을 하는데 금방울을 흔들며 울긋불긋한 부채를 들고 춤을 추면서, 아미타불(阿彌陀佛)을 외우고 법우화상을 부른다"고 한다.[51]

위의 기록은 지리산성모의 거인적 면모가 그대로 나타나면서도 선류몽과 관련해 특히 주목되는 자료이다. 이 기록은 지리산성모가 법우화상과 결연하여 팔도 무녀의 조상이 되었다는 내용으로, 그 기록의 원전이 명확하지 않고 지리산성모와 관련된 인물이 도선이 아닌 법우라는 차이가 있음에도 불구하고 선류몽과 비슷한 양상을 보이는 내용이 지리산성모에게도 보여짐을 알 수 있다.

이 기록에서는 우선 구전되는 지리산성모설화처럼 성모천왕이 '장신대력지녀(長身大力之女)'라 하여 구체적으로 묘사되지는 않았지만 거인의 모습이 분명하게 나타나고 있다. 또한 비도 오지 않았는데 계곡물이 넘쳐흘렀고, 그 내려오는 근원지를 찾아 천왕봉에 오르니 성모천왕이 있었다고 한다. 비도 오지 않았는데 계곡물이 넘쳐흘렀다는 것은 곧 성모천왕이 선류를 했다고는 되어 있지 않지만 여성거인인 성모천왕의 많은 양의 배설물에 의해 생겨난 현상일 가능성이 크다. 비가 오지 않았

---

51) 이능화, 김상억 역, 『조선여속고』, 동문선, 1990, 49쪽.

음에도 계곡물이 넘친 것은 어떤 요인으로 산정에서 많은 물이 한꺼번에 내려왔다는 것이고, 그 근원지에 성모천왕이 있었다는 것으로 보아 많은 물이 성모천왕에게서 비롯되었다는 것은 분명하다. 비록 성모천왕의 수술(水術)에 의한 것이라고 하고 있지만, 그 수술은 성모천왕의 배설을 이처럼 미화시켜 표현한 것이 아닌가 생각된다.[52] 이에 앞에서 언급했듯이 거인설화에서는 거인의 배설화소가 중요하게 나타날 뿐만 아니라, 여성의 하문(下門)을 수문(水門)이라 하는 데서도 알 수 있듯이 성모천왕의 배설을 이처럼 수술(水術)이라 한 것으로 생각된다. 그렇다면 이처럼 계곡물이 넘쳐흐른 것은 결국 성모천왕의 방뇨 때문일 가능성이 크며, 선류몽과 마찬가지로 그것의 많은 양이 문제가 되고 있는 것이다. 또한 이런 선류를 통해 배필을 만나고 위업 즉 무업을 행할 무조(巫祖)들을 낳았다는 점 또한 선류몽과 상통한다. 필자는 이미 앞에서 선류몽이 비록 꿈의 형태를 빌었지만 이처럼 많은 양의 배설은 곧 거인이라야 가능하다고 했다. 그런데 이 자료에서는 꿈이 아닌 형태로 여성거인에 의한 유사한 모습이 나타나고 있는 것이다. 따라서 이 자료를 통해서도 선류몽의 근원이 거인설화에 있음을 파악할 수 있다고 본다.

이상과 같이 볼 때 고려 초에 선류몽이 집중되는 까닭은 지리산성모와 무관하지 않다고 본다. 지리산성모는 고려 개국에 있어 결정적인 기여를 한 신격이며, 고려 태조의 모(母)인 위숙왕후로 믿어지기도 한다. 뿐만 아니라 민중들에게 깊이 침잠되어 신성시되던 성모신(聖母神)이며 거인신격이기도 하기에, 고려의 건국신화를 구성하는 데 있어, 그리고

---

52) 강진옥은 이 부분을 많은 양의 오줌을 매개로 법우화상과 결연을 맺는다고 해석하면서, 강력하고 풍부한 오줌줄기는 거인성이며 여덟 명의 딸을 낳는 생산력 곧 다산의 능력을 암시한다고 보고 있다(강진옥, 같은 글, 33쪽).

비정상적인 상황에서 왕위에 등극하는 현종의 당위성을 획득하기 위해서는 이런 지리산성모와의 결부가 필요했으리라고 본다. 하지만 숭불정책을 표방하던 고려에서 이런 지리산성모를 표면에 내세우면서 신화화하거나 숭배하기는 어려웠을 것이다. 때문에 지리산성모의 속성 즉 거인적 면모를 현실적인 측면에서 계승한 선류몽을 받아들였던 것으로 보인다. 아울러 지리산성모는 무속에서 전해지는 무조설화(巫祖說話)에서 선류를 하는 모습이 나타나기에, 이런 점 또한 선류몽의 형태로 고려 초 왕조나 왕계 교체의 타당성을 설명하기 위해 사용되는 한 요인이 되었을 것으로 보인다.

6. 마무리

이 글은 거인설화 연구의 일환으로 마련되었다. 거인설화에 대한 현존자료는 크게 두 가지 형태가 있다고 본다. 하나는 거인의 면모를 온전히 또는 단편적이지만 그대로 보여주는 것이고, 다른 하나는 거인의 면모는 거의 사라지고 그 성격만 다소 잔존하고 있는 후대적 변이형태인 것이다. '선류몽'담은 이 중 후자에 속한다.

거인설화에서 거인의 본질적인 역할은 창세나 산천, 지형의 형성과 같은 원초적인 행위이다. 그런데 이런 행위는 그 속성상 거인신격에 대한 숭앙이 뒷받침되지 않는다면 현실과 지나치게 동떨어졌다고 여겨져 황당한 이야기로 인식되고 만다. 때문에 합리적인 사고에 다른 현실화의 방향을 모색하게 되고, 여기에서 나타난 것이 거인의 속성을 유지한 채 꿈의 외피를 빌린 형태인 '선류몽'담이라는 것이다.

이런 '선류몽'담은 고려의 건국신화를 비롯하여 진골로서 최초로 왕위에 올랐던 신라의 김춘추, 부모의 부도덕한 행각에도 불구하고 왕위에 오르는 고려의 현종 등에게서 나타난다. 이것은 모두 비정상적인 상황에서 왕위를 계승하는 모습으로, 이런 선류몽을 통한 신성현시가 필요했던 것이다. 더구나 구전설화에서 단군, 김수로왕 등 개국시조가 거인의 모습을 지닌 것으로 나타난다는 점에 비춰볼 때, 이런 거인설화의 후대적 변이성을 보이고자 했다는 것이다.

한편 선류몽은 고려 초의 왕조나 왕계 교체와 관련하여 집중되어 있음도 주목할 부분이다. 그런데 이런 까닭을 고려조의 지리산성모에 대한 숭배에서 찾을 수 있다.

지리산성모는 고려의 개국에 절대적인 기여를 했으며, 태조의 모인 위숙왕후로 믿어지는 성모신으로, 여성거인으로 형상화되어 있을 뿐 아니라 선류의 모습까지도 보여지기 때문이다. 따라서 선류몽을 통해 이런 지리산성모가 왕조나 왕계 교체에 관여하고 있음을 보여주고자 했던 것으로 보인다.

이러한 선류몽을 중심으로 거인설화와의 관련성을 검토하였는데, 거인설화의 후대적 변이양상이라는 점에서 선류몽을 살폈기에 거인설화 자체에 대한 논의가 구체적으로 이루어지지는 못했다고 생각한다. 특히 거인설화와 왕조설화의 관련성이 보다 정치하게 고찰될 필요가 있으며, 산신신앙과의 관련성도 명확히 구명되어야 한다고 본다.

08

거인설화의 문헌설화화 과정과 의미

1. 머리말

거인설화는 대부분 구전으로 전한다. 우리나라에는 설문대할망이라
든가 마고할미, 장길산 등 거인설화의 자료가 적지 않지만 모두 구전되
는 자료라 할 수 있다. 우리와 지리상으로 가까운 일본의 경우는 이미
8세기경의 문헌인 「풍토기(風土記)」에 다이다보오시[太大法師]와 다이진야
고로[大人彌五郎]라는 남성 거인이야기를 담고 있어[1] 기록화된 거인설화
의 모습을 찾아볼 수 있지만 우리의 경우 거인설화에 대한 두드러진 문
헌자료를 찾기란 쉽지 않다. 그렇다면 우리에게는 문헌에 기록된 거인
설화가 전혀 없는가? 그렇지는 않다고 본다. 원래부터 거인설화에 대한
기록을 싣고 있는 문헌이 없었는지 또는 있었지만 그 기록이 전해지지
않는 것인지는 확실하지 않다. 다만 거인설화적 흔적을 보여주는 현전

---

1) 柳田國男, 『一目小僧その他』, 小山書店(동경), 1941, 367~407쪽 참조.

자료 중『삼국유사』가 12세기 이전으로 거슬러 올라가지 않고, 또한 지나치게 비현실적으로 보이는 거인성이 윤색되어 그 흔적만을 남기는 형태이기에 거인설화의 면모가 두드러지지 않을 뿐이다.

그런데 문헌에 나타난 거인설화의 모습은 구전의 자료와는 큰 차이가 있다. 무엇보다도 문헌설화는 거인의 비현실적인 면이 사라지고 현실과 지나치게 동떨어지지 않은 모습으로 나타난다는 점이다. 거대한 거인의 외모라든가 산천을 형성하는 것과 같은 행위는 찾아볼 수 없고, 여타의 인간과 비교해서 아주 거대하다는 것을 강조하고, 아울러 그것에 대해 특별한 의미가 부여된다든가 거인성에 대한 현실적으로 가능한 형태로의 모색이 나타난다. 이와 같이 문헌에 나타나는 거인설화의 양상은 크게 두 가지 형태로 나누어 볼 수 있을 듯하다. 하나는 거인성이 현실화되고 축소되어 나타나는 형태이고, 다른 하나는 꿈의 형식을 빌려 거인성을 표현하는 설화가 있다고 본다. 전자에 해당되는 것은 지철로왕을 비롯한 거인적 속성이 미약하나마 그대로 보여주는 자료이고, 후자는 꿈의 형태를 빌려 거인성을 나타내는 것으로『삼국유사』김춘추조의 보회의 선류몽과 같은 모습을 보이는 것이 해당된다고 하겠다.

이 글에서는 이러한 관점에서 문헌에 기록된 거인설화적 성격을 지닌 자료를 검토하고 그것이 어떻게 기록되면서 형상화되어 나타나고 있는지, 그리고 이런 형태의 문헌화된 거인설화가 어떤 의미를 지니고 있는지를 살펴보도록 하겠다.

2. 문헌화된 거인설화의 자료존재 양상

거인설화의 면모를 보이는 문헌설화의 자료존재 양상은 두 가지 형태로 나눠볼 수 있다고 위에서 언급했다. 첫째는 거인적 속성이 미약하나마 그대로 보여지는 자료이다. 거인설화가 문헌에 정착되면서 비현실적인 거인성을 현실에 가깝게 형상화시켜 나타낸 것으로 판단되는 자료들이다. 둘째 꿈의 형태를 빌려 거인성을 표현하는 '선류몽'과 같은 자료이다. 거인설화에서 거인의 본질적인 역할은 창세나 산천, 지형의 형성과 같은 원초적 창조행위인데, 이것은 거인신격에 대한 숭앙이 뒷받침되지 않는다면 현실과 지나치게 동떨어졌다고 여겨져 황당한 이야기로 인식될 수밖에 없기에 합리적 사고에 따른 현실화 방향을 모색하게 되고, 여기에서 나타난 것이 거인설화적 속성을 유지한 채 꿈의 외피를 빌린 형태인 '선류몽'담이라는 것이다. 이 점에 대해서는 이미 논고를 통해 구체적으로 입증한 바 있기에,[2] 여기서는 전자를 중심으로 자료를 제시하고 그 양상을 살펴보도록 하겠다.

㉮ 탈해왕(『삼국유사』 기이편1)
㉯ 지철로왕(『삼국유사』 기이편1)
㉰ 천사옥대(『삼국유사』 기이편1)
㉱ 태종 춘추공(『삼국유사』 기이편1)
㉲ 문호왕 법민(『삼국유사』 기이편2)
㉳ 경덕왕 충담사 표훈대덕(『삼국유사』 기이편2)
㉴ 문이형낙강봉포은(聞異形洛江逢圃隱)(『청구야담』)

---

2) 권태효, 「'선류몽'담의 거인설화적 성격」, 『구비문학연구』 2집, 한국구비문학회, 1995.

⑦의 탈해왕은 신라의 4대왕으로 석씨(昔氏) 왕조의 시조가 된다. 이런 석탈해에게서도 거인성을 찾아볼 수 있다. 석탈해는 생시(生時)에는 거인적 면모가 드러나지 않지만 사후(死後)의 모습에서 거인성이 잘 확인된다.

석탈해신화에서는 탈해의 사후에 그 혼령이 나타나 내 뼈의 매장을 삼가라는 명을 하여 그 능을 파헤쳤더니, 해골의 둘레가 석 자 두 치, 몸뼈의 길이가 아홉 자 일곱 치인 천하무적 역사(力士)의 골격이었다고 한다. 이런 석탈해의 거인성은 <가락국기(駕洛國記)>에서 수로와 경합을 벌이는 탈해의 모습과는 너무도 판이하다. <가락국기>에서는 탈해의 신장이 불과 석 자이고 머리통의 둘레는 한 자밖에 되지 않는다고 하여 난쟁이로 묘사하고 있는 것이다. 어떤 것이 옳은 것인가에 대한 진위 여부를 떠나서 이러한 외모의 거대함이 곧 그가 지닌 능력과 밀접하게 결부된다고 인식되었음을 확인할 수 있는 것이다. 즉 탈해의 거대한 골격은 외모의 거대함을 들어 신성인물임을 의도적으로 부각시키고자 했던 것으로 보인다. 한편 석탈해신화에 나타난 탈해의 거인성은 탈해가 시조신적 성격을 지닌다는 점에서 여타의 문헌에 수용된 거인설화와 관련되어 주목된다. 뒤에서 살펴보겠지만 문헌에 수용된 왕의 거인성을 보이는 양상의 설화는 왕의 신성성을 나타내는 것인 한편 주로 왕계(王系)의 시조적 성격을 지닌 왕에게서 주로 나타난다는 것을 알 수 있는데, 석탈해신화에서도 이 점이 확인되는 것이다.

따라서 **⑦**는 신라의 시조왕적 성격을 지니는 석탈해에게서 거인성을 보인다는 점과 그런 거인성이 왕의 뛰어난 능력과 신성함을 드러내기 위해 결부되었다는 점에서 중요하다고 하겠다.

⑭의 지철로왕은 신라 22대 왕으로 음장의 길이가 일척오촌(一尺五寸)

이나 되어 배필을 구하기 어려웠다고 한다. 때문에 사자를 삼도(三道)에 보내 큰 북만한 똥덩어리를 배설한 여인을 찾아보니 키가 칠척오촌(七尺五寸)이나 되어 배필로 맞이했다고 한다. 이런 지철로왕설화는 현실과 지나치게 동떨어진 모습은 아니지만 구전되는 거인설화와 동일한 모습으로 형상화되어 있음을 알 수 있다. 지철로왕의 거근이나 왕비의 많은 양의 배설물은 거인설화에서 거인성을 나타내는 중요한 요소로 나타나기 때문이다. 거인설화는 크게 외모 중심형과 행위 중심형으로 구분할 수 있다.3) ㉯에서 보이는 지철로왕의 거근성은 외모 중심형 거인설화에서 가장 흔하게 보여지는 성격이라 할 수 있고, 왕비의 많은 양의 배설물은 행위 중심형 거인설화에서 많은 양의 배설물로 산천을 형성하는 데서 알 수 있듯이 아주 특징적인 면이다. 이런 지철로왕의 설화는 무엇보다도 왕과 왕비 모두에게서 거인성이 보여진다는 점에서 구전 거인설화로 전하는 김수로왕설화와 닮아 있다. 구전되는 자료에 보면 김수로왕은 거근으로 낙동강에 다리를 놓았다고 하며, 허황후는 나라사람들이 잔치에서 앉을 자리가 없자 음석(陰席)을 깔아 사람들을 앉게 하였다고 전한다.4) 이것은 지철로왕설화와 견주어 볼 때 지나치게 비현실적으로 거인성이 설정되어 있고 허황후 또한 거근의 형태로 거인성을 보여 배설의 양으로 거인성을 보여주는 지철로왕의 비(妃)와는 차이가 있지만, 왕과 왕비 모두에게서 거인성이 보인다는 점은 주목할 만하다. 한편 지철로왕의 비는 배설의 형태로 거인성을 보이고 있는데, 거인설화에서 배설이 산과 강을 형성하는 생산적 성격임을 염두에 둔다

---

3) 김영경, 「거인형설화의 연구」, 이화여대석사논문, 1990.
4) 손진태, 『조선의 민화』, 岩埼美術社(동경), 1959, 50~51쪽.

면 여성에게 이런 배설에 의한 거인성이 설정된 것도 유념할 만하다. 아울러 선류몽은 배설물에 의한 거인성을 꿈으로 형상화시킨 것이라 할 수 있는데, 이런 선류몽을 꾸는 주체가 주로 여성이라는 점과 관련지어 본다면, 많은 양의 배설물이 태초의 창세과정으로서 산천형성과 같은 생산적인 면에서 풍요를 상징하는 것으로 전환되었고, 남성거인과 여성거인 모두에게 나타나던 이러한 면모가 여성의 생산성 상징과 결부되면서 여성에게로 고정되어가는 과정이 아닌가 여겨진다.

㉡는 '천사옥대(天使玉帶)'조(條)에 보이는 진평왕에 대한 거인성이다. 진평왕은 키가 11척이었다고 하고, 내제석궁에 거동할 때 돌사다리를 밟으니 돌 세 개가 한꺼번에 부러져서 이 돌을 치우지 말고 후대에 보여주라 했다고 한다. 진평왕은 우선 키가 열한 자라 했으니 거인에 걸맞은 외모를 지녔다. 또한 한꺼번에 돌사다리 세 개를 부러뜨릴 정도의 용력이 있으니 거인설화에서 큰 산이나 바위를 들어 이동시키는 거인의 면모를 엿볼 수 있다. 그런데 여기서 주목할 점은 이것을 치우지 말고 후대에 보여주도록 한 점이다. 이것은 곧 왕이 지닌 신성능력으로 여겨졌기에 이렇게 한 것으로 판단되며, 왕의 용력이 대단함을 기록한 것이기도 하겠지만, 이처럼 거인성을 신성능력으로 인지하고 있음을 알게 한다. 한편 왕의 이런 거인성은 나라의 안녕 및 번창과 관련이 있지 않나 여겨진다. 진평왕은 하늘로부터 천사옥대를 받아 나라를 지키는 보물을 갖게 되는데, 이것은 ㉣와 ㉤에서 거인의 죽음이 곧 나라의 멸망을 상징한다는 점과 관련지어 본다면 거인성이 온전히 강조될 때는 이처럼 나라가 안정되고 평온하게 나타나는 것이 아닌가 여겨지는 것이다.

㉢의 태종 춘추공에서 보이는 거인성은 곧 대식성(大食性)이라 할 수

있다. 왕의 식사는 하루에 밥쌀이 서말이요 숫꿩이 아홉 마리였는데, 경신년에 백제를 멸망시킨 후부터는 점심을 없애고 저녁만 먹었음에도 불구하고, 이를 합치면 하루 쌀 엿말, 술 엿말, 꿩 열 마리였다고 한다. 이런 대식성은 <장길산>이나 설문대할망설화 등과 같은 거인설화에서 흔히 볼 수 있는 면모로 몸집이 거대하기에 먹을 것도 많이 필요로 하는 것으로 나타난다. 비록 김춘추에 대해 거인적 외모를 묘사하고 있지는 않지만 이것을 거인성으로 파악해도 무리가 없을 듯하다. 한편 그의 아내인 문희도 거인적 면모가 꿈의 형태로 나타난 선류몽을 사서 김춘추와 결합하고 있음을 볼 때 '김춘추'조에서도 부부가 모두 거인성을 지닌다고 할 수 있다. 김춘추가 이처럼 거인성을 강조했던 까닭은, 첫째 그가 진골로서 왕위계승에 적합한 인물이 아니었고, 둘째 문란한 정치를 하다 폐위된 진지왕의 증손자였다는 점 등을 들어 앞선 글에서 논급한 바 있다.5)

한편 ㉣에서도 ㉢와 마찬가지로 거인성을 지닌 왕의 다스림이 곧 나라의 안녕과 번영으로 일관되게 나타나고 있음을 알 수 있다. 곧 김춘추는 삼국을 통일하여 통일신라를 형성한 인물이고, 왕의 통치 당시는 도성 가운데 저자의 물가가 베 한 필에 벼가 30석 혹은 50석으로 백성들은 태평성대라 일렀다고 한다. 아울러 김춘추와 문희를 통해 보여주는 거인성은 자손의 번성으로 나타난다는 것도 염두에 둘만하다. 태자법민(法敏)을 비롯해 인문(仁問), 문왕(文王), 노차(老且), 지경(智鏡), 개원(愷元) 등이 모두 문희의 소생으로 꿈을 산 징험이 여기서 나타난다고 하고 있

---

5) 권태효, 「'선류몽'담의 거인설화적 성격」, 『구비문학연구』 제2집, 한국구비문학회, 1995.6, 182~183쪽.

으며, 서자 또한 다섯이라고 밝히고 있어 거인성이 이처럼 다산(多産)의 면모로 나타나고 있는 양상이라고 하겠다.

㉯의 <문호왕(文虎王) 법민(法敏)>조의 기록은 가장 거인적 면모가 두드러진 자료라고 할 수 있다. 그 기록을 보면 "왕이 처음으로 즉위한 용삭(龍朔) 신유(661)에 사비수(泗批水) 남쪽 바다에 여자의 시체가 있었는데, 몸 길이가 73척이요, 발 길이가 6척이요, 생식기 길이가 3척이나 되었다. 혹은 말하기를 몸 길이가 13척이며, 건봉(乾封) 2년 정묘(667)이라고도 한다"[6]라고 되어 있다. 곧 사비수 남쪽 바다에 시체로 떠오른 여성거인의 몸길이가 73자이고, 발길이가 6자, 생식기 길이가 3자나 되었다고 하니 여성거인의 형상이다. 이 기록에는 이런 여성거인이 어떤 성격을 지니고 어떤 행위를 했는지, 그리고 왜 죽음을 당하였는지는 전혀 언급되어 있지 않지만, 여러모로 시사하는 바가 적지 않다.

첫째, 거인성이 확연하다는 점이다. 외모중심형의 거인설화에서 보면 키가 얼마나 큰 지를 보여주는 행위를 한다든가 생식기가 거대함을 보여주는데, 이런 기록의 내용이 이러한 면을 잘 보여주고 있다는 점이다. 둘째, 이런 여성거인의 행위나 성격이 어떠했는지는 알 수 없으나 백제의 호국신적 성격을 지닌 여성거인이 아닌가 추정케 한다. 조수학(曺壽鶴)은 이 기록을 조짐(兆朕)이라는 각도에서 살피면서 "문무왕대의 거시조(巨屍兆)는 삼국통일의 조짐이라고 할 수 있다. 이에 비해서 고려 말에 나타난 우조(禹兆)는 통일신라의 멸망을 경고하는 천지운기(天地運氣)의 응집(凝集)으로 나타난 조짐이라고 한다면 조(兆)의 이치가 맞는 셈

---

6) 王初卽位 龍朔辛酉 泗批南海中 有死女屍 身長七十三尺 足長六尺 陰長三尺 或云身十八尺 在封乾二年丁卯(『삼국유사』 권2 '문호왕(文虎王) 법민(法敏)').

이다"[7]라고 하여, 이 거시조(巨屍兆)의 기록을 백제가 아닌 신라의 입장에서 보아 삼국통일의 조짐이라고 해석하고 있다. 그러나 이 기록은 백제의 멸망 조짐 중의 하나로 볼 수 있기에, 신라가 아닌 백제의 입장에서 그 상징하는 바를 살피는 것이 마땅하다. 무엇보다도 용삭 신유년 즉 백제 멸망 다음 해인 661년에 사비수 남쪽 바다에서 시체로 떠올랐다는 점은 백제의 멸망과 관련지어 볼 수 있다. 그 시기가 백제가 완전히 멸하게 된 시점이라는 것과 백제의 수도를 감싸 도는 사비수 남쪽 바다라는 것은 곧 백제의 상징적 표현이면서 이곳에 나타난 여성거인의 죽음은 백제를 지키던 호국신격의 죽음으로 받아들일 수 있다는 점이다. 이는 ㉫에서 우(禹)라는 거인의 죽음이 고려의 멸망을 보이는 것에 대응되는 양상이면서 아울러 왕계나 왕조의 시작이 거인설화와 관련된다는 점, 그리고 고려의 경우는 여성거인인 지리산성모가 국가를 창건하는 데 절대적인 공헌을 하는 것으로 보아 원래 창세신적 성격의 거인신격은 삼국이 건국되면서 건국신화에 밀려 그 기능이 뚜렷하지 못하다가 민중들을 중심으로 한 숭앙의식을 토대로 민간에서의 호국신적 기능을 했던 것인데, 백제의 멸망 부분에도 이런 호국신적 성격의 여성 거인신격이 죽은 것으로 표상화되어 나타난 것으로 보인다. 한편 백제왕들에 대한 신이한 모습을 살피는 기록이 거의 없기에 이런 거인적 면모가 신라와 마찬가지로 백제의 여타 왕에게 연결되어 나타나는지는 파악하기가 쉽지 않다.

㉫는 경덕왕의 거근에 대한 이야기로 여타의 문헌화된 거인설화에

---

7) 조수학, 「'文虎王法敏'條의 巨屍兆 研究」, 『삼국유사연구(상)』, 영남대출판부, 1983, 102쪽.

비해 거인성이 두드러진 것은 아니다. 경덕왕은 "왕의 옥경 길이가 팔촌[王玉莖長八寸]"이라 하여 음경의 길이를 소개하고 있는데, 지철로왕의 일척오촌(一尺五寸)에 비교해 보더라도 그다지 거대한 것은 아니지만, 보통사람과는 분명 크게 차이가 나는 거근을 지니고 있음은 분명하다.

그런데 이런 경덕왕설화는 두 가지 점에서 흥미로운 사실이 발견된다. 첫째, 거근을 지녔음에도 불구하고 자식을 얻지 못한다는 점이다. 거근은 성기숭배의 한 형태일 수 있으며, 그 바탕에는 풍요신앙이 내재되어 있다고 할 수 있다. 그럼에도 자식이 없어 표훈대덕에게 시켜 하늘에 자식을 기원하는 것은 거근임에도 그 능력을 발휘하지 못하고 있음을 보여주고 있는 것이다. 아울러 뒤에서 구체적으로 언급하겠지만 거인성이 나라의 흥망과 밀접한 관련이 있음을 볼 때 경덕왕이 지닌 이런 거인성이 제대로 기능을 하지 못했다는 것은 곧 나라가 쇠퇴하게 될 조짐을 보여주는 것이라고 하겠다. 이것은 실제로 하늘의 이치를 어겨 얻게 된 그의 아들 혜공왕이 김양상에게 죽임을 당하는 것으로 나타나고 큰 난리가 일어나 결국 무열왕계가 종식되면서 신라가 멸망하는 계기가 되고 있다는 것과도 무관하지 않다고 본다.

둘째, 거근을 지닌 경덕왕의 탁월한 능력이 곳곳에서 보인다는 점이다. 5악과 3산의 신령이 때로 대궐 마당에 나타나서 왕을 모신다든가, 비루한 모습의 충담사를 알아보고 또 그에게 미륵세존에게 달여 올리던 차를 얻어 마시기도 한다. 또한 하늘을 왕래할 수 있는 표훈대덕을 곁에 두고 있다는 점도 눈여겨 볼만하다. 그러면 이런 왕의 뛰어난 능력이 거근을 지닌 거인성에 기인하는 것인지는 검토해 볼 여지가 있다. 뒤에서 구체적으로 언급하겠지만 문헌에 수용된 거인설화의 뚜렷한 특징 중의 하나는 꿈으로 형상화되는 '선류몽'담을 제외한다면 거인의 행위가 중심이 되는 형태는 거의 나타나지 않는다는 점이다. 비록 지철로왕의 비(妃)가 많은 양의 배설물로 거인성을 보여주지만 이것은 행위를 통해 거인이 어떤 일을 했다는 것을 보여준다기보다는 단순히 지철로왕의 거근에 알맞은 상대로 형상화하고자 하여 이런 모습이 나타난 것이라 할 수 있다. 즉 지철로왕의 비에게 보이는 많은 양의 배설물은 이런 행위로 어떤 결과를 얻기보다는 단순히 거인성을 보이는 것에 불과하기에 단순한 외모 묘사와 크게 다르지 않다. 그렇다면 거인설화에서 거인의 행위는 어떤 의미가 있었는가? 거인의 행위 중 가장 본질적인 것은 역시 창조행위이다. <창세가>에서처럼 거인신격인 미륵이 하늘과 땅을 분리한다든가 배설물이나 흙덩이를 옮겨놓아 산천을 형성하는 것과 같은 인류가 살고 있는 이 땅의 지형 형성이 거인의 주된 행위이며, 신격으로서 숭앙받게 될 수 있는 의미이기도 하다. 그런데 이러했던 거인의 행위가 시간이 흐르고 인간의 인지가 발달하면서 원초적 창조행위의 재생산이 불가능해지자 다른 방향으로 모색이 있어야 할텐데, 거인설화가 왕조설화의 형태로 수용되면서 외모는 현실과 지나치게 동떨어지지 않게, 그리고 행위는 이처럼 왕의 뛰어난 능력으로 받아들여진 것이 아닌가 여겨진다.

❼는 조선후기의 문헌설화인 『청구야담』에 나오는 기록으로, 『동야휘집』에도 동일한 내용의 이야기가 <진로봉인문이형(津路逢人問異形)>이라는 다른 제목으로 실려 있다. 그 내용을 간략하게 요약하면 다음과 같다.

　　　백천(白川)의 포수가 묘향산에 사냥하러 가서 한 사슴을 쫓다가 심산에서 날이 저물었다. 포수는 열두 칸 초목을 발견하고 들어가 한 미인으로부터 저녁대접을 받고 동침하였다. 밤중에 장인(長人)이 들어왔는데, 머리부터 누우니 길이가 열한 칸 방에 달했다. 장인(長人)은 포수가 여인과 교합했음을 알고도 관대했다. 아침에 장인(長人)은 자기가 객(客)을 오게 했다면서 여인과 짐승가죽을 가져가게 하였다. 장인(長人)은 안주(安州) 포구까지 가죽을 옮겨준 뒤, 포수에게 5일마다 소 두 마리와 소금 백 석을 싣고 오라 하니 포수가 그대로 하였다. 포수가 영별(永別)하려는 장인(長人)에게 정체를 묻자, 명년(明年) 단오일에 낙동강가에 가서 검은 말을 탄 초립청포의 미소년에게 물어보라고 일러주었다. 포수는 돌아와 미인을 첩으로 삼았으며, 가죽을 팔아 관서(關西)의 갑부가 되었다. 포수가 다음해 장인(長人)이 일러준 소년을 만나 연고를 물으니, 장인(長人)의 이름은 우(禹)로서 국태민안하면 영웅이 되지 않고 깊은 산에 숨었다가 액운이 오면 소금을 먹은 뒤 사라져 그 기운이 많은 영웅을 낳게 된다고 하였으며, 생육(生肉)을 먹는 것은 기운의 쇠진(衰盡)을 늦추기 위한 것이라 하였다. 동자(童子)가 이 나라가 30년이 못되어 한나라 말처럼 영웅이 일어 위태하게 되나, 그대는 복력(福力)이 많고 처도 정결하다고 하였다. 소년은 자신을 정몽주라고 한 뒤 떠나갔다. 30년이 못되어 나라에 난이 일어나 많은 영웅 생명이 죽었으나, 포수의 일문은 무사하였다.[8]

우선 이 설화에서 우(禹)의 거인성부터 검토해 보면 다음과 같다.

㉮ 키가 하도 커서 지붕 위에서도 8~9길이나 솟아 있어 방안에서는 얼굴을 볼 수 없고, 방에 누우니 11칸 방이 꼭 맞았다.

---

8) 서대석 편저, 『조선조문헌설화집요』, 집문당, 1991, 478~489쪽. 이 책에서 요약한 부분을 인용했다. 하지만 끝의 "嗟呼 不三十年 左海之英雄豪傑 無異於漢季 麗國其殆矣哉"에 해당되는 부분을 "이 나라는 영웅이 없어 30년 이내에 위태하게 되니"라고 잘못 해석하고 있어 바로 잡았다.

④ 지고 온 보퉁이가 집 한 채 크기였다.
④ 소 두 마리를 그 자리에서 먹어치웠다.

②는 거인의 외모로 거인성을 표현한 것이고, ④는 그의 행위가 거인에 걸맞고 ④는 거식성(巨食性)을 보여주는 것이다. 거인설화에서 거인의 외모를 묘사하는 것이나 대식성을 보여주는 점, 산과 같은 큰 것을 옮기는 행위들이 나타나고 있음과 같은 양상인 것이다. 그런데 이런 거인의 성격이 흥미롭다. 우는 단순한 거인이 아니다. 나라의 흥망이 우(禹)와 직접적인 관련이 되고 있기 때문이다. 그러면 먼저 우의 본성을 설명하는 부분을 옮겨놓고 논의를 계속하도록 하겠다.

대개 천지의 순수한 양(陽)의 정기가 화하여 영웅호걸이 되는데 나라에 임금이 착하고 신하가 곧아서 국태민안하면 큰 인물이라도 세상을 구제할 공을 세울 기회를 얻지 못하게 된다. 따라서 그 정기는 영웅호걸이 되지 못하고 뭉쳐서 우(禹)가 되어 심산궁곡에 숨어 있다가 급기야 세상이 어지러워져 액운이 장차 일게 되면 우(禹)는 스스로 자진하는데 소금이 아니면 안되는 것이다. 자진한 후에는 온 천지에 흩어져 허다한 영웅으로 태어나는데, 이들의 출현이 어찌 실없는 것이겠는가? (…중략…) 앞으로 30년이 못가서 우리나라에 영웅호걸들이 마치 중국 한(漢)나라 말년과 같이 될 것이니 고려가 장차 위태롭겠구나[9]

이것은 고려의 멸망에 대한 당위성을 부여한다는 점에서, 그리고 이런 것을 알려주는 인물이 고려의 충신인 정몽주로 나타난다는 점에서 일정한 역사의식이 개입된 것이라 할 수 있다. 그러나 무엇보다도 이

---

9) 조수학, 앞의 글, 98~99쪽. 조수학이 번역한 것을 가져왔다.

글의 본질적인 면은 나라의 흥망이 우(禹)라는 거인신격과 밀접하게 결부되어 있다는 점이다.

우(禹)는 지리산성모신처럼 개국을 돕는 것도 아니고, 호국신적 성격을 지녔다고 보기도 어렵다. 지리산성모는 거인신격으로 고려가 개국하는 데 있어 중요한 역할을 한 것으로 믿어졌고, 이성계가 나라를 세우기 위해 여러 산신의 도움을 청할 때에도 지리산신만이 반대하여 귀양을 보냈다고 전하는 설화에서도 볼 수 있듯이 고려의 호국신으로 숭앙받는 신격이라 할 수 있다. 반면 우(禹)는 거인적 면모만 보일 뿐이지 신격으로서 주체적 행위를 했다거나 숭앙의 대상이 된 것은 아닌 듯하다. 우(禹)는 스스로의 의지에 따라 뭉쳐서 숨어있기도 하고 자진하여 어지러운 세상에 쓰일 영웅으로 출현하기도 한다. 따라서 이 글에 드러난 것으로 보아서는 거인신격으로 보기는 어렵다. 그럼에도 우(禹)와 지리산성모는 모두 거인으로 형상화되고 있다는 점과 나라의 멸망과 운명을 함께 한다는 점에서 완전히 일치한다. 특히 우의 거인성은 구전 거인설화에 나타나는 특징을 그대로 지니고 있음을 볼 수 있었다. 그렇다면 여기에서 고려시대의 거인설화가 상층과 하층으로 달리 수용되어 전해졌을 가능성을 상정해 볼 수 있겠다. 즉 상층에서는 우(禹)의 설화와 같은 형태로 기록화되어, 그리고 하층에서는 지리산성모와 같은 형태로 구전되면서 단편적인 모습만 『제왕운기』를 비롯한 문헌에 기록된 것으로 보인다는 것이다. 유학자들에 의해 문헌에 거인설화가 받아들여지면서 거인적 면모와 나라의 흥망이 거인과 함께 한다는 본질만 남겨둔 채 거인으로서의 행위나 기능은 사라지고 이처럼 철학적 사고를 바탕으로 하는 것으로 변질되어 나타났을 가능성이 있다. 반면 지리산성모는 주로 하층에서 숭배되면서 그 본질이 많이 변하지 않은 채 전승되었던 것으로 판단된다. 지리산성모가 엄청난 여성거인이었다든가,[10] 신라의 선도성모처럼 인식되며 고려의 개국에 깊이 간여했다든가,[11] 지리산성모가 영험하여 잘못 모시면 재앙을 받는다든가,[12] 그리고 조선 개국시 지리산신이 끝까지 반대하다가 결국 귀양을 갔다고 한다든가[13] 하는 등 구전이나 숭배되는 단면을 기록한 자료에서 보듯이 거인설화가 호국신적 성격을 지니면서 다양하게 여전히 신성성을 유지한 채 전파 전승되었던 것으로 보인다.

한편 이런 ❹는 ❸와도 밀접한 관련성을 보인다. 거인의 죽음이 나라의 멸망을 보여준다는 점에서 동일함을 알 수 있고, 거대한 외모의 묘사도 여타의 것보다 확연하다. 그런데 ❹는 ❸와 달리 구체적으로 거인신격이 나라의 흥망과 직접적인 관련이 있음을 보여주고 있어, 미루어 보건대 ❸의 여성거인 또한 지리산성모와 같은 여성거인으로서 백제의 호국신적 기능을 한다고 민간에서 믿어지던 신격이었는데, 구체적인 기록으로 남지는 못하고 하층에서 섬겨지던 것이 부분적으로 기록된 양상이 아닌가 여겨진다.

이상 문헌에 나타난 거인설화적 면모를 보이는 자료들을 살펴보았다. 그러면 이들 특징을 정리하고, 이를 토대로 하여 꿈의 형태로 거인설화

---

10) 한상수, 『한국인의 신화』, 문음사, 1986, 228쪽.
11) 今智異山天王 乃指高麗太祖之妃 威肅王后也 高麗人習聞仙桃聖母之說 欲神其君之系…
   (『占畢齋集』 文卷之2 遊頭流山)
   聖母 智異山天王也 命詵師 指此謂明堂(『帝王韻記』 本朝篇).
12) 屋下有石婦人像 所爲天王 紙錢亂掛屋樑 …… 必有巨靈高神 興雲雨 儲精英 以福于民
   無窮已矣(『濯纓集』 券5 頭流紀行錄).
13) 이성계가 지리산을 귀양 보내는 설화는 『한국구비문학대계』 3-4, 5-1, 7-1 등의 자료를 비롯하여 적지 않은 자료가 채록되어 있다.

가 문헌에 수용된 형태인 '선류몽'담과 비교하도록 하겠다.

첫째, 이들 자료에 나타난 거인성은 행위보다는 외모에 치중되었다고 할 수 있다. 거인설화에서 거인의 행위는 배설을 통한 지형 형성이나 산이나 바위의 이동, 성기로 사냥하기 등인데,[14] 이런 성격을 현실화시키면서 문헌에 수용하기는 어려웠던 것으로 보인다. 따라서 왕이 거인적 행위를 하기 보다는 단순히 보통사람 이상의 유난히 큰 신체적 특징을 내세워 거인성을 나타내고 있는 것이다. 그런데 이런 외모를 통한 거인성의 표현은 독자적인 것이 아니라 구전 거인설화와 동일하게 키나 생식기의 크기를 묘사하는 것으로 한정되어 나타남도 주목할 만하다. 이는 구전 거인설화가 수용된 것임을 보여주는 한 단면으로 판단된다. 한편 거인설화에서의 거인의 행위적 측면은 문헌에 그대로 수용될 수 없기에 거인성을 보이는 왕의 신성능력을 발휘하는 것으로 변모되어 나타났을 가능성이 크다. 거인의 행위에 따른 산천 형성과 같은 창조행위는 더 이상 현실적으로 형상화하기는 불가능해졌고, 따라서 거인신격으로서 숭앙받게 되는 창조신적 성격은 필연적으로 변모될 수밖에 없었는데 이것이 곧 거인적 외모에 따른 신성능력의 발휘라는 측면으로 나타나게 되었다고 보는 것이다. 이는 진평왕이나 무열왕, 경덕왕 등 거인성을 보이는 왕과 그들의 능력 및 나라의 안정됨 등을 결부시켜 볼 때 확인되었던 바이다.

둘째, 거인성이 지나치게 비현실적으로 묘사되지는 않는다는 점이다.

---

14) 김영경은 거인설화의 행위형을 다시 산천형성형, 대결형, 사냥형 등 세 가지 형태로 나누고 있다(김영경 ; 같은 글). 하지만 산이나 바위를 이동하다가 두고 가는 것을 대체로 대결형이라 하여 포함시키고 있는데, 구체적인 행위는 주도권 다툼의 행위라기보다는 산이나 바위를 이동시켜 지형을 형성시키는 형태가 대부분이기에 대결형이라는 명명은 마땅하지 못하다.

문헌에 수용된 거인설화의 모습 중에서 가장 두드러진 특징은 외모의 크기가 구체적인 척도를 통해 제시되고 있다는 것이다. 구전 거인설화에서는 비근한 자연물들을 끌어와 거인의 엄청난 외모를 상상하도록 한다. 예컨대 마고할미는 온 바다를 다 돌아다녀도 발목물밖에 차지 않았다고 한다든가[15] 설문대할망은 한라산과 산방산을 딛고 서서 태평양에 빨래를 했다고 한다.[16] 이러한 외모 묘사가 문헌에 수용되면서는 철저하게 몇 척인가 하는 도량형 단위로 설명되면서 지나치게 비현실적인 거인성은 배제하고 있는 것이다. 그럼에도 보통 인간과는 확연히 구분되는 거대한 외모임에는 분명하다.

셋째, 이런 거인성은 국가의 흥망성쇠와 밀접한 관련이 있다는 점이다. 거인의 죽음은 곧 나라의 멸망을 상징하고 있다. 또한 왕의 거인성이 온전히 발휘되면 나라가 평온하고 안정되며, 왕의 거인성이 잘못 발현되면 국가의 멸망조짐으로 이어짐을 볼 수 있다. 이는 단군이나 김수로왕 등 건국시조가 거인으로 형상화되고 있어 국가의 시원에 있어 거인신의 관련성을 상정하게 하는 점,[17] 그리고 거인설화가 꿈으로 형상

---

15) 『한국구비문학대계』 8-1, 한국정신문화연구원, 1980, 342쪽.

16) 『제주도전설지』, 제주도 문공실, 1985, 68쪽.

17) 오바야시[大林太良]는 그의 「巨根の論理」라는 글에서 '최초의 왕'이 대체로 거근과 관련되어 있음을 지적한 바 있다. 즉 『삼국유사』에서 거근의 모습으로 나타나는 지철로왕은 내물왕의 증손으로 18대 실성왕에서부터 21대 소지왕과는 다른 왕의 계통으로 신라라는 국호를 처음 사용하고 시호가 시작된다든가 우경(牛耕)이 이용되는 등 이전 왕과는 구별되어 처음 시작되는 의미를 지닌 왕이라고 한다. 그리고는 백제의 시조 또한 거근일 가능성을 언급한다. 일본의 『新撰姓氏錄』 권28의 "出自百濟國都慕王男陰太貴首王也"라는 기록에서, 귀수(貴首)는 부여로부터 나와서 백제를 일으킨 구태(仇台)로 보고 음태(陰太)는 거근을 나타낸 것이라는 이마무라[今村鞆]의 설을 받아들여 백제의 시조도 거근이었을 것이라 한다. 그리고 손진태의 <김수로왕의 根>이라는 자료를 들어서 수로왕도 거근이었다고 하면서 거근은 '최초의 왕'을 의미한다고 주장하였다(大林太良, 「巨根の論理」, 『東アジアの王權神話』, 弘文堂, 1984).

화된 '선류몽'담이 새로운 왕조나 왕계의 시작에 당위성을 부여하는 의미를 지녔다는 점[18] 등을 염두에 둔다면 왕조의 흥망성쇠가 거인성의 표현으로 상징화되고 있음을 알게 한다. 한편 이러한 면모는 거인신격이 호국신적 기능을 하였던 것으로 믿어졌기 때문인 것으로 보인다.

이상과 같은 거인적 속성이 미약하나마 그대로 보이는 문헌자료는 꿈의 형태를 빌려 거인성이 형상화된 '선류몽'담과 더불어 문헌에 거인설화가 수용되는 두 가지 형태이면서 서로 상보적 관련성을 맺고 있다고 할 수 있다.

이런 두 가지 형태에서 전자는 있는 사실을 그대로 기록하는 형식을 취하고, 후자는 꿈의 형식을 빌리고 있기에 거인성이 서로 달리 나타날 수밖에 없다. 거인성을 그대로 기록하고자 하는 자료는 현실적이고 합리적으로 표현해야 한다는 한계 때문에 현실과 지나치게 동떨어진 거인성을 보이지 못하는 반면 '선류몽'담은 꿈의 형식을 빌리고 있기에 거인성을 보이기 위해 거인의 행위를 가져올 수도 있었고, 아울러 그런 형태로 나타난 배설물의 양이 엄청나더라도 아무런 문제가 되지 않는다. 따라서 외모로 묘사되는 거인성은 문헌에 그대로 거인성이 나타나는 자료에 적합하고, 행위의 형태로 나타나는 거인성은 현실적인 제약을 받지 않는 선류몽의 형태가 적합했다고 할 수 있다. 그런데 '선류몽'담은 그 행위를 받아들였으면서도 꿈의 형태이기에 거인의 행위 결과로 나타나는 창조행위를 받아들이기에는 무리가 있기에, 새로이 나라를 다스릴 인물을 낳는다는 신성현시와 당위성을 부여하는 형태로 신성한 의미만이 주어지고 있는 것이다. 반면 거인성이 그대로 문헌화된 형식

---

18) 권태효, 같은 글, 184쪽.

은 거인의 외모적 측면을 현실화하여 받아들이면서 아울러 거인이 지닌 능력을 거인성을 지닌 왕의 신성하고 탁월한 능력으로 변모시켜 수용하고 있다고 하겠다.

3. 거인설화의 자료존재 양상과 문헌 수용과정

거인설화는 원래 천지창조신화의 한 형태로서 이 세상을 창조하는 창조신격의 이야기였다고 할 수 있다. 이것은 오늘날 구전으로 전해지는 거인설화와 동일한 모습이었다고는 보기 어렵다. 다만 현재 전승되는 구전거인설화보다는 훨씬 신성시되었고 진실되다고 믿어졌던 것만은 분명하다. 오늘날 전해지는 거인설화는 원초적인 모습을 많이 지닌 것도 있지만 한편으로는 거인신격에 대한 신성성과 제의가 사라지면서 많은 변모가 개입된 형태라 할 수 있다. 그럼에도 거인설화의 실상을 알 수 있는 것은 이 자료들뿐이기에 이들 자료가 지닌 소중함을 간과할 수 없다. 이런 각도에서 현전하는 거인설화 자료를 몇 가지 층위로 구분할 수 있다고 본다.

> ㉮ 천지창조의 신화적 성격을 비교적 온전히 보여주는 자료
> ㉯ 거근이나 배설 등 거인의 특징적인 면을 중심으로 희화화한 자료
> ㉰ 거인설화가 쇠퇴하면서 나타나는 변이형 구전자료
> ㉱ 문헌에 기록되면서 꿈이나 현실적인 거인성으로 변모된 자료

㉮는 천지를 분리시키거나 산천을 형성하는 것과 같은 태초의 창조

행위를 하는 거인신격의 모습이 잘 드러난 설화를 지칭하는 것이다. ㉮에 해당하는 가장 적절한 예는 <창세가>와 <노고 할미바우 이야기>등을 들 수 있다. <창세가>에서 미륵은 붙어있는 천지를 분리시키고 동서남북 네 모퉁이에다 구리기둥을 세워 오늘날 우리가 사는 것과 같은 세상을 만드는 행위를 한다.[19] 또한 <노고 할미바우 이야기>에서 노고할미는 손이 크고 힘이 좋아서 평평한 데 가서 줄을 쭉쭉 그어 산과 골을 만들었다고 한다.[20] 이처럼 천지를 분리시키고 이 세상의 산천을 형성하여 비로소 인간이 살 수 있는 세상을 만드는 것이 거인신격 본연의 역할이고 의미였다고 본다. 그리고 이런 거인신의 성격이 창세신으로서 섬겨지게 된 까닭이었다고 생각된다. 물론 이들 자료에서도 외모의 거대함을 묘사하는 부분이 수반되기는 하지만, 이것은 거인 행위에 걸맞은 외모를 보여주는 것으로서 그 의미가 있다.

㉮는 거인의 행위와 역할이 창세신적 성격을 지녔기에 그 신성성이나 진실성에 대해 크게 의심받지 않고 거인신격을 섬기는 제의에서 숭배되면서 신화로 불렸을 것으로 보인다. 하지만 이런 창세신적 기능과 의미는 시간이 흐르고 인지가 발달하면서 현실과 거리가 있는 창세신적 행위에 무관심해지면서 또는 불합리하게 생각하면서 여러모로 변모되어 나타날 수밖에 없었던 것으로 보인다. 또한 지배와 피지배라는 관계가 형성되고 지배집단의 이념에 맞는 새로운 신화들이 형성되면서 이들 거인설화는 점차 그 자리를 잃어갔던 것으로 보인다. 따라서 신성한 신의 이야기로서의 거인설화가 아니라 세속화되고 현실화되는 형태

---

19) 손진태, 『조선신가유편』, 향토문화사, 1930, 2~8쪽.
20) <노고 할미바우 이야기>, 『한국구비문학대계』 2-1, 한국정신문화연구원, 1980, 568~569쪽.

의 거인설화 변이형이 나타나게 되었던 것으로 보인다. 이런 것이 ㉯, ㉰, ㉱의 자료라 할 수 있다.

㉯는 거인의 외모나 행위가 희화화되면서 한낱 우스갯소리에 불과한 이야기로 전략해버린 구전자료들이라 할 수 있다. 거인설화는 신성성을 상실하면서 새로운 존재방식의 모색으로서 거인성을 나타내는 특징 중 특히 인간에게 흥미를 끄는 요소인 거근(巨根)이나 배설을 강조하는 형태로 희화화되어 변모되는 한 방향이 있었다고 판단된다.

거근은 거인의 외모를 묘사하는 방식으로 두루 사용되는 모티프이다. 이것은 원초적인 풍요신앙을 내재한 것으로 동굴의 암벽화나 신라 토우 등에서 유난히 성기를 강조하는 것과도 관련이 있다고 본다. 그런데 거근의 형태로 희화화된 거인설화는 이런 풍요의식이 거의 사라지고 흥미 위주로 전개된다. 예컨대 <김수로와 허황후>에서 보면 김수로는 성기로 다리를 놓고 허황후는 음석(陰席)을 깔아준다. 인간에게 이로움을 주는 행위는 여전하지만 지나가던 사람이 담뱃대를 털거나 음식을 먹던 사람이 뜨거운 국물을 흘려 그것을 거두고 그 자리에 흉터가 남았다는[21] 형태로 철저하게 흥미 위주로 이야기를 전개시키고 있음을 볼 수 있다. 하지만 <설문대할망과 설문대하르방>과 같은 설화에서는 성기로 사냥하는 모습이 흥미롭게 묘사되는데,[22] 이것 또한 거인설화의 희화화된 양상이기는 하지만 풍요의식이 어느 정도 내재된 자료로 거근의 본질적 의미가 다소간 유지되는 설화 형태임을 알 수 있다. 이처럼 거인설화에서 거근을 강조하는 형태는 거인설화가 쇠퇴하면서 희화

---

21) 『한국구비문학대계』 8-2, 한국정신문화연구원, 1980, 33쪽.
22) 김영돈 외, 『제주설화집성』 (1), 제주대 탐라문화연구소, 1985, 705쪽.

화와 함께 거인신격의 창조신적 성격이 풍요나 생산신적 성격으로 옮아간 것이 아닌가 추정해 볼 수 있다.

한편 행위에서 희화화하는 방식으로 두드러지는 것은 배설이라고 할 수 있다. 배설은 거인설화에서 배설물에 의한 지형 형성이라는 생산적 의미로 아주 중요한 기능을 한다. 그러나 이것에 대한 진실성이 의심되면서 <장길산>에서처럼 남쪽 사람에게 거름을 주고자 소변을 본 것이 홍수가 나서 북쪽 사람이 남쪽 사람으로, 남쪽 사람이 일본에 가서 살게 되었다는[23] 형태로 홍미를 부여하는 측면으로 변모되게 된 것이다. <굿질의 지명유래>와 같은 설화에서 볼 때도 마귀할마씨의 배설로 인해 산이 무너지고 동네가 생겼으며 똥이 떨어져 내려간 곳을 굿다고 하여 굿질이라 부른다고 했는데,[24] 이것은 배설물의 지형 형성이라는 점을 유지하면서도 배설물을 굿다고 여기는 후대 사람들의 의식이 강하게 가미되어 결국은 거인의 행위를 희화화시키는 형태로 나타나고 있음을 볼 수 있다.

이런 ㉯의 거인에 대한 희화화 자료는 거인의 행위가 부정적으로 인식되는 것과도 맥이 닿아있다. 거인의 행위는 천지 분리나 산천 형성과 같은 창조행위임에도, 이들 거인에 대한 행위가 긍정적으로 묘사되는 것만은 아니다. 산을 옮기거나 다리를 놓던 거인의 행위가 제대로 완수되지 못하면서 부정적으로 인식된다거나 인간을 위하고자 한 거인의 행위가 오히려 인간에게 해를 끼치는 것으로 나타난다. 이처럼 거인에 대한 부정적 인식의 방향은 분명 거인설화를 긍정적으로 계승하는 것

---

23) 한상수, 『한국인의 신화』, 문음사, 1986, 188~190쪽.
24) 『한국구비문학대계』 8-8, 한국정신문화연구원, 1983, 125쪽.

은 아니며, 거인의 행위를 희화화 시키고자 하는 의도와 맞닿아있다. 이것은 거인설화 다음에 생겨난 어떤 신화 형태와 경쟁 관계에 놓이면서 의도적으로 비하시킨 결과일 수도 있겠다.

ㄷ는 거인설화가 더 이상 창조신화적 성격을 유지하지 못하고 쇠퇴하게 되면서 몇 가지 형태로의 잔존양상을 보이는데, 이에 해당되는 자료라 할 수 있다. 대표적인 것으로 산이동설화와 오누이힘내기설화, 장수흔적설화 등을 들 수 있다고 본다. 산이동설화는 산이 걸어가거나 떠내려와 이동하는 모습을 보여주는 자료들이 많지만 또한 적지 않은 자료들이 거인이 옮기는 형태를 보여주고 있어 원래 모습은 거인에 의한 창조행위의 이야기였으나 그 진실성이 의심되면서 산이동의 주체로서 거인이 사라지게 되는 형태로 변모된 자료라 할 수 있다.[25] 또한 오누이힘내기설화는 여성거인의 중요한 창조행위의 하나인 돌을 옮겨 성을 쌓는 행위가 오누이의 대결이라는 형식에 특정 부분으로 이입되면서 거인설화를 계승한 새로운 형태의 설화적 면모를 모색한 자료로 판단된다. 그리고 장수흔적설화는 거인설화에 보이는 거인의 행적이나 흔적, 소도구 등이 축소되면서 인간이면서 뛰어난 능력을 보이는 장수의 것으로 변모되어 나타난 것임을 알게 한다. 즉 거인성은 현저히 약화되어 있으나 거인설화의 형식을 그대로 이어받고 있는 자료라는 것이다.

이런 ㄷ의 자료는 거인설화가 역사적으로 어떻게 전개되고 어떤 경로를 밟으며 소멸하게 되는지, 그리고 이런 과정에서 어떤 형태의 설화를 형성 또는 이입되었는가를 보여준다는 점에서 소중하다고 할 수 있다.

---

25) 권태효, 「거인설화적 관점에서 본 산이동설화의 성격과 변이」, 『구비문학연구』 4집, 한국구비문학회, 1997.

㉑는 거인설화가 후대로 계승되면서 구전뿐만 아니라 문헌에도 그 면모를 남기고 있는데, 그 자료는 이미 앞에서 살핀 것들이다. ㉑에는 현실화된 거인성으로 변모시켜 문헌화한 것과 꿈의 형식을 빌린 '선류몽'담과 같은 두 가지 형태가 있음도 이미 지적한 바이다. 따라서 여기에서 문제가 되는 것은 거인설화가 어떻게 문헌에 수용되어 계승될 수 있었는가 하는 점이다.

거인설화가 문헌에 수용된 자료는 모두 왕의 신성한 능력과 결부되거나 왕조의 시작 및 멸망과 관련된 설화라고 할 수 있다. 그렇다면 이것은 거인설화의 창조신화적 성격을 변모시켜 왕권신화적 성격으로 수용하는 양상이라고 할 수 있다. 곧 신화적 성격의 새로운 모색이며 긍정적 계승인 셈이다.

그러면 왜 왕권설화에서 거인설화를 받아들여 왕의 신성능력을 표상화시키고, 거인성이 나라의 흥망과 관련을 맺게 되는가? 이는 거인신격에 대한 신화적 신성성이 민중들에게는 여전히 유효했기 때문이 아닌가 생각해 볼 수 있다. 지배층이 의도적으로 창작하여 신성성을 부여하던 신화와는 달리 하층에서는 그 이전부터 믿어오던 거인신격에 대한 신성성이 강하게 남아있었던 것으로 보인다. 그렇기에 왕권설화의 신성성을 부여하는 데 있어 의도적으로 민중들이 믿어오던 신화 형태를 적극적으로 수용했던 것이 아닌가 여겨진다. 하지만 한편으로 민중들은 그들의 입장에서 지배층의 신화마저 그들이 믿던 신화 형태에 부합되게 재창조시키면서 의도적으로 부여하는 신성성과는 다른 형태의 신화적 면모를 창출했던 것으로 보인다. 다음의 <단군>이라는 구전설화가 그 적절한 사례라 할 수 있다.

옛날 밥나무서 밥 따서 먹고 옷나무서 옷 따서 입을 시절 하늘에서 사람이 하나 떨어졌는데, 그의 신(腎)이 예순 댓발이 될 정도로 길었다. 그래서 모든 동물이 마다하는데, 곰이 굴속에 있다가 그 신(腎)을 맞아 단군을 낳았고 다시 여우가 받아서 기자(箕子)를 낳았다.[26]

이것은 단군의 출생 부분에 초점이 맞춰져 있는 설화로, 『삼국유사』 등 문헌에 기록되어 있는 설화의 내용과는 판이하다. 특히 단군의 출생이 희화화되어 한낱 우스갯소리에 불과하게 나타난다. 그럼에도 이 설화는 단군신화에서의 단군의 출생 부분과 일정하게 대응하는 양상을 보여준다. 천제의 서자인 환웅에 대응하는 인물로 하늘에서 하강한 신(腎)이 큰 인물로 설정되고 있으며, 곰이었다가 인간으로 화한 웅녀에 대해서도 그 신(腎)을 받아 단군을 낳는 동물이 곰이라고 하여 일치되게 나타나는 것이다. 그런데 여기서 무엇보다도 주목되는 점은 단군이 천강(天降)한 거인에게서 탄생한다고 하는 점이다.[27] 건국시조의 출생이 거인설화화되어 나타나는 양상인 것이다.

이 설화가 비록 고조선 시대에 형성되어 단군신화와 함께 계속 전승되었다고는 할 수 없지만, 민중들의 의식 속에는 건국시조가 거인신격과 결부되었을 것이라는 생각이 있었다는 점과 이런 거인성을 토대로 단군신화를 수용하고 있다는 점은 염두에 둘만하다. 그리고 이런 사고는 고려시대에도 선명하게 보여진다. 여성거인신격인 지리산성모가 고려 개국에 있어 절대적인 공헌을 하는 것으로 믿어진다든가 고려 태조

---

26) 임석재전집 3(평남, 평북, 황해편), 『한국구전설화』(평남, 평북, 황해) 평민사, 1988, 230쪽.
27) 권태효, 같은 글, 187쪽.

의 모(母)인 위숙왕후를 지리산성모에 결부시켜 믿었다는 것은 민중들이 고려개국신화와는 다른 거인신격에 기대어 그 신성성을 획득하고 있다는 것을 방증하는 것이 된다.

이렇게 볼 때 상층에서는 하층에서 믿던 거인신격의 거인성을 가져와 왕들의 신성함을 획득하고자 하였고, 아울러 하층에서는 의도적으로 신성성이 부여된 상층의 신화를 가져다 그들의 신성관념에다 결부시키는 형태를 보이는 것이라고 할 수 있다. 그리고 이렇듯 민중들의 신성관념에 중요한 작용을 했던 거인신격이기에 나라의 흥망을 좌우하는 호국신격으로서 자리잡게 되고, 나라의 멸망이 곧 거인신격의 죽음이라는 형태로 구체화되어 나타나게 되는 것이다.

이상과 같이 볼 때 문헌에 수용된 거인설화인 ㉣가 지니는 의미가 명백해진다. 여타의 자료들은 거인신격의 창조신적 성격이 본디 의미를 잃으면서 부정적으로 계승되거나 쇠퇴하면서 잔존양상을 보이는 반면 ㉣는 새로운 신화적 신성성을 모색하여 왕권설화에서 거인성을 바탕으로 하는 신성성을 부여하고 거인신격이 호국신격으로 인식되고 상징된다는 점에서 거인설화가 긍정적으로 계승되는 양상이며, 발전된 모습이라 할 수 있겠다.

4. 마무리

거인설화의 면모를 보이는 문헌설화 자료는 거인설화적 속성이 현실화되어 문헌에 기록된 형태와 꿈의 형식을 빌려 거인성을 보이는 '선류몽'담 형태의 두 가지가 있다. 그런데 '선류몽'담에 대해서는 이미 구체적으로 살핀 바 있었기에, 여기에서는 전자를 중심으로 살피고 '선류몽'담과의 관계를 검토하는 작업을 하여 거인설화가 문헌에 수용되는 양상을 살피고자 하였다.

그러면 이 글에서 밝힐 수 있었던 바들을 정리하면서 글을 마무리하도록 하겠다.

먼저 거인설화가 문헌에 정착하면서 비현실적인 거인성을 현실에 가깝게 형상화시킨 자료들로『삼국유사』의 지철로왕, 진평왕, 태종 춘추공, 백제 멸망 시에 여성거인의 죽음이 보이는 '문호왕 법민'조, 경덕왕 등을 살펴 그 거인성이 어떤 양상인지 어떤 의미인지를 검토할 수 있었고,『청구야담』의 <문이형낙강봉포은(問異形洛江逢圃隱)>에서 고려의 멸망이 거인의 죽음과 관련이 있음을 확인할 수 있었다. 이들 문헌자료에 나타난 거인성의 특징은 첫째 거인성이 행위보다는 외모에 치중되어 있다는 점과 둘째 거인성이 지나치게 비현실적으로 묘사되지 않으며 도량형의 단위로 설명된다는 점, 셋째 거인성이 국가의 흥망성쇠와 밀접하게 관련되고 있어 호국신적 기능을 하였다고 믿어졌다는 점 등이다.

아울러 이런 문헌자료는 '선류몽'담과는 상보적 관련성을 맺고 있음을 알 수 있었다. '선류몽'담은 꿈의 형태이기에 거인의 배설이라는 행위를 가져올 수도 있었고 그 양이 많음도 문제가 되지 않는다. 다만 꿈의 형상을 하였기에 거인의 행위 결과로 나타나는 창조행위를 받아들이지는 못하고 새로이 나라를 다스리는 인물을 낳는다는 신성현시와 당위성을 부여하는 형태로 신성한 의미만 주어지게 된다. 반면 거인성이 그대로 문헌화된 형식은 거인의 외모적 측면을 현실화하여 받아들이면서 아울러 거인이 지닌 능력을 거인성을 지닌 왕의 신성하고 탁월한 능력으로 변모시켜 수용하고 있음을 볼 수 있다.

다음으로는 현전하는 거인설화 자료의 층위를 구분하고 문헌화된 거인설화의 의미를 찾고자 했다. 거인설화의 자료는 첫째 천지창조의 신화적 성격을 비교적 온전히 보여주는 자료, 둘째 거근이나 배설 등 거인의 특징적인 면을 중심으로 희화화된 자료, 거인설화가 쇠퇴하면서 나타나는 변이형 구전자료, 문헌에 기록되면서 꿈이나 현실적인 거인성으로 변모된 자료 등으로 층위를 구분해 볼 수 있다고 했다. 이들 중 문헌화된 설화는 모두 왕의 신성한 능력과 결부되거나 왕조의 시작 및 멸망과 관련되어 있음을 들어 거인설화의 창조신화적 성격을 변모시켜 왕권신화적 성격으로 수용되는 양상이며, 따라서 거인설화의 신화적 성격의 새로운 모색이고 긍정적 계승으로 파악하였다.

이상 문헌에 수용된 거인설화의 양상을 살피고 그 의미를 찾고자 했다. 그러나 이것은 거인설화의 자료 중 한 층위만을 정리한 것에 불과하다. 무엇보다도 거인설화가 지닌 창조신화적 성격을 제대로 자리매김해야 하며, 희화화된 자료나 거인설화가 쇠퇴하면서 나타나는 변이형 자료들도 검토해야 한다. 또한 거인설화가 세계적인 분포를 지니기에 다른 지역의 거인설화와 비교하여 우리의 거인설화가 지니는 의미와 비중을 밝히는 것도 필요한 작업이라 본다. 이런 점들을 보다 면밀하게 살피는 작업이 후속작업으로 진행될 것이다.

참고문헌

● 자료편

한국정신문화연구원, 『한국구비문학대계』 전82권, 1980~1988.

『한국민속종합자료보고서』(전남편), 문화재관리국, 1971.

『시흥의 전통문화』, 시흥군, 1983.

『譯註 高麗史』, 동아대학교 고전연구실, 1987.

『제주도전설지』, 제주도 문공실, 1985.

화성군사편찬위원회, 『화성군사』, 화성군, 1990.

김영돈 외, 『제주설화집성(1)』, 제주대 탐라문화연구소, 1985.

金井昊 편, 『전남의 전설』, 전라남도, 1987.

김형준, 『인도신화』, 청아출판사, 1994.

박시인, 『알타이신화』, 청노루, 1994.

박제상, 김은수 역, 『부도지』, 한문화, 2002.

박종섭, 『거창의 전설』, 문창사, 1991.

박춘식, 『서산의 전설』, 태안여상 향토문화연구소, 1987.

서대석 편저, 『조선조문헌설화집요』, 집문당, 1991.

손진태, 『朝鮮民譚集』, 鄕土硏究社, 1930.

_____, 『조선신가유편』, 향토문화사, 1930.

_____, 『朝鮮の民話』, 岩崎美術社(동경), 1959.

_____, 김헌선 외 역, 『한국 민화에 대하여』, 역락, 2000.

안인희, 『북유럽신화 1』, 웅진지식하우스, 2007.

유은실, 『우리집에 온 마고할미』, 바람의 아이들, 2005.

유증선, 『영남의 전설』, 형설출판사, 1979.

이규보, 박두포 역주, 『동명왕편·제왕운기』, 을유문고160, 1974.

이문현, 『한국민화 1』, 일진서적출판사, 1992.

임석재, 임석재전집 1~12 『한국구전설화』, 평민사, 1988~1993.

張漢喆, 「漂海錄」, 『옛 제주인의 표해록』, 전국문화원연합 제주도지회, 2001.

정 근, 『마고할미』, 보림, 1995.

정진희, 『오키나와의 옛이야기』, 보고사, 2013.

진성기, 『남국의 민담』, 형설출판사, 1982.

_____, 『제주도무가본풀이사전』, 민속원, 1991.

_____, 『제주도전설』, 백록, 1992.

진은진, 『마고할미는 어디로 갔을까』, 해토, 2003.

최상수, 『한국민간전설집』, 통문관, 1958.

한상수, 『한국인의 신화』, 문음사, 1986.

현용준, 『제주도전설』, 서문당, 1976.

袁珂, 전인초 외 역, 『중국신화전설』Ⅰ, 민음사, 1992.

馮元蔚 외 수집번역, 『凉山彝文資料選譯(1)-<勒俄特衣>』, 西南民族學院, 1978.

潘定智 편, 「中部苗族古歌」, 『苗族古歌』, 貴州人民出版社, 1997.

케빈 크로슬리 홀런드, 서미석 역, 『북유럽신화』, 현대지성사, 1999.

브누아 레스, 남윤지 역, 『세상은 어떻게 만들어졌을까?』, 문학동네, 2008.

● 연구편

강은해, 「오뉘신화」, 『한국설화문학연구』, 계명대출판부, 2006.

강진옥, 「<마고할미>설화에 나타난 여성신 관념」, 『한국민속학』 25집, 한국민속학
      회, 1993.

_____, 「슬픈 마고할미의 전설」, 『문화와 나』 통권78호, 삼성문화재단, 2006년 봄호.

_____, 「한국설화에 나타난 전승집단의 의식구조」, 이화여대 석사논문, 1980.

강현모, 「이몽학의 오뉘힘내기전설고」, 『한양어문연구』 6집, 한양대 국어국문학과,
      1989.

권태효, 「'선류몽'담의 거인설화적 성격」, 『구비문학연구』 제2집, 한국구비문학회,

1995. 6.

＿＿＿＿, 「거인설화적 관점에서 본 산이동설화의 성격과 변이」, 『구비문학연구』 4집, 한국구비문학회, 1997.

＿＿＿＿, 「표모형설화의 신화적 성격연구」, 『경기인문논총』 6, 경기대 인문대학, 1998.

＿＿＿＿, 「북유럽신화집 『에다』와의 대비를 통해본 오누이힘내기설화의 신화적 성격과 본질」, 『민속학연구』 8호, 국립민속박물관, 2001. 8.

＿＿＿＿, 『한국의 거인설화』, 역락, 2002.

＿＿＿＿, 「마고할미－여성 거인의 서글픈 창조의 몸짓」(서대석 편, 『우리 고전 캐릭터의 모든 것』 2, 휴머니스트, 2008.)

＿＿＿＿, 「여성거인설화의 자료 존재양상과 성격」, 『탐라문화』 37호, 제주대 탐라문화연구소, 2010. 8.

＿＿＿＿, 「지형창조 거인설화의 성격과 본질」, 『탐라문화』 46호, 제주대 탐라문화연구소, 2014. 6.

김광순, 『한국구비전승의 문학』, 형설출판사, 1983.

김문태, 「浮來島전승의 원초적 의미와 습합양상」, 『삼국유사의 시가와 서사문맥 연구』, 태학사, 1995.

김민정, 「필리핀 창조신화의 주요 모티프」, 『세계신화의 이해』, 소화, 2009.

김상기, 「국사상에 나타난 건국설화의 검토」, 『동방사논총』, 서울대출판부, 1986.

김선자, 『중국소수민족 신화기행』, 안티구스, 2009.

김열규, 『한국민속과 문학연구』, 일조각, 1985.

김영경, 「거인형 설화의 연구」, 이화여대 석사논문, 1990.

김의숙, 「강원도 부래설화의 구조와 의미」, 『강원도 민속문화론』, 집문당, 1995.

＿＿＿＿, 「구비설화의 역사의식 연구」, 『강원민속학』 12집, 강원도 민속학회, 1996.

김인희, 「거녀설화의 구조와 기능」, 중앙대 석사논문, 1994.

＿＿＿＿, 「한·중 해신신앙의 성격과 전파」, 『한국민속학』 33호, 한국민속학회, 2001. 6.

김학성, 「설화의 파생태와 그 의미」, 『국문학의 탐구』, 성대출판부, 1987.

김헌선, 『한국의 창세신화』, 길벗, 1994.

＿＿＿＿, 「창조신화 연구서설」, 『세계의 창조신화』, 동방미디어, 2001.

＿＿＿＿, 「제주도의 신화와 서사시 연구」, 『탐라문화』 33호, 제주대 탐라문화연구소, 2008. 8.

김혜정, 「한국 마고의 전승 양상과 신적 성격」, 고려대 국어국문학과 박사논문,

2013. 12.

김현룡, 『한국고설화론』, 새문사, 1984.

문영미, 「설문대할망 설화 연구」, 연세대 교육대학원 석사논문, 1998.

박종성, 「비교신화의 관점에서 본 설문대할망」, 『구비문학연구』 31집, 한국구비문학회, 2010. 12.

서대석, 「창세조 신화의 의미와 변이」, 『구비문학』 4집, 한국정신문화연구원, 1980.

송화섭, 「부안 죽막동 수성당의 개양할미 고찰」, 『민속학연구』 22호, 국립민속박물관, 2008. 6.

송화섭, 「한국의 마고할미 고찰」, 『역사민속학』 17호, 한국역사민속학회, 2008. 7.

오강원, 「浮來山 유형 설화에 대한 역사고고학적인 접근」, 『강원민속학』 12집, 강원도 민속학회, 1996.

이능화, 김상억 역, 『조선여속고』, 동문선, 1990.

이병기 외, 『국문학전사』, 신구문화사, 1959.

이지영, 「<오뉘힘내기 설화>의 신화적 성격 연구」, 『한국고전여성문학연구』7권, 한국고전여성문학회, 2003.

이태문, 「오누이이야기의 양상과 의미에 관한 연구」, 연세대석사논문, 1990.

임동권, 「방뇨몽고」, 『한국민속논고』, 집문당, 1984.

임동권, 「선문대할망설화고」, 『한국민속논고』, 집문당, 1984.

이성준, 「설문대할망설화연구」, 『국문학보』 10호, 제주대 국문학과, 1989.

장덕순, 「중원문화권과 구비전승」, 『한국문학의 연원과 현장』, 집문당, 1986.

_____, 「꿈전설」, 『한국설화문학연구』, 서울대출판부, 1987.

장주근, 『한국의 신화』, 성문각, 1961.

_____, 『韓國口碑文學史(上)』, 한국문화사대계 5, 고려대출판부, 1978.

_____, 「천지창조의 거신설화」, 『풀어쓴 한국의 신화』, 집문당, 1998.

전경수, 「탐라신화의 고금학과 모성중심사회의 신화적 특성」, 『세계신화의 이해』, 소화, 2009.

조동일, 「한국설화의 변이양상─논평3」, 『한국학연구의 성과와 그 성찰』, 한국정신문화연구원, 1982.

_____, 『한국문학통사』 1(제3판), 지식산업사, 1994.

조석래, 「떠내려 온 섬 전설 연구」, 『한국이야기문학연구』, 학문사, 1993.

조수학, 「<文虎王法敏>條의 巨屍兆 研究」, 『삼국유사연구(상)』, 영남대출판부, 1983.

조현설, 「마고할미·개양할미·설문대할망」, 제주도돌문화공원 설문대할망 신화 재조명 발표논문, 2009. 5.

_____, 「마고할미인가 마귀할미인가」, 『우리 신화의 수수께끼』, 한겨레출판, 2006.

_____, 『마고할미 신화연구』, 민속원, 2013.

천혜숙, 「전설의 신화적 성격에 관한 연구」, 계명대 박사논문, 1987.

_____, 「여성신화연구(1)−대모신 상징과 그 변용」, 『민속연구』 1집, 안동대 민속학연구소, 1991.

최래옥, 「산이동설화연구」, 『관악어문연구』 3집, 서울대 국문과, 1978.

_____, 「한국설화의 변이양상」, 『한국학연구의 성과와 그 성찰』, 한국정신문화연구원, 1982.

_____, 『한국구비전설의 연구』, 일조각, 1981.

한미옥, 「'山移動' 설화의 전승의식 고찰」, 『남도민속연구』 제8집, 남도민속학회, 2002.

허남춘, 「설문대할망과 여성신화」, 『탐라문화』 42호, 제주대 탐라문화연구소, 2013. 2.

_____, 『제주도 본풀이와 주변신화』, 보고사, 2011.

허 춘, 「설문대할망 설화 논고−제주도 거녀설화의 성격」, 『한국문학의 통시적 성찰』, 백문사, 1993.

현길언, 「힘내기형 설화의 구조와 그 의미」, 『연암 현평효박사 회갑기념논총』, 1980.

_____, 「제주도의 오뉘장사전설」, 『탐라문화』 창간호, 1982.

현승환, 「설문대할망 설화 재고」, 『영주어문』 24, 영주어문학회, 2012.

현용준, 「한・일 민담의 비교」, 『무속신화와 문헌신화』, 집문당, 1992.

大林太良, 권태효 외 역, 『신화학입문』, 새문사, 2003.

_____, 「巨根の論理」, 『東アシアの王權神話』, 弘文堂, 1984.

熊谷 治, 「東アツアの流わ島 傳說に ついて」, 『한국・일본의 설화연구』, 인하대출판부, 1987.

柳田國男, 『一目小僧その他』, 小山書店(동경), 1941.

데이비드 리밍, 박수현 역, 『신화』, 이소출판사, 2004.

Karl A. toube, 이응균 외 역, 『아즈텍과 마야신화』, 범우사, 1998.

▌권태효

- 경기대학교 국어국문학과와 동 대학원 졸업(문학박사)
- 현재 문화체육관광부 국립민속박물관의 학예연구관으로 재직 중
- 경기대·한성대·고려대·상명대 등에서 강의
- 저서 및 논문 : 『한국의 거인설화』(역락, 2002), 『중국 운남 소수민족의 제의와 신화』(민속원, 2004), 『한국구전신화의 세계』(지식산업사, 2005), 『근대 여명기 우리 신화 연구』(민속원, 2008), 『한국신화의 재발견』(새문사, 2014) 등이 있고, 번역서로 『신화학입문』(새문사, 1996, 공역)이 있으며, 논문으로는 「제주도 무속서사시의 생성원천에 대한 새로운 고찰」 등 다수가 있음

한국 거인설화의 지속과 변용

초판 1쇄 **인쇄** 2015년 8월 6일
초판 1쇄 **발행** 2015년 8월 13일

지은이 권태효
펴낸이 이대현
편 집 오정대
펴낸곳 도서출판 역락
등 록 1999년 4월 19일 제303-2002-000014호

주   소 서울시 서초구 동광로 46길 6-6(문창빌딩 2F)
전   화 02-3409-2058(영업부), 2060(편집부)
팩시밀리 02-3409-2059
역락 블로그 http://blog.naver.com/youkrack3888
e-mail youkrack@hanmail.net

정가 22,000원

ISBN 979-11-5686-209-3 93810

* 이 도서의 국립중앙도서관 출판시도서목록(CIP)은 서지정보유통지원시스템 홈페이지(http://seoji.nl.go.kr)와 국가자료공동목록시스템(http://www.nl.go.kr/kolisnet)에서 이용하실 수 있습니다.(CIP제어번호: CIP2015022098)

*파본은 구입처에서 바꿔 드립니다.